KB044125

4

하루하루가 세상의 종말 :

고스트 런

DAY BY DAY ARMAGEDDON Book 4:
GHOST RUN

by J. L. Bourne

DAY BY DAY ARMAGEDDON:

하루하루가 세상의 종말 : 고스트 런

GHOST RUN

J. L. 본 장편소설

송민경 옮김

황금가지

차례

이제 다른 비행기에 몸을 싣기 위해 이 세상을 떠나신
어머니와 아버지께 이 소설을 바칩니다.

아직 자신의 부모님이 살아 계신다면,
책을 내려놓고 전화기를 드세요.
그리고 당신이 얼마나 사랑하는지 얘기하세요, 지금 당장요.
기다리겠습니다.

작가노트

당신이 이 페이지를 읽고 있다면 소설 『하루하루가 세상의 종말』의 첫 세 권을 통해 내가 그린 포스트 묵시록의 세상에서 얼마간 시간을 보냈을 것이다. 무엇보다도 좀비 세상의 아마겟돈, 그 황량한 풍경 속으로 달려가는 직행 열차의 티켓을 잇달아 끊어 준 헌신적인 독자인 당신에게 감사의 말을 전하고 싶다. 첫 책을 출간할 때부터 지금까지 당신이 있어 준 덕분에 초심을 잃지 않을 수 있었다.

이 이야기는 연대순으로 즐기는 것이 제일 좋지만, 이 장편 소설을 지금 처음으로 집어 든 독자가 혹여 있다면, 상황을 이해하기 쉽도록 간단하게 요약해 보려 한다.

『하루하루가 세상의 종말』 시리즈의 1권에서는 생존 장교인 주인공이 일기를 쓰겠다는 새해 다짐을 하면서, 우리는 그의 시선으로 세상을 바라보게 된다. 남자는 하루하루 인류의 멸망을 기록하면서 자신의 다짐을 지킨다. 우리는 당신과 내가 사는 이 세상으로부터 엄청나게 많은 좀비들의 무리에 맞서 생존 투쟁을 벌여야 하는 상황으로 넘어가는 주인공을 본다. 피 흘리고 실수를 저지르면서 발전하는 그의 모습을 지켜보는 목격자가 되는 것이다.

1권에서 주인공과 이웃 존은 수많은 시련과 고난을 견뎌 낸 끝에, 정부의 승인 아래 시행된 텍사스 샌안토니오의 핵폭발을 피하게 된다. 둘은 임시방편으로 텍사스만 연안 항구의 정박소에 머물게 되고, 곧 희미한 무선 신호를 받는다. 신호를 보낸 이는 윌리엄이라는 남자와 아내 자넷, 어린 딸 로라라는 세 명의 생존자 가족이다. 함께 지내던 이들은 다 죽었고 자신들만 더그매에 숨어 있는데, 엄청난 수의 좀비가 그 아래에서 그들을 찾고 있다는 내용이다. 기적적으로 구조에 성공하여, 이들도 우리 주인공과 합류하게 된다. 그리고 식량을 구하러 나섰다가, 좀비에 둘러싸인 차 안에 갇혀 죽어 가던 여자, 타라를 만난다. 구조된 타라는 우리의 주인공과 친밀감을 쌓아 가다 결국 그와 사랑에 빠지게 된다.

마침내 생존자들은 이제는 고인이 된 과거 거주자들이 호텔23이라고 부르던 전략핵미사일 폐기지에 머무르게 된다. 그러나 그들이 힘을 합친들 험난한 포스트 묵시록의 무대인 죽은 자들의 세상에서는 역부족일지도 모른다. 수백만의 좀비는 차치하고라도, 그들에게 상처만 입어도 감염으로 목숨을 잃어, 안 그래도 엄청나게 많은 좀비 무리에 머릿수 하나를 보태게 되므로.

상황은 점점 최악으로 치닫고…….

예고 없이 들이닥친 약탈자 무리가 생존자들을 죽이고 은신처를 빼앗아 많은 보급품을 차지할 의도로 호텔23을 무자비하게 공격한다. 생존자들은 힘겨운 싸움 끝에 잠시나마 호텔23을 지켜 내는 데 성공한다.

『하루하루가 세상의 종말』 2권에서 우리의 주인공 킬은 텍사스에 잔류한 지상군과 연락이 닿는다. 곧 그는 본토에 마지막 남은 생존 장교로서 군을 통솔하게 된다. 그리고 멕시코만에서 작전 중인 핵 항공모함의 임시 해군 참모총장과 교신한다.

또한 킬은 한 가족이 남긴 쪽지를 발견한다. 그들은 데이비스 가족으로 호텔23의 헬기로 다녀올 만한 위치에 있는 외딴 공항에 숨어 있다. 주인공은 데이비스 가족 구출 작전에서 어린 소녀 대니와 아주 유능한 민간인 조종사 할머니 딘을 구하게 된다.

항공모함 전투군에게 정찰 헬기를 배정받은 후, 우리의 주인공은 팀을 꾸려 호텔23 북쪽으로 자원 수색을 나선다. 2권 중반에서 킬은 기지에서 북쪽으로 수백 킬로미터 떨어진 곳에서 비극적인 헬기 추락 사고를 당한다. 중상을 입은 채 홀로 살아남은 주인공.

킬은 식량이 부족한 와중에도 어떻게든 남쪽으로 발걸음을 옮긴다. 그리고 이내 이유는 알 수 없지만 자신을 호텔23으로 복귀시킬 의도를 가진 비밀스러운 조직 원격 식스의 연락을 받게 된다. 이후 사이엔이라는 아프가니스탄 저격수와 우연히 만난다. 사이엔의 배경에 대해서는 알려진 바가 거의 없으며, 이 남자의 행동은 수수께끼를 더할 뿐이다. 사이엔과 우리 주인공은 처음에는 서로를 완전히 신뢰하지 못하지만 결국 함께 행동하게 되고, 원격 식스가 주의 깊게 지켜보는 가운데 호텔23으로 돌아온다.

원격 식스는 우리 주인공에게 호텔23에 남아 있는 핵탄두를 항공모함에 발사하라고 명령한다. 그 명령을 무시하자, 호텔23에 최첨단 공격이 뒤따른다. 이후 원격 식스가 허리케인 프로젝트라고 알려진 창 모양의 음파 발생 무기를 투하하고, 좀비 부대가 음파에 이끌려 몰려든다.

음파 무기는 파괴되지만, 때는 이미 늦었다.

다가오는 거대한 좀비 무리로 인해 일어나는 어마어마한 높이의 먼지 폭풍은 긴급 대피 신호와도 같다. 이어 멕시코만에 닿기까지 참혹한 전투가 벌어진다. 멕시코만에는 항공모함 USS 조지 워싱턴호가 모두를 태우기 위해 기다리고 있다.

우리 주인공이 항모에 탑승하자마자, 파나마 운하 서쪽에서 대기하고 있는 급습 잠수함 USS 버지니아호와 만나라는 명령이 최고위층으로부터 하달된다.

『하루하루가 세상의 종말』 3권에서 킬은 특수부대 모래시계 팀과 함께 죽지 않는 이상 징후의 근원을 알아내기 위해 중국에 보내진다. 한편, 호텔23에 남은 핵탄두를 확보할 목적으로 특수요원 닥이 이끄는 피닉스 팀이 파견된다. 피닉스 팀의 결정으로 원격 식스를 완파하기 직전에야 원격 식스의 비밀 일부가 드러난다.

USS 조지 워싱턴호는 언데드로 인해 항해할 수 없는 상태가 되어 플로리다 키스에 좌초된다. 그 시각, 모래시계 팀은 중국에서 믿기 힘든 정보를 얻는다. 인류가 압도적인 수의 언데드에 대적해 볼 가능성이 생긴 것이다. 킬은 그의 아이를 임신한 타라와 감동적으로 재회하지만, 피닉스 팀의 생사는 확인되지 않는다.

인류는 해변에 올라온 항공모함의 완전한 기능을 갖춘 원자로 두 개를 중심으로 재건을 시작하지만, 킬은 현실에 안주하고 편안함을 누리는 것에 흥미가 없다. 탐험가는 멈추는 법이 없으므로.

자, 의리 있는 독자들이여. 귀환을 환영한다.

방독면과 방호복을 입고 가이거 계수기를 충전하라. 그리고 카빈총을 장전한 다음 페이지를 넘기라.

긴장하라. 좀비들이 가까이 있으므로.

랜드폴 마리나

첫번째 날

방호복은 땀에 젖은 피부에 착 달라붙고, 요란한 호흡 소리가 방독면 안을 채웠다. 나는 살아 있는 사람들로부터 최소 320킬로미터쯤 떨어진 뉴올리언스 출입 금지 구역에 있었다. 정부가 뉴올리언스에 핵폭탄을 투하할 당시엔 누구도 알지 못했겠지만, 그 이후 워터포드 원자력 발전소의 방사능이 유출되며 이 지역은 더욱 오염되었다. 비록 가이거 계수기에는 방사선량이 허용 수치를 넘는 것으로 측정되었으나 대단한 수준은 아니었고, 나는 그저 약간 조심스러워졌다. 내 범선 고독호는 해변에서 100미터 떨어진 곳에 닻을 내린 상태였으며, 내가 서 있는 곳에서는 1.5킬로미터 정도 거리에 있었다.

나는 매우 흥미로운 무언가를 마주했다. 정말 예상치 못한 것이었다. 전에는 어느 벙커에 숨겨져 있었을 언데드 발생 이전의 기술이었다. 죽은 자가 걷지 않았다면 그 기술은 절대 세상의 빛을 보지 못했을 것이다. 마치 스마트폰 어플리케이션에서 핀이 위치를 나타내는 것처럼 가는 케이블로 고정한 큰 풍선이 그 지점을 표시하고 있었다. 이 부분에 대해서는 나중에 다시 언급하겠다.

일주일 전, 나는 존과 낚시하러 갔다가 우연히 무선 조난 신호를 잡았다. 새로운 본거지인 키스에서 출발한 지 하루 만의 일이었다. 존에게는 아무 말도 하지 않았다. 내가 원격 식스의 주파수들을 훑어봤다는 사실을 비밀로 해 두고 싶었기 때문이다. 괜히 혹시나 해서 말이다. 살인광 사이코패스가 아직도 언데드를 유인하는 식사 종을 울리게 하거나 핵무기를 투하하려 한다고 생각되면, 사람들은 불안해하는 경향이 있으니까. 앞서 원격 식스가 날 죽이려 했지만, 요원들 한 팀이 목숨을 바쳐 플로리다 키스와 우리 삶의 방식을 지켜 주었다.

고독호가 귀환하기에 딱 좋은 바람을 만난 순간에도 여전히 존에게 이런 얘기를 하지 않겠다는 내 결정에는 변함이 없었다. 별다른 이유가 있다기보다 그저 존의 조언은 보통 틀리지 않았고 나는 그의 의견을 듣기 두려웠다. 나는 이미 마음을 정했으므로 상식적인 판단의 방해를 받고 싶지 않았다. 생선과 게, 그 외의 주운 물품들을 싣고 짧은 거리를 항해해 키스의 정박지에 도착했다. 우리가 배를 정박하고 단단히 묶는 동안 자넷과 타라, 그리고 우리의 아기 벅이 부두에서 존과 나를 기다리고 있었다. 자넷은 윌리

엄의 죽음으로 삶의 목적을 절반은 상실했지만 천천히 회복되고 있었다. 그녀와 존은 몇 달이 지나는 동안 많이 가까워졌다. 모두가 그녀의 행복을 바랐다. 하지만 자넷은 자신의 새출발을 우리가 비난할 거라 걱정하는 듯했다.

내가 지금 꽤 오랜만에 뭔가를 쓴다는 점을 언급해 둘 필요가 있겠다. 음…… 고독호의 선체에 분필로 치수 몇 개를 휘갈겨 쓴 적이 있긴 하지만…… 내 항의에도 모래시계 팀 작전이 끝난 뒤 내 일기는 모조리 징발되었다. 내 일기는 조사와 연구를 위해 우리가 작전 중 발견한 거의 모든 것과 함께 본토 북쪽 어딘가로 보내졌다.

작전 이후, 솔직히 정착하고 싶다는 생각이 들었다. 나는 고독호 선상에서 타라와 내가 생활하고 가정을 꾸리는 모습을 마음속에 그렸다. 배에 올라 있는 동안 우리는 그 자체로 섬이나 다름없었다. 우리는 우리가 쓸 담수를 만들어 내고 바람과 태양을 이용해 전기를 생산했다. 저 너머는 사방이 여전히 언데드의 손아귀에 있었지만, 고독호는 내가 장악하고 있었다. 이따금 그 성질 나쁜 괴물들은 원자력 발전으로 생겨나는 빛과 소음에 이끌려 와 해변을 휩쓸고 나날이 커 가는 우리 판자촌에도 큰 피해를 입혔다. 섬 생활이 본토의 삶보다 안전하다고 말할 정도는 아니었다. 뭐랄까, 그저 스트레스가 조금 줄었을 뿐. 여전히 늙고 병든 이들은 죽으면 다시 살아났으며, 우리를 해치고 싶어 했다.

육지에 두려운 존재가 있는데도 타라는 아기가 태어났으니 해안가로 이주해야 한다고 주장했다. 오랜 시간 신중히 생각한 끝에 나도 동의했다. 그녀가 옳았다. 솔직히 범선 위에서 가족을 꾸린다는 건 안이한 생각이었으므로. 한 달 전쯤 우리는 해변의 순찰 구역 내에 존과 자넷이 사는 곳에서 가까운 빈집을 선택했다. 다른 이들처럼 나도 보안에 극도로 신경을 썼다. 아기 방의 문은 속이 빈 나무문에서 철문으로 바꿨다. 아기 침대는 금속으로 만들어진 개 사육장을 개조해 만들었다. 혹여 언데드가 방으로 돌파해 들어가는 일이 생기더라도 우리 딸을 잡으려면 묵직한 철제 우리를 해결해야 할 것이다.

이것이 새로운 세상의 표준이었다. 우리는 멸종해 가고 있었고, 하다못해 그 속도를 늦추기라도 하는 것이 남아 있는 우리에게 달린 일이었다.

해안가 생활을 시작한 지 일주일이 지날 즈음, 나는 허리케인이 몰아치는 시기가 오기 전 물자를 더 준비해야 한다고 타라를 설득했다. 어쨌든 새로 아버지가 된 입장에서 다가올 몇 달 동안 우리가 견뎌 내기에 비축량이 부족하지는 않을까 걱정이 되었으므로. 나는 나가서 밥술을 뜰 방도를 마련해야 했다.

적어도 그것이 내가 떠나야 한다고 스스로 되뇐 가장 큰 이유였다.

정박지 건너편 라인에 있는 배의 주인은 내가 고독호에 카빈총과 방호복, 방독면을 싣는 걸 보면서 아무 말도 하지 않았다. 나는 2주 동안 통조림을 든든히 마련해 두었으며 배의 담수화 장치가 잘 작동하는지도 확인했다. 프로판가스는 저장탱크의 절반 정도 남아 있었지만, 본토에서도 원한다면 얼마든지 구할 수 있었다. 교외 주택들의 뒷마당에는 바비큐 그릴용 프로판가스 탱크가 가득했으므로. 본토로부터 전해지는 신호는 간헐적으로 잡히는 아마추어 무선의 잡음뿐이었다. 우리와 소통하던 모든 시설이 잠잠해졌고, 아무도 이게 무엇을 의미하는지 알지 못했다.

북서쪽으로 멕시코만까지 혼자 힘으로 항해하느라 잠도 제대로 잘 수 없었다. 배의 키를 쥐고 항해하는 과정을 거의 대부분 내가 직접 해야만 했다. 수심이 깊은 지대를 지나는 구간에서만 위험을 무릅쓰고 잠을 청할 수 있었는데, 그렇다 하더라도 레이저 근접 경보 시스템을 켜 두고 아주 짧게 눈을 붙이는 정도였다. 키스에 있는 기술자들이 옛 항해법인 로란 항법[1]을 활용해 새로운 항법 시스템을 연구 중이었지만, 배나 비행기 운행에 적용되는 것은 아직 먼 미래의 일이었다. 대부분의 GPS 위성은 오프라인 상태였고, 일부는 지상국 개입의 부재로 대기권에 재진입하면서 소멸되었다. 가민[2]의 위성항법장치 계기판에는 GPS 신호 강도가 0이라는 사실만 표시되었다.

육지에 가까워질수록 조난 신호도 강해졌다. 나는 원시적인 방법으로 소형 무전기의 휩안테나[3]를 이용해 지평선을 훑었다. 출력 신호 크기 비율을 조정하고 신호계와 소리를 모니터하며 신호의 위치를 정확히 찾아내기 위해 내 항로와 방향을 세밀하게 구분하기 시작했다. 고독호에 비치된 해도에 신호선을 그릴 것이었다. 이 선들이 형성하는 교차점을 이용하면 기본적인 삼각측량을 할 수 있을 테니. 무선 주파수의 방위선을 해도에 그리는 방법은 측정

1) 항해 및 항공을 위해 개발된 장거리 무선 항법 시스템. 두 발신지에서 보내는 전파를 수신하고 도달 시간차를 측정해 위치를 구하는 방법이다.

2) 북미 시장 점유율 1위를 차지하는 내비게이션, 스마트워치 생산 업체.

3) 초단파용 접지 안테나.

위치를 빠르게 바꿀수록 더 정확한 결과를 얻을 수 있는 데다, 사실 해안가로 서둘러 접근할 생각도 없었다. 그러니 이걸 이용하는 게 낫겠지.

열 블록 정도 되는 판독 범위의 경계를 동그랗게 그린 후, 해도를 접어 배낭에 쑤셔 넣었다. 뱃머리에서 실안개 사이로 육지가 보이기 시작할 무렵, 이제는 익숙해진 노란색 방호복과 마스크를 쓸 시간이 다가오고 있음을 가이거 계수기가 알렸다.

범선의 닻을 내리고 해변으로 카약의 노를 저어 간 뒤, 첫 언데드와 마주치기까지는 그리 오래 걸리지 않았다.

카약을 선착장에 묶고 배낭과 카빈총을 빛바랜 뱃전 너머로 던졌다. 나는 늘 물과 탄약, 식량을 이 소형 보트의 방수 칸에 비축해 두었다. 그 끔찍한 것들의 무리와 전투를 벌인 후 김이 모락모락 나는 카빈총을 등에 메고 바다로 내달리는 일에는 이미 이골이 나 있었다. 꺼림칙한 기분으로 선착장의 지지대를 잡고 바닥에 튀어나온 녹슨 못 머리를 밟지 않으려 조심하면서 발을 내디뎠다.

마스크 안에 김이 좀 서렸을 뿐 심각한 문제는 없는 듯했다. 필터를 통해 외부로부터 방사능에 오염된 지독한 공기를 빨아들이는 내 숨소리가 귓가에 들려왔다. 배낭을 어깨에 메고 소음기가 달린 카빈총을 가슴팍에 대각선으로 걸었다. 나의 두 번째 소음기인 사일렌서코 세이커다. 원래 쓰던 소음기는 지난번에 본토에 나왔을 때, 카빈총의 가스 튜브가 녹으면서 거의 같은 속도로 마모되었다. 질 좋은 소음기는 이 불모지에서 빌어먹을 필수품이었으므로 세이커 소음기를 구하기 위해 정말 많은 귀중품을 넘겨줘야 했다. 이것은 우라늄만큼이나 가치 있는 물건이었다.

선착장을 따라 육지로 천천히 걷다가 나를 바라보는 시선을 느꼈다. 방독면의 마스크 틈으로 오른편에서 움직이는 무언가를 봤지만 잘 고정되지 않은 돛의 일부가 찢어진 파란색 덮개 사이로 삐져나와 펄럭이는 것이라 일축해 버렸다. 아무 생각 없이 걷다가, 장화의 두툼한 고무창을 통해 진동이 느껴졌다. 선착장 바닥으로 전해지는 묵직한 발자국. 나는 시선을 채 던질 겨를도 없이 방어할 만한 거리를 두기 위해 온 힘을 다해 내달렸다. 방호복이 구겨지며 그 주름에 몸이 긁혔다. 땅에 거의 다다랐을 무렵 감겨 있는 썩은 밧줄과 밧줄 걸이에 걸려 넘어졌다. 분명 놈이 거의 날 덮치기 직전이었다.

카빈총을 이리저리 휘두르며 내 추적자를 마주 보려 했다.

그러나 선착장은 텅 비어 있었다.

마음 한구석이 과거나 미래에 붙들려 있었던지, 하마터면 유령에게 총을 쏠 뻔했다.

숨을 격하게 내뱉으며 몸을 일으킨 나는 신생아 집중 치료실 장비 탐색을 위해 남부 플로리다를 정찰한 날 이후 처음으로 육지에 발을 디뎠다. 키스에서는 아직 사람들이(나를 포함해서) 아기를 갖곤 했지만 그 정도로는 턱없이 모자랐다. 본토의 언데드 무리라는 위험도 감수하며 겨우 구해 냈던 기계식 인공호흡기를 통해 신생아들이 숨 쉬는 모습을 지켜보고 나니, 내 소음기를 희생한 것에 그만한 가치를 느꼈다.

해안가에 다다른 후, 자세를 낮춘 상태로 방위 측정을 위해 무전기를 꺼냈다. 북북서 방향의 조난 신호를 찾는 중이었다. 내륙으로 몇백 미터쯤 가다 보니 만이 내려다보이는 2층짜리 작은 식당이 있었고 옆 벽면에 지붕으로 올라가는 사다리가 보였다.

주변을 살피기 유리한 위치군.

언데드가 지붕에서 걷다가 떨어지는 경우도 있으므로, 위는 반쯤 안전하다고 볼 수 있었다. 나는 탄창을 뽑아 육안으로 확인했다. 끝이 까만 7.62밀리미터 블랙아웃 아음속 탄환. 소음기를 찰칵 소리가 나게 비틀어 소총 끝에 연결되어 있음을 확인한 뒤, 건물 옆 쓰레기통과 그 너머 외벽 사다리까지 가는 경로를 살폈다.

거리에 언데드가 있었으나 움직이지 않았다. 놈들은 거의 움직임이 없이 그저 축 처진 듯 약간 구부정하게 서 있었다. 마치 썩어가는 뇌의 원초적 영역 속 아직 완전히 죽지 않은 시냅스를 통해 연주되는 선율에 맞춰 춤을 추듯 미세하게 흔들릴 뿐이었다.

새 방호복에는 장점이 있었다. 나는 방사능 입자를 마시거나 피폭되어 죽지는 않을 것이었다.

그러나 단점도 있었다. 길이 들 때까지는 마치 거대한 감자 칩 봉지를 뒤집어쓴 것 같다는 점이었다.

나는 몸을 웅크린 자세로 쓰레기통을 향해 천천히 움직였다. 방호복은 이동하는 내내 구깃거렸고, 그 바람에 금목걸이를 하고 상의는 걸치지 않은 근처의 언데드 하나가 경련을 일으키듯 내 옆으로 목을 길게 뺐다. 놈은 팔을 들어 내 쪽으로 손을 허우적거렸다. 나는 그것이 신음 소리를 내기 전에 놈의 정수리에 붉은 점이 향하도록 카빈총을 겨누고 방아쇠를 힘껏 잡아당겼다.

퓩.

놈이 쓰러져 비극적인 포즈로 땅에 부딪히면서 방사능 먼지를 일으켰다.

7.62밀리미터 블랙아웃 아음속 탄환은 수백 미터 내의 언데드를 처리하기에 끝내주는 물건이었다. 그보다 멀면? 튀어야지.

120데시벨의 총격이 나머지 괴물 중 둘만 더 깨운 것은 기적이나 다름없었다. 나는 그것들을 바닥에 쓰러뜨리면서 사방으로 멀리 한 블록 거리쯤 떨어진 놈들이 정체 상태에 있는 것을 알아차렸다. 왜 저러고 있는지는 모르겠지만.

만약 내가 이 길에서 소음기 없이 총을 쏴야 했다면 몇 분 안에 지옥의 형벌을 경험했을 것이다. 그러니 소음기 같은 물건들이 본토에서 왕의 몸값만큼이나 가치가 있을 수밖에.

무릎을 잡아 누르고 삐걱거리는 걸음으로 움직이며 방호복의 소음을 줄여 보려고 노력했다. 사다리 초입에 딛고 올라설 수 있을 만큼 커다란 철제 쓰레기통을 조용하게 살짝 밀고, 케이지를 통과할 수 있게 배낭을 벗었다. 사다리를 오르는 동안, 아래쪽에서 낮은 금속성의 소리가 들리며 배낭에 맨 줄이 거칠게 당겨지는 게 느껴졌다.

별 다른 방해 없이 계속 사다리를 올랐다. 배낭은 내 웹 벨트에 단단히 고정되어 몇 미터 아래에서 흔들렸다. 건물 꼭대기에 오른 뒤, 배낭을 끌어 올리기 위해 사다리 케이지를 내려다보았다.

그녀는, 아니, *그것은*…… 아름답다 말해도 무방할 것 같았다.

그것은 마치 보름달을 바라보듯 날 올려다보았다. 그리고 꽤 한참 동안 아무런 움직임도 없었다. 키가 약 180센티미터에 금발을 포니테일로 묶고 청 반바지와 티셔츠를 입고 있었다. 맨발이었지만, 발의 V 자 모양 얼룩으로 짐작컨대 죽을 때 쪼리 슬리퍼를 신고 있었을 것이다. 그것의 흰 눈동자는 사다리 이쪽에서 저쪽으로 내 움직임을 뒤따랐다.

나는 배낭에서 가이거 계수기를 꺼내 줄에 묶었다. 그런 다음 볼륨을 완전히 올리고 아래의 언데드에 가깝게 내려 보냈다. 계수기가 사다리 케이지를 통과해 내려가면서 의혹은 확신이 되었다. 가이거에서는 극심한 잡음이 터져 나왔다. 그것이 높은 수치의 방사능을 내뿜고 있다는 뜻이었다. 더 정확한 판독을 위해 가이거를 더 가까이 내렸다.

그것이 계수기를 향해 손을 뻗었다.

나는 줄을 당겨 가이거를 고양이 장난감처럼 잡아당겼다. 방사능에 노출된 시체는 화가 나서 쓰레기통을 딛고 올라 천천히 사다리를 오르기 시작했다.

나는 공포에 질려 꼼짝도 못 한 채 그저 바라보고만 있었다.

놈은 뾰족한 이빨을 드러내고 쉭쉭거리는 소리를 내며 가까워졌다. 나는 그것의 머리를 쏜 뒤, 사다리 아래에서 핀볼 게임의 구슬처럼 떨어지는 모습을 지켜보았다. 소음으로 두어 마리가 더 이쪽에 관심을 두었지만, 놈들의 부패 정도로 보아 피폭된 것처럼 보이지 않았으며 내가 지붕에 있는 것도 모르는 것처럼 보였다.

쌍안경으로 도로 표지판을 읽고 태블릿의 전자 지도를 찾아보니 펜서콜라 근교의 동부, 펄디도 키인 듯했다. 해도를 맞춰 보고 지도상의 정박지 이름을 보니 이 지붕에서 멀지 않은 곳에 카약을 매어 놓은 선착장 이름과 같았다.

나는 태블릿 전원을 끄고 태양열 충전기에 꽂았다. 배낭 바깥에 부착된 태양전지 패널은 야간 투시경과 태블릿, 통신 장치, 가이거 계수기와 손전등의 배터리를 유지하는 역할을 했다. 방사능 측정을 마치고 방호복 후드와 방독면을 벗은 다음, N95 마스크로 편안하게 코와 입을 가리고 고글을 썼다. 그리고 잠시 숨을 돌리며 방독면 안에 맺힌 수분이 증발되도록 두었다. 여기 작은 식당 옥상의 방사능 수치는 비교적 안전한 편이었다.

비엔나소시지 캔 두 개를 먹은 후 옥상에서 사방을 정찰했다. 남쪽에는 정박된 고독호 돛대 끄트머리에 달아 둔 자그마한 레이돔과 풍향계가 보였다. 북쪽 길 건너에는 당장 무너져도 이상하지 않을 만큼 허물어진 은행이 있었다. 벽돌 벽의 상당 부분과 유리창 전체가 날아가 버린 지 오래였고, 인도 중간쯤에는 커다랗고 둥근 금고 문도 나뒹굴었다. 폭발로 훼손된 지는 오랜 시간이 흘렀지만, 여전히 당시 상황을 보여 주고 있었다. 박살 나서 죽은 거미의 다리가 움직이는 것처럼 언데드의 떨어져 나간 팔다리가 아직도 벽돌 무더기 아래에서 꿈틀댔다.

거리에는 밝은 파란색의 더플백이 녹이 슨 대형 금고 문과 극명한 대조를 이루며 놓여 있었다. 몇몇 불쌍한 작자들은 돈이면 고비를 넘기거나 어떤 식으로든 도움이 될 거라고 여겼다. 나는 존과 처음 만났던 초창기에도 그런 생각을 해 본 적 없는데.

무전기와 해도를 살펴보니 조난 신호는 내 위치에서 멀지 않았다. 아직 여전히 북북서 방향. 정지 상태였다. 3킬로미터가량 교외를 돌아다녔는데 날이 벌써 어두워지고 있었다. 야간 투시경이 있어 어두운 곳에서도 보이기야 하겠지만, 시야의 폭이 넓거나 길지 않을 것이었다. 우리의 훌륭한 간호사 자넷과 의료팀의 다른 의사들이 언데드는 일종의 근거리 열 감지 능력이 있다고 했다. 이런 사실을 알고 있다 보니, 강화된 방사능 언데드들 사이를 돌아다니는 것은 그다지 신나는 일이 못 되었다.

안전을 위해 과감하게 고독호로 돌아갈 수도 있지만, 배 또한 거의 300미터나 떨어져 있었다.

나는 어떻게 할지 결정을 내린 다음, 발에 쓰레기통이 닿을 만큼 사다리를 타고 내려갔다. 그리고 그것을 발로 차서 사다리 아래에서 멀찍이 밀어낸 뒤 야영할 텐트를 준비하기 위해 다시 올라갔다.

식당의 환기팬에 기대어 세워진 곰팡내 나는 널빤지는 은밀히 불을 피우기 좋은 연료였다. 화창한 플로리다라고 해서 저체온증이 피해 가는 것은 아닌 듯했다. 나는 빨갛게 타는 널빤지의 불빛을 이용해 내일의 여정을 위한 장비를 확인하고, 또 확인했다.

타오르는 나무의 타닥거리는 소음 사이로 거리의 언데드 소리가 들려왔다. 아까 총 쏘는 소리가 조금 시끄러웠던 모양이었다. 긴장을 풀고 있다 보면, 언데드의 목이 쉰 것 같은 신음과 투박한 움직임이 만드는 끔찍한 소음이 다시 온전한 정신을 붙들고 있기 힘들게 만들었다. 지금 타라와 껴안고 우리 아기의 숨소리를 듣고 있다면 얼마나 좋을까?

그렇겠지.

하지만 여기 나 같은 사람들은 무법지대 어딘가의 지붕에 있는 환기팬 옆에서야 '평온'을 느낀다. 저 아래 땅바닥에 어기적거리는 언데드들처럼 내 일부도 이 모든 일을 겪으며 소실되어 버렸다. 그때도, 그리고 지금도 모두를 둘러싸고 있는 이 대기의 어딘가에 그 단편이 남아 있다.

옥상에서의 처세술

2일 차

동이 트기도 전에 먼 바다의 물결과 바람 소리에 눈을 떴다. 항공기나 차, 인간이 만들어 내는 어떤 소리도 없었다. 예전 체르노빌 폭발로 유령 도시가 된 프리피야트처럼 이곳도 죽은 자들의 마을이었다. 나는 방독면과 후드를 쓰고 어떤 아수라장이 반길지 모를 아래로 내려갈 준비를 했다.

나는 배낭을 먼저 내려 보낸 다음, 오른손에 권총을 쥐고 내려왔다. 지면에 도착해 M4로 다시 바꿔 들고 점검했다. 약실 내부에 든 황동 탄환의 누런 빛깔에 마음이 평온해진 나는 해도에 표시해 뒀던 무전 주파수의 위치로 이동하기 시작했다.

아음속 탄환이 거의 이백 발, 초음속 탄환도 그쯤 되었다. 끝이 까만 아음속 탄환은 조끼 왼쪽, 끝이 빨갛고 더 시끄러운 탄환은 오른쪽에 있었다. 당연히 가능한 한 오래 음속 장벽을 깨고 싶지 않았지만, 혹여 일이 잘못되면 초음속으로 바꾸게 될 것이다.

나는 언데드가 우글거리는 거리와 골목을 피하도록 주의하며 건물들을 따라 움직였다. 다행스럽게도 이곳은 대도시에서는 가깝지 않고 물이 가까운 곳이었다. 처음 언데드가 발생한 게 겨울이었기 때문에, 해변의 휴양지는 그다지 붐비지 않는 듯했다.

그래도 여전히 내 행동은 놈들의 흥미를 끌기에 충분했다. 나는 번화가 두 곳을 피한 후, 단 두 마리가 쓰레기 더미 주변에서 비틀대는 골목으로 꺾어 들어갔다. 10미터 거리에서 두 마리 모두 쓰러뜨리고 시간을 들여 다 쓴 탄피를 회수했다. 그러다 보니 내가 막 지나온 길모퉁이가 언데드로 채워지기 시작했다.

놈들이 날 뒤쫓았다.

다가오는 무리를 피해 골목을 뛰다가…… 튕겨지듯 거리로 나오자, 즉시 언데드들에게 둘러싸였다.

유일한 선택지는 바로 앞에 있는 큰 벽돌 건물로 들어가는 것뿐이었다. 창유리가 끼워진 문으로 다가가 손잡이를 돌렸다.

잠겨 있었다.

가장 가까이의 부패한 시체들을 향해 세 발을 쏘아 몇 초나마 시간을 벌었다. 유리를 깨고 빗장을 풀기에 충분한 시간이었다. 컴컴한 건물로 쏜살같이 달려 들어가 문을 쾅 닫고는 다시 자물쇠를 걸었다. 미친 듯이 문 앞에 최대한 많은 물건을 쌓았지만, 그것들을 아주 오래 막지는 못할 것이라는 사실을 알고 있었다. 최소 스무남은 마리가 지금 나에게, 자기들 눈앞에서 아주 시끄러운 소음을 유발하던 노란 방호복을 입은 애피타이저에 관심을 보이고 있었다.

배낭 속의 야간 투시경을 뒤질 겨를도 없이 무기에 달린 조명을 켜서 타는 듯한 500루멘의 불빛을 어두운 방에 흩뿌렸다. 뒤에서 문의 유리를 깨고 나무를 쪼개는 언데드 때문에 어쩔 수 없이 음울한 복도를 나아갔다. 오른쪽으로 쭉 이어진 판유리 창의 작은 틈을 유심히 보니, 뭔가 바깥을 지나가는 것이 보였다. 나는 허둥지둥 널빤지가 덧대어진 유리문이 있는 다른 쪽을 향해 전력 질주를 했다. 문에 쇠사슬과 자물쇠가 단단히 맞물려 있는 것을 보다가 가슴이 덜컥 내려앉았다. 그건 문제도 아니었다. 벌써 한 놈이 널빤지를 쥐어뜯고 있었다. 나는 쇠사슬에 잠긴 문을 포기하고 층계참으로 가서 계단을 오르기 시작했다. 위쪽 어디선가 이미 그곳에 있던 시체 하나가 떨어져 내 뒤의 난간을 들이받으며 나뒹굴었다. 그것은 떨어진 충격으로 몸이 상한 채 바닥에 뻗어 있었지만 내 다리에 닿는 거리였다. 나는 거기에 신경 쓰지 않고 아래쪽 1층에서 들려오는 유리가 부서지고 나무가 쪼개지는 소리에서 벗어나려 계속해서 올라갔다.

계단 끝까지 올라오니 낡은 책상 뒤의 벽에 기대어 세워진 빨간색 사다리가 보였다. 나는 살기 위해 사다리를 오르며, 이제는 수십 년 전 일처럼 느껴지는 비행장 관제탑에 올랐을 때를 떠올렸다. 이번에는 낙하산이 없었다.

언데드들이 계단을 오르는 소리가 들렸다. 어떤 발소리들은 유독 빨랐다.

피폭된 놈들이었다.

나는 사다리 위, 3.5미터 높이의 공중에 있었고, 내 카빈총의 조명은 지붕으로 나가는 출입문을 고정하는 황동 자물쇠를 비추고 있었다. 불빛을 이리저리 돌리는데, 계단 꼭대기에 첫 번째 놈이 나타나더니 돌진해 오기 시작했다. 놈들의 입술과 눈꺼풀은 온데간데없었으며 감기지도 않는 눈은 마치 위스키 병을 찾는 알코올중독자처럼 나를 추적하고 있었다. 될 대로 되라는 마음으로 카빈총을 자물쇠에 걸쳐 올리고 소음기 끝을 자물쇠의 걸쇠에 맞췄다. 튕겨 나온 탄환에 죽을 위험을 무릅써야 했지만, 지금 사다리를 오르는 피폭 악마의 품에 떨어지는 것보다는 나았다. 나는 방아쇠를 당겼고, 자물쇠는 빗나갔으나 대신 출입문에 구멍을 뚫었다. 7.62밀리미터 카빈총의 빛줄기가 강철 사이로 새어 나갔다. 강철 보호캡 부츠를 움켜쥐는 죽은 자의 무쇠 같은 손아귀를 느끼며 나는 다시 방아쇠를 당겼다. 자물쇠가 날아갔다. 아주 작은 강철 조각이 방독면과 후드 사이의 틈으로 내 이마를 때려 피 몇 방울이 마스크와 아래의 아수라장에 흩뿌려졌다.

언데드들이 미쳐 날뛰었다.

나는 앞도 보이지 않는 채로 부츠 바닥으로 시체의 뼈와 이빨을 차며 거칠게 밀어내고 놈의 덫에서 내 발을 풀었다. 그리고 살필 겨를도 없이 출입문을 뒤통수로 찧다시피 부딪히며 몸을 위로 던지고 아래의 암흑 속으로 불빛을 뿌렸다. 나를 어떻게든 사다리 아래로 끌어내려 자신들의 품에 안기게 하려는 시체들의 손이 이루는 바다는 마치 기괴한 심해 식물과도 같았다. 그중 하나가 무리에서 드러나는가 싶더니, 자신의 앞에 방해가 되는 더 약한 좀비들을 쫓아냈다. 그것은 턱을 늘어뜨린 채 나를 올려다보며 으르렁거리더니 올라오기 시작했다.

나는 구멍 아래로 총을 쏴서 그것을 물결이 이는 손의 바다로 되돌려 보냈다.

나는 출입문을 쾅 닫으며, 건물의 암흑 속에서 더는 어떤 놈도 올라오지 않기를 바랐다. 내가 있는 곳은 몇 층 높이였고 다양한 높이의 건물들에 둘러싸여 있었다. 가이거 계수기는 여전히 쉬지 않고 소음을 쏟아 냈다. 방독면을 벗으면 안 된다는 뜻이었다. 마스크 안쪽은 김이 서려 있고, 바깥쪽은 피가 얼룩덜룩 튀어 있어 시야가 어지러웠다. 바람은 뉴올리언스의 잔해에서 불어오는 것이리라.

나는 해도를 확인하고 무전을 한 번 더 들어 보았다. 이제 신호 강도가 너무 세서 신호 출처까지의 거리를 추정할 수도 없는 상황이었다. 뒤에서 출입문이 덜컹거리는 소리에 장비들을 치우고 라이플을 등에 사선으로 맸다. 옆 건물은 여기서 불과 1, 2미터가량 떨어져 있었으며 이 건물보다 한 층 낮았다. 나는 옆 건물을 향해 달려서 뛰어올랐고, 구르듯 착지하면서 빗물 웅덩이에 드러눕는 처지가 되었다. 그리고 옥상으로 올라오는 모든 사다리 케이지가 안전하게 잠겨 있는 것을 둘러보며 새로 옮긴 건물 꼭대기의 주변을 확인했다.

내가 막 뛰어내린 곳에서 40미터 넘게 떨어진 곳에 밝은 아침 햇볕에 윤곽이 드러난 실루엣이 하나 있었다. 그것은 양팔을 늘어뜨리고 거리 너머로 내가 있는 쪽을 노려보며 가고일처럼 서 있었다.

오싹할 정도로 그것은 그 모퉁이를 떠나지 않았다.

빌어먹을 방사능. 과학자들도 도시들이 핵폭발되기 전까지는 방사능이 언데드에 미치는 영향을 알 도리가 없었을 것이다.

놈을 못 본 체하고 배낭에서 해도를 꺼내 신호가 뜨는 곳의 방향을 잡아 보기 시작했다.

두 블록쯤 더 가야 하는 듯했다.

지도를 접은 후 등에 메고 있던 무기를 쥐고 언데드를 처리하기 위해 몸을 돌렸다. 그것은 사라지고 없었다.

환기구에 기대어 세워진 기다란 판자를 이용해 다음 건물로 이동할 수 있었다. 조심스럽게 널빤지를 건널 때, 아래에 동면에 들어간 언데드가 서 있는 것을 보았다. 판자의 밑면이 깨져 잠든 좀비에게로 추락하는 상상을 하기 전에 무사히 반대편에 도착했다. 그런 생각은 하지 않는 것이 최선이지.

그러나 지붕 뛰기도 이내 끝이었다. 인접한 건물들은 길 건너 너무 멀리 있었다. 나는 해안에 문제가 없음을 확인한 뒤, 내가 입은 감자 칩 봉지의 주름이 부스럭거리는 소리를 들으며 금속 홈통 파이프를 타고 내려왔다.

자세를 낮게 유지한 채, 다음으로 몸을 숨길 지점인 버려진 구급차까지 이동했다. 가이거가 소음을 내기 시작했다. 금속 구급차는 방사능에 흠뻑 젖어 있었다. 이 금속 방사능 괴물 옆에 쭈그리고 앉아 있자니, 미세한 흔들림이 느껴졌다.

죽은 무언가가 안에 갇혀 있는 것이다. 계속 가야 해. 여기서 멈추면 안 돼.

길 건너편 와인 상점으로 향하다가 묘한 현장을 목격했다. 전혀 예상하지 못한 장면이었다.

체커스

2일 차

소형 케이블에 묶인 풍선이 길 한복판에 떠 있었다. 그리고 신원 미상의 시체 한 구가 그 아래, 나와 주류 매장 사이에 대자로 너부러진 상태였다. 그 시신은 처음 보는 위장 패턴의 군복을 입고 있었다. 일종의 거미줄 같은 육각형 무늬였다. M9을 입에 물었고 뒤통수의 상당 부분은 사라졌다. 방독면은 왼손 손아귀로 쥐고 있었으나 방호복은 입지 않고 있었다.

작업복을 입은 피투성이 다리가 무슨 일이 있었는지 말해 주는 듯했다. 그 군인인지 예비군인지 모를 자는 물린 상태였다. 아마도 남자였을 것이다. 플로리다의 작열하는 태양 아래 아주 오랜 시간 방치되어 있다 보면 분간하기가 쉽지 않다. 그는 모든 것을 잃어버렸다는 사실을 깨닫고 난 뒤 총알을 박았음에 틀림없다. 나는 그자의 몸이 여전히 나름 한 덩어리라는 점이 놀라웠다. 여기 무법지대에 악당들이 멋대로 돌아다니는 것을 생각하면 말이다.

그가 입고 있는 전투 조끼에 커다랗고 까만 상자가 꽂혀 있었고, 안테나가 빰을 가로질러 튀어나와 위를 맴돌고 있는 풍선을 매어 둔 줄에 묶인 상태였다.

조난 신호 무전의 출처였다.

전선 두 줄이 시신에 입혀진 조끼의 무전기에서 3미터가량 떨어진 직사각형 모양의 물체까지 이어졌다. 군인의 배낭이 이 특이하게 생긴 장치를 덮고 있었다. 배낭은 마치 흰곰팡이와 먼지로 뒤덮인 작고 잘 휘어지는 태양전지판으로 장식된 대형 오토바이의 묵직한 새들백 같았다. 나는 무전기와 새들백을 연결하고 있는 전기 리드선을 뽑은 뒤, 새들백을 들고 주류 매장 옆의 인적이 드문 골목으로 옮겼다.

혹 퇴로가 막힌 막다른 골목은 아닌지 확인한 후 나는 배낭을 뒤지기 시작했다. 회색의 디지털 위장 패턴의 원단은 피폭으로 인해 빳빳하고 빛이 바래 있었다. 예상대로 위쪽에는 비축해 둔 식량과 물이 있었다. 나중에 이걸 먹으려면 가이거 계수기로 측정해 봐야겠다.

식량 아래에는 태블릿이 충전되고 있는지 전선이 연결되어 있었다. 그 아래, 가방 밑바닥에는 생존자의 배낭에 어울림 직한 자질구레한 물건들이 보였다. 밧줄, 주머니칼, 자동차 문을 열 때 쓰는 쇠지렛대, 자물쇠를 여는 뾰족하고 톱날 달린 도구, 그리고 내 블랙아웃 카빈총에는 무용한 5.56밀리미터 탄약 상자.

나는 배낭을 근처 콘크리트 구조물에 걸쳐 두고 거리로 돌아가 군인의 시신을 수색했다. 내가 입고 있는 방호복과 방독면을 고맙게 느끼며 군인의 팔 아래 부패하고 있는 몸통을 꽉 잡고 콘크리트 바닥에서 떼어 냈다. 여전히 공중에 떠 있는 안테나에 전선으로 이어져 있음을 깨닫고 로프 고리와 시신을 분리했다. 안테나가 달린 풍선은 천천히 떠오르다 건물들 꼭대기를 벗어났다. 풍선에 달린 금속 케이블이 질질 끌리는 소리가 근처 지붕을 가로질러 들리다가 사라졌다.

시체를 골목으로 끌어당기는 중에 정말 믿기 힘든 일이 벌어졌다.

내 방호복 후드와 방독면의 음향 장치를 통해 거의 소음이 없는 서보모터가 회전하는 소리가 낮게 들려왔다. 어깨 너머로 보니 다리가 네 개인 직사각형 모양의 동력원이 잔해에 묻힌 채 서 있었다.

수개월간 쌓인 먼지와 그을음이 그 기계의 틀과 연결 부위에서 우수수 떨어졌다. 보아하니 일종의 진단 프로그램인 듯했다. 자칫 기계의 낮은 소음이 죽은 자들을 부르지 않을까 걱정된 나는 시체를 골목으로 재빠르게 끌었다.

네발짐승 모양 기계의 머리가 몸체로부터 젖혀지자, 아마도 기계의 눈 역할을 하는 것으로 추정되는 작지만 빠르게 선회하는 거울 같은 것이 보였다. 기계는 로트와일러 정도의 크기였다. 그것은 눕혀져 있던 다리를 움직이며 내가 있는 방향으로 걷기 시작했다. 금속과 탄소 섬유로 만들어진 다리가 콘크리트를 디디며 내는 으스스한 소리에 당장 카빈총을 움켜쥐고 총알을 낭비하고픈 충동이 들었다.

나는 군인의 시신을 놓고 뒤로 물러서서 기계가 프로그램에 입력된 대로 동작하도록 두었다. 기계가 그에게 3미터 거리까지 접근해 잠시 서 있더니, 모터가 조용히 회전 속도를 줄이고 머리는 다시 몸체 안으로 접혀 들어갔다. 그런 다음, 다리가 굽혀지며 정비공의 유압 리프트처럼 천천히 내려앉아 다시 원래의 작은 직사각형 상태로 돌아갔다. 길에서 다른 움직임이 들리자, 나는 재빨리 새들백을 움켜쥐고 군인의 시신을 주류 매장 뒤의 골목으로 끌고 들어갔다. 다시 한 번 기계가 소생해 시신의 3미터 거리까지 다가와 멈추고는 앉았다.

나는 시체에 가치 있을 만한 물건이 있는지 확인했다. 고정식 나이프, 버튼 색깔이 알록달록하고 알이 큰 손목시계, 방탄복이 있었다. 방탄복은 시체의 부패로 인해 몇 달이나 악취에 절어 있었으므로 여기 두고 갈 것이다. 칼을 새들백에, 시계를 방호복 카고 포켓에 넣었다. 수확에 나름 흡족해한 뒤, 현재의 곤란한 상황을 곰곰이 되새기며 내 배가 안전하길 간절히 바랐다.

죽은 군인은 원격 식스 주파수로 송신하고 있었다. 그의 조직이 지도에서 사라졌고 아마 그즈음 이 사람은 자신의 머리에 총알을 박았겠지. 물론 확실하게 알 방법은 어디에도 없었다. 이 사람 임무가 뭐였을까? 개처럼 생긴 이 기계의 용도는 무엇이었을까? 왜 기계가 그를 따라다닌 걸까?

나는 향후 있을지도 모를 조사를 위해 시체와 기묘한 네발짐승 모양 기계의 위치를 기록했다. 주류 매장의 반대편 길에서 들려오는 소리가 여기에 대한 내 호기심을 반감시켰다.

가까이에 언데드가 있었다.

나는 새들백을 어깨에 짊어지고 걸음을 뗐다. 뒤에서 전기와 유압 모터가 구동되는 소리가 들렸다. 뒤를 돌아보니 기계가 따라오기 시작했다…….

……나를.

처음에는 느린 걸음이었다. 내가 속도를 올리자, 그것 또한 속도를 냈다. 전력을 다해 뛰자, 그것 역시 달리더니 재빨리 나를 따라잡고 3미터 이내에 머물렀다. 언데드 사태가 일어나기 전에 인터넷 동영상과 뉴스 기사에서 이런 얘기를 본 기억이 났다. 북동부의 한 연구실에서 동물처럼 움직이는 전쟁 보조 로봇을 연구한다는 얘기였다.

내가 대로 뒷골목을 따라 신속하게 움직이자, 기계가 민첩하고 충직하게 따랐다. 공동묘지로 이어지는 경사로를 올라도 따라오는 데엔 아무런 문제가 없었다. 내가 묘비 사이를 비효율적으로 꼬아 걸었더니, 그것은 더 효율적인 루트로 따랐다. 추가적으로 짊어지게 된 짐의 무게에 피곤해진 나는 시신에서 수확한 새들백을 네 발짐승 위에 얹고 그 몸통에 고정시켰다. 그래도 그것은 새들백을 얹은 상태로 이전과 똑같이 움직였다.

기계는 전투의 상흔으로 덮여 있었다. 총탄에 훼손된 동체와 긁힌 자국이 있는 탄소 섬유는 온갖 일을 다 겪었음을 짐작케 했다. 기계의 흉갑에는 체스 판 무늬가 있었는데, 몇 달인지 모를 시간 동안 누군지 모를 군인을 따라 불모지를 돌아다니면서 흠집이 나 있었다.

나는 공동묘지 한가운데 멈춰 서서 재정비를 했다. 고독호는

1.5킬로미터 정도 떨어져 있었다. 이 기계를 쓰는 데에 딱히 심각한 문제는 없어 보였다. 하지만 애정에 굶주린 짐꾼은 바라지 않았다. 사실 기계의 소음이 크지는 않았지만, 언데드 근처에 있을 땐 다소 불안할 정도이긴 했다. 정말 문제가 된다면 기계에 실탄을 가득 퍼붓고 불똥이 튀는 채로 길에 내버려둬야지.

배로 돌아가는 계획에 확신이 서자, 자세를 낮추고 색이 바랜 인공 석물을 지나 잡초가 무성히 자란 공동묘지를 빠져나왔다. 묘지 끄트머리에 언데드 대여섯 마리의 무리가 보였다. 놈들을 우회해 갈 방법이 없었다. 어느 방향으로 가든 시체들로 뒤덮인 건물숲 깊이 들어가게 될 것이다. 게다가 여기는 빠져나갈 옥상 통로도 없다.

나는 높은 풀 속에 배를 깔고 엎드렸다. 붉은 점 시야에 언데드가 있었다. 나는 언데드들이 혹여 너무 격하게 움직이더라도 놈들을 날려 버릴 탄환은 충분하다고 마음을 다잡으며 전방의 바리케이드를 치우기 시작했다. 내가 첫 방아쇠를 당긴 순간, 기계가 벌떡 일어나더니 내 앞쪽 콘크리트 도로로 빠르게 달려 나갔다.

그것은 언데드를 향해 달려가고 있었다.

놈들은 일시적으로 그 움직임에 동해 움직이는 기계 쪽으로 비틀비틀 걷기 시작했다. 로봇이 놈들의 시선을 돌리는 동안, 나는 한 마리씩 겨냥해 총을 쏘았다. 마지막 놈까지 쓰러진 뒤, 로봇은 180도 회전해 천천히 내가 있는 자리로 돌아오기 시작했다. 3미터 이내의 거리. 그것의 머리가 몸통 안으로 들어가고, 그 몸통은 서서히 땅으로 내려앉았다. 그리고 다리는 전투의 상흔이 남은 동체 안으로 접혀 들어갔다. 나는 자동화의 산물에 깊이 감탄하며 앉아 있었다. 그것이 왜 나를 따라오는지 깨닫게 될 때까지 영문도 모른 채.

주머니에 넣은 시계. 그래, 그거였다.

장갑 낀 손으로 시계의 벨크로 스트랩을 잡으려고 더듬거렸다. 마침내 시계를 찾고 나니, 사실 이것은 시계가 아니고 일종의 웨어러블 컴퓨터, 아마도 신호 장치 같은 물건임을 알아차렸다. 나는 표면에 또렷이 보이는 버튼 네 개를 누르지 않도록 조심하면서 손목에 착용했다. 괜히 만지작거리다가 잘못 누르면 즉각 기계가 멈출지, 폭주 모드에 돌입할지, 아니면 또 다른 바라지 않는 동작을 하게 될지 알 수 없었으므로.

등 뒤에서 다른 소리가 들렸다.

멈춰 서서 내 쪽으로 접근하는 방사능 괴물을 향해 총을 쐈았다. 목표물을 빗나갔다. 다시 로봇 개가 살아나 타깃 지점으로 빠르게 이동해 놈에게 혼란을 주었다. 이쯤 되니 왜 동체에 총탄의 상흔이 남았는지 눈에 훤했다. 기계는 주인을 보호하도록 프로그램되어 있었다.

이 괴물이 기계 옆으로 피하며 자신이 목표로 삼은 먹이에 다시 집중해 오기 시작할 때, 나는 다음 총격을 가했다. 정수리가 날아간 놈이 로봇 개 위로 쓰러지면서 녀석을 옆으로 밀쳤다. 기계 다리의 서보가 윙윙 회전하면서 즉각 그 상황을 벗어났다. 그것은 내게 되돌아와 다시 한 번 절전 프로토콜로 여겨지는 동작을 실행했다.

소음기가 달린 내 카빈총의 소음이 기계보다 세 배는 컸을 것이었다. 총성은 거리와 골목을 따라 울려 퍼지고 언데드를 불러들

였겠지. 높이 자란 풀숲을 지나 거리로 나오자, 소리에 흥분한 좀비들이 날 알아차리고 일제히 불분명한 신음을 내며 순식간에 연쇄 반응을 일으켰다. 이제 인근 건물과 가게들에서 언데드가 떼를 지어 쏟아져 나오기 시작했다. 깨진 유리 소리가 거리 가득 울렸다. 그리고 나는 다시 한 번 무너져 가는 벽돌 건물로 쫓겨 올라가는 신세가 되었다. 영장류의 지혜로 다시금 높이를 이용해 이 시대의 맹수 호랑이를 피해 달아나는 꼴이 현대의 원시인이라고 해도 무방했다.

널널한 크기의 2층 건물 뒤에 부분적으로 가려져 내가 알아채지 못했던 공동묘지의 배수관을 활용해 건물 꼭대기로 올라가기 시작했다. 기계도 이쪽으로 다가와 배수관에 붙을 정도로 거리를 좁히고는 거기 남아 있었다. 급속히 선회하는 시각 감지기는 지금 건물 꼭대기에 서 있는 나에게 고정된 것처럼 보였다. 내가 기계의 시야에서 벗어나면 무슨 일이 생길까 궁금해하며 그것을 내려다보았다.

다행스럽게도 지붕에 언데드는 없었다. 사투를 벌이는 사이, 방독면에 부분적으로 김이 찼다. 나는 거기 서서 호흡을 가다듬었다. 가이거 계수기를 확인하며 잠시 방독면을 벗었다. 쌍안경으로 재빨리 주변을 훑어보고 내가 올바른 방향으로 움직이고 있음을 확인했다. 저 멀리 고독호 돛대가 천천히 흔들리고 있었다. 나는 이제 통조림을 좀 먹고 배낭에 남은 물을 전부 마셔 버렸다. 로봇의 새들백과 카약의 비상 저장고에 물이 더 남아 있었으니까.

이제야 시계처럼 생긴 신호 장치의 색깔별로 구분된 버튼을 자세히 들여다볼 수 있었다. 체계는 원격 전자 열쇠와 비슷했다. 미니어처 사이먼 게임[4]처럼 시계 얼굴의 사분면에 파란색 대기 버튼, 초록색 추적 버튼, 그리고 안전장치가 된 빨간색 경적 버튼이 배열되어 있었다. 노란색 버튼도 있었으나, 어떤 기능의 버튼인지 표시되어 있지 않았다. 지붕 가장자리에 가서 다시 확인해 보니, 로봇은 배수관 아래쪽에 여전히 대기하고 있었다. 공동묘지에서 쫓아온 놈들은 반대편으로 돌아 다른 거리로 흘러 나갔다. 우선 지금 당장은 그랬다.

나는 파란색 대기 버튼을 눌렀다.

기계의 머리가 다시 접혀 들어가고 몸체는 바닥에 내려앉았다.

이번에는 초록색 추적 버튼을 눌러 보았다.

예상대로 기계가 다시 살아났다. 하지만 이번에는 건물 모퉁이를 돌아 시야 밖으로 빠르게 사라졌다.

나는 동작을 관찰하기 위해 지붕 반대편으로 달려갔다. 그것은 건물의 정문을 빙빙 돌며 접근 지점을 스캔하는 듯싶더니 다음 모퉁이를 돌았다. 그리고 작은 언데드 무리를 지그재그로 지나치며 건물을 크게 한 바퀴 돌았다. 놈들은 로봇을 먹을 수 없는 것으로 치부하고 별 관심을 기울이지 않았다.

기계는 처음 출발했던 배수관 옆으로 돌아와 멈추고 센서를 다시 내게 고정했다.

그때 한 가지 아이디어가 떠올랐다.

다시 한 번 초록색 추적 버튼을 눌렀다. 기계가 다시 건물을 시계 방향으로 돌기 시작했고, 나는 오목하게 들어가 있는 빨간색

---

4) 미국의 전자 게임. 원판의 사분면이 빨강, 파랑, 노랑, 초록으로 나뉘어 있고 프로그램이 불이 켜지는 순서를 생성하면, 사용자는 그 순서를 기억해 터치해야 한다.

경적 버튼을 눌렀다. 기계 상단의 스피커에서 귀청이 찢어질 것 같은 소리가 터져 나왔다. 구급차가 지나가는 것처럼 기계가 모퉁이를 돌면서 도플러 효과[5]로 인해 음높이가 달라졌다. 거리에서 줄지어 휩쓸려 다니던 언데드 무리가 방향을 바꿔 건물을 도는 기계를 뒤쫓았다.

나는 신속하게 방독면과 후드를 뒤집어쓰고 기계가 추적 임무를 다 끝내기 전에 배수관을 급히 내려왔다. 그런 다음 방호복이 허용하는 한 최대한 빠르게 고독호를 향해 내달렸다.

기계가 점점 따라붙으며 뒤에서 기계의 윙윙거리는 사이렌 소리가 점점 크게 들렸다. 나는 빨간색 버튼을 더듬어 찾아 힘껏 눌렀다. 그 소리는 몇 초 만에 멈췄지만, 이미 때는 늦었다. 가까운 콘크리트 길 위에서 기계 발소리가 철컥철컥 들렸다. 그것은 벌써 날 따라잡은 데다, 적어도 백 마리 정도 되는 언데드를 몰고 오고 있었다.

랜드폴 마리나는 이제 겨우 100미터도 안 되는 거리에 있었다. 나는 작은 식당을 지나 달렸으나, 모퉁이를 돌자 뭔가가 튀어나와 덤벼들더니 나를 흙으로 내동댕이쳤다.

지붕에서 봤던 그놈이었다.

놈은 내 두툼한 고무장화를 물어뜯었다. 영락없이 죽은 목숨이라 느낀 나는 신발에 붙여 두었던 얼음송곳을 뽑아 들고 놈의 두개골을 수차례 찍었다.

---

5) 음원과 관찰자의 상대적 운동에 따라 음파의 진동수가 변화한다는 이론. 음원이 관찰자에 가까워지면 음파가 겹치며 진폭이 커지고 진동수가 증가해 소리가 커지고, 반대가 되면 소리가 작아진다.

무리가 거의 가까이 다다랐다. 내가 공격해 오는 놈을 찌르고 있는데, 기계가 속도를 올리는 소리가 들리더니 녀석이 풋볼 수비수 같은 기세로 놈에게 달려들었다. 미처 놈의 두개골에서 뽑지 못한 얼음송곳이 내 손에서 떨어졌다. 그 시체는 거의 2미터를 날아가 벽돌 건물 모서리에 처박혔다. 나는 기계에 달린 D 자형 금속 고리를 움켜쥐었고, 기계는 나를 시체 무리로부터 끌어내기 시작했다. 나는 몸을 일으켜 선착장으로 도망쳤다.

언데드에 물리면서 방호복에 구멍이 난 것은 아니지만, 놈의 입이 옥죄었던 통증은 고스란히 남아 있었다. 발포 준비가 됐다. 바삐 움직이는 다리는 멈추지 않은 채, 상체만 돌려 굶주린 시체 무리를 향해 총을 난사했다. 놈들 쪽에서 바람이 불어왔다. 뭔가 강력한 냄새가 방독면 필터를 뚫고 들어왔다.

나는 아드레날린이 뿜어져 나오는 데다 전투와 도망으로 인해 시야가 좁았기 때문에 신발 바닥에서 질감의 차이가 느껴질 때까지 부두에 도착했다는 것을 깨닫지도 못했다. 내 몸은 본능적으로 고독호를 향해 움직이고 있었다. 혹여 무리와 맞붙어 싸우고 싶었다 해도 그러지 못했을 것이다. 이 시점의 나는 기계의 정확한 위치를 파악하지도 못한 채 달리고 있었다. 부두에는 시체들이 빽빽이 들어차 있었다. 전체 무리가 한꺼번에 선착장에 들어서려 하면서 일부는 물에 빠지기까지 했다. 네발 달린 기계를 걱정하다 죽을 수는 없는 노릇이었으므로 무작정 계속해서 달렸다.

보트를 향해 막판 스퍼트를 내기 전 마지막으로 고개를 돌려 뒤를 확인하다 등골이 서늘해졌다.

방사능 언데드 세 마리가 무리를 뚫고 일직선으로 달려오고 있었다.

카약을 묶어 둔 밧줄을 풀 여유도 없었다. 벨트에서 헤일로 나이프를 잽싸게 뽑아 칼날을 빼고 계선줄을 잘랐다. 달려온 놈들이 나와 닿으려는 순간, 나는 아직 접지 않은 칼에 찔리지 않도록 주의하며 보트를 향해 반쯤은 뛰고 반쯤은 떨어졌다. 그 반동에 카약이 부두에서 더 멀찍이 밀려났다. 배에 반쯤 올라탄 상태에서 주변에 시체들이 물에 빠지는 소리가 들렸다. 몇몇은 헤엄치다 물에 빠진 사람처럼 마구 허우적거렸고, 또 몇몇은 끔찍한 공포 영화에서처럼 누군가의 발을 잡아당기길 기다릴 심산으로 어두컴컴한 심연으로 가라앉았다. 방사능 언데드 세 마리는 선착장에 서서 이를 악물며 뼈가 다 드러난 손을 꽉 쥐었다. 내가 제때 떠나지 못했더라면 놈들은 틀림없이 나를 가리가리 찢어 놓았을 것이다. 나는 빛바랜 나무에 피를 흩뿌리고 물속에 내장을 흘리며 선착장 아래 어둠 속으로 온갖 바다 생물들을 불러들였을 것이다.

저 개자식들이 점프할 가능성에 대비해서 노를 저어 부두로부터 몇 미터 멀어졌다.

장비를 정리하고 방사능 수치를 확인했다. 부두에서의 일들 때문에 약간 높은 편이어서 가벼운 폐소공포증이 시작됐는데도 방독면을 벗을 수가 없었다. 많은 놈들이 물에 빠져 허우적거리거나 가라앉았다. 놈들이 서로 밀고 밀리며 무리가 다소 줄어들자, 나는 네발짐승 기계를 찾아보았다. 간신히 부두 아래편에 뭔가 보였다. 기계가 언데드를 가장자리로 쳐내고 있었다. 나는 방사능 좀비 세 마리에게 방아쇠를 당겨 놈들의 뇌를 바다에 퍼뜨렸다. 그중 둘은 맥없이 바다로 떨어졌고, 세 번째 놈은 부두 바닥에 고꾸라졌다.

기계가 부두 끝에 가까워지면서 기계의 '가슴'에 그려진 체크무늬가 보이기 시작했다. 사실 기계는 언데드를 바다에 빠뜨리려는 것이 아니라 놈들에게 가차 없이 밀리면서 그저 균형을 잡으려는 것일 뿐이었다.

그것은 잘린 계선줄 근처에 다다르자, 빠른 속도로 도는 거울 같은 시각 센서로 나를 응시하며 그냥 그 자리에 서 있었다. 아직은 부두에 언데드가 너무 많았다. 기계가 카약으로 뛰어들 수 있을 것 같지도 않았고, 소금물이 기계에 좋을 것 같지도 않았다. 추정해 보건대, 기계의 무게는 45킬로그램을 훌쩍 넘었다. 그럼에도 여전히 기계 위의 새들백에 든 것들을 포기하고 싶지는 않았다.

나는 신호 장치의 파란색 대기 버튼을 누르고 기계의 머리가 다시 접혀 들어가고 둔탁한 쿵 소리와 함께 동체가 부두 바닥에 내려앉는 것을 지켜보았다. 선착장에 시체가 들끓고 주변 바다도 언데드 때문에 요란한 상황이므로 일단 새들백 회수에 대한 마음을 접고 고독호로 돌아가기로 했다.

범선으로 귀환한 나는 고독호 끝에 카약을 계류하고 방호복을 벗기 시작했다. 합성수지로 만든 방호복을 입고 있느라 지독히도 더러웠다. 오염된 방호복, 속옷과 방독면까지 물에 던져 넣었다. 그러고는 선미 돌출부에서 비누와 음용수를 사용해 짧지만 대단히 즐거운 샤워 시간을 가졌다. 샤워 노즐을 돌리자 프로판이 작동하는 소리가 들리고 즉각 샤워기에서 더운 물이 나왔다.

방사능 수치를 확인한 후, 방독면을 선실로 던져 두고 깨끗한 옷과 N95 종이 마스크, 그리고 오염 물질을 제거한 신호 장치 시계를 착용했다. 이 정도 거리에서 기계는 식별이 되지 않았으나, 언데드가 여전히 부두에서 떼를 지어 서성거리는 모습은 보였다. 아직 해가 지기까지 시간이 많았으므로, 정화 작업을 마치고 장비를 집어넣은 뒤 두어 시간 눈을 붙이기로 했다.

오후 3시, 알람이 울렸다. 나는 몇 분간 침대칸에 앉아 있다가 다리를 들어 올려 부츠를 신고 신발 끈을 묶었다. 나는 금속 커피잔에 물을 약간 따른 다음 그것을 델 정도로 뜨거운 프로판 스토브 가까이에 놓고 인스턴트커피를 넣었다. 보급품이 결코 바닥나지 않기를 바라지만, 얼마든지 그런 일이 일어날 수 있다는 것도 알고 있었다. 고작 인스턴트커피지만, 언젠가 그조차도 없는 세상이 올 것이다. 가랑비가 내려 멕시코만 연안의 흐리고 탁한 녹색 바닷물을 건드리고 있었다.

가이거를 확인해 보니 방독면까지는 쓰지 않아도 괜찮겠다는 생각이 들었다. 특히 가랑비가 방사능 먼지를 가라앉히면 N95만으로 충분하고도 남을 것이다.

부두는 이제 평온했다. 쌍안경을 통해 고작 몇 마리가 보일 뿐이었다. 카약을 단단히 고정하고 고독호 디젤 엔진을 가동했다. 스위치를 탁 누르자, 윈치가 바다 깊은 곳의 닻을 햇살 속으로 끌어올리기 시작했다. 고독호보다 큰 배는 혼자 몰아 볼 시도조차 하지 않을 작정이다. 바로 이 순간도 쉽지 않았으니까. 나는 고독호를 몰고 선착장으로 돌아가 가이거 계수기와 부두 앞바다를 주의 깊게 관찰했다.

선착장에 가까워지자 고독호 뱃머리가 북극의 쇄빙선처럼 언데드 시체들 사이를 갈랐다. 지나치며 보니, 물고기들이 시체에 입질을 하고 있었다. 큼직하게 뜯어 먹힌 시체도 드문드문 보였다.

상어의 소행이었다.

배의 속도를 낮추고 밧줄을 준비했다. 엔진 소음이 이목을 집중시키기 시작하는 중이었다. 배의 엔진을 공회전 시키고 뱃고물은 부유하게 둔 채로 선착장의 밧줄걸이 너머로 줄을 던졌다. 뱃머리로 올라가 철제 난간에서 부두로 뛰어내렸다.

빗줄기가 거세지기 시작했다. 선착장 너머 멀리까지는 보이지 않았다. 손을 뻗으며 다가오는 대여섯 구의 시체로 인해 나무바닥이 삐걱거렸다. 그중 하나가 울퉁불퉁한 판자에 걸려 넘어지며 바닥에 고개를 처박았다. 나는 절로 큰 웃음이 터져 나왔다. 그 무리를 총으로 쏜 다음 휴면 중인 기계에서 새들백을 분리했다.

인간이 늘 이성적이지는 않다. 나는 분명 고독호에 다시 올라타 떠날 생각이었지만, 스스로에게 이렇게 묻고 있었다. *새들백만 챙기려는 의도였다면 왜 고독호까지 끌고 왔지? 그냥 카약을 타고 오면 되었을 텐데……*.

계선줄을 당겨 뱃머리를 가까이 오게 했다. 부두에 쏟아지는 비 사이로 더 많은 언데드가 시야에 포착되었다. 너무나 많았다. 나는 살아남기 위해 탄창을 쏟아부어야 하는 상황이 오면, 대개 회피하는 편이었다.

배를 고정하고 손목의 초록색 추적 버튼을 눌렀다. 기계는 내 쪽을 향해 서 있었고 회색 티타늄으로 덮인 가슴 부위의 체크무늬가 뒤에서 몰려오는 무리와 선명히 대조되었다. 기계에 지능이 없다는 것을 알고 있었지만, 그것은 마치 *이제 어떻게 하죠?* 하고 묻는 듯이 머리를 옆으로 갸우뚱하며 나를 바라보았다.

나는 기계의 틀을 단단히 붙잡아 조심스레 뱃머리로 올리고 배에 올랐다. 놈들과 거리가 몇 미터 남지 않았다. 계류삭을 풀어 그걸로 짧게 사슬을 만들고 기계를 고정했다. 그리고 줄을 묶으면서 기계가 고독호의 완만한 흔들림에 맞춰 우아하게 균형 잡는 모습을 바라보았다. 매듭을 마무리해 갈 무렵, 기계 머리의 번개 같은 동작에 먼저 놀라고 뒤이어 등 뒤에서 크게 울리는 쿵 소리를 들었다. 얼음장처럼 싸늘한 손아귀가 내 종아리를 움켜쥐는 것이 느껴지는 순간, 나는 갑판으로 거칠게 끌려가고 있었다.

잠깐 동안 눈에 별이 번쩍거리는 느낌이었다. 시각이 회복되자, 방사능 언데드가 부두에서 점프해 곧 철제 난간을 넘으려는 모습이 보였다. 카빈총은 등에 멘 상태였으므로 허리춤의 글록 권총을 뽑아 총을 쏘았다. 비록 소음기가 달린 총의 총성에 귀가 익숙해졌다고 생각했지만, 놈의 두개골이 쪼개지면서 생긴 고막을 찢는 듯한 폭발음에 하마터면 총을 떨어뜨릴 뻔했다. 나는 갈고리를 사용해 놈을 난간 너머 깊은 바다로 밀어붙였다.

나는 귀가 먹먹했고, 울리는 귀를 통해 들려오는 소리에 불안해졌다. 총성에 반응하듯, 신음과 비명 소리가 터져 메아리쳤다.

나는 고독호 뱃머리를 돌려 남쪽으로 향하며, 진격하는 언데드 군대로부터 벗어났다. 이 지역에는 피폭된 놈들이 너무 많아서 다시 올 가치도 없었다.

비가 세차게 쏟아지는데도 기계는 갑판에 서서 눈도 깜박이지 않고 자신의 새로운 주인을 바라보고 있었다.

해적

2일 차

뱃머리가 마음을 달래 주듯, 리듬을 타며 서서히 오르락내리락했다. 고독호는 방사선 구역을 벗어나 멕시코만 연안을 따라 동쪽으로 움직이고 있었다. 장비들은 완전히 정화되었고 내가 '체커스'라고 별명 붙인 기계는 짠 바닷물이 튀지 않게 방수포로 덮어 뱃머리에 휴면 상태로 두었다. 이제 고독호에서 방사선을 내뿜는 것은 기계뿐이었다. 깨끗이 닦았는데도 여전히 가이거에서 잡음이 나오고…… 수치가 크지는 않으나 취침 구역으로 가져오는 대신 바깥바람을 쐬게 두는 게 낫겠다 싶었다.

가시거리가 여전히 좋지 않아 고독호가 시속 9킬로미터의 속도로 나아가는 동안 나는 멕시코만 연안이 왼쪽 어깨 너머에 보이도록 방향을 유지했다. 선체는 손을 좀 봐야 할 텐데, 그 많은 시체가 물에 빠지는 걸 본 이상 당분간은 스쿠버다이빙할 엄두를 내지 못할 듯했다. 고물의 선장 의자에 앉아 있어도 이따금 바람이 내 쪽으로 차디찬 소금물을 끼얹어 티셔츠와 반바지, 샌들을 흠뻑 적셔 놓았다. 그 와중에도 내가 언데드보다 훨씬 사악한 무언가를 맞닥뜨리는 순간을 대비해 M4는 타륜 옆 총집에 들어가 있었다.

요즘 이곳에는 해적이 횡행했다.

그리 오래된 일은 아니었다. 어쩌면 중국 원정 직후인 두 달 전쯤. 나는 여기서 동쪽인 파나마시티 앞바다에 있었다. 그저 벅에게 먹일 이유식 통조림을 찾으려 본토로 갔다가 다시 돌아온 참이었다. 더 정확히 말하자면 쇼핑 카트를 가득 채운 상태였다. 나는 카약 뒤에 단 작은 공기 주입식 보트에 상자를 쌓고 있었다. 고독호로 돌아가는데, 500미터쯤 떨어진 다른 선착장에서 총성이 터졌다. 내 아음속 탄환의 단점은 거리가 200미터를 넘으면 별로 효과적이지 않다는 점이었다.

하지만 그보다 더 멀면 도망친다는 규칙은 확 트인 바다에서 적이 사정거리가 1000여 미터나 되는 무기를 들고 나를 쏘는 상황에서는 알맞지 않았다.

총알이 바다를 건너 주변을 때리고 고독호의 강철 선체에 쿵쿵 부딪쳤다. 나는 저격수와 나 사이에 고독호를 끼고 그의 시야에서 벗어났다. 일단 획득한 물품들을 표류하게 두고 카약에서 배의 고물로 뛰어올랐다. 그리고 갑판으로 내려가 카빈총의 탄환 이백마흔 발을 회수해 사전에 설치해 둔 거치대에 재빠르게 장착했다. 저격수의 탄환이 내 배를 때리는 동안, 나는 탄띠 송탄식 기관총을 발사하기 시작했다. 모래사장과 바위가 터지고 버려진 배들이 부서지는 것이 보였다. 내 탄환이 한 버려진 선박의 프로판 탱크에 맞자, 선박의 창문이 날아가고 거대한 불덩이가 하늘로 뿜어졌다. 저격수가 있을 만한 곳을 알 길이 없어서 7.62밀리미터 기관총에 연결했던 탄환을 순식간에 다 써 버렸다.

분대자동화기의 탄환이 떨어지고, 녹스는 것을 방지하기 위해 총열에 발라 둔 증발용 윤활유로 인한 연기가 피어오르는 동안, 나는 고막이 울리는 고통으로 주저앉아 있었다. 잠시 궁금해졌다. 어떤 정신 나간 새끼가 삼면에 언데드 100만 마리가 우글거리는 파나마시티 해안에서 총격전을 벌일 만큼 멍청한 걸까.

도주 계획이 있는 인간이다.

50만 달러짜리 붉은색 쾌속정이 선착장에서 튀어나와 내 쪽으로 쏜살같이 달려왔다. 내 고막은 이백마흔 발을 쏘아 댄 뒤 엉망이 되어서 놈의 엔진 소리도 듣지 못했다. 더듬더듬 다른 탄약을 찾아 급히 기관총에 장전하는 과정에서 팔뚝을 총열에 데었다. 욕설을 퍼부으며 기관총을 거치대에 올렸다.

쾌속정이 내 배를 덮치기 일보직전이었다.

나는 힘을 주어 방아쇠를 당기며 반짝이는 크롬 엔진 덮개와 아름다운 빨간색 선체에 총알을 퍼부었다. 불꽃이 튀고 연료가 사방에 흩뿌려지며 바다와 죽은 덩치들의 잔류물을 뒤덮었다. 배에 펑펑 폭발음이 나고 불도 날 정도였지만, 정작 해적 두 놈을 끝장내지는 못했다. 방탄복을 입고 소총과 대못이 박힌 야구 방망이로 무장하고 있었는데, 한 놈이 선체에서 뛰어올라 바다로 뛰어들며 내 방향으로 무언가를 던졌다.

수류탄이었다.

수류탄을 피해 배 밖으로 뛰어내릴 것인가, 아니면 총격을 계속할 것인가 선택의 순간이었다.

나는 쾌속선 운전사들에게 총을 난사하는 쪽을 택했고, 빗발치는 총탄에 놈들의 뼈와 근육, 방탄복과 살점이 터져나갔다. 그러던 중 쾅 하는 굉음과 함께 폭탄이 터지고 하늘로 어마어마한 크기의 물기둥이 솟구쳤다.

피어오르는 기관총 총열의 연기와 함께 나는 뱃머리에 앉아 물결 너머 살육의 현장을 지켜보았다. 호화스럽던 쾌속정은 보니와 클라이드[6] 수준으로 벌집이 된 채 난파되었다. 시체는 갈기갈기 찢기고 머리도 거의 사라져서 얼굴은 형체도 알아볼 수도 없을 정도였다.

해적선이 될 뻔했던 쾌속정 근처의 바다가 거센 물결을 일으켰다. 황소상어가 수면에 얼핏얼핏 비치더니 아래쪽의 붉은 고기 한 덩어리를 떼어 갔다. 1분 후 배는 완전히 화염에 휩싸였다. 다행히도 바람이 살 타는 냄새를 고독호로부터 멀리 날려 버렸다.

배 옆쪽 수면에 기절해서 둥둥 떠 있는 물고기 대여섯 마리가 보였다. 나중에 식욕이 돌아올 때를 위해 물고기를 그물로 건져 냉각기에 넣었다.

나는 이유식을 구하려다 영영 돌아오지 못할 뻔했던 이 사건에 대해 타라에게 절대 얘기하지 않겠다고 다짐했다.

세상에는 좀비보다 나쁜 것들이 많다. 그렇고말고.

---

6) 보니와 클라이드: 1930년대 유명한 커플 은행강도단. 경찰에게 사살 당했다.

윈드토커[7]

3일 차

나는 거의 밤새도록 타륜을 잡고 너울과 맞섰다. 3시 30분쯤 폭풍우가 지나고 고독호는 죽은 듯이 잠잠해졌다. 디젤유를 낭비하기에는 모항과 너무 떨어져 있었기 때문에, 돛을 내리고 레이더 근접 경보를 작동했다. 고독호는 변덕스러운 만의 조류에 표류하기 시작했다.

무언가에 부딪힐 만큼 가까워지면 후루노 레이더가 깨우겠지 생각하며 4시 30분 취침 구역으로 향했다. 나는 따끔거리는 울 담요를 두른 채 눈을 감고 잠이 들었다. 야자수 엽서에 보이는 것과

7) 제2차세계대전 당시 미국의 암호 통신병. 미군은 나바호족의 언어를 사용해 해독할 수 없는 암호를 만들었고, 나바호족들은 암호 통신병으로 전쟁에 큰 역할을 했다.

는 달리 범선들도 밤이면 추위를 탄다.

갑자기 적막을 가르는 레이더 경보에 잠이 깼다. 나는 얼굴에 물을 끼얹고 위로 올라가면서 팔로 눈부신 한낮의 태양으로부터 얼굴을 가렸다.

갑판에 오르니 레이더 경보의 출처가 무엇인지 알 수 있었다. 본토에서 대략 3킬로미터 거리까지 표류한 것이었다. 바람 한 점 없이 고요해서 나는 후루노 레이더를 끄고 잠시 닻을 내리기로 했다. 고독호가 닻을 내리고 자리를 잡을 때쯤, 전에 조난 신호를 찾느라 선상 무선 장비를 사용하고 다시 켜지 않았다는 사실을 깨달았다. 무전기의 직류 전원을 올리는 순간, 디지털 화면에 뜨는 원격 식스의 주파수를 알아보았다.

선내 소형 모노 스피커에서 모스부호 신호음이 쏟아져 나오기 시작했다.

반사적으로 가까이 있던 종이 타월과 샤피 펜을 집어 들었다. 벌써 1년이 넘도록 모스부호를 받아 적어 본 적이 없었다. 샌안토니오에 핵폭발이 일어나기 전 존을 만난 이후로는.

신호 감도가 매우 약하긴 했지만, 들으면서 이런 생각이 들었다. *왜 지금까지 이게 들리지 않았지?*

군인. 체커스와 같이 있던 죽은 군인. 그의 신호 장치는 같은 주파수로 전송되는 모스부호 신호를 압도할 만큼 전류를 뿜어냈을 것이다. 군인의 무전이 몇 달 동안 이어지면서 부유하는 풍선 안테나가 같은 주파수의 다른 무전을 상쇄해 버렸을 가능성이 컸다. 내 배낭에 든 소형 무전기는 미약한 전파는 수신하지 못했다. 그저 범선의 감도가 센 무선 장비와 수용 능력이 있는 안테나가

무선주파수의 노이즈에서 이걸 운 좋게 걸러 낼 수 있었을 뿐이다. 흘러나오는 무전이 군인의 무전기와 유효전력이 같다고 가정하고 판독을 추정해 보자면, 송신은 저 멀리 내륙 어딘가에서 오고 있었으나…… 실제적으로 확실히 알 수 있는 방법은 없었다.

나는 몹시 흥분해서 모스부호를 받아 적기 시작했다. 무전의 끝부분이라는 것을 깨달았다. 반복 송신되는 무전이면 좋을 텐데. 거의 대부분의 시간은 잡음뿐이었다.

많은 백색 소음 사이에서 얼굴을 때리는 것처럼 나를 치고 지나가는 단어들을 간신히 해독했다.

……피닉스 ……치료제 ……남쪽 ……애틀랜타…….

나는 해도대에 누워 잡음에 끝까지 집중해 보려 노력했다. 의미가 있을 만한 어떤 것도 더는 알아내지 못하면서도. 여기는 송신하는 곳에서 너무 멀었다. 내가 뭘 찾았는지 알려 주기 위해 키스로 무전을 보내고자 했지만 아무 신호도 잡히지 않았다. 난 너무 북쪽에 있었다.

내가 할 수 있는 선택은 단순했다. 며칠 남쪽으로 항해해 무전을 보내자니 이 신호가 끊길 위험이 있었다. 아니면, 신호를 조사하고 상대와 접촉을 시도해 볼 수도 있었다. 두 선택 모두 장점이 있었는데 전자는 존이나 사이엔을 데려올 수 있다는 점이었다. 하지만 키스로 내려갔다 지금 고독호가 있는 자리까지 돌아오는 왕복 기간은 피곤한 일주일이 될 것이다. 애틀랜타까지 가는 것은 생각해 볼 필요도 없이 불가능해 보였다. 하지만 아마도 높은 건물을 찾을 만큼 충분히 내륙 깊숙이 들어가기만 하면 신호를 더 잘 받을 수 있겠지.

내륙으로 딱 몇 킬로미터만 가면 된다.

그리 먼 거리도 아니지.

이제 무엇을 해야 할지 생각하다가 기계의 회색 새들백이 떠올랐다. 여전히 고요한 배 위에서 바람이 돌아오기만을 기다리면서 새들백의 내용물을 해도대 위에 쏟아부었다.

태블릿의 존재를 까맣게 잊을 뻔했다. 전원을 켰더니 로고 화면이 떴다. 내 배에 있는 것 같은 다리가 네 개 달린 로봇이 부상당한 군인을 안전한 곳으로 끌고 가는 그림이었다. 이미지 아래 기본 지시 메시지가 있었다.

라미레즈 로그인

또는

새 GARMR 로그인

나는 아직 기계가 그대로 방수포 아래 자리하고 있는지 확인하기 위해 위로 올라갔다.

그리고 주저하듯 버튼을 선택했다. '새 로그인.'

소프트웨어가 로딩되는 동안 사용자 인터페이스 앞에 'G.A.R.M.R[8]'이라는 용어가 나타났다. 지시 메시지가 내 지문을 요구했고, 나는 지시에 따라 다양한 각도로 수차례 홈 버튼 위에 지문을 찍었다. 지문 다음은 얼굴 사진이었다. 나는 사진을 찍기 위해 태블릿의 카메라가 활성화되겠거니 짐작했지만, 그런 일은

---

8) Ground Assault, Reconnaissance & Mobilization Robot. '지상 공격, 정찰, 기동 작전용 로봇'이라는 뜻이다.

일어나지 않았다.

등 뒤에서 바스락거리는 소리가 들렸다. 방수포가 움직이고 있었다. 나는 기계를 계류삭으로 난간에 고정해 놨던 것을 기억하며 그쪽으로 향했다.

전원을 켜자, 기계가 일어나 천천히 내 쪽으로 다가오며 방수포를 떨어뜨렸다. 묶인 상태로 최대한 온 끝에 멈춰 선 기계가 머리를 길게 빼고 빙글빙글 도는 오싹한 센서로 내 얼굴을 지켜보며 서 있었다. 별다른 경고음도 없이 그것은 머리를 다시 접고 갑판에 내려앉았다. 얼굴의 두드러진 특징들 간의 디지털 측정을 기반으로 손에 든 태블릿에 내 얼굴이 고해상도 이미지로 떠올랐다. 태블릿은 일련의 문구들과 알파벳 전부를 길고 짧은 발음으로 말하라고 지시했다. 이 작업이 끝난 뒤, 태블릿은 GARMR을 구두로 어떻게 확인할 것인지 물었다.

"체커스."

내가 대답했다.

새로운 로그인 진행 표시줄에 녹색 체크 표시가 떠 과정이 완료되었음을 나타냈다. 태블릿에서 튜토리얼 비디오가 재생되기 시작했는데, GARMR이 장애물을 통과하며 화물을 적재하는 모습이었다. GARMR은 나 같으면 힘들게 오를 언덕을 쉽게 올랐다. 영상에서 그것은 발길질과 주머니탄 충격을 받으며 얼어붙은 주차장을 가로질렀다. 기계는 그 모든 공격에도 균형을 잡으며 계속 움직였다.

다음은 GARMR 구성 개요였다. 실험실 가운을 입은 사람들이 티타늄으로 보이는 회색 막대를 쥐자, 스크린이 탄소 섬유 주형 칸에 맞춰 화면이 전환되었다.

그 후 상황은 조금 더 흥미로워졌다.

프리젠테이션이 점점 희미해지면서 상상이 되지 않는 속도로 깊은 우주를 비행하는 탐사선의 CGI가 나타났다. 그리고 그래픽이 방사성 동위원소 열전 발전기, 즉 원자력 전지인 듯 보이는 탐사 로켓의 일부를 확대했다. 영상은 원자력 전지를 탐사로켓에서 떼어 움직이는 GARMR에 덧입히면서 로봇 장치의 본체 아래 원자력 전지가 장착되어 있음을 시사했다.

이 빌어먹을 물건은 핵이었다.

비디오는 GARMR이 주요 전력 공급에 매우 진보된 원자력 전지를 활용하고 있으나 효율적인 태양전지판(현재 내 해도대 위에 있는)을 보충했다고 설명하고 있었다. 이제 스크린에는 원자력 전지와 태양전지판에서 축전기로 에너지 저장을 위해 흘러 들어오는 전기 신호가 나타났다. 에너지 고갈 시에 GARMR 하나가 원자력 전지를 통해 축전기를 충전하는 데 두 시간이 걸리며, 완전히 충전되면 하루에 대략 30킬로미터를 이동할 수 있었다. 전기가 고갈되면 휴면 상태에 돌입해 원자력 전지가 배터리 저장 장치를 충전하게 된다. 마지막으로 연결 부위의 자가 치료, 방해 공작, 야간 투시 능력, 일반적인 구두 명령을 소개하는 짤막한 영역으로 GARMR 소개가 종료되었다.

프리젠테이션을 끝까지 시청한 후, 죽은 군인이 착용하고 있던 사이먼 게임 같은 손목시계를 설정하는 내용의 새로운 튜토리얼이 시작되었다. 색깔별로 구분된 네 개의 버튼은 모두 프로그램 작동이 가능했다. GARMR의 기본 가청 범위를 벗어난 음성 명령을 위해 시계 중앙에 마이크가 내장되어 있었다. 내가 원하는 명령을 시계의 그래픽 표시에 끌어다 놓고 '저장' 명령 내용이 태블릿과 시계, GARMR 간 데이터 연결을 통해 프로그램에 입력된다.

기존의 세 가지 색깔 버튼 기능은 건드리지 않고 노란색 버튼에 '정찰' 기능을 추가했다.

이제 노란색 버튼을 누르면 GARMR을 나침반에서 내가 선택한 방향으로 400미터가량 전진시키고 태블릿을 통해 기계의 카메라를 돌릴 수 있었다. 방향은 음성이나 태블릿 또는 그저 보내고 싶은 위치를 가리키는 것만으로도 전달된다. 다른 지시를 내리지 않는다면 정찰 알고리즘이 끝나자마자 기계는 내 위치로 돌아올 것이다.

내가 선택한 미국 지도에서 어디로든 보낼 수 있었지만, 그 옵션에는 다음과 같은 경고 문구가 있었다.

장거리 정찰 임무에 GARMR을 파견할 경우, 자산을 분실하거나 훼손시키는 결과를 초래할 수 있습니다. GARMR의 가장 효율적인 역할은 인간의 전투 보조입니다.

GARMR의 원자력 전지 동력원은 좀 우려스러웠다. GARMR의 1미터 이내에 장시간 있지 말라는 경고와 원자력 전지 자폭 프로토콜에 대한 언급을 고려해 보면 특히 더 그러했다. 이 기계는 상황을 아주 쫄깃하게 만들어 버릴 수도 있었으므로.

기계 위로 가이거 계수기를 흔들었더니 방사능 수치가 낮음을 나타내는 소리가 희미하게 들렸다. 치명적이기는커녕 부두를 떠나며 바다에 던져 버린 고무장화와도 비교가 안 될 정도로 낮았다.

그렇다 해도 나는 거리를 두기로 했다. 다시 말해, 70킬로그램 무게의 GARMR을 배 밖으로 던져 소금물이 처리하도록 두지 않는 선에서 말이다.

내가 지금 무슨 생각을 하는지 타라가 알면 말 그대로 놀라 나자빠질 것은 두말할 나위도 없었다.

모래섬

4일 차

오늘 아침 마침내 바람이 돌아왔다.

닻을 내린 곳에서 덜컹거리는 고독호의 움직임에 잠이 깼다. 커피 물을 끓이고 아침으로 콩 통조림과 과일을 먹은 뒤, 닻을 올리고 인근 섬을 향해 항해를 시작했다. 타륜을 잡은 위치에서 온 섬이 다 보일 정도라 뭐라 묘사하기도 쉽지 않은 섬이었다. 길이는 1.5킬로미터 정도에 나무 한 그루 없었지만, 골칫거리가 숨겨져 있을 만한 풀과 높은 모래 언덕이 있었다.

나는 100미터 밖에서 닻을 내리는 데 성공했다. 수심 측정기 수치로는 바닥이 약 6미터 깊이였고, 그 정도면 선박의 용골에 안전한 간격이었다. 갈 수 있는 곳은 본토뿐인데 여기서 배가 좌초된다면 남는 건 죽음뿐일 것이다. 고독호 활대에 도르래를 달아 휴면 상태의 GARMR을 끌어 올려 소형 보트에 태우는 데에 성공했다. 볼썽사납기는 해도 효과가 좋았다.

밤을 새워 기계에 관해 많이 알아봤기 때문에 이제는 기계의 특성에 상당히 익숙해졌다. GARMR은 무거워서 어느 한 방향으로 너무 기울여 놓으면 내 카약 안으로 물이 들어올 정도였다.

보트가 모래사장을 가로지르듯 미끄러져 들어가는 소리를 들으며 이런 식으로 상륙한 경험이 거의 없다는 것을 떠올렸다. 거의 늘 부두나 다른 깊이가 있는 곳에 배를 매어 두곤 했다. 죽은 자가 가길 겁내지 않는 얕은 바다에서 나는 취약함을 느꼈다.

티셔츠와 반바지, 샌들을 신고 M4를 등에 멘 채 손목에 차고 있는 사이먼 시계가 젖지 않도록 조심하면서 보트에서 멕시코만의 얕은 연안에 뛰어들었다. 그리고 보트의 계선줄을 꽉 쥐고 해변으로 끌고 가기 시작했다. 부목을 닻 삼아 모래사장에 박고 카약이 그 자리에 머물도록 했다.

나는 두꺼운 가죽 장갑을 끼고 보트에서 짐을 내리기 시작했다. GARMR이 첫 번째였다. 두 사람이 들 무게의 짐이었으므로 물에 빠뜨릴 뻔해도 놀라울 일이 아니었다. 전에 고독호에서 아무렇게나 놓아뒀을 때는 몰랐는데, 만져 보니 따뜻했다. 고생 끝에 마침내 그 육중한 기계를 해변으로 옮긴 다음, 보트에서 배낭을 내렸다.

나는 더 훤히 보기 위해 풀이 무성한 모래 언덕을 따라 섬 중앙으로 올라갔다. 모래 언덕의 형태 때문에 멀리까지 보이지 않았다.

사이먼 시계의 추적 버튼을 눌렀다.

재미없을 정도로 당연했지만, 기계는 젖은 모래를 디디고 일어났다.

해변을 걷다 갑자기 외로움에 휩싸였다. 1, 2킬로미터 거리를 걷는 동안에도 그 감정이 계속되었다. 눈앞의 백사장에는 길을 방해하는 것 하나 없고 간간이 떠내려오는 부목 조각들이 전부였다. 오른쪽 뒤에서 GARMR 소리가 들렸다. 그것은 주의 깊게 물을 피하는 것 같았다. 태블릿을 점검하며 동영상 아이콘을 눌렀다. GARMR 앞을 걸어가는 내 모습이 보였다. 나는 고화질 스크린에 뜬 GARMR 화면을 봤다. 적외선 버튼을 눌렀더니 스크린 전체가 흑백으로 바뀌었다. 온기와 냉기를 번갈아 확인할 수 있었다. GARMR 소프트웨어가 바로 앞바다에서 발견한 녹색 테두리의 작은 네모를 보여 주었다. 그것은 당장 내 시선을 끌었다.

고개를 숙여 태블릿을 들여다보고 있을 때, 부목 조각 하나가 일어서서 해변을 따라 나를 향해 걷기 시작했다.

고개를 들기 직전, 나는 그 움직임 둘레에 빨간색 네모가 나타나는 것을 보았다.

적이다.

GARMR은 언데드 놈을 향해 빠르게 다가갔다. 나는 그것이 모래사장에서 어떻게 기능하는지 보기 위해 뒤에 남았다. 나는 기계에서 40미터 넘게 떨어져 있었으므로 주변을 먼저 확인하고 태블릿 피드를 보았다. GARMR이 놈에게 거의 뛰어가다시피 했는데도 영상이 안정적이어서 정말 감탄했다.

나는 카메라를 확대해 놈의 썩어 가는 몸뚱이를 비추었다. 놈은 GARMR을 전혀 신경 쓰지 않고 나를 향해 걸어오고 있었고, 그동안에도 게들은 그것의 다리 근육에 들러붙어서 계속해서 뜯어 먹고 있었다. 놈은 알몸이었고 허리선 아래로는 피부가 거의 남아 있지 않았다.

GARMR이 앞을 가로막고 서서 놈은 돌아서 가야 했다. 그랬더니 기계가 다시 그 앞을 막아섰다. 나는 시간을 더 낭비하거나 GARMR이 바다에 빠지는 위험을 무릅쓰고 싶지 않아 그 시체의 머리에 총알을 박는 것으로 상황을 마무리했다.

나는 노란색 버튼을 누르고 해변을 가리켰다. GARMR은 명령에 따라 정찰 임무를 수행하기 시작했다.

동결건조 파인애플을 우걱우걱 씹으며 태블릿을 지켜보았다. 물론 지미 버핏이 노래하는 근처에서 우산 꽂은 칵테일이라도 홀짝거리는 거라면 더 좋았겠지만.

GARMR은 프로그램에 입력된 회귀 지점에 도달하기까지 해변을 따라 상당히 빠르게 전진했다.

나는 태블릿을 배낭에 넣고 바람 부는 방향을 따라 모래 언덕을 가로질렀다. 쌍안경을 통해 바다 건너 본토의 건물들이 보였다. 하나는 10층짜리 하얀 사무실 건물이었다. 언젠가 불이 났는지 7층부터 꼭대기까지 까맣고 거대한 줄무늬가 남아 있었다. 지붕에 서 있는 적어도 여섯 구 정도의 시체를 간신히 알아보았다.

희미한 전기 모터 소리가 GARMR의 복귀를 알렸다. 보지 않아도 그것이 대기 모드에 들어서는 것을 알 수 있었다. 먼저 딸깍 접힌 다음 서보모터가 안정되는 소리. 파도 속에서 파닥거리는 물고기의 반짝이는 비늘이 보였다.

나는 바다 너머 육지로 시선을 돌리며 어떻게 해야 할지 고민을 시작했다.

피닉스 팀이 아니었다면 나는 여기 없을지도 모른다. 타라를 껴안거나 우리 아기를 안아 보지도 못했겠지. 이것이 어떤 개인이 홀로, 심지어 백 명이 있어도 절대 시도해서는 안 되는 끔찍한 생각이라는 건 알고 있었다. 하지만 적어도 그들의 신호라도 찾으려 하지 않으면 나는 비겁한 사람이 될 듯했다. 어쨌든 피닉스 팀은 아직 어딘가에 살아 있을지도 모르니까. 핵 발사 후 호텔23을 정찰한 워스호그 공격기는 팀이 탈출해 동쪽으로 이동한 흔적을 발견했다고 했다.

그리고 나 역시 동쪽이었다.

나는 해변으로 돌아와 수색을 시작했다. 따스한 백사장을 따라 섬 끄트머리까지 내려가 찾고 있던 것을 발견했다. 창으로 뚝딱 만들 수 있을 만한 길고 가늘고 곧은 대나무였다.

주머니칼로 나무 끝을 창처럼 날카롭게 다듬고 모래 구덩이에 작게 불을 지펴서 창끝을 굳힌 다음 보트로 향했다.

물고기가 뛰어올랐다. GARMR이 나를 따라 물가로 와서, 내가 카약에 오르는 동안 작은 로봇 머리를 옆으로 비스듬히 기울이고 서 있었다. 나는 편광 선글라스를 쓰고 있는 것을 다행으로 여기며 섬의 해안을 따라 천천히 노를 저었다.

노를 젓다가 떠가고, 노를 젓다 떠가는 패턴이었다.

이 패턴이 몇 번 반복된 후 목표하던 것을 찾았다. 내가 늘 잘하던 일이라고 할 순 없지만 키스의 신선한 고기들은 대부분 낚시로 얻은 것이었다. 본토는 언데드 때문에 살아 있는 소를 찾기가 힘들었다. 폰툰 보트[9]가 매연을 뿜으며 키스에 돌아오던 날을 잊을 수가 없다. 평평한 갑판에 젖소 한 마리가 묶여 있었다. 선장은 뭐라도 주우러 나갔다가 한때 건초가 가득했을 개방형의 커다란 우리와 연못이 있고 철책으로 둘러싸인 거대한 들판에서 아직 살아 있는 그 소를 발견했다.

가자미가 오른쪽 수면 바로 아래에서 헤엄쳤다. 재채기를 참으며 그것을 지켜보다가 천천히 창을 겨눴다. 물고기가 수면에 굴절되어 보이는 곳에 없다는 것을 알고 타격점을 보정했다. 이것은 굶주림이 가르쳐 준 기술이었다. 물속으로 창을 던져 넣어 고기를 낚았다. 30센티미터 길이의 가자미가 물 밖에 나오니 심하게 퍼덕거렸다. 아가미 사이로 깔끔하게 찔러 반대편 아가미로 꿰었다. 가이거 계수기로 스캔해 본 물고기를 활어조에 던져 넣고 아까 불을 피웠던 해변 방향으로 노를 저어 되돌아가며 또 다른 물고기를 찾길 바랐다.

그렇게 운이 좋을 리가 있나.

해변으로 돌아온 나는 보트 뱃머리에서 물고기를 씻고 고독호에서 가져온 콩 통조림과 함께 작은 불 위에 올려 익혔다. 만약 몇 년 전에 누가 나에게 슈퍼마켓이나 배관 시설 또는 전기 없이 장기간 생존이 가능하냐고 물었다면, 나는 그 사람을 미쳤다고 했을 텐데.

본토에 걸어 다니는 시체가 가득하다는 사실만 마음속에서 떨쳐 버릴 수 있다면, 물고기의 맛은 기가 막혔고 풍경은 잊지 못할

9) 돛이 없고 밑이 평평한 거룻배.

만큼 아름다웠다. 해가 지기까지 시간이 많이 남아서 맑고 푸른 물의 이점을 살려 양잿물 비누로 몸을 씻기로 결정했다. .22LR 탄 다섯 발과 교환한 비누였다. 사실 바꿀 필요는 없었다. 만일의 경우를 대비해 가게에서 가져온 물건들로 가득한 상자를 갖고 있었다.

벅을 위한 연금이랄까.

이렇게 밖에 나와 있으면서 벅이나 타라에 대해 신경쓰는 건 별로 좋지 않다. 생각이 사방으로 흩어지고 집중력을 잃는다. 그러다 지나치면 목숨을 잃게 될 것이다.

깨끗이 씻고 몸을 말린 뒤, 짐을 챙기고 테스트를 거친 GARMR을 어찌어찌 보트에 실었다. 평범하지 않은 GARMR의 온기에 자연스레 기계의 동력원이 무엇인지 떠올렸다. 조금 걱정스러웠지만 가이거 계수기로 재빨리 한 번 스캔하고 나니 마음이 놓였다. 나는 닻을 내린 곳에서 서서히 부유하는 고독호를 향해 노를 저었다. 그리고 GARMR을 뱃머리로 끌어올리면서 이제 내가 무엇을 해야 할지 알 것 같았다.

해안 고두보

4일 차

동쪽으로 향하며 해도를 꼼꼼히 익혔다. 지상에서의 이동 거리를 조금이라도 줄여보려고 최선을 다했다. 탤러해시 남쪽에 상륙해 안쪽으로 들어가면서 남아 있는 가장 높은 건물을 찾을 계획이었다. 모스부호는 이전이나 다름없이 희미하지만 여전히 전송되고 있었다.

고독호를 알루미늄 바닥의 부두에 계류할 때 달은 보이지 않았다. 선택권이 있다면 나무 바닥이 더 좋았을 것이다. 발밑이 훨씬 조용하니까. 가이거 계수기 수치가 양호해서 야간 투시경을 썼다. 방독면을 쓴 상태로는 야간 투시경을 쓰기가 불가능했다. 이 모든 일이 막 일어났을 시점에는 무조건 밤에만 이동했다. 이상 징후가 발현된 놈들의 단거리 열 감지라는 부작용에 대해 알게 되기 전까지는 그랬다. 방사능에 오염된 언데드들은 빠르게 움직이는 데다 눈에 띄게 교활했으므로 뉴올리언스 안팍의 피폭 지역에서 밤에 이동하는 것은 불가능에 가까웠다.

야간 투시경으로 인해 시야가 심하게 제한적이었음에도 익숙한 초록색 불빛은 위로가 되었다. 아마 지금으로부터 몇 년이 흐른 언젠가, 한때 고급스러웠던 이 기술은 마지막 리튬 배터리와 함께 뒤안길로 사라져 다시는 전원을 켤 수 없게 될 것이다.

하지만 그날이 올 때까지 밤은 나의 활동 무대가 될 것이다.

길을 나서기 전, 나는 총알을 가득 채운 다음 무기 정비를 위해 선내에 보관했던 합성 자동차 오일을 윤활유 삼아 몇 방울 떨어뜨렸다. 건조한 상태의 M4를 쓰다 보면 심각한 문제가 생길 수 있었다. 총이 나와 같이 바닷물에 빠지는 예기치 못한 끔찍한 상황이 생길 것을 대비해 작은 오일 병도 배낭에 넣어 두었다. 나는 뱃머리에 있는 기계 쪽으로 몸을 돌리며 맨눈으로 태블릿을 마지막으로 다시 한 번 보았다.

"체커스, 전원 켜."

내가 명령했다.

GARMR의 전기 작동식 연결 부위가 윙 소리와 함께 작동했다. 나는 고독호의 완만하게 흔들리는 뱃머리에서 기계의 다리가 균형을 잡는 모습을 야간 투시경을 통해 신기한 듯 지켜보았다. 움직임이 거의 자연스러웠다. 거의…….

태블릿 모드를 적외선으로 바꾸고 영상 피드를 훑어보았다.

GARMR의 야간 투시 집광 렌즈는 내 것보다 훨씬 훌륭했다. 나는 해안을 더 자세히 보기 위해 가상 방향 패드를 이용해 아래쪽 넓게 트인 부두를 볼 수 있도록 기계의 머리를 회전시켰다. 거기 놈들이 있었다.

원자력 전지의 누출을 경계해 기계에 비정상적인 측정값이 보이는지 확인했다. 가이거 수치에 만족한 나는 기계에서 뿜어져 나오는 열감을 느끼며 기계를 고독호 좌현으로 이끌었다. GARMR의 티타늄과 강철로 된 발굽은 끝에 벌집 모양의 내충격성 폴리머가 입혀 있었는데도 여전히 관람석의 철판을 밟는 스파이크 축구화 같은 소리가 났다. GARMR이 부두에 오르자, 그 소리는 마치 식사를 알리는 유쾌한 종소리처럼 울려 퍼졌다.

당황한 나는 카빈총을 잡으려고 등에 손을 뻗었지만, 총은 거기 없었다. 타륜 옆에 남겨 두고 왔던 것이다.

젠장, 내가 멍청했군. 또 이렇게 실수하다가 갈가리 찢길지도 모른다고. 게다가 이제 겨우 초저녁인데.

"체커스, 기다려!"

목소리를 낮춰 말했다.

기계는 다리를 접어넣고 부두 바닥에 내려앉았다. 나는 타륜 쪽으로 되돌아가서 지옥의 문이 열리고 피폭된 시체 백여 마리가 와서 내 앞을 가로막기를 기다렸다. 붉은 점의 밝기 설정을 가장 낮은 단계로 내리고 야간 투시경을 통해 확인해 보았다.

그래, 놈들이 오고 있었다.

조준경으로 보니 부두에서 90미터쯤 떨어진 위치였다. 놈들이 다가오면서, 진군하는 시체 군단의 무게로 인해 부두의 알루미늄 바닥이 떨리면서 나는 소리가 멀리서 들려왔다. 철벅거리는 큰 소리는 인근의 정적을 깨뜨리고 내가 카빈총을 완전 자동 사격 모드로 바꾸고 싶도록 자극했다. 수초간 자제력을 찾는 호흡을 한 뒤에야 겨우 그런 좋지 못한 생각을 버리고 카빈총을 반자동 모드로 되돌릴 수 있었다.

GARMR을 보내기로 결정했을 때 놈들은 이제 40미터 남짓 거리에 있었다.

사이먼 시계의 정찰 버튼을 누르자, 체커스는 아까처럼 서서 고개를 옆으로 비스듬히 기울여 나를 바라보았다. 나는 부두를 가리켰고, 어느새 기계는 언데드가 진군해 오는 방향으로 빠르게 향하고 있었다.

나는 태블릿의 영상 피드를 통해 그 모습을 지켜보았다. 녀석은 대담무쌍하게 속도를 늦추지도 않고 무리 속으로 들어가기 위해 시체들 사이 최적의 공간을 파고들었다. 스크린에는 언데드가 가득해 너덜너덜한 옷과 썩어 가는 살점 외에는 아무것도 보이지 않았다.

정확히 세 번, GARMR은 놈들 사이를 파고든 뒤, 무리의 반대편으로 뚫고 나가 그 너머 풀밭에서 정찰 임무를 계속했다.

섬뜩한 군대는 방향을 돌려 GARMR을 따라갔고, 놈들 전체가 기계를 따라 힘겹게 걸음을 옮기는 동안 부두의 알루미늄 바닥이 삐걱거렸다.

부두가 말끔해지자, 무거운 배낭을 부두로 던지면서 기계가 돌아오면 짐을 좀 나눠 들어야겠다고 생각했다. 뭐든지 20킬로그램이 넘으면 오랫동안 들고 다니기가 골칫거리였는데, 배낭이 30킬로그램 가까이 되는 느낌이었다. 야간 투시경에 좁은 알루미늄 부두에 반사된 달빛이 증폭되었다. 증폭기의 조도를 조절하고 육지를 향해 움직이며 옆에서 다가올 놈이 없는 것을 잠시나마 위안 삼았다. 하지만 웃자란 풀밭에 부츠 신은 발로 놈들의 영역에 들어서면, 그들의 규칙뿐인 게임이 시작되었다. 음전하의 집합에 둘러싸인 유일한 양전하처럼 그것들의 규칙을 따르거나 그중 하나가 될 수밖에 없었다.

구름이 걷히며 사방에 별빛이 쏟아졌다. 이곳은 해안가 주거 지역이었다. 온통 초록색만 보여서, 해변에 흔히 보이는 연한색 페인트를 칠한 주택 단지라는 것을 바로 알 수 있었다.

흐르는 시간과 비바람은 이곳에 그리 호의적이지 않았다. 언젠가 허리케인이 강타했던 게 분명했다. 주변의 많은 집이 지붕널이 뜯겨 날아갔거나 겨우 지붕만 남아 있었다. 근처에 범선 한 척이 쓰러져 있었는데, 돛대가 부러져 한때 화려했을 집을 뚫고 튀어나온 상태였다. 만의 유람용 보트들은 쓰레기로 뒤덮인 장난감처럼 여기저기 누워 있었다. 어떤 배는 선외 엔진 부분부터 선체가 집 안으로 밀고 들어가기도 했다. 그 배의 용골을 진입 경사로 삼아 배 측면을 올랐다. 태블릿 모니터를 켜서 사방을 밝히며 더러운 범선 선체와 그 위에 걸쳐져 있는 거칠게 찢긴 돛의 남은 부분을 비추었다. GARMR이 움직이고 있었지만 어디서 오는 건지 알 수도 없었다. 나는 그 주변 상황에 감을 잡으려고 기계에 고정된 카메라를 사방으로 돌려 보았다.

"체커스, 멈춰."

나는 사이먼 시계의 내장 마이크에 대고 말했다.

풀모션 영상의 움직임도 멈췄다. 나는 카메라 방향을 GARMR의 뒤쪽으로 맞추고 기다렸다. 그럼 그렇지, 유령 같은 형태의 좀비들이 기계의 시각 범위 안으로 진입하면서, 저 멀리 형체를 드러내기 시작했다. 나는 카메라 방향을 다시 돌리고 GARMR을 가까이에 있던 전복된 보트 뒤로 보냈다.

"체커스, 기다려."

내 명령이 떨어지자, GARMR은 대기 상태로 돌아가 앉았다.

태블릿을 집어넣고 손목의 나침반을 확인한 뒤, 곰팡이가 덮인 용골을 조용히 미끄러져 내려갔다. 나는 하이 레디 자세로 총을 들었다. 고독호의 썩 나쁘지 않은 병기고 덕분에 탄창도 가득 채워진 상태였다.

북쪽으로 모퉁이를 돌며 잔해들로 뒤덮인 도로 표지판을 발견했다. 마찬가지로 오물을 잔뜩 뒤집어쓴 3미터 높이의 참나무들도 눈에 띄었다.

폭풍해일이 저 높이까지 휘몰아친다고? 마음속 의문에 대한 답은 나무들에서 찾을 수 있었다.

작은 나뭇가지가 딱 하고 부러지는 소리에 위를 올려다보았다. 옹이투성이의 굽은 나뭇가지들 위에 언데드 열 마리 정도가 뒤얽혀 있었는데, 등은 부러지고 팔다리는 섬뜩한 자세로 뒤틀린 상태였다. 그중 한 놈은 울타리에 가슴이 완전히 들이받혔고, 또 어떤 놈은 작은 나뭇가지가 목과 어깨를 뚫고 자라고 있었다. 놈들은 내 존재를 알아차리자, 신음 소리를 내고 나뭇가지를 흔들며 내 머리와 등에 도토리를 떨어뜨렸다. 그 즉시 고통스러운 영혼들의 나무에서 멀찍이 떨어지며, 더는 이런 광경을 보지 않게 되기를 바랐다.

대부분 오르막이었던 길을 1.5킬로미터 정도 걸으니 피로가 느껴지기 시작했다. 무의식적으로 시계의 추적 버튼을 눌렀다. 몇 분 뒤면 GARMR이 도착할 것 같아 바로 앞의 단지로 향했다. 해일이 이렇게 멀리 떨어진 곳까지 밀려들지는 않았을 듯했다.

시골 별장 스타일의 큰 집을 골라 나만의 꼼꼼한 확인 절차를 거쳤다. 흐트러진 야자수들이 바닷바람에 흔들렸다. 앞마당 잔디는 60센티미터 높이였다. 어린 참나무들은 볕을 차지하려 경쟁하듯 고개를 내밀고 있었다. 잠시 구름이 사라져 일대가 환해지니 어두운 거리에 차들 사이로 움직이지 않고 서 있는 놈들이 보였다.

천천히 계단을 올라 집을 넓게 둘러싸고 있는 포치로 올라섰다. 오랜만에 무게를 지탱해 보는 판자들이 가볍게 삐걱거렸다. 현관 양쪽의 포치 모두 나뭇잎과 죽은 바퀴벌레, 야자수 껍질로 덮여 있었다. 허리케인 방지 셔터가 창문을 막고 큰 금속 박판이 현관에 바리케이드를 친 상태였다. 나는 문의 걸쇠를 열어 보려 박판 뒤로 들어가려다가 날카로운 모서리에 걸음을 멈췄다. 파상풍 치료제는 냉장 보관이 필수이기 때문에 아무 데서나 찾을 수 없었다.

집 뒤편으로 통하는 모퉁이까지 놈들에게 발각되지 않기 위해 자세를 낮추고 포치를 걸었다. 살금살금 걷는 동안, 금속성의 무언가가 콘크리트에 쿵 떨어지는 소리가 멀리서 들려왔다. 높은 금속 난간을 양쪽에 두고 무릎을 꿇어 몸을 숨겼다. 태블릿을 확인해 보니 GARMR은 별 문제 없이 움직이고 있었다. GARMR의 카메라를 돌리자 아까의 전복된 보트가 보였다. 기계는 점점 가까워지고 있었다.

몸을 일으켜 계속 걸었다. 그리고 포치 끝에서 지상으로 내려와 개인 차고 앞 진입로 쪽을 향해 섰다.

밝은 스포트라이트가 켜지며 내 야간 투시경에 난반사되었다.

"망할 방범등 같으니!"

나는 숨죽여 투덜거리며 소총을 들었다.

조명에 총을 두 방 쏘았다. 첫 방은 LED를 빗나갔지만 다음 방에 산산조각 내는 데 성공했다. 야간 투시경도 정상으로 돌아왔다. 전에도 한 번 이런 일이 있었다. 뉴올리언스에서 멀지 않은 본토로 향하다 새로 부두를 발견하고 건던 중이었다. 내가 태양열 방범등을 작동시켰는지 높은 수준으로 피폭된 언데드 무리가 순식간에 부두에 쏟아져 나와 고독호까지 쫓아왔다. 가이거 계수기는 주머니 밖에서도 보일 정도로 진동했다.

그렇지만 지금 나는 진입로 중간에 서 있고, 여기는 탁 트인 구역이라는 이점도 있었다. 초조하게 어깨 너머로 주변을 살피며 언데드가 나타날 것에 대비했다. 시간이 약간 흐른 뒤, 콘크리트 진입로 아래로 조용히 딸깍거리는 GARMR의 발소리가 들렸다.

나는 방충망이 설치된 거대한 아트리움으로 이동했다. 뒤뜰 수영장의 덱과 뒷문 공간을 아우르는 크기였다. 나뭇가지와 솔잎들이 방충망 곳곳에 구멍을 내어 놓았다. 수영장은 부풀어 올라 터질 것 같은 미동 없는 시체와 실로 엄청난 양의 쓰레기로 반쯤 채워져 있었다. 나는 방충망이 쳐진 문을 열고 돌돌 감긴 정원용 호스로 문을 고정시켜 GARMR이 아트리움으로 들어올 수 있게 해 두었다. 안으로 들어서자마자, 모퉁이를 돌아 진입로로 내려오며 발을 질질 끄는 소리가 들렸다. 나는 호스를 발로 차서 치우고 조용히 문을 닫았다.

"체커스, 기다려."

나는 시계에 대고 속삭였다.

GARMR을 대기 모드로 두고 수영장 테라스의 구석에 있는 상자 뒤에 가서 쭈그리고 앉았다. 그리고 두 형체가 모퉁이를 돌아 내가 불과 몇 분 전에 방범등이 켜지게 만들었던 진입로로 느릿느릿 들어서는 것을 지켜보았다.

마침 기다렸다는 듯 구름이 떠나며 야간 투시경에 증폭된 달빛이 찢어지고 너덜너덜해진 아트리움의 방충망을 통해 언데드 두 마리가 끔찍한 모습을 드러냈다. 첫 번째 시체는 이전에 분명 역도 선수였을 것이다. 180센티미터가 넘는 거구였다. 놈의 입술은 이미 오래전에 오그라들었는데, 그것은 불행히도 내가 너무 익숙해져 버린 언데드의 끔찍한 트레이드마크였다. 나는 상자 뒤에서 그것을 응시하고 있었다. 예상했던 대로 그것의 눈이 내 야광 투시경을 통해 적외선 광선을 반사하는 일은 일어나지 않았다. 걸어 다니는 거구의 시체는 잠시 그 자리에 서서 목을 좌우로 길게 빼며 탐색했다. 잠시 후, 이 거대한 시체는 자기가 왔던 방향으로 어기적거리며 돌아 나갔다. 그리고 동행했던 사춘기 시체도 놈을 따라 거리로 나갔다.

창문 너머는 모두 허리케인 방지 셔터가 설치되어 있었다. 하지만 뒷문에는 금속 박판 커버가 없었다. 문이 잠겨 있을 거라고 생각하며 손을 뻗어 손잡이를 잡고 돌렸다. 문은 잠겨 있지 않았다.

튼튼한 허리케인 방지 셔터를 조용히 통과하기는 거의 불가능했을 텐데, 문이 열려 다행이었다. GARMR을 떠올리며 다시 아트리움의 문을 정원 호스로 열어 고정해 둔 다음, 버려진 집 안으로 들어가 육중한 뒷문을 닫았다.

나는 야간 투시경을 위로 올리고 카빈총의 조명을 켜서 넓은 부엌 공간을 비췄다. 총열이 부엌 중앙에 걸린 크고 화려한 샹들리에를 향하게 했다. 철과 크리스털로 된 대형 흉물 덩어리로부터 수많은 방향으로 밝은 빛이 흩어졌다.

나는 춤추듯 너울거리는 크리스털의 굴절 작용에 마음을 쏟으며 바깥의 그 무엇도 나를 죽이고 싶어 하지 않았던 얼마 안 되는 소중한 순간들을 떠올렸다. 거의 3미터 길이의 화강암으로 만든 아일랜드 식탁은 먼지가 켜켜이 쌓여 있었다. 사과였을지도 모를 무언가가 상판 중앙에 거의 분해되어 있었다. 손으로 쓸어 먼지를 치우고 그 아래 감춰져 있던 푸른 화강암 표면을 드러냈다.

참나무로 만든 나선형 계단이 1층에서 어두운 다락방까지 이어졌다.

하마터면 중요한 절차를 깜박할 뻔했다.

발자국을 확인하기 위해 조명으로 바닥을 가리켰다. 이 집 어디에도 무언가가 존재했다는 흔적이 보이지 않았다. 먼저 침실과 객실을 확인하고 먼지로 뒤덮인 나선형 계단으로 걸어가 어둠 속을 올려다보았다.

쭈그려 앉아서 맨 아래 계단을 보았다. 집중해서 보니 먼지 층 어딘가 신발 자국의 윤곽이 보이는 듯했다. 집게손가락으로 그 윤곽을 따라가 봤더니…… 오른발, 얼추 260 정도. 남자일 수도, 여자일 수도 있겠다. 다음 계단을 살피다 다른 자국도 발견했다. 나는 조명을 끈 다음, 오른쪽 눈은 야간 투시경을 다시 쓰고 왼쪽 눈은 어둠에 익숙해지도록 했다. 총은 준비된 상태였다. 계단을 오르는 동안 왼손에 방금 끈 총기 조명의 온기가 느껴졌다. 위로 올라가니, 6미터 높이의 천장에 채광창 두 개가 나 있는 것이 보였다. 창을 통해 바닥에 별빛이 길쭉한 직사각형 두 개의 모양으로 쏟아졌다.

다락방까지 계속 올랐다. 그리고 계단 꼭대기에서 전혀 예상하지 못했던 것을 보게 되었다.

정교한 기차 세트. 대량 생산된 어린이용 플라스틱 장난감이 아니었다. 누군가가 수백 시간의 정성을 들여 창조한 모형이었다.

야간 투시경을 다시 머리 위로 올리고 총의 조명을 켰다. 비록 먼지로 뒤덮여 있긴 하나 매우 인상적이고 굉장한 작품이었다. 다락방 중앙에 놓인 어마어마하게 큰 테이블이 그 주변을 빙 도는 좁은 통로를 제외한 공간 전부를 차지하고 있었다. 터널과 다리, 목장, 도시와 시골이 약 20제곱미터의 모형 안에 모두 묘사되었다.

디테일 묘사는 예술의 경지였다. 기관차 하나를 집어 들고는 잠시 혀를 내둘렀다. 이 사람은 배기의 얼룩과 풍화로 인한 결함까지 사실적으로 손수 그렸다. 화물칸들은 측면에 스프레이로 그린 작은 낙서도 있었다. 나는 모형 기차를 다시 정비 트랙에 내려놓고 커다란 테이블을 그저 바라보았다. 반대쪽을 보고 싶어 모서리를 돌아 테이블과 벽 사이의 좁은 통로로 들어갔다. 옆으로 걷다 보니, 소 목초지의 연못이 눈에 들어왔다. 나는 아마도 전에는 물이 가득 차 있었을 연못을 상상하며 연못에 손가락을 담갔다. 미니어처 건초 더미는 흡사 내가 그걸 집어서 시리얼처럼 부수면 마른 연못에서 물을 마시는 젖소들에게 먹일 수 있을 것처럼 생생했다. 기차 테이블에 얼어붙었던 나는 테이블과 벽 사이의 좁은 통로를 어설프게 걷다 발을 헛디뎌 넘어졌다.

내가 넘어진 곳은 시체 위였다.

비명을 지르며 뛰어오르다 테이블 옆구리에 머리를 박아 눈앞에 별이 보이는 듯했다. 나는 겁먹은 동물처럼 깜짝 놀라 급히 달아났다.

그것은 움직이지 않았다.

조명으로 그쪽을 비추고 그가 손에 쥔 밝은 은색 권총과 머리에 난 구멍을 보게 되었다.

그것은 왼손에 무언가를 들고 있었다. 시체에 총을 겨눈 채 다가갔다. 그리고 손을 뻗어 시체의 손가락을 폈다. 손가락은 죽은 나뭇가지처럼 뼈만 앙상해 쉬이 바스러졌다.

테이블 아래 놓인 골프 카트 배터리에 제어기가 연결되어 있었다.

어느새 내 손에 전원 스위치가 들려 있었고 난 참기가 힘들었다.

전원 스위치를 켜자 테이블 위의 세상이 돌아가기 시작했다. 배터리는 힘이 좀 약했지만 아직 모든 것에 전력을 공급할 만큼 전류를 내보냈다. 기차가 터널을 빠져나오는 순간 가로등이 깜박이다 어두워졌고, 기차의 헤드라이트는 배터리의 방전으로 인해 살짝 흐릿해졌다. 기관차가 모퉁이를 돌 때, 나는 세 대의 석탄차 바로 뒤 통나무 싣는 화차에 무언가 끼워진 것을 발견했다. 테이블 조명이 다시 한 번, 이번에는 극적으로 어두워졌다가 꺼졌다. 기관차가 운행을 멈추고 헤드라이트의 불빛은 완전히 사그라져 버렸다. 그냥 그렇게 예고도 없이. 누군가 헤아릴 수 없는 시간을 들여 창조한 작품을 이제 더는 이용할 수도 즐길 수도 없는 것이다. 엿 먹어라, 빌어먹을 세상아.

나는 카빈총을 테이블의 목초지 건초 더미 사이에 놓았다. 카빈총 조명이 일대를 비추자, 맞은편 벽에 젖소 그림자가 우스꽝스럽게 드리워졌다.

통나무 화차가 싣고 있는 것은 쪽지였다.

내 이름은 더들리라네. 나는 장수했고, 썩 나쁘지 않게 살아왔지.

73년 동안 세상을 살다 영면에 들게 되는구먼그래.

거기 남아 있는 그대, 가엾은 친구들이 살아갈

73년 여정에 위로의 뜻을 표하지. 행운을 빌겠네. D 와일스.

내가 그 가엾은 친구들 중 하나라는 걸 깨닫자 질투심이 타올랐다. 나는 더들리의 시신을 옷장에서 꺼낸 담요로 두르고 그 위에 쪽지를 올려놓았다. 그는 누군가가 자신을 불쌍히 여겨 주길 바라지 않았다. 방아쇠를 당기기 전 나를 애석해하지 않았는가.

"딸에게 줄 선물을 챙겨 갈게요. 괜찮죠, 더들리?"

나는 큰 소리로 물었다.

테이블에서 젖소 한 마리를 집어 배낭에 넣었다. 더들리의 권총은 탄창이 비어 있기에 그냥 그에게 남겨 두었다.

삐걱거리는 참나무 계단을 천천히 내려가며 나만의 발자국을 남겼다. 어쩌면 100년쯤 흐른 뒤에 탐험가가 찾아와 더들리와 그의 쪽지, 그리고 아주 인상적인 기차 세트를 발견할지도 모르지.

내 재산은 진작에 5등급 허리케인에 휩쓸려 갔을 텐데.

식료품 저장실은 통조림과 이전에 감자 자루였던 무언가로 가득했다. 자루에는 뿌리가 돋아 있었는데, 그 뿌리는 통조림 너머로 늘어져 철제 선반 사이로 엮여 있었다. 또, 바닥의 스무 개들이 생수병 팩 안에는 아직 몇 병이 남아 있었다. 그리고 이런 상황에서 냉장고는 그냥 열지 않는 게 좋다는 것을 나는 잘 알고 있었다. 따뜻한 콜라 한 캔을 찾아 마시기 위해 견뎌야 하는 대가는 너무 혹독했으므로.

집의 안전을 확인한 나는 침실에 캠프를 차렸다. 푹신한 킹사이즈 침대에 앉아 부츠의 끈을 거의 풀다시피 했다. 이건 나름 안전한 키스의 생활에서 생긴 나쁜 습관이었다. '부츠를 벗으면 백여 마리 시체가 현관을 돌파해 들어올 텐데.' 다 머피의 법칙이다.

나는 침대 위에서 편안한 자세로 태블릿을 확인했다. 사이먼 시계보다 GARMR 제어 옵션이 훨씬 많았다. 화면 센서를 건드리자 옵션의 바다가 나왔다. GARMR에 가이거 계수기가 내장되어 있다는 점이 놀라웠다. 나는 가이거 수치를 측정하게 한 다음, 기계의 가이거 수치가 내가 마지막으로 측정한 수치와 일치하는 것을 확인했다. 다른 센서들은 제쳐 두고 적외선 옵션을 눌렀다. GARMR의 머리가 바로 서고 실시간 피드가 태블릿으로 들어오기 시작했다. 나는 사방으로 카메라를 돌리며 뭔가 석연치 않은 점은 없는지 살폈다. 이상 무. 뒷마당의 상황에 만족스러워하며 기계를 다시 대기 모드로 전환했다.

맹렬한 천둥소리에 잠에서 깼다. 침대에 등을 대고 누운 자세에서 열린 침실 문을 통해 채광창에서 들어오는 밝은 섬광이 보였다. 비가 억수같이 쏟아졌다. 시계는 3시 12분을 가리키고 있었다. 날이 밝으려면 아직 몇 시간이 남았다.

폭풍우는 언데드들에게 종잡을 수 없는 영향을 끼친다. 일어나 밖에 나갔다가는 몇 시간 만에 인근의 언데드를 모조리 끌어모을 수 있었다. 그 생각을 하다 보니, 좋은 생각이 떠올랐다.

폭풍우를 틈타 태블릿으로 GARMR의 센서를 작동시키고 IR을 선택했다. 그리고 영상 피드를 톡톡 두드린 다음, 출발 버튼을 눌렀다. 기계는 내가 몇 초 전 두드린 지점인 아트리움 바깥의 테라스로 갔다. 나는 그것이 진입로를 지나 거리 쪽으로 향하도록 했다. 번개가 번쩍여 기계에 난반사를 일으키는가 싶더니 곧이어 다시 한 번 천둥소리가 집을 흔들었다. 기계의 초점이 다시 맞춰지느라 영상 피드가 지지직거렸다. GARMR의 카메라가 길을 향하도록 돌리다가 언데드를 보았다.

놈들은 광분한 상태였다. 길 건너편에서 아래 방향으로 세 번째 집 앞에서 한 무리가 시끄럽게 떠들고 있는 것 같았다. 태블릿 화면에서 GARMR 광학 장치의 줌을 조정했다. 놈들은 집의 앞면과 문을 쿵쿵 치며 들어가려고 했다. 열 감지 필터 옵션을 건드리는 바람에 언데드와 주변 환경 사이의 색상 차이가 거의 보이지 않았다. GARMR의 시각을 길 아래 문으로 향하게 하고 있는 중에 태블릿 화면에서 GARMR의 카메라가 거칠게 휘청대는 것을 보고 나는 펄쩍 뛰었다.

GARMR은 순식간에 움직이기 시작했다.

나는 카메라 방향을 기계의 어깨 너머로 돌리다가 아까부터 기계를 찾던 그 엄청난 거구의 시체를 보았다. 놈의 손에는 각목이 쥐어져 있었다. 그것으로 GARMR을 때린 게 분명했다. 기계는 일종의 회피 프로토콜을 실행한 덕분에 파손되지는 않은 듯했다. GARMR이 피하는 것을 보며 나는 기계가 공격당한 이유를 깨달았다.

지금 바깥에서 가장 온기가 있는 존재가 GARMR이었다. 기계의 동력원은 열을 발산하고, 이놈들은 서늘한 주변 환경과 대조를 보이는 기계의 존재를 알아차렸던 것이다. GARMR이 거기서 벗어나는 동안 나는 영상 피드를 보며 폭풍우와 언데드를 피할 은신처를 찾았다. 기계가 빠르게 움직이는 동안, 광각 카메라는 모든 것을 보여 주었다. 기계가 울타리 경사로 구간을 지나 급히 움직이는 것을 보다가 구세주를 발견했다. 뒷마당 구석의 창고는 삼면을 가려 줄 수 있을 것으로 보였다. 나는 기계가 지시를 잘 따르기를 바라며 피드의 그 지점을 톡톡 두드렸다. 기계는 속도를 점점 줄이다가 방향을 바꿨다. 나는 태블릿을 두어 번 더 두드려 기계를 은신처로 천천히 들여보내고 방향을 돌려 보았다. 흙 속에 쭈그리고 있도록 명령했지만 상황을 주시하기 위해 센서는 켜 두었다.

폭풍우는 맹렬히 계속되며 몇 초마다 GARMR의 피드에 노이즈를 만들었다. 영상은 평소보다 전송 상태가 좋지 않은 것 같았다. 태블릿과 기계 영상의 연결 거리가 한계치에 이른 것 같기도 했다. 그 범위를 많이 벗어나면 어떻게 되는 걸까 생각했다.

그렇지만 기계를 걱정하고 있을 때가 아니다. 해가 뜨고 있었고 나는 다시 희망을 품었다.

북쪽

5일 차

일어나 GARMR 피드를 확인했다. 렌즈에 맺힌 이슬이나 빗방울 외에는 헛간 뒤편에 넣은 후로 달라진 점이 없었다. 바깥 상황을 살피기 위해 마지못해 금속 문을 살짝 열었다. 수영장의 부풀어 오른 시체만 빼면 뒷마당은 안전했다. 어젯밤에는 미처 몰랐지만 그것은 아직도 조금씩 꿈틀거리고 있었다. 아트리움 바깥쪽 배수로 아래의 파란색 빗물통은 빗물이 콸콸 넘쳐흘렀다. 샤워실에서 찾은 비누 반 토막과 해진 천을 들고 카빈총을 움켜쥔 채 빗물통으로 향했다. 씻고 난 다음, 지도를 확인하기 위해 다시 집 안으로 들어갔다.

뒷문을 열고 밖을 내다보았다. 키 큰 참나무의 가지 사이로, 구멍 난 방충망을 지나 플로리다의 눈부신 태양이 빛났다. 오른쪽에 녹슨 사다리가 아트리움 틀에 기대어 세워져 있었다. 솔잎으로 덮인 위쪽 방충망을 보며 온 세상이 쑥대밭이 된 상황에서도 더들리가 저곳을 계속 치워 온 모양이라고 생각했다.

열린 아트리움 문으로 나서며 반쯤 찬 수영장에 있는 언데드를 못 본 척하자, 놈은 시끄럽게 굴기 시작했다. 시계인지 팔찌인지 손목에 있는 것이 수영장 안의 사다리를 때리며 높은 톤의 울림을 만들어 냈다. 나는 곁눈질로 보며 총구를 당겨 놈의 두개골과 그 뒤의 수영장 벽면까지 총알을 관통시켰다. 시체는 고꾸라지며 완전한 끝을 맞았다.

나는 아트리움을 돌아 옥외 사다리로 향했다. 그리고 세 놈이 간이 차고 옆 모퉁이를 돌아 집 뒤쪽으로 오는 동안, 카빈총을 등 뒤로 휙 던져 먼저 지붕 끄트머리에 올려 두고 나도 오르기 시작했다.

덩치 큰 놈은 낯이 익었다.

지붕에 올라 뜻하지 않게 홈통을 무릎으로 치는 바람에 놈들에게 발각되고 말았다. 놈들은 머리를 소리가 난 방향으로 잽싸게 움직이더니 나를 향해 일직선으로 다가오기 시작했다. 흡사 거기에 아무것도 없는 듯 거침없이 달려오며 알루미늄 틀에서 방충망을 거칠게 찢어발겼다. 나는 개의치 않고 지붕 위쪽으로 더 멀리 올라갔다. 빨간색 목제 지붕널 몇 개가 떨어졌다. 나는 볼록하게 튀어나온 채광창을 살피며 집 안을 내려다보고 적당히 안전한 문 뒤의 침대에 누워 잘 때가 참 좋았다며 추억에 잠겼다.

그리고 지붕 꼭대기까지 오르기 전, 플렉시글라스 채광창에 흔적을 남겼다.

켈리 왔다간다.

아래 아트리움 안에 있는 언데드들이 진공호스와 휴대용 접이식 의자, 더들리가 수영장 테라스에 가지고 있던 무언가에 발이 걸려 넘어지는 소리가 들려왔다. 지붕 꼭대기에서 시계의 '추적' 버튼을 누른 다음, 태블릿에서 동영상을 확인했다.

GARMR이 이동하고 있었다.

그것이 울타리 경사로 구간을 빠져나가 거리로 진입하는 것이 보였다. 소리 피드를 켜자, 기계의 인조 발이 내가 있는 쪽을 향해 콘크리트 바닥을 찰칵찰칵 디디며 오는 소리가 들렸다. 나는 지붕에 앉아서, 점점 뜨거워지는 강한 햇볕에 땀을 흘리며 영상을 지켜보았다.

GARMR의 이동 프로토콜은 아주 신속했다. 그것은 언데드에게 어느 정도까지 접근할 것인지 어떻게든 값을 산출한 후에 살짝 피하며 놈들의 손길을 피했다. 태블릿 속 찰칵거리는 발소리가 실제 발소리로 바뀌었고, 마침내 GARMR이 거리를 따라 내 쪽으로 다가오는 것이 보였다. 그리고 그 뒤로 한참 떨어지긴 했지만 그래도 몇 놈이 거리를 좁혀 오고 있었다. 때는 바로 지금이었다.

나는 지붕의 앞쪽을 천천히 미끄러져 내려가 가장자리 너머로 기둥을 찾아 손을 뻗었다. 기둥을 발견한 다음, 조심스럽게 배낭을 나뭇잎 더미에 떨어뜨리고 기둥을 타고 내려갔다. 현관 포치에 끔찍하게 썩어 문드러지고 벌거벗은 여자가 기다리고 있었다. 그것이 내 쪽으로 고개를 돌렸는데, 하필 총을 등에 멘 상태였다. 미처 난간에 내려서기도 전에 그놈이 나에게 달려들었다. 나는 벨트의 카이덱스 권총집에서 자동 나이프를 뽑아 버튼을 눌렀다. 면도날처럼 날카로운 13센티미터 단도가 손잡이에서 튀어나오자마자 차가운 칼날을 놈의 관자놀이에 박아 넣었다. 온 힘을 다 썼음에도 칼날은 두개골의 절반까지만 들어갔다.

그래도 그 정도면 충분해 보였다.

시체의 움직임이 사그라지고, 내 칼을 꽂은 채로 그것이 쓰러졌다.

GARMR은 앞마당에 보초처럼 서서 나를 바라보고 있었다.

칼을 뽑는 데엔 힘이 좀 필요했다. 나는 이 최후의 무기를 사용해야 할 때가 또 올 것을 대비해서 배낭 바깥쪽에 문질러 닦고 눌러 접었다.

GARMR의 팬클럽이 차츰 가까워질 때쯤 우리는 지도에서 찾은 지역을 향해 다시 북쪽으로 길을 나섰다.

허리케인이 강타한 해안 지역을 떠나온 이후로 주요 도로를 피하려고 각별히 조심했다. 모스부호는 여전히 받아 적기에는 신호가 너무 약했다. 더들리 집에서 챙겨 온 식량 때문에 배낭이 무거워져서 그중 일부를 GARMR의 새들백에 실었다. 가벼워진 배낭 덕에 움직임이 훨씬 수월해져 빠르게 이동할 수 있었다.

몇 시간 동안 은밀히 움직이다 보니 길이 갈라졌다. 양 갈래 길이 모두 북쪽으로 나 있었다. 기계에 오른쪽 길을 확인해 보도록 명령한 후 오래전에 털린 것으로 보이는 근처 주유소에서 기다렸다. GARMR이 정찰을 나선 동안 냉장고에서 점원이 튀어나오는 악몽을 다시 겪지 않길 바라면서 주유소를 확인했다. 뒤쪽으로 가자, 냉장고 한켠에 녹색 유리병 하나가 보였다. 약탈자들이 못 본 모양이었다. 탄산수를 즐기며 GARMR 피드를 지켜봤다.

처음에는 오른쪽 길 정찰이 시간 낭비였나 생각했지만 기계가 작은 교외 지역을 지나 돌아올 때쯤 생각이 바뀌었다.

하마터면 그걸 놓칠 뻔했던 것이다.

피드에 TV 위성 안테나와 함께 지붕에 받쳐 놓은 안테나가 보였다. 안테나의 상단이 기계의 시야에 다 들어오지 않았다. 지붕 끝에서 못해도 2미터쯤 위의 모습을 완전히 보기 위해 전자 광학 센서를 위로 향했다. 안테나는 사면이 가느다란 강철 케이블로 고정되어 있었다.

아마추어 무선기사의 집.

나는 GARMR을 도로 가장자리의 배수로 안으로 옮겨 대기시켰다. 최근에 태블릿으로 거리를 측정하는 방법을 알게 되었는데, 기계는 내 위치에서 오른쪽 갈림길을 따라 1.45킬로미터 떨어진 곳에 있었다.

주유소를 나서자, 언데드 하나가 유리문에 붙은 커다란 에너지 음료 스티커 뒤 사각지대에 매복하고 있다가 나를 공격했다. 몸을 홱 돌려 방아쇠를 당기려는데.

조그마한 소녀였다.

나는 그것의 가슴께를 발로 단호히 차 냈다. 죽은 아이가 주유소 앞 유리로 나가떨어지면서 유리에 사방으로 거미줄 모양의 금이 생겼다. 나는 딱 한 번 어깨 너머로 흘깃 보고 오른쪽 갈림길을 따라 달리기 시작했다.

나도 딸이 있다. 정말 이건 아니잖아.

작고 여리지만 치명적인 괴물과 거리를 벌리고 나자 눈물이 흘러내렸다. 나는 쏘고 싶지 않아서 애써 피했다. 온통 우리 어린 딸, 벅 생각만 날 뿐이었다. 저 존재도 누군가에게는 온 우주였을 것이다. 젠장, 도대체 내가 뭔데?

나는 잡초가 무성하게 자란 길을 숨이 턱 끝까지 차도록 뛰었다. 콘크리트 도로 사방의 잡초와 잔디, 어린나무 들이 적어도 가슴 높이께에 닿았다. 바로 앞에 흰색 픽업트럭이 후드를 열고 배터리 충전 케이블을 단 채로 완전히 망가져 있었다. 다시 뛰기 시작하며 어깨 너머를 확인했다. 400미터 뒤에 뚜렷이 대비되는 빨간색 반바지의 움직임이 보였다.

제기랄, 그녀는 포기하지 않았다. 절대 그럴 수 없겠지.

다시 앞으로 고개를 돌리자마자, 잔디가 바스락거리기 시작하는 것이 보였다. 나는 빨간색 반바지를 입은 언데드 아이들 무리가 풀밭에서 튀어나와 내 살에 팔을 뻗는 상상을 했다. 총을 쏠 준비 자세를 취하고 탄창을 덤불 속에 쏟아부으려는 참에 상대가 달려들었다. 거대한 멧돼지였다. 놈이 날 덮치기 전에 딱 한 방을 쏘았는데 흠집밖에 내지 못했다. 충돌의 현장에서 멧돼지가 다시 달려들기 전에 가까스로 몸을 일으켜 세울 짬이 생겼다. 하루치 행운을 한꺼번에 써 버린 건지 다행히 투우사처럼 놈을 피해 픽업트럭을 향해 죽어라 달리면서 짐칸이 비어 있기를 간절히 바랐다. 나는 스페어타이어를 힘껏 밟으며 무작정 트럭 짐칸으로 뛰어

올랐다. 짐칸 바닥에 떨어지는 순간, 멧돼지의 공격에 트럭이 흔들렸다.

그때 덤불 속에서 새끼 돼지 여섯 마리가 날듯이 뛰쳐나와 꿀꿀거리며 뛰어다녔다. 녀석들 발굽 소리에 GARMR이 생각났다. 운전석 쪽을 넘어 트럭에서 내려가려 했으나, 성이 난 어미 돼지가 나를 잡기 위해 트럭 후드 아래에서 올라오려고 발버둥쳤다. 내 총에 맞아 뒷다리에 피가 나고 있었지만, 그 정도로는 충분하지 않은 모양이었다.

이걸 읽는 누구든 나더러 정신 나갔다고 말하겠지만 나는 엄마 돼지를 죽일 마음이 없었다. 어미를 죽인다면 새끼들이 죽음을 맞게 될 것이다. 어미를 죽이지 않는다면 어쩌면 새끼들도 죽지 않고 어미처럼 생존할 수 있을지 모른다. 내가 길을 걷는 것만으로도 저 야생 돼지가 이렇게 공격한다면, 자기 새끼를 잡아먹으려고 아무 생각 없이 광분해서 달려드는 시체에게는 어떻게 반응할까?

이제 알게 될 참이었다.

마침내 언데드 소녀가 도착해 야생 돼지의 주의를 끌었다. 나는 운전석에 앉아 이 참담한 상황이 진행되는 것을 지켜보았다. 처음에는 멧돼지가 내게서 눈을 떼지 않았다. 자기를 다치게 한 건 나였으니까. 그러나 새끼 돼지 한 마리가 소녀의 눈에 띄어 호기심을 끄는 순간, 상황은 완전히 바뀌었다.

모든 일은 너무 순식간에 일어났다. 어미가 새끼 돼지를 보호하기 위해 빛의 속도로 달려드는 장면은 보고도 믿기 힘들었다.

퍽!

썩은 살점에 야생 돼지가 부딪치는 소리에 나는 속이 메스꺼워졌다.

멧돼지가 아이를 깔아뭉개고 뼈에서 부패한 살점을 뜯어내고 있었다. 새끼 돼지들도 모여들어 자기 몫의 살점을 물고 맛을 보기 시작했다. 나는 속이 부글거리더니 담즙이 목으로 올라왔다. 꾹 참고 조용히 트럭에서 뛰어내려 GARMR이 있는 오른쪽 길을 내달렸다. 그 멧돼지나 새끼 돼지들이 두 번째 먹잇감을 찾아야겠다고 느낄 때 그 가까이에 있고 싶지 않았다.

휴면 상태의 GARMR이 있는 곳까지 가는 동안, 돼지들의 거센 콧바람 소리가 뒤에서 수십 번은 들리는 듯했다. 멧돼지와 마주치고 이 미친 체스 게임이 시작되면서부터 내 불안감은 정말 터져버릴 것 같았다. 총이 없이는 어미 돼지가 이 지역 먹이 사슬의 최상위 포식자였으며 돼지는 언데드까지 먹었다. 그리고 그 돼지에게 긁히거나 물리는 것만으로도 내가 변할 것이라는 생각은 정말이지 오싹했다.

GARMR 앞에 도착해 무릎을 털썩 꿇자 왠지 외로움의 무게가 가벼워지는 느낌이었다. 비록 이 탄소 섬유와 티타늄, 실리콘의 조합으로 만들어진 존재는 무생물이었지만, 인간의 절친한 벗이라는 개의 기묘한 복제품으로서 그 목적을 수행했다. 존의 개 애너벨은 GARMR을 어떻게 생각할지 궁금했다. 원자력 전지가 내뿜는 방사성동위원소의 안정적 붕괴로 인한 열기가 내 손을 감싸는 게 느껴지기 전까지 기계의 등을 쓰다듬고 있다는 사실을 인지하지도 못했다. 그 돼지들 때문에 정말 지독히 무서웠나 보다.

"체커스, 따라와."

기계의 프로세서 어딘가에 일종의 돼지 퇴치 프로그램이 있으면 좋겠다고 생각하며 말했다.

지붕에 안테나가 달린 집은 바로 앞이었다. 한때 푸르고 멋진 잔디가 스프링클러로 공급되는 귀한 담수를 마시고 자랐을 자리에는 잡초와 어린나무 들이 급속히 자랐다. GARMR은 잠시 높은 풀숲과 사투를 벌이는 듯했으나, 보폭을 조정해 빽빽한 잡초들을 나보다 빠르게 헤쳐 나갔다. 현관문은 튼튼히 밀폐되어 있었다. 도어 매트를 바라보는 방향으로 설치된 현관 위 먼지투성이 CCTV가 나를 맞이했다.

나뭇잎이 바스락거리는 소리에 흠칫 놀랐다.

총을 이리저리 휙휙 돌리다 하마터면 고양이를 산산조각 낼 뻔했다. 녀석도 좋았던 시절이 있을 텐데. 지금은 꼬리가 대부분 뜯기고 왼쪽 귀의 일부도 사라진 몰골이었다. 아마도 언데드가 궁지로 몰았겠지. 그 가련한 녀석에게 먹이를 줄까 했지만 내가 접근하자 도망쳐 버렸다. 부디 무사하기를 바랄 수밖에.

돌아다니며 살거나 아니면 죽겠지. 이곳의 모든 생명체가 그래 왔던 것처럼.

차고 문손잡이를 야무지게 잡아당겼다. 열릴 리가 있나. 차고 진입로에 세워진 지프의 선 바이저에 분명 개폐기가 달려 있을 텐데, 전력만 공급된다면 아직 작동될 것이다. 뒤쪽으로 돌아보며 진입 가능한 모든 지점을 주의 깊게 확인했다. 이상 무. 첫 번째 보안 절차를 마치고 다시 지프차로 돌아가 잠기지 않은 조수석 문을 열었다. 핸드 브레이크를 풀어서 중립에 놓았다.

가슴께에 닿는 잔디밭과 사생활 보호 울타리 너머로 많은 언데드의 소리가 들렸다. 나는 지프를 앞뒤로 흔들어서 바퀴의 차축이 녹을 뚫고 전진케 했다. 차가 차고 문에 부딪혔을 때 브레이크를 살짝 밟고 기어를 1단으로 되돌렸다. 소음에 대한 응답처럼 울타리가 흔들리고 휘어지기 시작했다.

지프의 후드에 뛰어올라 배낭을 지붕 위로 던진 다음, 힘겹게 몸을 일으켰다. 최상의 컨디션이 아니었다. 이 지상 낙원에 몇 개월만 머물다 보면 다들 이렇게 될 것이다. 지붕에 오르는 동안 거친 외벽에 팔뚝과 정강이가 쓸렸다.

지붕에 오르자, 울타리 반대편의 언데드들이 보였다. 내가 지프를 사다리로 사용하면서 만든 소음에 이끌려 모여든 열 마리쯤 되는 놈들이 나무 울타리 저편에 쌓이기 시작했다. 나는 가장 가까운 2층 창문으로 가서야 창문이 잠겨 있는 것을 알았다. 창문 안쪽을 유심히 보니 건너편 방에서 새어 나오는 불빛이 보였다.

개머리판으로 창문 윗부분을 깨고 손을 넣어 잠금장치를 풀었다. 나무 우체통이 넘어지면서 발생한 요란한 소리가 저 아래 울타리가 쓰러졌음을 알렸다. 나는 총을 먼저 올리고 창틀에 오른 다음, 어두운 2층 욕실의 물이 마른 변기통 안을 발로 디뎠다. 아까 보였던 반대편의 불빛은 열린 창문을 통해 새어 나오는 것이었다.

빌어먹을, 그렇게 시끄럽게 하지 말걸, 나는 속으로 생각했다.

욕실에서 나와 원목 마루가 깔린 침실로 올라갔다. 야간 투시경을 쓰고는 어두침침하고 불길한 예감이 드는 방 안 구석구석을 살폈다. 침대 아래에도, 먼지를 잔뜩 뒤집어쓴 옷과 쥐똥으로 가득 찬 어두운 벽장 안에도 괴물은 없었다. 내가 최상층에서 이리저리 움직이는 동안 발밑의 오래된 나무가 삐걱거렸다. 그 소리에 이곳을 사용했을 사람들이 떠올랐고, 그 사람들은 어떻게 이 소음에 익숙해졌을까 하는 생각도 들었다. 아마 소리가 나는 부분을 피해 다녔겠지.

아래층을 확인하기 위해 조용하면서도 재빠르게 계단을 내려갔다. 집은 텅 비어 있었다. 식량도 전혀 없고 욕실 변기 물탱크 안에 물이 5센티미터 높이 정도 채워져 있을 뿐이었다. 물 상태는 좋아 보이지 않았다. 그래서 그 물은 욕실 휴지라는 소모성 사치품과 더불어 계획된 목적에 맞게 쓰기 위해 아껴 두기로 했다. 누군가 휴지 공장을 다시 운영하지 않는 한, 이 휴지는 언젠가 몸값이 비싸질 것이다.

집은 으스스할 정도로 고요했다. 아직 문이나 창문을 두드리는 언데드도 없었다. GARMR의 상태를 확인하고 지프 옆으로 이동시켰다.

"체커스, 기다려."

나는 사이먼 시계에 대고 말했다.

나는 아마추어 무선 장비가 있는지 맨 아래층부터 살피기 시작했다. 2층 지붕 위로 우뚝 솟은 안테나에 연결된 무선 장비를 찾기 위해 집 안을 뒤집어 놓았다. 서재에 무선 장비가 있었지만, 바깥의 대형 안테나를 활용할 수 있는 장비는 없었다.

총을 가까운 장식장에 기대어 두고 촘촘한 구리 리벳이 가득한 먼지투성이 가죽 소파에 몸을 맡겼다. 그리고 옛날에 하던 대로 손을 오른쪽 아래로 뻗어서 딱 내가 알고 있는 위치의 레버를 뒤로 젖히자, 등받이가 넘어가고 발판이 올라오며 누운 자세가 되었다. 눈꺼풀이 무겁게 내려앉기 시작하면서 내가 얼마나 지쳤는지 깨달았다. 나는 수면과 완전한 자각 사이의 어딘가에서 휴식을 취하고 있었다. 마음을 막 놓으려는 순간, 아주 분명하게 소리가 들렸다.

삐거덕.

방금 전 들려온 소리다.

내가 있는 집 안에 무언가 있었다.

억지로 정신을 차리려 애쓰며 잠재의식의 사다리를 기어오른 후, 보지도 않고 무턱대고 발치에 손을 뻗어 카빈총을 잡았다.

삐거덕.

천천히 맨 아래 계단으로 가서 위를 올려다보았다. 알프레드 히치콕 영화에서처럼 실루엣이 나무 난간 아래의 수직 기둥 옆을 지나갔다. 나는 극도로 흥분해서 야간 투시경을 쓰고 더 자세히 보았다.

그 뚱뚱한 시체는 데님 작업복과 응고된 피로 덮인 흰색 티셔츠를 입었다. 그 묵직한 걸음에 바닥이 삐걱거리며 내 등골도 오싹해졌다. 내가 아까 위층에서 저 악취 나는 걸 대체 몇 번이나 모르고 지나쳤다는 말인가?

계단 앞에 다다른 놈이 몸을 돌려 아래를 내려다보았다. 나는 가죽 리클라이너 뒤로 숨으려 했지만, 이미 때는 늦었다. 그것은 내려오기 시작했고 휘청거리며 첫 걸음에 네 계단을 내려디뎠다. 내가 총을 들어 쏜 단 한 발이 놈의 얼굴에 명중해 뒤쪽에 가지런히 놓여 있던 가족사진 액자에 뇌와 머리카락이 흩뿌려졌다. 시체는 잠시 불안정하게 비틀거리다 앞으로 고꾸라지면서 아주 세게 계단에 부딪쳤다. 그것은 맨 아래 계단까지 미끄러져 내려와 쿵 소리와 함께 떨어져 끔찍하고 썩은 내가 진동하는 액체를 바닥에 쏟았다. 나는 악취를 덜 맡기 위해 세마그로 얼굴을 가리고 거대한 시체를 넘어 계단을 올랐다.

계단을 오르는 동안 현관문에 무언가가 쾅 부딪치기 시작했다. 위층에 도착하자, 열린 문 뒤에 있던 다른 문이 가려서 처음에 집을 확인할 때 내부의 사무 공간을 보지 못했다는 걸 알아차렸다. 깜깜한 방으로 들어가 카빈총의 조명을 켰다.

지구에 마지막 남은 전자 상가를 찾은 기분이었다. 진공관에서부터 낡은 반도체 무전기 세트까지 모든 게 통 속에 들어가 있거나 오래된 신발 상자처럼 구석에 잔뜩 쌓여 있었다. 꼭 필요한 건 아니지만, 안테나 연결도 되어 있을 게 분명했다. 나는 천장과 벽이 만나는 모서리를 조명으로 빙 둘러 가리키다 마침내 흰색 동축 케이블이 창문 옆, 장비들로 가득 찬 작은 책상 위의 멀티플렉서 뒤쪽으로 구불구불 이어진 것을 보았다.

쾅!

현관문에 무언가 충돌하며 바닥까지 울렸다. 나는 통신 미션을 계속하기 전, 사무 공간을 나와 아래층에 내려가서 문이 잘 잠겨 있는지 확실히 확인했다. 빗장이 단단히 걸려 있는지 확인한 후, 계단으로 가서 시체를 문 앞으로 옮길 수 있을지 궁리해 보았다. 시체의 무게를 감안하자면 끌고 갈 방법은 없었다. 그래서 나는 낑낑대며 그 시체를 입구 쪽으로 굴린 뒤, 발로 문 앞에 밀어 놓았다.

다시 위층으로 올라가 먼지가 잔뜩 쌓인 책상 앞에 앉은 다음, 멀티플렉서에서 안테나 리드선을 뽑았다. 그리고 배낭에서 휴대용 무전기를 꺼내 전원을 켰다. 안테나 리드선을 무전기에 꽂으니, 배터리로 작동하는 내 소형 스피커에서 모스부호의 강한 신호음이 흘러나와 방을 가득 채웠다.

받아 적기 시작했다.

"치료제가 있다. 여기는 애틀랜타 남부 와코비아 타워의 CDC 본부, B구역이다. 위태로운 상황, 지원 요망. 특수부대 피닉스 팀의 닥이다. AR. BT. BT."

나는 적은 것을 계속해서 읽고 또 읽었다.

치료제라고? 말도 안 되는 소리잖아, 나는 생각했다.

정말로 피닉스 팀이 틀림없었다. 특수부대에 관해 아는 사람은 아무도 없을 테니. 그리고 닥. 모래시계 팀 임무가 끝난 후, 브리핑 자리에 꾹 참고 앉아 있다가 그 이름을 들었다. 닥은 나머지 핵무기를 확보하기 위해 호텔23에 파견된 4인조 팀의 대장이었다. 그가 어렵사리 미사일 발사 결정을 내려 미치광이 우생학자 집단을 붕괴시키고, 어쩌면 남은 인류의 전멸도 막았다. 그런 그가 애틀랜타에 살아 있고 치료제가 있다 주장했을 가능성이 있다면 이 미션은 구조 임무이자, 키스 왕복으로 시간을 낭비할 여유가 없는 미션이었다. 이제 키스에 다녀오는 것에 붙일 수 있는 합당한 핑계는 없었다.

또 한 번 현관 쪽에서 들리는 요란한 굉음에 놀란 나는 상황을 확인하기 위해 급히 내려갔다. 맨 아래 계단에 다다르자, 갈라진 문틈으로 햇빛이 살짝 보였다.

마치 껍질에서 살금살금 기어 나오는 소라게의 발처럼, 살점이다 사라진 하얀 뼈마디가 문 가장자리를 움켜쥐었다. 그 틈으로 슬쩍 보이는 아무것도 덮이지 않은 맨 이빨에 늦은 오후의 햇살이 내려앉았다. 나는 문으로 다가가 버팀대 용도로 놔둔 몸집 좋은 시신에 붙어 서서 소총의 소음기를 틈새로 내밀었다. 언데드가 그것을 잡겠다고 손을 뻗을 때 놈의 얼굴을 향해 방아쇠를 당겨서 완전히 쓰러뜨렸다. 뒤이어 또 한 놈이 나섰다가 비슷한 운명을 맞았다. 나는 두꺼운 현관문의 갈라진 틈을 중세의 화살 구멍처럼 이용해 같은 동작을 여섯 번 반복했다.

나는 황급히 아마추어 무선 구역으로 돌아와 여분의 종이를 찾으려 책상을 뒤적였다. 그런 다음 판독한 메시지를 두 부에 베껴 적어 하나는 배낭 아래쪽에, 또 하나는 야구 모자의 헤드밴드 안에 넣었다. 해가 뉘엿뉘엿 저물 무렵, 나는 GARMR을 확인하기 위해 잡초가 무성히 자란 뒤뜰을 통해 옆문으로 살금살금 나갔다. 기계는 누구의 손도 타지 않고 지프 옆에 그대로 있었다. 정문을 통해 나를 따라 뒤뜰로 오도록 한 후, 뒤뜰 테라스 가까이의 빽빽한 풀밭에 다시 대기시켜 두었다. 높은 울타리 덕분에 언데드의 눈에 띄지 않을 수 있었다. 일몰 전에 다른 집을 또 수색할 엄두는 나지 않아, 다시 집 안으로 들어가 뒷문을 잠그고 위층에 올라가면서 계단 앞을 가구로 막아 두었다.

땅거미가 지기 시작할 무렵 어떻게든 차량을 찾아야겠다고 결론을 내렸다. 정유 공장이 원유를 휘발유로 정제하는 일을 중단한 지도 1년이 훌쩍 넘었다. 현재 버려진 연료 탱크에 들어 있는 휘발유는 대부분 에탄올을 혼합한 것으로, 이는 진짜 비에탄올 휘발유에 비해 유통기한이 훨씬 짧았다. 차량을 찾는 건 쉬웠다. 질 좋은 연료와 쓸 만한 배터리를 찾는 게 문제였다. GARMR은 처음 발견했을 때 군인의 무전기에 연결되어 있었다. 운이 따라 준다면 내일 아침 GARMR을 이용해 배터리 문제를 해결할 수 있을지도 모를 일이었다.

멀리 서쪽에서 들려오는 천둥소리. 플로리다 저편에 또 다른 폭풍우가 지나가는 듯했다.

예전에 여기서 다른 누군가가 한동안 생존했다. 반쯤 닳은 초가 침대 옆의 작은 탁자 가까이 서 있었고, 나온 지 2년 된 휴대용 무선 중계기의 안내 책자가 침대 한중간에 먼지를 잔뜩 뒤집어쓴 채 놓여 있었다. 침대 헤드보드 가까운 구석에는 총열이 휴지 뭉치로 채워진 산탄총 한 자루가 받쳐져 있었다. 낡은 산탄총을 챙겨 가고 싶었지만, 무거운 데다 이미 장전되어 있는 것 외에는 총탄도 없었다. 서랍 안에 포장되지 않은 9밀리미터 탄약통 몇 개가 들어 있어서 손톱깎이, AA 건전지 팩과 함께 내 카고 포켓에 넣었다. 중계기 안내 책자를 훑어보며 강조 표시된 중계기들을 주의 깊게 보았다. 그 옆에는 모두 손글씨로 간단하게 '태양열'이라고 쓰여 있었다. 이 작은 책자도 배낭에 넣었다. 언젠가 훌륭한 불쏘시개로 쓸 수 있을 테니. 머리맡에는 잡지 몇 권과 누렇게 바랜 1월 12일 자 지역 신문이 놓여 있었다.

현재 우리나라를 장악하고 있는 유행병에 대해 이렇다 할 설명은 나오고 있지 않습니다. 당국은 주민들에게 집 밖으로 나오지 말라고 공식적으로 지침을 내렸습니다. 여러분이나 여러분이 아는 누군가가 감염되었다면 즉시 911에 전화를 걸고 당국의 응답을 기다리십시오. 플로리다 주민들은 구할 수 있는 모든 허리케인 방지 셔터를 문과 창문에 설치해야 할 것입니다. 연방비상관리국과 CDC에서 권장하는 사항은 아래와 같습니다.

첫째, 공공서비스가 두절되는 96시간 동안 필요할 음용수를 충분히 확보하십시오(하루 1인당 3.8리터, 반려동물 포함).

둘째, 합판 또는 가구를 바리케이드 삼아 1층의 문과 창문을 차단하십시오.

셋째, 감염자에게 다가가지 마십시오.

넷째, 화기를 발포하지 마십시오.

다섯째, 조용하고 침착한 자세를 유지하십시오.

여섯째, 필수적이지 않은 전기 기기는 모두 전원을 꺼 주십시오.

내가 마주쳐 온 시체들은 모두 자신의 집에 바리케이드를 쳤고…… 밖에 나오지 말라는 말을 들었다. 아무리 선의에서 한 행동이었다 해도, 이것은 무시무시하고 살인적인 조언이었다. 플로리다의 이 일대 모든 집은 언데드로 가득 차 있을 공산이 컸다. 사람들은 당국이 어떻게든 자신들을 구해 줄 것이라는 부푼 희망으로 촛불을 들고 구석에 웅크리고 앉아 있었다. 선출직 공직자들은 그런 지침을 내릴 때, 자신들이 교외의 이 모든 집을 무덤으로 만들고 있다는 사실을 틀림없이 알고 있었을 것이다. 어찌 되었든, 주민들이 대부분 집 안에 갇혀 있으면 질병 발생 이후에 거리를 치우기 위해 접근하기가 훨씬 더 쉽다고 봤겠지.

다른 유물이나 쓸 만한 물건은 없는지 맨 위층을 확인했다. 밖에 비가 내리기 시작하더니 우르릉 쾅쾅 천둥이 쳤다. 이 소리를 기회 삼아 위층을 뒤집어엎었다. 손님방에서 사냥용 소총과 7밀리미터 탄약 스무 발들이 상자 하나를 찾았다. 또한 어떤 여자의 일기를 발견하고 내키지는 않지만 마지막 페이지를 열어 보았다.

1월 19일.

나는 일기를 덮어서 발견했던 자리에 그대로 되돌려 놓았다. 사방의 언데드와 오버올을 입은 거대한 시체에 관한 이야기일 성싶은 사적인 글을 읽고 싶지 않았다. 그 글은 나에게 쓴 것이 아니므로.

산탄총과 소총이 비바람을 맞지 않도록 쓰레기봉투와 강력 접착테이프로 싸서 한곳에 두었다. 내일 나가는 길에 프로판 그릴 밑에 두고 지도에 위치를 표시해 둬야겠다. 지금 당장은 여분의 무게를 감당하며 가져갈 가치가 없지만 언젠가 다시 찾게 될지도 모르니.

폭우가 퍼붓고 해가 점점 내려앉고 있는 가운데 동네가 훤히 내려다보이는 손님방 창가에 앉았다. 거리에는 시체들이 떼를 지어 서성거리고 있었다. 하늘에서 섬광이 번쩍이고 천둥이 칠 때마다 놈들은 번개라도 베어 물 수 있다는 듯 거칠게 움직이며 방향을 바꿨다. 이것들은 살생 프로그램을 가동 중인 생물학적 기계에 지나지 않았다. 자기 복제를 위해 더 이상 감염시킬 것이 없을 때까지 건강한 세포를 구하고자 걸어 다니는 바이러스.

나는 그것들의 어감을 이렇게 바꿔 봐야 했다. 다른 관점으로 보는 것은 몹시 무시무시했으므로.

채광창

6일 차

새벽이 밝아 오며 동쪽 창문에서 복도로 들어온 햇살이 내 얼굴에 쏟아졌다. 침대에서 억지로 몸을 일으킨 나는 부츠를 벗은 뒤, 모아 뒀던 빗물에 아래층에서 찾은 소금을 넣고 발을 담갔다. 부츠를 신고 자는 것은 정말 질색이었지만 문이 우지끈 갈라지는 소리가 들리고 신발 끈을 매려 애쓰는 동안 언데드가 집으로 쏟아져 들어오는 것도 끔찍했다.

물이 차갑긴 했지만 부은 발에 닿는 느낌이 좋았다. 나는 얼굴에 닿는 햇살의 온기를 누렸다. 바깥 어딘가에서 언데드 소리가 들렸다. 고양이나, 어쩌면 아침 바람을 타고 날아다니는 나비에게 자극을 받은 모양이었다. 벽장에서 찾은 깨끗한 수건으로 발을 닦았다. 낙관적인 기대를 걸고 2층의 샤워기를 틀어 보았으나 파이프 사이로 빨아들인 공기를 내뱉는 소리만 들릴 뿐이었다. 배수탑에는 물이 마른 지가 오래였다.

가진 것 중 나름 산뜻한 양말을 골라 신고, 해진 부츠의 끈을 질끈 묶었다. 고독호 갑판에서 신던 샌들이 그리웠지만, 평온한 선상 생활은 아직 먼 얘기라는 것을 자각하고 있었다.

아침 햇살 아래 배낭 속 내용물을 침대에 쏟아붓고 다시 정리하기 시작했다. 장비 같은 경우에는 어제 유용하다가도 내일이면 절대 쓰지 않는 경우가 허다했다. 계속 같은 자리에 두는 물건이라고는 침낭뿐이었다.

내 앞에 놓인 여러 가지 물건들 사이에는 모래시계 팀 작전 중에 챙겼지만 브리핑에서 입도 뻥긋하지 않았던 무언가도 끼어 있었다. 내가 전혀 알지도 못하고, 상상조차 할 수 없던 시간에서 온 묘한 물건. 나는 그것을 낡은 가죽 권총집에 단단히 고정해 배낭 밑바닥에 넣어 두었다.

정리가 끝나자, 나는 배낭을 어깨에 메고 아래층으로 내려갔다. 오버올을 입은 시체의 냄새가 더 강해져서 등 떠밀리듯 서둘러 길을 나섰다.

문을 열다가 하마터면 체커스를 쏠 뻔했다. 현관 앞에 서서 센서를 선회시키며 나를 보고 있을 거라고는 상상도 못 했다. 숨을 돌리며 핑계 김에 기계의 외관을 살폈다.

육안으로 확인하기에는 원자력 전지에서 에너지를 끌어낼 방법이 없는 듯했지만, 처음 봤을 때 새들백의 태양전지판을 기계에 연결 중이었던 것이 떠올랐다. 매뉴얼에 따르면 원자력 전지에는

GARMR의 전력 요구량이 급증할 때를 대비해 내장형 리튬 폴리머 배터리 네 개가 있었다. 또한 새들백에 부착된 잘 휘어지는 태양전지판에서도 전기를 공급받을 수 있었다. 태양전지판과 원자력 전지의 전력을 합친 전력량은 하루에 내가 움직이는 범위 이상으로 GARMR이 동작할 수 있을 만큼 충분했다. 나는 이 전력 일부를 활용해 어떻게든 차의 시동을 걸어 보기로 계획을 세웠다.

그런 다음 해안의 교외 지역을 벗어나 대충 애틀랜타 방향인 북쪽으로 향했다. 나는 언데드가 들끓는 도로와 안전거리 몇 미터를 유지했다. 나무들 사이로 저 앞쪽에 익숙한 월마트 간판이 보였다. 놈들이 눈치채지 못하도록 대부분의 길을 몸을 낮추고 걸어야 하다 보니 그곳에 도착하기까지 두 시간이 걸렸다. 도로 가까이에는 언데드가 너무 많고 우리 사이를 가르고 있는 녹슨 철책은 그리 오래 버티지 못할 테니까. 내 뒤를 따라 힘겹게 높은 풀숲을 헤치고 나오는 GARMR을 보며 나는 철책을 넘을 방도를 생각해 내야 했다. GARMR은 너무 무거워서(방사능을 띠고 있기도 하고) 180센티미터 높이의 울타리 위로 넘길 수는 없을 것 같았다. 철책을 잘라 보려 했으나 반대편에서 여섯 마리가 다가와 포기해야 했다. 놈들의 관심에서 벗어나기 위해 울타리를 따라 내달리다 우연히 울타리의 훼손된 부분을 발견했고, GARMR을 통과시킬 수 있을 만큼 놈들과 간격도 충분했다.

나는 마트 뒤편의 울타리를 통해 안으로 진입한 다음, 벌써 1년 넘게 적재 구역에 들어간 상태로 다시는 짐을 싣지도 내리지도 못하게 된 배달 트럭들을 보았다. 트럭들은 푸른곰팡이와 거뭇거뭇한 먼지로 덮여 있었다. 그중에는 앞바퀴가 펑크 나서 기우뚱하게 주차된 트럭도 있었다.

울타리 쪽 언데드가 가까워지며 신음을 내기 시작했다. 저놈들을 처리하지 않으면 저 소리에 다른 놈들이 더 몰려올 것이다. 나는 90미터 거리에서 방아쇠를 당겼다. 보통은 거리가 이 정도로 멀면 쏘지 않고 내버려 두기 때문에, 첫 번째 탄환은 선두에 선 시체의 가슴팍에 가서 박혔고 놈은 뒤쪽에서 오는 무리 쪽으로 넘어졌다. 나는 느린 아음속 탄환을 쏠 때는 보정이 필요하다는 사실이 떠올랐고, 그제야 머리에서 15센티미터 위를 조준했다.

탕, 그리고 0.5초 뒤 묵직한 탄환으로 두개골을 꿰뚫는 축축한 효과음이 들렸다. 하나의 패턴이었다. 소음기가 달린 총의 탄환, 두개골 충돌, 그리고 시체가 땅바닥에 쓰러지는 소리. 이것을 인류가 멸망한 세상의 드럼 독주라고 해도 좋지 않을까. 이 리듬은 더는 시체가 나오지 않을 때까지 반복되었다. GARMR은 근처에서 상황을 주시하며 실시간으로 분석했다.

세미트레일러와 나 사이에는 아무것도 없었고, 나는 가장 가까이에 있는 트럭으로 달려가 소리를 들어 보기 위해 소총으로 연료 탱크를 세게 쳤다. 탱크 마개를 열고 소총의 조명을 사용해 탱크 안도 들여다보았다.

절반 정도.

다음 세미트레일러도 확인했다.

4분의 1.

내 카고 포켓에는 멀티툴 이상의 도구나 호스 같은 건 없었다. 운전석 옆 발판을 딛고 올라(그러다 총으로 배기관을 때렸다) 내부를 내다보았다. 운전석은 정돈되고 비어 있었으나 뒤쪽 침대칸은 어두컴컴했다. 내가 낸 소음이 무엇을 부를지 누가 알겠는가. 운전석 손잡이를 잡아당겼는데 문이 잠겨 있지 않았다. 주유소 충전카드가 든 서류철과 열쇠 꾸러미가 조수석에 놓여 있었다. 일지에 적힌 이름은 '척'이었다. 통풍구에 부착된 방향제에 소나무 향이 미세하게 남아 있어서 트럭의 냄새는 나쁘지 않았다. 나는 천천히 운전석 옆문을 닫고 소총의 조명을 켰다. 세미트레일러나 추락한 헬기처럼 좁은 공간에서는 총열이 짧은 소총이 편리했다.

총구를 들이밀면서 뒷좌석으로 기어들었는데, 수상해 보이는 것은 전혀 없었다. 작은 침대는 말끔하게 정리된 상태였고 다이어트 탄산음료 한 상자가 두루마리 화장지, 탄창 몇 개와 함께 바닥에 놓여 있었다. 침대 밑으로 손을 넣자, 플라스틱 같은 것이 만져졌다. 조명 아래로 가져와 보니 상단에 '루거'라고 쓰인 녹색 케이스였다. 두 개의 플라스틱 걸쇠를 풀고 뚜껑을 들어 올리자, 22구경 루거 마크 III와 빈 탄창 두 개가 있었다. 탄약의 흔적을 찾아 뒷좌석을 샅샅이 뒤졌지만 어디에도 없었다. 무용지물이었다. 망치로 쓰는 편이 그나마 제일 낫겠군. 총을 다시 케이스에 넣고 아까 발견했던 그 자리로 다시 밀어 넣었다. 침대 아래, 운전자의 깔끔한 성향에서 왠지 모르게 벗어난 패스트푸드 감자튀김 바로 옆에.

앞좌석으로 돌아와 앉으면서 열쇠를 슬쩍 집었다. 누가 이런 차를 모는 걸 몇 번 본 적이 있는데, 그건 평범한 가정의 아빠가 타는 차의 표준 변속기보다 약간 복잡한 정도였다.

시동을 걸어 보려 했지만, 아무 일도 일어나지 않았다. 후드를 올릴 방법을 찾느라 몇 분간 더듬거린 뒤, 배터리를 뽑아 들고 건물 남쪽으로 갔다.

건물의 다른 쪽 모퉁이 근처, 180미터 거리쯤에 시체들이 서 있었다.

"체커스, 대기해."

기계의 다리가 접혀 들어가는 동안 나는 묵직한 배터리를 허리께에 얹고 급히 달려왔다. 나는 신속히 움직였다. GARMR에서 태양전지판을 분리하고 케이블 타이를 이용해 리드선을 트럭 배터리에 고정시켰다. 태양전지판을 남쪽으로 맞춰 놓고, 내가 차량 탈취 계획 2단계를 밟는 동안 GARMR을 숨겨 두기 위해 위에 낙엽과 팰릿 조각들을 쌓았다.

트럭의 공구함을 확인해 보니 노란색 굵은 나일론 견인줄이 있었다. 등반가처럼 줄을 여러 차례 내 몸에 감았다. 트레일러에 오르기 전 배낭에서 필요한 물품들을 꺼내 운전석에 던졌다. 트럭 운전사가 아닌지라, 운전석이 있는 트랙터에서 트레일러를 분리하는 방법을 알 수가 없었다. 내가 이 트럭을 어디로 몰고 가든, 뒤에 트레일러를 달고 가게 되겠지. 거기에 탄약이 차 있든, 청바지나 부패한 상품이 들어 있든, 아니면 비어 있든 상관없이. 직사각형 지붕 위를 걷는 동안, 내 몸무게로 인해 차체 곳곳이 휘었다. 이때 발생한 소음이 트레일러를 타고 가게 안으로 울려 퍼졌다. 트레일러 뒷부분이 적재 구역 문을 완전히 막고 있었다. 트럭을 움직이지 않고서는 안으로 들어갈 방법이 없고, 배터리를 충전시키지 않고서는 트럭을 움직일 방법이 없었다.

마트 지붕으로 이어지는 매끄러운 배관을 천천히 기어오르다 약간의 돌출 부위를 힘겹게 넘고 타르를 발라 뜨듯한 지붕 위를 굴렸다. 내가 너무 빠르게 늙어 가는 모양이었다. 그곳에 잠시 누워 호흡을 가다듬고 안으로 들어가는 길을 확보하기 위해 일어섰다.

지붕 표면은 달처럼 단조로웠고, 볼록한 분화구 같은 채광창들이 격자 모양으로 고르게 간격을 두고 있었다. 반투명한 유백색 천창 덮개가 아래 마트 안의 전망을 가렸다. 나는 고정식 나이프를 이용해 가장 가까이의 타르를 뜯어내기 시작했다. 몇 분의 작업 끝에 그것을 제거하는 데 성공하고 처음 맡은 것은 저 아래 깊은 심연에 자리한 부패의 냄새였다. 두려움에 떨며 머리와 소총을 개구부 안으로 들이밀고 500루멘 밝기의 손전등을 켰다. 구멍에 상반신을 들이밀고 들여다보는데 콧구멍 안으로 음식 썩는 지독한 냄새에 섞여 부패된 시체의 기미가 느껴졌다.

나는 혼자가 아닌 듯했다.

내가 고른 천창은 이상적이지 않았다. 그것은 나를 통로 사이의 흰색 타일 위에 내려놓을 것이다. 애들 게임으로 보면 요컨대 핫라바[10] 게임이나 다름없었다. 거꾸로 매달려서 더 나은 선택지를 찾아 사방을 돌아보는 동안 피가 머리로 쏠렸다. 천창 두어 개를 더 살피고 공격에 취약한 1층 바닥이 아닌 물품 선반 위로 내려갈 수 있는 하나를 선택했다. 저 너머 구석에 어두운 형체들의 움직임이 보였지만 무리의 시선을 끌까 두려워 손전등을 비추지 않았다.

아까 살핀 천창을 뜯어낸 뒤, 견인줄을 근처 공기 순환기의 파이프에 단단히 고정했다. 노란색 견인줄에 매듭을 몇 개 만든 다음, 줄을 아래의 암흑 속으로 던지고 그것이 풀려 내려가다 탁 멈

---

10) Hot lava. 바닥을 용암이라고 가정하고 바닥을 딛지 않고 주변의 지형지물을 이용해 이동하는 게임.

추는 것을 지켜보았다. 생수병 팩처럼…… 보이는 뭔가의 상단에서 60센티미터쯤 위였다.

이거 놀라운걸.

기관 설비가 제대로 돌아가지 않고 죽은 자들이 걸어 다니는 마당에 이렇게 오랫동안 생수병이 약탈되지 않았다니 믿을 수가 없었다. 나는 카고 포켓에서 녹색 켐 라이트 하나를 꺼내 부러뜨리고 천창 개구부 가까운 부분의 줄에 붙였다. 필요한 경우 야간 투시경으로 쉽게 찾을 수 있는 시각적 기준점이 필요했으므로.

최대한 간소하게 망자들의 우물로 내려갈 것이다. 그렇지 않으면 줄을 타고 다시 올라오지 못할 수도 있으니.

움직여야 할 시간이다.

어두운 개구부로 다리를 대롱대롱 내려뜨리고 부츠 바닥을 매듭 하나에 걸쳤다. 양손을 서로 교차하듯 내려잡으며 발에 줄의 끝이 느껴질 때까지 중력의 힘에 따라 아래로 향했다. 나는 내려가는 내내 천창을 올려다보고 있었고, 발밑에 생수병 팩이 느껴진 뒤에도 그 시선을 거두지 못했다. 저 위는 안전하고 안심할 수 있었다. 그러나 아래, 이곳은 뭔가 달랐다.

저 아래 바닥에 무언가 부딪치는 소리가 나서 밝은 천창 개구부에서 시선을 떼야 했다.

조심조심 야간 투시경을 썼다. 2리터들이 탄산음료 병에서 새어 나온 음료가 오래전에 죽은 여자의 온몸에 뿌려지고 있었다. 나는 그것을 무시하고 자세를 낮추며 조심스럽게 생수병 팩 위에서 균형을 유지했다. 위에서 지켜보자니 왜 이 귀한 자원들이 남아 있는지 이해가 되기 시작했다. 언데드를 물리치지 않고는 선반에 다다를 수가 없었던 것이다.

탄산음료에 흠뻑 젖은 시체가 이제 나를 따라다니기 시작했다. 그렇다고 제거하기는 좀 망설여졌다. 총성은 더 많은 놈들을 끌어들이기만 할 테니. 나는 선반 반대쪽으로 움직여 놈을 자극하는 위치에서 벗어난 다음 휑뎅그렁한 구조물 위에 펼쳐진 표지판을 살피기 시작했다. 내가 찾는 코너는 마트 중간쯤에 있었다.

자동차 용품 코너.

나는 삐걱거리는 생수병들을 밟으며 선반 끝까지 걸어갔다. 반대편에서는 내가 자기로부터 더 멀어졌다는 것을 깨닫지 못하는 시체의 소리가 들렸다. 선반 끝에 다다르자, 핫 라바 게임의 규칙을 깨고 바닥에 발을 디뎌야만 하는 상황에 처했다. 내키지 않지만 총을 등에 메고 선반 아래로 내려갔다. 부츠가 바닥 타일에 닿는 순간, 주변에 쌓인 먼지에 방금 찍힌 발자국들을 보며 소름이 끼쳤다.

발자국이 너무 많았다.

어둠을 따라 걸으며 채광창 빛이 들어가는 곳, 언데드가 나를 보고 놈들의 원시 시냅스에서 내가 자기들과 다른 존재라는 것을 깨달을 장소를 피했다. 자세를 낮추고 싸구려 옷가지가 걸린 행거 아래 몸을 움츠린 채 45미터 전방의 타이어가 잔뜩 쌓인 높은 선반을 향해 종종걸음을 쳤다.

재고 할인 중인 옷가지가 가득한 행거를 돌다가 내게 뒤통수를 보이고 서 있는 놈 때문에 멈춰 섰다. 인간의 형태를 하고 있으나 움직이지도, 숨을 쉬지도 않으며 영혼이 없는 무언가가 있었다. 이건 마치 기회만 주어지면 발견 즉시 살인을 저지르는 조각상들로 가득 찬 밀랍인형 박물관에 있는 것 같았다.

진열된 옷가지 너머로 동태를 살피며 내가 공격을 해도 다른 놈들이 그 소리를 못 듣는다는 걸 확인했다. 그리고 벨트에 차고 있던 권총집을 부드럽게 누르며 자동 나이프를 뽑았다. 엄지손가락을 나이프 버튼 위에 올리면서 침착하게 시체에게 접근했다. 버튼을 누르자 튼튼한 스프링이 손잡이 앞쪽에서 면도날처럼 날카로운 칼날을 튕겨 냈다. 놈이 대응하려 했지만 때는 이미 늦었다. 나는 뒤에서 놈의 몸통에 팔을 두르고 13센티미터 길이 단도를 관자놀이에 박아 넣었다. 시체를 차가운 바닥에 내려놓자, 썩은 고기에서 나는 역겨운 냄새가 풍겼다.

자세를 낮게 유지하며 재빨리 다음 코너로 이동했다.

장난감 코너였다.

통로를 따라 걷다가 먼지 속에 찍힌 한 놈의 발자국을 발견했다. 내가 내려온 반대쪽을 돌아보았다. 야간 투시경을 통해 견인줄에 달린 켐 라이트가 똑똑히 보였다. 장치의 조도 조절 기능이 작동하면서 천창의 밝기에 맞춰 야간 모드의 조도를 낮게 조정했다. 비가 내리면서 개구부를 통해 마트 내부로도 쏟아지기 시작했다. 천창들 사이의 다음 그늘로 이동한 나는 바닥에 거의 합쳐지다시피 한 커다란 개의 부패한 유골을 발견했다.

하다못해 인간은 주어진 지능과 사고력으로 이 상황에 대적해 볼 수라도 있었다. 하지만 개는 달랐다. 나는 죽은 개를 마주치게 되는 상황이 너무 싫다.

선반 두 개만 더 지나면 자동차 용품 코너였다. 내가 목표를 향해 움직이기 시작했을 때 가까이에서 쇼핑 카트 바퀴가 삐거덕거리는 소리가 났다. 쭈그려 앉아서 M4의 알루미늄 레일을 예리한 모서리가 손에 파고드는 게 느껴질 정도로 꽉 움켜쥐었다. 삐거덕거리는 소리는 선반 반대편에서 계속되었다. 느리고 더디면서 화를 돋우는 움직임. 자동차 용품 코너로 가려면 다른 길은 없었다. 다음 통로를 꼭 지나야 했다. 삐거덕거리는 소리가 멈추기를 고대하며 기다렸다. 몇 초간 정적이 이어지다 잠잠해질 만하면 다시 삐거덕 소리가 시작됐다. 나는 통로 반대편의 시체에게서 먼 쪽으로 선반을 돌아 끔찍한 소리의 근원을 보기 위해 모퉁이에서 서서히 머리를 내밀었다.

잠옷을 입은 노파 시체가 카트 뒤에 서 있었는데, 앞으로 움직일 때마다 카트도 툭툭 밀렸다. 오래된 피가 그녀의 잠옷 원피스 앞면을 무릎까지 적셨고, 돋보기안경의 끈이 목에 걸려 있었다. 얼굴 오른쪽 측면은 대부분 찢겨 드러난 상태였다. 확실하지는 않지만 카트에 든 큰 봉투는 개 사료 같았다.

통로는 어둠에 싸여 그녀가 반대편에서 나를 볼 수 있을 것 같지는 않았다. 나는 기다렸다가 그 시체가 아래를 굽어보는 순간 다음 통로로 뛰어들었다. 그리고 나를 기다리고 있던 창고 직원의 품에 안겼다.

우리는 바닥으로 넘어지면서 맞붙어 싸우기 시작했다. 나는 좀비의 서늘하고 뱀 같은 목을 잡으며, 물려고 달려드는 놈의 입이 다가오지 못하게 막았다. 칼을 뽑으려고 안간힘을 쓰는 내 귀에 쇼핑 카트의 삐거덕거리는 소리가 가까워져 오다가…… 이제 속도까지 점점 빨라졌다.

나는 그 어린 창고 직원 놈을 밀어서 내동댕이쳤다. 놈의 두개골이 잘 익은 멜론처럼 딱딱한 타일 바닥에 쿵 하고 떨어지며, 칼을 뽑아 들 시간이 생겼다. 칼날을 뽑자마자 어린 직원의 눈에 박아 넣었다. 눈구멍에 꽂힌 칼을 잡아 뽑고는 인근 안내 데스크 뒤로 쏜살처럼 내달렸다.

공포감에 숨을 죽이고 쇼핑 카트가 다가오는 소리에 귀를 기울이며 대기했다.

그것은 몇 초간 멈췄다가 다시 움직이면서 더 크고 가깝게 들렸다.

내가 L 자형 안내 데스크에 등을 대고 쭈그려 앉아 덜덜 떠는 동안, 카트의 삐거덕거림은 점점 가까워졌다.

데스크 카운터 반대편에 카트가 부딪치면서 경미한 흔들림이 느껴졌다. 처음에는 종이가 옆쪽 카운터 발판으로 떨어지더니, 연이어 펜도 떨어졌다. 나는 카운터 가장자리를 올려다보면서도 차마 프레리도그처럼 빼꼼히 얼굴을 내밀 엄두는 나지 않았다.

위쪽에 섬뜩한 얼굴이 불쑥 나타나더니 카운터 너머로 나를 내려다보았다. 그것은 귀에 거슬리는 쉿소리를 내며 내 살점을 뜯겠다고 팔을 마구 휘젓기 시작했다. 나는 카빈총을 위로 향하게 들고 방아쇠를 당겨 내 주변 공중과 바닥 모든 곳에 시체의 뇌를 흩뿌렸다. 총성은 거대한 마트의 통로에 마치 천둥처럼 울려 퍼졌다. 침입자의 소리에 시체들이 합창하듯 반응했다. 옷 행거들이 넘어지고 상품이 바닥에 부딪히는 소리가 곳곳에서 들렸다.

이런 우라질. 나는 전력 질주를 해서 금방 자동차 용품 코너에 도착했다. 그리고 나일론 견인줄과 빨간색 기름통 두 개, 호스 한 타래를 잡았다. 견인줄로 기름통과 호스를 한데 묶어 어깨에 걸쳤다.

켐 라이트를 향해 움직이며 본격적으로 속도를 올리려는 순간, 스포츠 용품 코너에서 소총을 입에 물고 대자로 누워 있는 시체를 발견했다. 1년간 진행된 부패로 유해는 거의 다져진 상태로 사지 골격과 옷가지의 윤곽만 남아 있었다.

언데드가 모여들고 있는 이때, 나는 시체 쪽으로 달려가 옆에 열려 있는 22구경 탄약 상자를 발견했다. 22구경 소총은 뼈만 남은 손에 단단히 잡혀 있었고, 내게는 거기까지 손을 뻗을 여유가 없었다.

이제 22구경 탄약은 내 허벅지에 탁 부딪치며 카고 포켓에 들어갔고, 나는 켐 라이트를 향해 죽어라 뛰었다.

언데드가 사방에서 내가 있는 통로로 쏟아져 들어왔다. 나는 한차례 총격을 퍼부어 그중 대다수를 쓰러뜨리고 나머지 시체들을 향하던 희미한 조명을 꺼 버렸다. 그것들은 내가 놈들을 보는 만큼 나를 볼 수 없었다.

나는 천창들에서 쏟아지는 빛을 피해 어둠 속을 지그재그로 달려 나갔다. 십여 마리의 언데드에 총을 쏘는 도중, M4의 노리쇠가 후퇴 고정되어 뒤쪽에 걸렸다. 탄창을 뺄 겨를이 없어 총을 머리 위로 넘겨 등에 대각선으로 걸쳤다.

그리고 글록 권총을 뽑아 들었다.

야간 조준경에서 나오는 밝은 야광 불빛이 내가 쓰고 있는 야간 투시경에 긴 줄을 그리자, 조도 조절 기능이 화면을 조정했다. 거의 목표물 바로 앞에서 세 방을 쏴서 고막은 울렸지만, 언데드 세 놈을 흰색 타일 바닥에 영원히 잠재웠다. 둘을 더 진압하고서야 아까 내려온 선반 앞에 도착했다.

내가 선반을 오르기 시작할 때쯤 사방에서 몰려든 시체로 통로가 가득 찼다. 30초도 되지 않아 놈들은 서로 어깨를 맞대고 서서 손을 위로 뻗으며 선반을 흔들었다. 견인줄에 닿을 때까지 생수병 팩 이쪽저쪽으로 뛰었다. 개구부에서 비가 쏟아지며 줄을 타고 흘러내렸다. 나는 새 밧줄의 한쪽 끝을 견인줄에 고정시키고 반대쪽 끝은 목숨 걸고 구해 온 물품들에 묶었다. 그리고 밧줄의 느슨하게 처진 부분으로 생수병 팩 역시 고정했다.

장비와 물은 선반 위에 남겨 둔 채, 아드레날린이 혈관을 타고 미친 듯이 뛰며 발산되는 기운으로 마디마디 매듭진 노란색 생명선을 타고 올랐다. 빛 속으로 오르면서 아래를 내려다보지 않으려 최선을 다했다. 오르는 순간마다 위에서 내 무게를 지탱하는 앵커를 걱정했다. 앵커가 잘 버텨 줄까?

채광창 가장자리 너머로 몸을 끌어 올려 지붕 위로 올라가느라 진이 다 빠져 버렸다. 땀과 빗물로 흠뻑 젖은 채 어둠 속에서 구해 온 물품들을 힘겹게 끌어 올리기 시작했다. 곧 기름통 두 개와 검은색 호스 타래, 생수병 팩이 올라왔다. 이제 어쩌면 좋을지 결정하기에 앞서 생수 세 병을 들이켰다.

시체 군단

6일 차

억수같이 내리는 비를 맞으며 획득물을 마트 지붕에서 세미트레일러 상단으로 던졌다. 그것은 쿵 소리와 함께 떨어졌고 그 소리는 언젠가의 화재로 통구이가 된 시체의 주의를 끌었다. 나는 배관을 타고 트레일러 상단으로 내려가며 거멓게 그은 시체가 불에 타 굳어 버린 팔로 트럭 옆구리를 쿵쿵 치는 것을 보았다. 그 가련한 놈의 손가락은 서로 엉겨 붙어 약간 굽은 물갈퀴의 형태가 되어 있었다. 눈꺼풀과 입술, 귀는 이미 사라진 지 오래였다. 그것은 빗속에서 눈 한 번 깜박이지 않고 들쭉날쭉한 이를 갈면서 나를 빤히 쳐다보고 있었는데, 농담이 아니고 으드득거리는 소리가 마치 비를 뚫고 내 귀까지 들리는 것 같았다. 소총의 탄창이 비었기 때문에 카빈 손잡이에서 탄환 세 발이 들어 있는 격실을 뽑았다. 그리고 탄창을 잡아당겨 탄환 하나를 약실에 잰 다음 노리쇠를 풀고 빈 탄창을 다시 끼웠다. 트레일러 옆으로 몸을 기울여 시체를 겨냥하려 했지만, 비가 너무 쏟아졌다. 이 빗속에서는 붉은 점을 확인하기가 불가능했다. 나는 새까맣게 탄 두개골에서 불과 30센티미터쯤 떨어진 지척에서 최대한 총을 내리고 한 손으로 총을 쏘았다. 탄환이 충돌한 놈의 머리는 터져서 흩뿌려지고 풍화된 콘크리트에 생긴 웅덩이로 떨어졌다. 노리쇠가 다시 후퇴 고정 되자, 나는 무의식적으로 빈 탄창을 뽑고 손을 뻗어 있지도 않은 다른 탄창을 찾았다.

그렇게 비가 내리는 동안, 나는 트럭 상단에서 획득물들을 가지고 내려와 내가 되살리려고 하는 중인 트럭 운전석에 오르며 상황에서 벗어났다. 방향제 냄새가 반가웠다. 눈을 감고 몇 년 전 내 차에 앉아 있던 때를 떠올렸다. 그리고 소나무 냄새를 맡으며 한바탕 몰아치는 천둥소리 때문에 먹혀 버린 빗소리에 귀를 기울였다. 명상의 순간은 오래가지 못했다. 몇 초간 번갯불이 근처 들판을 비추었다. 자연이 맹위를 떨치는 저 밖에는 시체 군단이 언덕과 숲의 풍경을 모조리 소멸시켜 버리고 있었다. 곧 나도 놈들에게 휩싸여 갇히게 될 것이다. 나는 황급히 배낭에서 꽉 찬 탄창을 꺼내 카빈총에 탁 끼우고 약실에도 한 발 걸어 두었다. 소음기가 제대로 끼워져 있는지 확인하며 수그러들 기미 없는 폭풍 속으로 빠르게 내달렸다.

그리고 GARMR이 있는 곳으로 가서 GARMR의 태양전지판이 부착된 새들백과 트럭의 배터리를 고정시켰던 케이블 타이를 칼로 잘랐다.

"체커스, 따라와!"

나는 빗속을 뚫고 사이먼 시계에 크게 외쳤다.

나는 트럭을 향해 뛰었고, GARMR은 내장을 흘리는 것처럼 빨간색과 검은색 충전 리드선을 질질 끌며 나를 뒤따르기 시작했다. 비가 언데드들의 후각을 가렸다. 빈둥거릴 시간은 없었다. 군단의 일부가 지금 내가 있는 방향으로 갈라져 있었다. 아직은 놈들이 나를 보지 못했지만, 계속 밖에 머문다면 언제라도 상황이 달라질 것이었다.

나는 배터리를 운전석 아래 조심스레 내려놓고 트레일러 밑으로 기어들어 GARMR이 따라 들어와 대기하게 했다. 기계가 대기 모드에 들어가자, 나는 운전석 옆 발판을 딛고 올라 운전석 쪽으로 들어갔다.

그것들은 울타리 앞에 있었다. 나는 운전석 문을 세게 닫을 엄두도 나지 않아 겨우 딸깍 소리가 들릴 정도로 살며시 닫았다. 편안한 운전석 시트에 앉아 군단을 지켜보는 동안 헐떡거리는 내 호흡에 차창이 뿌옇게 흐려지기 시작했다.

차창에 서린 김을 옷소매로 닦으며 시체들이 들판 위를 행진하듯 걷는 모습을 지켜보았다. 너무 많은 놈이 한꺼번에 몰리면 철조망이 휘어 찌그러지기도 했다. 울타리는 버티고 서서 일종의 안내자 역할을 하며 운집한 시체들을 동쪽으로 몰았다. 나는 좀 더 자세히 보기 위해 카빈총의 확대경을 들었다. 각양각색의 시체들이 생지옥이나 다름없는 섬뜩한 연합을 이룬 채 행진했다. 몇 안 되어 보이는 최근에 죽은 놈들도 부패한 뇌에서 힘겹게 끄는 다리까지 말초 신경이나 몇 가닥 남았음 직한 놈들과 뒤섞여 어기적거렸다. 그 엄청나게 거대하고 지칠 줄 모르는 군단은 동쪽으로 이동했다. 세 시간이 흐른 뒤에야 군단의 후미가 보이기 시작했다. 밀집도는 현저히 낮아졌고 심하게 부패해 피부와 신체 조직의 대부분을 잃은 시체들이 많아졌다. 몇몇은 발도 거의 사라진 다리로 걷다가 비에 젖은 땅에 뾰족한 다리뼈가 박혀 옴짝달싹 못 하기도 했다. 하지만 너무 많은 사람들, 아마도 살아남지 못하셨을 내 부모님과 동료 장교들, 그리고 윌을 잃은 후로는 놈들이 불쌍하다는 생각이 들지 않았다.

마침내 구름이 걷혔을 때 태양은 하늘에 나지막이 깔려 있었다. 여기 아래, 걸어 다니는 시체들의 쓰나미 속에 잘못된 건 아무것도 없다는 듯 새들이 머리 위 상공을 날아다녔다. 새로운 생태계는 새들에게 진화론적으로 불공평한 이점을 안겨 주었다. 새들은 죽은 자들의 머리 위를 날고 나무 위에서 잠을 잤다. 어린 새끼들의 천적은 버러지들과 같이 땅에서 꿈틀거리며 기어 다녔다. 언데드는 인간을 잡아먹는 것만큼 쉽게 뱀을 잡아먹을 것이다. 누가 알겠는가. 언젠가 저 새들이 지구를 점령하게 될지.

차창 버튼을 누르는 찰나, 트럭 시스템에 동력을 제공할 배터리가 없다는 사실을 깨달았다. 밤이 다가오고 있으므로 장비를 정리하고 야간 투시경의 배터리도 새로 바꿨다. 빈 탄창도 다시 채운 뒤, 생수를 양껏 마셨다.

지나가는 시체 군단과 마찬가지로 비도 잦아들자, 마트 안에서 희미한 소리들이 들려왔다. 성이 난 시체들이 아직도 요동치며 나를 찾아다니는 것이었다. 카운터 상판 반대편에서 나를 내려다보던 노파 시체의 이미지가 머릿속에 각인되어 버린 것 같았다.

해가 언덕 너머로 저물 무렵 나는 차에서 내려 GARMR을 안전해 보이는 콘크리트 기둥 네 개로 둘러싸인 소화전 옆으로 이동시켰다. 배터리를 GARMR 위로 힘겹게 올리고 새들백의 태양전지판에 다시 연결했다. 달이 없는 밤, 어둠의 비호 아래 운행이 불가능한 세미트레일러의 디젤유를 운행 가능해 보이는 트럭으로 한 번에 20리터씩 옮기는 짐스러운 작업을 시작했다. 두어 시간 경과 후, 입안은 디젤유 때문에 타는 듯 얼얼해졌지만 트럭에는 연료가 가득 찼다. 앞 타이어가 펑크 난 트레일러를 골라 기름을 빼냈다. 공기 압축기도, 이 거대한 짐승의 타이어를 교체하는 데 필요한 장비도 없었으므로 야간 투시경을 통해 외관으로 상태를 비교해 디젤유를 빨아낼 트럭을 선택해야만 했다. 탱크는 상호 연결이 가능했지만 호스가 꼬여 막힐까 봐 좌우 탱크를 번갈아 작업했다. 작업이 끝난 후 나는 완전히 지쳐 버렸고 디젤유로 인해 입안에 생긴 물집과 유독가스 때문에 속이 메스꺼웠다. 에탄올이 섞인 휘발유에 비해 디젤유가 훨씬 덜 정제되어 있음을 알고 있었기에 이건 품질이 좋을 거라고 추측했다.

오늘 밤에는 딱히 더 할 일이 없으므로 트럭의 침대칸으로 가서 잠자리에 들기로 결정했다. 운이 따라 준다면 오후에 이 짐승을 타고 달려야지. 트럭의 트랙터가 땅에서 높이 떨어져 있어 방사능 수치가 엄청나게 높은 침입자 외에는 차창에 닿을 수 없으리라는 사실이 내게 위안이 되었다. 나는 차 문을 잠근 채, 마치 아래 어딘가 괴물이 도사리고 있다는 생각에 겁을 먹고 담요를 움켜쥔 아이처럼 카빈총을 가슴에 안고 침대에 쓰러졌다.

여명

7일 차

동틀 무렵, 나는 공포에 질려 허둥지둥 잠에서 깼다. 발치에 빈 위스키 병 하나 없이도 너무 푹 잠드는 바람에 간밤에 어디 있었는지도 잊어버렸다. 몇 초 만에 전날의 사건들이 머릿속에서 눈이 핑핑 도는 속도로 재생되기 시작했고 내가 앉아 있는 땀이 흥건한 침대를 보며 현실로 돌아왔다. 날은 벌써 좀 더웠고 습도는 치솟고 있었다. 가슴에는 벌레에 물린 자국이 잔뜩 있었고 탈수 증세가 나타나고 있었다. 물 두 병을 죽 들이켜고 그중 한 병에 샛노란 오줌을 가득 채워 창밖으로 툭 소리가 나게 던졌다. 남아 있는 언데드라고는 가까운 들판의 진흙탕에 빠진 거의 부패한 시체들뿐이었다. 좌석 밑으로 손을 뻗어 타이어를 체크할 때 쓰는 속에 납이 채워진 나무 곤봉을 꺼냈다. 손잡이 부분에는 풀색 나일론 로프로 만든 끈이 달려 있었다.

침대 밑의 녹색 플라스틱 케이스에서 루거 권총을 꺼냈다. 동작을 몇 차례 취해 보았는데, 슬라이드가 아플 정도로 내 엄지와 검지를 죄었다. 권총에서는 박하 향의 윤활유가 얇게 발린 냄새가 났다. 총열에는 나삿니가 파여 있지 않았지만 그건 정말 문제도 되지 않았다. 권총 총열에 소음기를 끼울 수 있게 되어 있었더라도 어차피 내게는 거기 맞지 않는 7.62밀리미터용 소음기뿐이었으므로. 나는 탄환 열 발들이 탄창을 장전하고 약실에 한 발을 장전한 다음, 슬라이드를 힘껏 잡아당겨 안전장치를 맞물리게 했다.

앞좌석에 쌓인 빈 생수병을 보니 좋은 생각이 떠올랐다. 뒤에서 잡지를 꺼내 종이를 찢어, 종잇조각들을 빈 병에 채워 넣었다. 병이 가득 차자 물을 약간 붓고 입구를 쪼갰다. 그리고 배낭에서 케이블 타이를 꺼내 물병으로 권총 총열을 조심스럽게 감싸 덮고 단단히 고정시켰다.

콘크리트가 풍화된 하역 구역으로 계단을 내려가자 문이 삐걱거리며 열렸다. 잊어버리기 전에 배터리를 꽉 채우기 위해 태양전지판을 남동쪽을 향해 놓았다. 울타리에는 시체 군단들이 지나가며 훼손된 부분들이 눈에 띄었다. 옴짝달싹 못 하는 시체 세 구가 머리를 내 쪽으로 길게 빼고 갈기갈기 찢긴 기도를 통해 시끄럽게 꺽꺽 소리를 내기 시작했다. 나는 철조망을 껑충 뛰어넘어 팔을 휘젓고 있는 부패한 고기 포대 하나에 다가갔다. 시체 머리에 물병을 대고 권총의 안전장치를 풀어 '발사' 상태로 돌렸다.

그리고 방아쇠를 당겼다.

푹.

소리가 컸지만 소음기를 단 카빈총보다는 작았다. 같은 과정을 재차 반복하면서 움직이지 못하는 언데드들을 탄창이 바닥날 때까지 제거했다. 임시변통으로 만든 소음기의 종이 내장이 터져 나가며 총성이 점점 커졌고 총을 쏘면 시체의 두개골에 종잇조각이 박혔다. 나는 역겨워하며 총 끄트머리에서 병을 잡아당겨 벗기고 진흙탕에 내던졌다. 다섯 발에서 열 발 정도에만 효과가 있는 덩치 큰 소음기를 어디다 쓰겠는가. 열감이 남아 있는 권총을 벨트 아래로 찔러 넣고 시꺼먼 진흙탕을 철벅철벅 걸어 트럭으로 돌아왔다.

트럭 지붕에 앉아서 점심을 먹고 쌍안경으로 사방을 둘러보았다. 이따금 멀리 떨어진 들판을 비틀거리는 시체 외에는 아무것도 없었다. 트레일러에 타자마자 22구경 탄약 상자와 루거 권총을 GARMR의 새들백에 넣고 다시 태양전지판을 플로리다의 태양이 떠오르는 방향에 맞춰 조정했다. 트레일러 아래 쭈그리고 앉아 있는데 알루미늄 벽을 치는 소리가 희미하게 들렸다.

언데드 하나가 안에 있거나, 아니면 그저 마트 내부의 시체들한테서 나는 소리일 수도 있었다.

소음은 그냥 무시한 채, 계측기 하나가 있다면 100만 달러를 줘도 아깝지 않을 것 같은 기분으로 장비와 트럭 운전석을 정리하는 데 집중했다. 근처에 있는 타이어가 펑크 난 트럭을 살펴보기로 했다. 뒤에서 앞으로 가며 꼼꼼히 확인해 연장과 밧줄, 쓸모가 있을 만한 것을 챙겼다. 운전석은 잠겨 있었지만, 겉에서 보기에 딱히 쓸 만한 것이 눈에 띄지 않았고 침대칸도 없었다. 굳이 창문을 깨뜨려 문제나 소음을 만들 가치가 없었다.

쿵, 쿵, 쿵. 소리는 다른 트레일러에서 들려오고 있었다.

나는 그 소리가 사라지기를 바랐다. 그리고 고개를 들어 구리색 태양전지판 위에 빛을 쏘고 있는 눈부신 태양을 바라보았다.

"팍팍 비춰 봐, 이 자식아."

광자가 태양전지판 위로 향하고, 전자는 소중한 배터리에 저장되게 두고 큰 소리로 말했다.

10시 30분경, 한번 시도해 보기로 결심했다. 나는 배터리를 분리해서 엔진 칸 위로 느릿느릿 올라갔다. 리드선을 교체하다 트랙터 안에 있는 스피커에서 큰 잡음이 터져 나오기 시작해 트럭에서 떨어질 뻔했다. 나는 엔진에서 뛰어내려 운전석으로 쏜살같이 올라 만찬 벨 소리의 원천을 차단했다. 시동 점화 장치에 차 키도 꽂혀 있지 않았다. 열쇠 없이 시동을 걸기 위해 전류 단속기의 전선을 연결했다.

쿵, 쿵. 트레일러에서 나는 소리는 계속 이어졌다.

어떤 모퉁이에서 예고 없이 시체 떼가 나타날지도 모르므로 빠르게 대비 태세를 갖췄다.

그러다 머릿속에 의문이 떠올랐다. GARMR은 트랙터에 어떻게 싣지?

지금 당장은 이 문제를 머릿속에서 떨쳐 버리고 다시 태양전지판을 GARMR의 리튬 폴리머 배터리 틀에 꽂고 선은 밖으로 빼 정리했다.

"체커스, 따라와."

기계는 나를 따라 그늘진 풀밭으로 기품 있게 움직여 나갔다.

대기하라고 명령하고 다시 트럭으로 뛰어갔다. 문 열린 운전석으로 올라가 대충 기억나는 대로 단계를 밟았다. 두 번째 시도 만에 시동이 걸렸고 배기파이프가 시커먼 연기를 내뿜었다. 오랫동안 잠들어 있던 엔진을 1분간 회전시켜 깨워 둔 다음, 기어를 넣고 앞으로 조금씩 움직였다.

트럭 뒤에 무언가 떨어졌다. 백미러를 보니 좀비가 일어나고 있었다. 트럭에 주유를 약간 하고 시동을 끄지 않은 채로 GARMR 옆에 세워 두었다. 트럭에서 뛰어내리며 발목을 접지를 뻔했다. 게다가 원치 않게 탄환이 마트 정면의 벽돌 벽에 발사되었다. 총알이 벽에 튕겨 나가는 동안, 시체의 얼굴에 추가로 한 발을 박았는데, 놈은 바닥에 주저앉힐 정도로는 신경이 끊어졌지만 움직이지 못할 정도까지는 아니었다. 놈이 걷잡을 수 없이 몸을 비트는 동안, 나는 적재 구역의 열린 문과 그 너머 깊은 암흑에 집중했다.

무엇도 내게 다가오지 않았다.

트럭은 여전히 시동이 걸린 상태였다. 갑자기 한 가지 생각이 떠올랐다. 나는 트레일러 뒤편으로 달려가며 탄약과 건조식품을 바랐지만, 대신 썩은 상추를 발견했다. 트럭 뒤쪽에서 알루미늄 경사로 하나를 끌어 내리고 사이먼 시계의 추적 버튼을 눌렀다. 경사로를 올라오는데 마트 바깥 모퉁이를 도는 놈은 여러 마리의 소리가 들렸다. 놈들과 나 사이에는 다른 트럭이 서 있었고, 놈들은 아직 나를 알아채지 못했다. GARMR이 찰칵찰칵 소리를 내며 경사로를 따라 트레일러 안으로 들어왔다. 나는 대기하라고 명령하고 경사로를 다시 집어넣은 다음 운전석으로 돌아왔다.

갑자기 그것들이 마트의 양쪽 모퉁이에서 적재 구역으로 쏟아져 들어왔다. 아마 아까의 잡음과 엔진 소음 때문이겠지. 시체들은 빠른 속도로 일대를 채우기 시작했다. 나는 차를 망가뜨리고 싶지 않았다. 기어를 1단에 둔 상태에서 점점 늘어나는 군중들 사이로 서서히 차를 굴려 트럭의 육중한 무게로 몇 놈은 으스러뜨리고 몇 놈은 옆으로 밀면서 나아갔다. 시체 대부분을 지나친 뒤에야 기어를 올렸고, 결국은 시속 30킬로미터까지 속도를 올려 모퉁이를 돌면서 정문 주차장으로 들어가는 구간을 지났다. 모퉁이를 돌아 나오자, 내 차의 타이어가 콘크리트 가드레일을 쨍그랑 소리와 함께 트럭 아래로 날려 버렸다.

썩은 상추를 가득 실은 트레일러를 끌고 마트 부지를 나와 도로로 진입했다. 잡초가 무성한 도로로 트럭이 완전히 들어서자, 사이드미러를 통해 백여 마리가 내 뒤를 따라 행진하는 것이 보였다. 나는 버려진 차와 도로 잔해 주변을 선회하며 기름을 좀 뿌렸다. 조수석에는 내 동료인 텅 빈 기름통 두 개와 호스 한 타래가 카빈총 옆에 놓여 있었다. 낮은 속도를 유지하고 도로의 위험 요소에 주의하면서 기적적으로 어떤 정보에든 닿길 바라는 마음으로 생활 무전기 주파수에 맞추었다. 생활 무전기의 모든 주파수를 앞뒤로 돌려 맞춰 봤지만, 정적과 잡음 외에는 아무 소리도 나오지 않았다.

운이 좋게도 깊이 파인 포트홀이나 부서진 차들을 잘 피해 주행했다. 빨간색의 거대한 컨테이너박스로 바리케이드가 세워진 곳에 이를 때까지는. 트럭을 세운 뒤, 소총과 쌍안경을 쥐고 지붕에 올랐다. 그런 다음 배를 깔고 엎드려 쌍안경으로 바리케이드를 살펴보았다. 아스팔트 도로에서 올라오는 열 때문에 신기루 같은 왜곡이 일어났다. 빨간 컨테이너 앞에 앞뒤로 걸어 다니는 형체들이 보였다. 좀 더 자세히 보기 위해 운전석으로 돌아가 트럭을 앞으로 조금 더 굴렸다. 200미터 이내로 접근하자 상황은 명백해졌다.

다분히 못된 의도의 바리케이드였다.

활발하게 움직이는 시체 여섯 구가 컨테이너 바닥에서 이어진 사슬에 목이 묶여 있었다. 100미터 이내까지 살금살금 접근하자, 그 금속 상자 정면에 까만 스프레이로 쓰인 빛바랜 글자를 알아볼 수 있었다.

너는 죽은 목숨이야!

무릎에 카빈총을 올린 채 천천히 바리케이드로 차를 몰았다. 좌우를 살펴 매복이나 속임수의 기미가 보이지 않기에 트럭을 컨테이너 앞, 구속된 시체들이 닿을락 말락 하는 자리에 세웠다. 그것들의 쇠사슬이 끌리고 도로를 긁는 소리를 유심히 들었다. 그 소리에 내가 어쩔 수 없이 처리해야 했던 사슬에 묶인 놈들에 대한 기억이 떠올랐다. 내가 그 만남에 대해 손으로 쓴 기록은 내 계급으로 접근하기에는 너무 비밀스러워, 어디 있는지도 알 수 없는 모래시계 팀의 어느 연구소에 있었다.

비록 시체들이 나를 노리고 모여들었지만, 트럭에 닿기도 전에 느슨하게 늘어져 있던 사슬이 팽팽히 당겨졌다. 트럭의 공구함에서 강력 접착테이프를 꺼내 누르면 칼날이 튀어나오는 13센티미터 단도를 타이어 체크용 곤봉에 붙였다. 시체들은 문제없이 조용하고 빠르게 제거되었다. 승합차 뒤쪽 사각지대에 경비실(아직도 그렇게 부를 수 있다면)이 있었다. 그것은 녹슨 접이식 의자 몇 개 위를 지붕처럼 덮은 방수포와 접이식 작업 테이블로 구성되어 있었다. 의자 하나를 딛고 빨간 컨테이너박스 위로 올라가 반대쪽을 바라보았다.

내가 본 것에 놀라 지붕에 주저앉다가 컨테이너박스 안으로 떨어졌다. 컨테이너박스 바리케이드 반대편에는 언데드가 우글거렸다. 천천히 살금살금 안에서 나와 마트 천창으로 내려갈 때 사용한 노란색 견인줄을 가지러 갔다. 언데드의 사슬 목걸이를 트럭 앞 범퍼에 장식하는 데에 시간을 낭비하기는커녕 사슬에서 시체를 풀어 줄 정신도 없었다. 운전석에 뛰어올라 후진 기어를 넣었다. 천천히 후진하면서 튼튼한 견인줄이 쇠사슬의 느슨한 부분을 당기며 시체를 기괴한 자세로 노면에서 들어 올렸다. 트럭이 움직임을 멈춰서 나는 주유를 더 하고 거대한 컨테이너가 삐걱거리며 내 쪽으로 도로 표면을 가로지르게 했다.

컨테이너 양쪽에서 나를 향해 다가오는 시체들 때문에 아드레날린이 폭발했다. 컨테이너를 오랫동안 자리 잡았던 곳에서 끌어당기자, 그것이 있던 자리에 녹슨 직사각형 모양의 윤곽이 드러났다. 트럭을 세우자마자 차에서 내려 견인줄을 되찾아 왔다. 그리고 놈들 중 하나가 내 어깨를 움켜쥐기 직전, 놈에게 마지막으로 총을 쏘았다.

이제 거의 다 됐다. 정말 아슬아슬한 순간이었다.

시체들이 트럭을 에워싸기 직전에 운전석에 올랐다. 그러나 이제 문을 닫을 수가 없었다. 운전석으로 올라오려는 놈이 너무 많았다. 나는 관문을 막고 있는 무리에 대고 귀한 탄환을 쏟아붓고 싶은 충동에 사로잡힌 채, 바깥을 향해 난폭하게 발길질을 하며 트럭을 앞으로 조금씩 움직였다. 컨테이너를 지나 전진하다 잘린 귀로 목걸이를 만들어 걸고 있는 언데드 두 마리가 보였다. 그것들은 FN FAL 소총을 가슴팍에 단단히 걸고 있었다. 마치 나와는 다른 행성에 있는 듯한 자태. 그럼에도 트럭을 에워싸고 있는 언데드의 바다에서 벗어나지 못했다. 이 작자들은 살아 있을 때 문제나 일으키는 골칫거리들이었을 테지. 나는 놈들에게서 벗어나려 차를 계속 몰았고 두어 번 더 방향 전환을 하고서야 놈들을 떼어 냈다.

바리케이드를 지난 지 한 시간 후, 나는 양쪽 차선에 버려진 차만 몇 대 보이는 긴 직선 구간에 접어들었다. 어떤 차는 열린 창문과 산산이 부서진 앞 유리 밖으로 작은 참나무가 자라고 있었다. 50년쯤 후면 저 차는 지상에서 높이 떨어져 있을 테고 나 같은 사람이 그 광경을 보며 어떻게 저런 지랄 맞은 일이 일어났을까 궁금해할 것이다.

그 광경이 벌써 눈앞에 선했다.

트럭을 멈추고 재정비할 시간을 가졌다. 나는 지난 몇 시간 평균 시속 30킬로미터로 달리는 동안 교류 발전기가 배터리를 충전했을 것이라고 꽤 확신했다. 좌석 사이에 끼워진 지도책을 확인해 보니 지금 319번 고속도로를 타고 북쪽의 탤러해시로 향하고 있었다. 지도의 축척을 통해 지금 애틀랜타에서 320킬로미터 이상 떨어진 것으로 추정됐다. 마음 한구석은 지금 당장 운전대를 돌려 고독호가 있는 연안으로 가고 싶었다. 또 다른 한구석은 내 아내와 아이가 밤에 창문으로 시체가 올라오는 걱정을 할 필요가 없는 세상에서 살았으면 하고 바랐다. 타라는 나를 걱정하며 잔뜩 골이 나 있을 것이다. 나는 그녀와 벅, 두 사람이 세상에서 제일 그리웠다.

그렇지만 내 계획은? 나는 그저 노력할 수밖에 없었다.

이 세상에서 내게 기쁨을 안겨 주는 모든 것이 언데드 앞에 속수무책으로 휘둘리고 있었다.

연필로 지도 위 도로에 북쪽 루트를 표시하면서 지금으로부터 30년 후에는 이곳이 어떤 모습일지 상상해 보았다. 총과 탄환을 다룰 줄 아는 사람은 누구든지 여기서 살아남을 수 있을 것이다. 영리하게 굴고 만용을 부리지만 않는다면. 총이 있으면 식량과 물은 구할 수 있고 나머지는 모두 언데드에게 넘겨진다. 만약 총이 있다면 놈들을 필요한 만큼 처치하고 식량과 물로 가득한 창고를 손에 넣을 수 있을 것이다. 총이 다 닳아 없어지고 나면, 총알이란 총알은 모조리 여기 흙먼지로 변해 가는 시신 1억 구의 두개골에 박히고 나면 어떻게 될 것인가? 그때는 개척자의 시대가 오겠지. 진정 살아남기 위해서는 무한한 탄약이나 유통기한이 남은 식량 없이도 살아남는 법을 배워야만 한다. 지금 당장 우리는 대부분의 인류와 함께 소멸된 생산 능력과 기술의 찌꺼기에 의지해 생존해 내고 있다. 정유 공장이 없어서 몇 년 내에 모두가 거의 걸어 다니게 될 것이다. 아마도 탄약이 화폐가 되겠지. 나는 장거리 여행을 할 때마다 버려진 배에서 여분의 돛을 줍고 삭구나 여분의 부품들과 함께 안전한 곳에 숨겨 두었다. 이런 고민을 하지 않을 수 없다. 우리는 이제 석유 생산의 정점을 넘어섰다. 정확히 말하면, 모든 것의 정점을 넘어섰다.

아까 바리케이드를 지난 이후 그다지 나아가지 못했다. 심지어 이 비포장 고속도로는 매우 형편없는 상태였다. 나는 트럭을 세우고 차를 세 대나 끌어내야 했는데, 일부는 굶주린 시체들로 가득 차 있었다. 놈들의 소리는 들리지만 차량 안 모습이 실제로 보이지는 않았다. 유리는 반투명한 데다, 햇볕에 말라 단단해진 시체들이 분비한 점액질 같은 것으로 덮여 있으므로. 천천히 북쪽으로 이동한 나는 동쪽의 고속도로에서 그리 떨어지지 않은 큰 호수에 이르렀다. 앞으로 차를 몰다 무언가를 보고 트럭을 돌릴 뻔했다. 수십 구의 시체가 호숫가에서 물속으로 걸어 들어가며 무언가를 잡으려 하고 있었다. 트럭 엔진의 소음이 호숫가 무리로부터 몇몇을 떨어뜨렸다. 그것들은 내가 100미터 이상 떨어져 있다는 것을 인지하지 못하는 것처럼 팔을 뻗으며 내 트럭 쪽으로 돌진했다.

다가오는 놈들을 지켜보는데 시야 한편에 무언가가 들어왔다. 호숫가에 허연 게 번득인다 싶더니 시체 열 구 정도가 볼링 핀처럼 쓰러졌다. 그중 몇몇은 몸을 벌러덩 뒤집어 다시 일어섰다. 놈들은 다시 거의 무릎까지 찰 정도로 물속에 들어갔다. 다른 좀비들은 진흙을 뒤집어쓰고 형편없는 몰골로 호숫가에 누워 버둥거렸다.

무언가가 놈들의 다리를 부러뜨렸다. 쌍안경으로 복합 골절된 흰 뼈가 허벅지와 무릎의 부패한 회색 피부를 뚫고 나온 것이 보였다.

대담하게도 다시 물속으로 향한 시체들이 무언가에 동요했다.

그중 하나를 주시하다 희끄무레하고 거무스레한 격렬한 물줄기가 한 놈을 수면 아래로 끌고 가는 것을 보았다. 그러더니 다시 같은 일이 반복됐다. 내가 지금 뭘 보고 있는지 여전히 확신하지 못하는 채로 시체와 호수의 전투를 계속해서 지켜보았다. 정말 오랜만에 이런 흥미롭고 신비로운 경험을 하고 있는 듯했다.

트럭을 더 아래로 몰았다. 물에 시선을 뺏겨 하마터면 도로에서 탈선할 뻔하다가 브레이크를 세게 밟으며 운전대에 내던져지다시피 했다. 4미터가 넘는 거대한 무언가가 호숫가에 부분적으로 올라와 위력적인 아가리로 시체 하나를 잡아채고는 어두운 수면 아래로 끌고 들어가 필살기인 데스롤[11]로 놈을 으스러뜨렸다.

나는 악어의 대담무쌍함에 입이 딱 벌어졌다.

악어는 혼자가 아니었다.

수백 킬로그램 무게의 파충류가 사는 무릎 높이의 물에 들어갈 만큼 멍청한 시체 무리 앞에 다른 두 마리의 악어가 모습을 드러냈다. 짐승들은 언데드를 맹렬히 공격했다. 순전히 턱의 무는 힘으로 그것들의 부패한 몸뚱이를 찢어발기고 데스롤을 펼쳤다. 작은 동료들이 물밑으로 적을 데려간 후 거대 악어가 다시 돌아왔다. 대장 악어는 두려움 없이 호숫가로 돌진했다. 그것은 물 밖으로 완전히 나와서 그쪽으로 다가가는 새로운 시체들에게 거대한 꼬리를 번개 같은 속도로 획 휘둘렀다. 언데드에게는 승산이 전혀 없었다. 악어 꼬리가 구역질나는 *퍽* 소리와 함께 시체를 후려갈기자, 뭉개진 몸뚱이가 호숫가 진흙탕에 헝겊인형처럼 날아갔다. 전

11) 악어가 사냥감을 제압할 때 쓰는 기술로, 먹이를 물고 돌리며 물어뜯는다.

에 맞닥뜨렸던 멧돼지들을 떠오르게 하는 이 0.5톤 무게의 파충류들은 영양 공급도 좋고, 수백만 년의 진화가 그들에게 제공한 무기를 사용하는 것을 두려워하지도 않았다.

운전석 문을 두드리는 소리에 인상적인 광경에 대한 집중력이 깨졌다. 네 마리가 땅에서 올려다보며 나를 주시했지만 문으로 오르는 발판을 딛는 데에는 실패했다. 다시 기어를 넣고 아쉬운 마음으로 절대 잊지 못할 파충류의 대학살 현장을 지나 천천히 출발했다. 새와 마찬가지로 악어도 죽은 자를 상대로 생존하기에 적합했다. 새는 아무것도 모르는 시체들의 머리 위를 날 수 있었다. 악어는 자신들이 지배하는 진흙탕 물이라는 안전지대에서 그저 헤엄치거나 썩은 고기를 맘껏 먹을 수 있었다.

"저 새끼들 마지막 한 놈까지 다 처먹어 버려!"

나는 차를 타고 지나가며 소리 질렀다.

17시 00분

악어들의 호수를 떠나 30킬로미터 조금 넘게 달렸을까. 연료 상태는 나쁘지 않았으나, 가능하다면 내일 디젤유를 구할 곳을 찾을 작정이었다. 나는 도로에서 벗어난 곳에서 밤에 차를 세워 둘 만큼 넓은 사유도로가 있는 저택을 발견했다. 500제곱미터는 되어 보이는 저택을 돌아다니며 언데드가 있는지 확인할 엄두가 나지 않았다. 물론 그럴 기운도 없었다. 이 점은 2층 창문을 긁으며 날 내려다보고 있는 시체를 발견하면서 더 확고해졌다. 건물 안에 어떤 참혹한 사건이 도사리고 있을지 알 수 없었다.

GARMR을 확인하기 위해 트레일러에 올랐다. 기계는 미끌어졌는지 내가 대기시킨 곳에서 몇십 센티미터 떨어진 곳에 있었다. 나는 썩은 상추가 쌓인 팰릿을 밖으로 내던지다 파리와 모기의 공격을 받았다. 계속해서 트레일러를 치우는 동안, 트레일러 앞쪽으로 갈수록 바깥의 상추 상자 더미도 커졌다. 부패한 나머지 식품들까지 치우자, 트레일러 냉각 장치에서 내 얼굴로 불어오는 서늘한 공기가 느껴졌다. 나는 귀한 디젤유를 아끼기 위해 냉각 장치를 망가뜨릴 방법을 궁리하기 시작했다.

알루미늄 경사로를 아래로 내리고 GARMR의 추적 버튼을 눌렀다. 기계가 트레일러를 빠져나오자, 태블릿을 꺼내 기계를 저택 뒤로 이어지는 높고 막 자란 풀 사이로 보냈다. 임시 피난처로 사용했던 나선형 계단이 있는 집처럼 이 집도 방충망이 설치되고 수영장이 있는 커다란 뒷마당이 있었다. 나는 상대적으로 안전한 트레일러 안에 앉아 고화질 피드가 흘러나오는 태블릿을 주시했다. 집 뒤편 들판에는 시체 대여섯 구가 서 있었다. 또한 수영장 근처에 차 세 대를 댈 수 있는 차고가 있었다.

기계를 소환하고 문밖의 차도에 로봇 발굽 소리가 부드럽게 딸깍일 때까지 기다렸다. 그것들을 무사히 처리하고 부근에 시체 떼가 없음을 확인한 나는 GARMR을 집어넣고 트럭에서 찾은 유일한 CD인 윌리 넬슨을 틀었다.

21시 45분

2층 창문에 서 있던 좀비가 계속해서 유리를 투두둑 두드리며 나오려고 했다. 나는 배낭에서 야간 투시경을 꺼내 쓰고 붉은 점 밝기를 최하로 조정한 다음 조수석 창문을 내렸다. 달은 8분 전 태양이 쏟아 낸 밝은 빛을 반사해 일대를 환하게 밝히고 있었다.

나는 렌즈를 통해 그 여자 시체가 몸에 탄띠를 걸치고 서 있다는 것을 알 수 있었다. 어쩌면 산탄총 탄환일지도 모른다. 그녀는 죽은 지 오래였다. 눈은 퀭하게 들어가고 입술은 쪼글쪼글하며 들쭉날쭉하고 부러진 이빨이 달빛에 반짝였다. 나는 총열이 짧은 소총으로 조준하고 방아쇠를 당겼다. 탄환이 창문에 충돌하는 동시에 판유리가 산산조각 났고, 그와 함께 시체가 바닥에 쓰러지며 쿵 소리가 났다. 집 안에서 그 밖에 다른 소리는 들리지 않았다. 나는 여전히 야간 투시경을 낀 채로 조수석에 앉아 탄피 배출구에서 천천히 올라오는 연기를 바라보았다.

고등 교육

7일 차

11시 00분

간밤에 꿈에 악어가 나왔는데, 수백 마리 악어가 내가 어디에 있든 날 쫓아다녔다. 언제였을까, 안에 뭐라도 있는 것처럼 커튼이 움직이는 것을 보고 일어나서 창문을 다시 확인해야겠다는 생각을 했던 것 같다. 지금은 허리도 아프고 자면서 뒤척거리느라 피곤하다. 가까이에 있는 집의 무언가가 내 신경을 곤두세운다.

07시 00분, 나는 부츠를 신고 기지개를 켠 다음 아침 햇살을 받으며 주변을 점검했다. 나가도 나를 붙잡는 손이 없다는 사실에 만족하며 발판을 딛고 사유도로로 뛰어내렸다. 아무 생각 없이 사이면 시계의 추적 버튼을 누르고 내가 잔뜩 쌓아 둔 빈 양상추 상자들이 휴면에서 깨어난 GARMR에 밀려 떨어지는 것을 바라보았다. 내가 걷기 시작하자 기계의 센서가 선회하고 머리가 나를 추적하며 내가 3미터 정도 멀어질 때까지 대기했다. 그런 다음 전기 유압 서보모터가 작동하면서 기계가 내 뒤를 빠르게 따랐다. 왜 기계가 따라오게 했는지는 나도 잘 모르겠다. 그냥 그렇게 했다. 체커스는 개가 아니었지만, 그것은 완전하게 홀로 있는 것을 싫어하는 내 뇌의 어떤 원초적 공백을 채우는 그런 것이었다. 기계는 아주 효율적으로 움직였고 소모하는 모든 에너지를 제한했다. 치타가 저렇게 움직이는 걸 TV에서 봤는데. 혹여 아프리카가 죽은 자들이 걷기 전과 같은 환경이라고 해도 치타는 결국 멸종되었을 것이다. 그리고 아프리카에는 핵무기가 없었을 테니 좀비들은 모두 사하라 사막의 모래바람과 새들에게 찢겼을 테지.

커다란 저택을 향해 조금씩 움직였다. 창문을 가득 채운 커튼과 어수선한 외관에는 사람을 불안하게 만드는 분위기가 물씬했다. 나는 집의 정면을 지나쳤고, GARMR은 철컥거리며 나를 뒤따라 바퀴가 지나는 자리에만 포장도로가 깔린 전통적인 진입로로 향했다. 폭우에 양분을 공급받은 거대한 버섯들이 바퀴 자국 사이, 진입로 한중간에 자라고 있었다. 진입로에 다다르자, 키 큰 풀이 차고 옆에서 흔들리는 게 보였다. 야생 멧돼지를 떠올리며 방어 수단으로 카빈총을 들어 올렸다.

GARMR은 내 앞에 있는 세 칸짜리 차고의 닫힌 문 앞 슬래브 위로 올라갔다. 기계가 그 자리에 이르렀을 때, 차고 옆에서 심하게 부패된 시체가 나타나 나를 잡으려고 다가오기 시작했다.

GARMR은 그 골격 모형의 앞으로 가서 놈을 비틀거리게 만들었다. 그것이 균형을 되찾는 동안, 나는 그 시체를 세심히 살폈다. 몸뚱이에는 피부가 조금도 남아 있지 않았다. 힘줄과 인대가 팔다리를 조종하는 과정이 고스란히 드러나는 것이 마치 속이 훤히 들여다보이는 대형 괘종시계와도 같았다. 그것은 하나 남은 유백색 눈동자로 나를 추적했다. 놈의 양손 뼈마디를 하나하나 알아볼 수 있었다, 심지어 드러난 갈비뼈까지 하나하나 알아볼 수 있었다. 방아쇠를 당겨서 머리 꼭대기에 든 것에 충격을 가했다. 썩은 시체는 거의 GARMR 위로 넘어질 뻔하며 콘크리트 진입로에 축축한 철퍼덕 소리와 함께 쓰러졌다.

새들이 총성에 반응하며 덤불 속에서 날아올랐다. 손을 뻗어 차고 가운데 칸 문을 세게 당겼지만 문이 열리지 않았다. 꽤 단단히 잠겨 있었다. 다른 문 두 개도 단단히 고정된 상태여서 나는 차고 옆으로 가 차고와 집 뒤편 아트리움 사이를 한 바퀴 돌았다. 비단뱀처럼 퍼걸러[12]의 기둥을 감싸며 지붕을 뒤덮고 있는 거대한 등나무 아래에 옆문이 있었다. 다듬어지지 않은 등나무 몸통은 기둥 옆 까만 화분에 들어 있었으나, 오래전 화분 바닥을 뚫고 땅속 깊이 뿌리를 박은 상태였다. 나무는 이미 퍼걸러를 점령하고 있었다. 그것은 천천히 지붕의 얇은 판자를 부수고 차고 지붕 밑면에도 난입하기 시작했다. 몇 년 안에 차고를 덮고 구석구석 파고들어 결국 지붕도 손상시킬 것이다.

옆문 역시 굳게 잠겨 있었다. 잠시 주저하다 세이커 소음기의

12) 마당이나 지붕에 등나무 따위의 덩굴 식물을 올리기 위해 설치하는 시설.

총구를 문의 손잡이에 올리고 열쇠 구멍에 총구멍을 맞추려 애쓰며 방아쇠를 당겼다. 커다랗게 총성이 울리는 순간 7.62밀리미터 탄환이 자물쇠와 충돌해 자물쇠 내부 부품들을 차고 안으로 날려 버렸다. 나는 다시 문손잡이를 쥐고 자물쇠 구조 안에 남은 것들을 으스러질 정도로 힘주어 돌렸다. 완력이 드는 힘든 과정을 거쳐 마침내 자물쇠가 열리고 문이 안쪽으로 삐걱삐걱 밀리면서 칠흑같이 까만 내부가 드러났다. 나는 총의 조명을 켜서 소용돌이치는 먼지 사이로 빛 입자를 내뿜었다. 신속하게 머리 위로 손을 뻗어 끈 끝에 달린 플라스틱 손잡이를 당기자, 차고 문 개폐기 모터가 문에서 분리되었다. 소총을 등 뒤로 메고 문을 들어 올렸다.

미처 문을 완전히 열기도 전에 위기 상황이라는 것을 깨달았다. 냄새에 바로 이어 그림자가 나타났고, 그것이 내 가슴을 팔로 감싸며 나를 바닥에 밀어붙였다. 뒤에 멘 소총의 리시버가 등을 찌르면서 후벼 파는 듯한 통증으로 숨이 막혔다. 재빨리 시체의 목을 움켜쥐자, 내 손가락 사이로 놈의 등골뼈들이 연골 위에서 파르르 떨리는 게 느껴졌다. 찰나의 순간, 썩어 가는 살점의 서늘함에 깜짝 놀라며 본능적으로 그것의 목을 졸랐다. 마치 그렇게 하면 어떻게든 놈에게 영향을 줄 수 있을 것처럼. 고정식 단도는 벨트 뒤쪽에 꽂혀 있었기 때문에 자동 나이프를 잡으려고 손을 뻗었다. 다른 선택권이 없는 것도 아닌데, 시체 군대를 몰고 올 위험이 있는 권총은 손에 쥐고 싶지 않았다.

언데드가 공장 압착기처럼 나를 물려고 주둥이를 열었다 닫았다 하는 동안, 놈의 관자놀이에 칼끝을 대고 버튼을 눌렀다. 칼날이 손잡이를 떠나는 소리가 탁 하고 들렸지만, 빌어먹을 스프링이 너무 약해서 바로 튀어나오지 않았다. 순간 당황했지만, 칼을 손목 힘으로 탁 튀겨서 칼날이 나오게 했다. 그 끔찍한 것이 이빨을 내 목에 박기 직전 나는 칼날을 놈의 눈구멍에 밀어 넣고 비틀며 눈빛을 꺼트렸다. 즉시 그것의 근육이 이완되었다. 왼손에 쥔 등골뼈가 느슨해지고 주둥이가 늘어지는 것이 느껴졌다. 나는 시체를 기름이 마른 흔적이 있는 바닥으로 밀치고 놈의 뇌에서 칼을 당겨 뽑았다. GARMR은 마치 별일 없었다는 듯 나와 시체 사이를 빠르게 지나 거의 다 열린 차고 문으로 나갔다.

나는 숨을 거칠게 몰아쉬며 다음번 찾아올 죽을 고비에 대비해 칼을 접어 넣었다. 돌아가도 타라에게 얘기해 주지 않을 일들이 너무나 많다. 해가 뜨면서 그에 따라 습도도 서서히 높아지고 있었고 모기들이 사방으로 돌아다녔다. 모기들이 피 한 모금을 찾아다니다 걸어 다니는 시체에 내려앉으면 어떻게 될지 궁금해지곤 했다. 당해도 싸다, 망할 모기들. 키스에는 지금, 그러니까 내가 떠나기 전까지는 말라리아가 기승이었다.

열린 차고 문으로 빛이 들어오자, 세 번째 칸에 차가 덮개로 덮여 있는 것이 보였다. 흰색 덮개에는 양각으로 '25주년 기념'이라는 은색 글씨가 새겨져 있었다. 나는 덮개 모서리를 잡아당겨 공중에 먼지를 흩뿌렸다. 그 아래에는 모든 X세대 젊은이들의 꿈꾸던 대상, 빨간색 람보르기니 쿤타치가 있었다. 그 아름다움에 골이 띵했다. 창 옆으로 다가가 안을 들여다보며, 한 땀 한 땀 수작업을 한 가죽 시트와 간결한 인테리어에 감탄을 금치 못했다. 이것은 고급 승용차가 아니라 정말 최고급 슈퍼 카였다. 운전자의 승차감보다는 오직 완전한 속도와 핸들링만을 위해 설계되었다. 고등학생 시절 친구 집 벽에 붙어 있던 포스터가 아직도 기억에 생생하다. 거기에는 '대학 교육이 정당한 증거'라는 글귀와 함께 스포츠카로 가득 찬 다섯 칸짜리 차고가 묘사되어 있었는데, 그중 하나가 이런 람보르기니였다. *아, 차 열쇠만 찾을 수 있다면.* 이런 생각에 빠져 있다가 내가 지금 어디에서 무얼 하고 있는 중인지 상기했다. 현실로 돌아오기가 정말로 힘들었다.

람보르기니가 다치지 않게 조심하면서 차고를 수색했다. 차에 대한 미련을 버리고 선반을 뒤지는 동안, 2사이클 연료와 전동 공구 몇 개, 공구 배터리 충전기를 찾았다. 발견한 물건들을 가지고 나오면서 도로에서는 보이지 않는 남쪽 지붕에 설치된 태양전지판 어레이를 보았다. 트럭에는 디젤유가 필요하므로 나는 저택을 확인하고 싶은 충동을 누르고 물건들을 트럭으로 가져갔다. 여기서 필요 이상으로 많은 시간을 보내면 안 된다. 지도책에 이 집 위치를 표시하고 트럭에 시동을 걸어 황량하고 고독한 길을 따라 북쪽으로 계속 나아갔다.

저택을 떠나온 이후로 죽을 고비를 두 번이나 넘겼다. 두 번 다 버려진 차들 옆으로 트레일러를 단 채 트럭을 돌릴 수 없어서 이 고철 덩어리들을 길에서 치우기 위해 밀거나 당겨야 했기 때문이다. 언데드는 장애물을 옮기는 것 같은 날카로운 쇳소리를 따라 움직이는 까닭에 놈들을 차로 치거나 귀한 아음속 탄환을 낭비해야만 했다. 뒤집힌 버스와 언데드를 처리하는 꽤나 유쾌하지 않은 상황을 겪은 후, 우연히 인적이 드문 공장 단지를 발견했다. 바라건대 언데드에게서 좀 벗어난 곳이기를.

로니타운 공구 공장은 9000제곱미터는 넘어 보이는 2층 건물이었다. 공장 그늘에 트럭을 세우고 트레일러를 트럭에서 분리하기 위해 글러브 박스를 샅샅이 뒤졌다. 방금 겪은 일을 다시 겪지 않으려면 어떻게든 트레일러를 떼어내야 했다. 바람이 거세게 몰아치면서 트레일러의 옆구리를 치고 흔들었다.

5륜의 잠금장치를 푸는 첫 단계인 운전석에서 해제하는 방법은 전에 한 번 봐서 알고 있었다. 하지만 그 이후의 단계는 이리저리 시도해 봐도 해결이 되지 않았다. 나는 편집증 환자처럼 트럭을 한 바퀴 돌아보며, 나 혼자 있는 게 맞는지 확인했다. 그러다가 트레일러 아래 손을 뻗어 기름범벅인 금속 고리를 꽉 잡고 힘을 주어 잡아당겼다. 잠금장치는 쉽게 풀렸고, 여기까지는 순조로웠다.

일단 랜딩 기어를 내려 트레일러를 땅 위에 고정해야 한다는 건 알고 있었지만, 그 행동으로 내가 위태로운 상황에 처할 수도 있었다. 랜딩기어를 내린 채로 분리하지 못해 트럭이 움직이지 못하는 상태에서 좀비의 공격이라도 받게 되면, 나는 트럭을 버리고 발로 뛰어야겠지.

기어의 크랭크를 돌리기 시작했다.

몇 번이고 반복해 크랭크를 돌리는 동안 거의 기어의 움직임에 진전을 보지 못하다가, 실수로 막대를 어떤 방향으로 밀면서 기어의 비율을 바꾸게 되었다. 그때부터 기어가 꽤 빠르게 내려갔다. 기어의 발이 땅바닥에 안착하자 다시 저속 기어로 바꾸고 강철이 삐걱거리는 소리가 들릴 때까지 몇 차례 더 돌렸다. 몸을 돌려 운전석으로 향하는데 트레일러에 부착된 두 개의 고압 에어호스와 전기 연결 장치에 눈길이 갔다. 그 장치들도 뽑아서 트럭 뒤에 임시로 올려 두었다.

운전석으로 돌아가 기어를 넣고 조금씩 앞으로 나아갔다.

랜딩 기어가 주차장 콘크리트 바닥을 긁으며 무시무시한 소리를 냈다.

공장 안에 있는 놈들이 금속 벽을 쿵쿵 치기 시작하면서 드럼을 연타로 두들기는 것 같은 어마어마한 소음을 주차장 쪽으로, 그리고 주변의 공장 단지 안으로 내보냈다.

젠장, 내가 뭘 잘못한 거지?

나는 계기판의 스위치를 지켜보다가 '에어 서스펜션'이라 적힌 스위치를 툭 건드렸다.

트럭이 천천히 기울면서 등을 낮추는 것이 느껴졌다. 운전석에서 뛰어내리자 밑에서 공기가 올라오는 소리가 들리고 뒤쪽 끝부분이 트레일러와 떨어지며 아주 천천히 아래로 내려가는 것이 보였다. 킹핀[13]이 5륜과 분리되는 것을 보자마자 서둘러 운전석으로 돌아와 조심조심 기어를 넣고 조금씩 차를 앞으로 움직였다.

트레일러를 떼어내는 데 성공했다.

그것들이 보이지도, 들리지도 않았지만 곧 들이닥치리라는 것을 알았다.

트레일러 뒤쪽으로 힘껏 뛰자, 총이 아플 정도로 옆구리를 때렸다. 경사로를 당겼다.

"체커스, 따라와!"

나는 크게 소리쳤다.

---

13) 트럭과 트레일러를 연결하는 핀.

기계는 일어나서 알루미늄 경사로를 타고 콘크리트 바닥으로 느릿느릿 내려왔다. 내가 서둘러 운전석으로 돌아오자, 기계도 빠르게 뒤를 따랐다. 3미터 거리를 유지하려는 GARMR의 프로토콜 때문에 GARMR의 틀을 잡고 그것이 트럭의 뒤편으로 올라오도록 이끌어야 했다. 이동을 위해 GARMR을 고정하는 동안, 첫 번째 언데드가 주차장 맞은편의 높은 풀숲을 뚫고 나왔다. 내빼려는 찰나, 트레일러 뒤쪽에 있던 기름통과 호스가 생각났다. 물건들을 회수해 오는 동안 빨간색 플라스틱 기름통을 두 번이나 떨어뜨렸다. 이 소리는 언데드들에게 더욱 전진해야겠다는 투지를 불러일으켰다. 그것들은 인근에 따끈따끈하며 상태 좋은 무언가가 있다는 것을 확신했다. 내가 가진 걸 모조리 운전석 안에 던져 넣으며 올라타는 순간, 첫 번째 무리가 주차장에 들어섰다.

나는 아직도 트레일러가 달린 것처럼 호를 크게 그리며 트럭을 돌려, 큰 도로로 재진입하는 길로 향했다. 죽은 자들이 그 구역을 점령하는 동안 버리고 온 트레일러가 점차 작아지는 것을 사이드 미러로 지켜보면서 가속의 차이를 느꼈다. 용접기와 전력만 있다면 이 짐승을 맥스[14]가 뿌듯해하며 몰 만한 것으로 바꿀 수 있을 텐데.

해가 나무들 너머로 저물려는 조짐이 보일 무렵, 작은 도시의 변두리에 다다랐다. 서행하면서 작은 주유소를 지났다. 내부에 딱히 눈길을 끄는 것은 없었다. 까만 감초 사탕(지구상 최악의 사탕,

14) 영화 「매드맥스」 시리즈의 주인공.

죽은 자들이 돌아오기 전에도 그랬지만 앞으로도 영원히 없어지지 않고 남아 있겠지) 하나까지 다 약탈당했을 가능성이 컸다. 나는 있지도 않은 트레일러를 떨쳐버리지 못하고 트럭을 크게 돌려 세웠다. 그리고 시동을 켜 둔 채 뛰어내렸다.

휘발유 호스는 모두 주유기 주변 바닥에 떨어져 있었다. 디젤유 탱크의 뚜껑을 하나 열고 코를 가져다 댔다. 내부에 연료는 있지만 얼마나 남아 있는지도 알 수 없었고 귀한 연료를 뽑아낼 주유기도 없었다.

엄청난 소음이 트럭 엔진의 웅웅거리는 소리를 갈랐다. 그것은 주유소의 강화유리 문 뒤에 갇혀 있었다. 여기서는 디젤유를 구할 수 없을 것이다.

해가 앞쪽에 있는 나무 꼭대기에 닿으려 할 때쯤에는 다시 운전석으로 돌아와 북쪽으로 차를 몰았다. 하룻밤 묵어 가기 위해 차를 세우려던 참에 V 자형으로 굽은 상태로 앞의 길 한쪽을 막고 있는 트럭에 가까워졌다.

유조차였다.

옆면에 디젤유 표시가 선명하게 보였다. 운전석에서 환호하듯 "와, 씨!" 하고 소리치며 그쪽으로 다가갔다. 그러나 흥분은 순식간에 사그라들었다. 유조차 트레일러 꼭대기에서 바닥까지 총알구멍이 한 줄로 쭉 나 있었다. 내 불운을 저주하곤 만신창이가 된 유조차로 차를 몰았다. 의도치 않게 만들어진 바리케이드 뒤쪽에 차를 주차했다.

곧장 유조차 트레일러로 향했다. 총알구멍이 언제 난 건지는 알 수 없지만, 총신으로 때렸을 때 일어나는 감음 현상으로 보아 말라 있다는 건 짐작할 수 있었다. 연료는 증발 현상에 털린 것이었다. 아주 오래전 내가 샌안토니오를 탈출하기도 전일 듯했다. 누군가 얼굴과 목, 어깨를 관통하는 여러 발의 총상에 목숨을 잃고 운전석에서 부패한 상태였다. 구멍은 5.56밀리미터보다 컸고 패턴으로 보아 자동 발사 방식이었다.

공용 화기 기관총이다.

이 트럭 운전사와 그의 화물을 스위스 치즈처럼 뻥뻥 뚫어 놓은 게 누구였든, 군인들이거나, 군인들한테서 지뢰 방호 차량이나 무기들을 탈취할 만큼 나쁜 새끼들이었을 것이다. 운전석 문 근처에는 엉겨 붙은 머리칼이 덮인 머리통 세 개가 퍼즐이라도 맞춘 것처럼 차곡차곡 쌓인 뼈다귀들에 둘러싸여 있었다. 두개골 두 개에는 총알구멍이 나 있었다.

트럭 운전석의 손잡이를 잡아당기자, 운전사 시체의 무게에 밀린 문이 거칠게 열리며 운전사의 남은 부분을 아스팔트에 쏟아 냈다. 운전사의 오른손 뼈에 꽉 쥐어진 것은 총신이 짧은 리볼버 권총이었다. 운전석 유리창의 유리 패턴을 보면, 많은 총알이 안으로 발사되었지만 일부는 나간 것도 있었다. 누군지 몰라도 이 사람은 자동 기관총의 총격에 거지 같은 리볼버로 되갚아 주었다.

죽이는걸.

남자의 팔뚝에 남은 살가죽에는 공수 부대 보병의 문신이 보였다. 나는 이 남자가 발 옆에 있는 비열한 새끼들처럼 코요테에게 잡아먹히게 둘 수는 없었으므로 그의 시신을 밧줄로 묶어 근처 픽업트럭으로 끌고 간 다음, 그 안에 넣었다. 트럭 내부는 몇 달 동안 비바람에 노출된 시체의 끔찍한 오물로 뒤덮여 있었다. 구더기가 남자의 나머지를 갈구하듯 운전석에서 꿈틀거렸다. 안에 쓸 만한 게 아무것도 없어서 포기하고 내 트럭으로 돌아가려던 참에 유조차의 일반 주유 탱크를 점검해 보기로 결정했다. 뚜껑을 여는 데에 비트는 힘이 좀 필요했지만 그만한 노력의 가치가 있었다. 탱크가 절반 정도 차 있었다.

나는 기름통과 호스를 가지러 트럭으로 돌아갔다. 트럭의 정면을 반 정도 돌았을 때, 멀리 떨어진 다리를 건너 남쪽에서 내 방향으로 오고 있는 시체 한 무리를 보았다. 금방이라도 디젤 엔진의 웅웅 소리가 들리는 범위에 들어올 기세였다. 거의 기다시피 자세를 낮추고 무리가 오는 방향의 반대편인 조수석 문으로 향했다. 문을 천천히 열고 기어올라 딸깍 소리 한 번에 문을 닫았다. 재빨리 엔진을 끄고 문이 잘 잠겨 있는지 점검한 다음, 침대칸에 들어가 커튼을 치고 어둠과 발 맞춰 몰려오는 악몽으로부터 나를 단절시켰다.

극도로 흥분한 상태로 놈들이 다가오기 전에 소음이 발생할 여지가 있는 것들을 처리하며 장비를 점검했다. 탄창 두 개를 주머니에 넣고 총도 잘 장전되어 있는지 확인했다. 7.62밀리미터 블랙아웃 아음속 탄환이 바닥나고 있었다. 엔진 시동을 걸지 못하고 포위된다면 생존 가능성이 없었다. 최후의 준비 단계로 조수석에 배낭을 올려 두고 침대에 앉아 커튼이 갈라진 틈으로 근처 광고판 아래로 해가 저무는 것을 보았다.

언데드들이 벌써 여기까지 왔다.

부패한 것들 중 소수가 수천 마리는 되어 보이는 무리를 이끌었다. 시체들의 강이 갈라져 트럭 양쪽으로 지나는 동안, 트럭에 관심을 보이는 놈들이 있다는 걸 알 수 있었다.

트럭을 슬쩍 미는 놈들이 생기면서 트럭이 좌우로 약간 흔들리는 것이 느껴졌다. 침대칸에 앉아 커튼이 갈라진 틈으로 내다보니 운전석 쪽에 머리 하나가 쑥 올라왔다가 무리 속으로 사라졌다.

그중 하나는 실제로 계단을 밟기도 했다.

뒤쪽을 돌아보았다. 언데드들은 트럭의 5륜 장치에 별 관심을 두지 않은 채 계속 남쪽으로 행진하고 있었다. 하지만 앞쪽의 시체들은 후드와 그릴에 어설프게 부딪치고 차폐물이 씌워진 배기관을 만지려고 했다.

온기였다.

이 개자식들은 어째서인지 온기에, 살아 있을 수도 있는 따뜻한 무언가에 끌리는 것이었다.

엔진과 배기관에서 내뿜는 온기에 끌려 주위로 모여드는 수천 마리 때문에 트럭은 더 심하게 흔들렸다. 과감하게 오른쪽 커튼 사이로 밖에 시선을 흘깃 던지다가 다른 세미트레일러를 보았다. 나는 그 트럭의 문을 활짝 열어 뒀다. 하지만 그 트럭은 한동안 열을 발생시킬 일이 없었기 때문인지 놈들은 그 트럭에는 그다지 관심을 기울이지 않았다. 자넷의 말이 맞았다. 이것들은 가까이에서 열을 감지할 수 있었다. 내 눈앞에서 벌어지는 소름 끼치는 실험이 바로 그것을 증명했다.

플로리다 주도 부근

9일 차

언데드들의 강은 몇 시간 동안이나 흐르는 듯했다. 나는 밤새도록 크롬 손잡이가 당겨지는 것 같기도 하고, 뼈만 남은 손이 침대칸의 벽을 툭툭 두들기는 것 같기도 한 소리에 경련을 일으키면서 의식과 잠 사이 어딘가에 머물렀다. 소리가 희미해지기 시작하면서 내 의식도 함께 희미해졌다. 휴식 없는 잠에 빠졌다가 동틀 녘에 일어나 천천히 커튼을 젖혔다. 수천 마리는 될 법한 실로 어마어마한 수의 언데드가 발로 다져서 만들어 낸 또 하나의 불모지가 눈앞에 펼쳐졌다. 아침 안개 사이로 내려다보이는 고속도로 양쪽의 잔디는 짓뭉개지다 못해 진흙탕이 되어 있었다.

온기는 그것들을 끌어당긴다.

체온, 총열, 엔진.

해가 뜬 지 몇 분 후, 트럭을 움직여 다른 버려진 트럭 옆에 나란히 세웠다. 그리고 절단한 호스를 이용해 이 트럭에서 저 트럭으로 연료를 옮기기 시작했다. 연료가 더 이상 나오지 않을 때까지 모든 일이 원활하게 진행되고 있었다. 사이펀 작용은 대상 탱크가 공급 탱크보다 낮은 위치에 있을 때에만 일어난다. 나는 타이어의 공기를 뺄까 하는 멍청한 생각을 떨쳐 버리며 잠시 생각에 잠겼다. 5륜 에어백의 공기를 뺄 수 있지 않을까. 어제 트레일러에서 킹핀을 풀어냈던 스위치를 젖혀서 트럭을 몇 센티미터 낮췄다. 내 트럭의 차체가 다른 트럭보다 낮아졌기 때문에 중력의 도움으로 남은 디젤유를 빼낼 수 있었다.

운전석으로 돌아와 연료 게이지를 확인하는데 기쁘게도 게이지가 4분의 3 이상 올라갔다. 탱크를 제외하면 이것은 내가 선택할 수 있는 제일 연비가 나쁜 차량이었으나, 대신 땅에서 꽤 높이 떨어져 있고 침대칸도 구비되었으며 언데드와 총 톤수로 겨루는 치킨 게임에서 늘 이길 것처럼 든든했다.

8시경 고속도로 캠프장을 떠나면서, 부러진 다리를 끌며 자신들을 버린 군단의 뒤를 따르던 몸이 성치 않은 놈들을 가볍게 처리했다. 다리에 접근하던 중에 주행에 방해가 되는 파란색 소형차를 가드레일 쪽으로 밀어내고 그 옆을 지났다. 나는 카시트가 보일 때 거기에 궁금해하면 안 된다는 것을 알고 있다. 그래야 한다고 믿는다면 정신 건강에 해롭다. 다리를 떠나면서 나는 영화 「맥시멈 오버드라이브」에서처럼 그런 녹색 고블린 얼굴 하나가 내 트럭 앞에 붙어 있었으면 하고 바랐다. 오랫동안 길에 머물 때 떠오르는 지지리도 멍청한 생각…… 언데드를 살상용 기계와 바꿀 수 있다면 어떨까 하는 생각도 해 봤다.

아직 이른 시각, 언덕 꼭대기에 올라 저 멀리 탤러해시의 스카이라인을 바라보았다. 도시에 들어서기 몇 킬로미터 전에 쇼핑센터와 철물점이 있었다. 느릿느릿 움직이는 언데드를 지나치다가 장난기가 발동해 놈들을 배수로와 버려진 차에 부딪치게 밀어내 버렸다. 아무 생각 없이 재미로만 그런 건 아니었다.

철물점 주차장으로 들어가 트럭을 옆으로 돌렸다. 목재 적재장에는 좀도둑을 막기 위해 높고 날카로운 철조망 울타리가 설치되어 있었다. 게이트의 양쪽 문 사이에는 녹슨 쇠사슬이 연결된 자물쇠가 걸려 있어서 정직한 사람들은 출입할 수 없었다. 아무 문제 없이 트럭으로 철조망을 부수고 지날 수 있었지만, 탤러해시 외곽으로 들어가기 전 쉬어 갈 안식처를 찾으려는 내 목표에는 도움이 안 되는 행동이었다.

트럭에서 뛰어내리다 여자 시체의 품에 안길 뻔했다. 그녀는 따뜻한 고깃덩어리를 보고 눈에 띄게 흥분해서 마치 가까운 주유소로 가는 길을 알려 주려는 것처럼 내게 손을 뻗었다. 나는 그녀에게 앞차기를 날려 자갈길로 넘어뜨리고 고정식 칼날을 그녀의 눈구멍에 힘껏 밀어 넣었다. 더 많은 놈들이 다가올 것이 분명한 가운데, 나는 문으로 달려가 총구를 자물쇠 전면에 댔다. 황동 자물쇠에 총을 세 방 쏘자, 자물쇠 내부가 충분히 폭발해 문에서 벗겨낼 수 있었다. 게이트를 발로 차서 열고 서둘러 운전석으로 돌아가 입구를 통과했다.

문을 닫고 두 문의 창살 사이로 쇠사슬을 반복해 감고 있을 때

돌연 언데드 열 마리가 울타리로 밀려들었다. 아직은 그 뒤로 따라붙는 놈들이 없는 듯해서, 나는 GARMR을 트럭에 고정하고 있던 밧줄을 잘라서 그것으로 언데드의 접근을 막기 위해 감아 둔 사슬을 고정했다. 이내 놈들의 머릿수는 두 배로 늘어났고 나는 뭐라도 해야 했다. 아음속 탄환은 위태위태하게 바닥나고 있었고, 바로 가까이에서 칼로 죽이려다가는 칼만 잃어버리고 내 제1규칙을 어기게 될 것이다.

고정식 나이프 없이는 절대로 무법지대에 머물지 마라. 절대로.

나는 여전히 시동이 걸린 상태인 트럭으로 달려와 싸구려 녹색 플라스틱 케이스에서 루거 마크 III를 꺼냈다. 늦은 아침의 햇살 아래 유리관 속 광섬유 렌즈가 반짝거렸다. 찬밥 더운밥 가릴 때가 아니니 원거리 사격도 하지 않을 것이다. 탄창 스프링을 누르다가 엄지손가락에 물집까지 잡히면서 신속하게 열 발들이 탄창을 장전했다.

괴물들이 울타리를 찌그러뜨리기 시작할 때쯤 나는 첫 목표물을 바로 옆에서 겨눴다. 마크 III 권총을 놈의 머리에 바로 붙이고 세게 밀어 넣으며 방아쇠를 당겼다.

시체의 두개골이 기적적으로 총성을 낮춰 주었다.

꽉 채운 탄창 두 개를 비우는 과정을 한 번 더 반복한 건 쏘는 타이밍을 맞추지 못해서였다. 총구가 두개골을 꽉 누르기 전에 방아쇠를 당기면 큰 소리가 나면서 더 많은 시체들을 불러들였다. .22LR 실탄 마흔 발을 쏟아붓고 울타리 반대편에 시체 더미를 잔뜩 쌓는 것으로 맹공격은 끝이 났다. 마크 III는 쓰다가 딱 한 번밖에 안 막혔는데, 제조사와 상관없이 림파이어 방식의 총기로,

특히 지금 상황을 생각하면 더욱 놀라운 결과를 거둔 셈이었다. 새 탄창을 채우고 마크 III를 등허리에 단단히 끼워 넣은 다음 그 안에서 내 할 일을 마저 했다.

2층 높이의 구역에 목재들이 치수에 따라 가지런히 놓여 있었다. 목재 적재장의 콘크리트 틈새로 잔디가 급속히 웃자라지 않았다면, 건축업자들이 그날의 일감을 위해 목재를 싣는 상황을 그려 볼 수도 있을 것이다. 사용할 수 있는 널빤지는 많아도 합판은 전혀 없었다. 아마도 사람들이 상황이 아주 나빠지기 전에 창문과 문을 가려 언데드를 막기 위해 모두 사 갔으리라.

철물점 뒤편 사무실 쪽으로 가서 잠금장치 하나로 잠긴 유리문 안을 유심히 내다보았다. 어둠을 희석시킬 만한 채광창이 전혀 없어서 내부는 칠흑같이 어두웠다. 플랜B부터 플랜E까지 대안을 구상하기 전에 모퉁이를 돌아 뒤쪽 게이트를 살짝 엿보았다. 시체 둘이 거리를 서성이고 있었지만 내 존재를 알아차리지는 못했다. 트럭의 문을 닫고 마크 III를 쏘았다. 소음이 놈들을 멀리서 불러왔지만, 그것들은 정확히 어디를 찾아야 하는지 알지 못했다.

좋았어.

다시 잠긴 문으로 돌아가 안으로 들어가려면 트럭을 이용해 문틀에서 문을 떼어 내는 방법밖에 없겠다고 결론을 내리려는 찰나, 3미터쯤 떨어진 곳에 창문 하나가 조금 열려 있었다. 오랫동안 방치된 선풍기가 근처의 과부하된 멀티탭에 꽂혀 창문 앞에 놓여 있었다. 칼로 방충망을 자르고 창문을 완전히 올렸다. 총의 조명으로 보기로는 안에 아무런 움직임도 없는 듯했다.

그 구멍에서 간신히 몸을 빼고 꼴사납게 바퀴 달린 의자를 붙잡고 한바탕 난리를 치른 뒤에야 먼지가 자욱한 타일 바닥에 부츠를 디뎠다. 안에서는 어떤 소리도 들리지 않아 책상 위 스테이플러를 집어 어두운 철물점 안으로 최대한 멀리 던져 보았다. 몇 초가 지나 스테이플러가 선반 어딘가에 부딪치는 소리가 났다. 손목시계를 보고 초를 세면서 귀를 기울였다. 그로부터 60초 뒤, 만약 언데드가 안에 있었다면 그것만의 표현 방식으로, 굶주림과 갈망에서 나오는 절망에 찬 신음 소리로 내게 말했을 거라고 확신했다.

언데드는 정말로 말을 한다. 단지 언제 어떻게 들어야 하는지를 알아야 한다.

뒷문이 열려 있어 케이블 타이로 고정해 두었다. 급하게 도망가야 할 때 발로 차고 나갈 수 있으면서도, 교활한 언데드 자식들 중에 하나가 다가오더라도 그냥은 열 수 없도록.

어두운 통로를 헤치며 안쪽 선반의 쓸모 있는 물품들에 눈을 적응시켰다. 먼저 지금 쓰고 있는 케이블 타이를 다 쓰고 나면 대체할 튼튼한 케이블 타이를 찾았다. 문이나 게이트, 뭐 그런 것들을 확보하는 데 이게 그렇게 편리할 줄은 생각지도 못했는데. 케이블 타이를 옆에 있던 빈 쇼핑 카트에 던져 넣고 다음 통로로 향했다. 먼지가 켜켜이 쌓인 바닥에는 발자국도, 어떤 움직임의 흔적도 없었다. 철물점에 물이나 식량이 구비되어 있는 건 아닌 만큼 어느 정도 이해는 되었다. 카트를 뒤로하고 가게 앞쪽을 확인하러 갔다.

또 하나의 쇠사슬이 누구도 밖에서 들어오지 못하도록 양쪽으로 여닫는 문을 단단히 고정하고 있었다. 이곳을 운영하던 사람은 여길 버리고 떠나기 전에 아마 앞문을 잠그고 뒷문으로 나가면서 자물쇠를 굳게 잠가 두고 떠났을 것이다. 앞문 자물쇠와 같은 종류의 자물쇠였다. 양개형 유리문을 통해 건너편 쇼핑센터 주차장 바깥쪽에 대여섯 마리가 보였다. 이 상황을 염두에 두고 쇼핑을 계속했다.

카트에 가득 채운 많은 물품은 다음과 같았다. 스프레이 페인트, 철근 절단기, 밧줄, 강력 접착테이프, 12볼트 인버터, 전동 네일건, 비트 드라이버, 휴대용 만능 전기톱, 그리고 여분의 리튬 폴리머 배터리. 발전기 코너를 지나면서 혼다 EU2000 발전기 하나를 카트에 싣고 근처 선반에서 각종 연료 첨가제와 윤활유도 넣었다. 발전기에 쓸 여분의 기름통을 집어 디젤유 기름통과 혼동하지 않게 '휘발유'라고 표시했다. 그리고 뒤편 사무실 카운터에 있던 커피 필터 묶음을 집은 다음 문을 고정해 두었던 케이블 타이를 잘랐다. 카트를 힘껏 떠밀어 문을 열자, 눈부신 햇살에 눈이 아플 정도였다. 언데드에게 들키지 않은 것에 만족스러워하며 물품들을 트럭에 실어 나르기 시작했다.

작업이 끝나고 새 기름통과 커피 필터, 필립스 스크루드라이버를 들고 가게 뒤편의 짐칸 달린 픽업트럭으로 향했다. 픽업트럭의 쐐기를 이용해 스크루드라이버를 트럭 하단의 휘발유 탱크에 박았다. 구멍 난 연료 탱크에서 스크루드라이버를 잡아 뽑자, 녹 부스러기와 침전물은 커피 필터로 걸러지고 액체로 된 귀한 연료가 기름통으로 줄줄 흘러들었다. 10리터가량의 연료가 나오고 탱크 구멍이 마를 때까지 가슴을 바닥에 대고 엎드려 있었다. 오래전 트럭이 여기 주차될 당시에는 분명 주유등이 켜져 있었을 것이다. 기름통 뚜껑을 다시 닫은 뒤, 소중한 기름이 내 걸음에 맞춰 철벅거리는 소리를 들으며 트럭으로 서둘러 돌아왔다.

혼다 발전기의 오일을 확인하고 철물점에서 훔쳐 온 오일을 채워 넣었다. 전시되어 있던 물건이라 탱크가 비어 있어서 연료 첨가제 세 병을 붓고 나머지는 새 커피 필터를 이용해 이중으로 걸러낸 기름통의 기름으로 채웠다. 소형 발전기의 연료를 꽉 채우는 데에 거의 4리터가 들어갔다. 기름통에는 이제 겨우 5리터 조금 넘게 남아 있었고, 나는 틀림없이 에탄올을 안정시켜 줄 거라 믿으며 남은 연료 첨가제를 마저 부었다. 뚜껑을 닫고 잘 섞이도록 발전기를 흔든 다음, 트럭의 차체에 밧줄과 케이블 타이로 고정했다. 이 작고 가벼운 발전기는 2킬로와트 용량에 110볼트 콘센트 두 개가 딸려 있었다(물론 제대로 작동해야 말이지만). 발전기에서 연장 코드를 뽑아 트랙터 옆면 창문으로 들여서 공구 충전기를 꽂았다.

이 작고 부수적인 프로젝트가 끝낸 다음, GARMR을 활성화해 지상으로 내려가는 것을 도왔다. 편집증이 있다 보니 기계의 가이거 측정을 다시 했고, 방사능 수치가 처음 기계를 찾아냈을 때와 같다는 사실에 만족했다. 달가닥거리는 소리를 가리기 위해 트럭 안에서 스프레이 페인트 몇 통을 흔든 뒤, GARMR의 외형에 향하는 시선을 분산하기 위해 임시로 위장 패턴을 그리면서 센서에 뿌리지 않기 위해 주의했다. 내 예술품에 흡족해하며 두 번째 예술 활동을 위해 트럭으로 자리를 옮겼다. 작업을 마친 후, 내 트럭에도 이름이 생겼다.

골리앗.

나는 GARMR을 트랙터 뒤 플랫폼에 고정하고 무전기를 설치했다. 똑같은 모스부호가 들어오고 있었고 여전히 신호가 희미했다. 피닉스가 보내는 주파수의 양쪽 무선 스펙트럼을 확인해 봤더니 고주파 에너지의 파동에서 아주 작은 목소리가 흘러나왔다.

"애틀랜타 외곽에…… 알 수 없는…… 포위됐다."

반사적으로 무전기의 전송 버튼을 때렸다.

"여기는 모래시계. 탤러해시 외곽이다. 들리는가? 오버."

나는 응답이 올 때까지 소음에 집중하며 귀를 기울였다.

"모래시계…… 피닉스…… 포위되어서……."

신호가 정말 형편없이 약했다. 더 높이 올라가야 했다. 신속하게.

열 번쯤 힘껏 당긴 후에야 철물점의 기나긴 잠에서 혼다 발전기를 되살려 냈다. 혼다를 작동시켜 골리앗의 운전석 바닥 충전기에 꽂혀 있는 공구 배터리를 충전시켜 두었다. 만능 전기톱과 드릴이 있으면 쓸모가 있을 테니. 발전기 소음이 시체들을 다시 울타리로 끌어들이고 있었으므로 트럭에 시동을 걸고 게이트로 나갔다. 좀비들의 머리통을 22구경 탄환으로 모조리 날렸는데 이번엔 좀 처리가 깔끔하지 못했다. 트럭으로 돌아와 골리앗을 몰고 게이트를 나설 때까지도 귀가 울리고 있었다. 골리앗의 거대한 디젤 엔진이 윙윙거리니 저 뒤 조그마한 혼다 소리는 들리지 않았다. 배터리 충전기의 녹색 불빛만이 발전기가 여전히 잘 가동되고 있으며, 휴면 상태의 공구 배터리에 전력을 충전하고 있다고 말해 주었다.

방금 받은 무선 통신에 아드레날린이 솟구쳐 도시의 변변치 않은 스카이라인에서 그나마 가장 높아 보이는 건물을 향해 탤러해시로 가게 되었다. 바보 같고 신중하지 못한 행동이지만 우리 쪽 사람들이 애틀랜타에 있고, 어쩌면 갇혀 있는지도 몰랐다. 신호를 찾기 위해 내륙 깊이 들어가는 것보다는 도심 고층 빌딩의 꼭대기 층에 이르는 편이 더 안전했다. 나는 골리앗이 도시까지 거리를 좁히는 동안 계속해서 혼잣말을 했다.

정오 무렵까지 북쪽을 향해 전속력으로 달렸다. 탤러해시 외곽에 이르자 버려진 대피 차량으로 도로가 빽빽이 차 있었고 양쪽 차선이 모두 막혀 세미트레일러로 더 가는 것은 불가능해 보였다. 운행을 포기하고 트럭을 부동산 중개 사무소 건물 뒤편으로 끌고 가 세웠다. 엔진이 식식거리다 멈추자마자 혼다 발전기의 소형 모터 소리가 벽돌 빌딩에 부딪혀 메아리치며 소음을 증폭시켰다. 나는 철물점에서 출발한 이후로 공구 배터리가 충전된 양에 흡족해하며 차에서 뛰어내려 발전기도 껐다. 충전기에서 배터리를 뽑아 비트 드라이버에 끼우고 드릴 비트 세트와 함께 GARMR의 새들백에 넣었다. 필요하게 될 물품들을 기계에 실은 후, 골리앗을 둘러싸고 있는 플랫폼 아래의 키 큰 잔디밭으로 이끌었다.

후드 위로 올라갔다. GARMR을 출전시켜 빌딩 주변을 돌며 앞쪽 상황이 어떤지 살피게 했다. 햇빛이 태블릿의 모니터 백라이트를 어느 정도 희끄무레하게 만들었지만, GARMR이 그 진보된 다중 분광 렌즈로 촬영한 것을 여전히 어느 정도는 볼 수 있었다. 기계의 '자동 조종 장치'는 고속도로를 순찰하듯 버려진 차들 사이를 지그재그로 움직였다. 이 길을 걷고 싶지는 않지만, 만약 그렇게 된다면 뭘 보게 될지 궁금했다. GARMR이 앞으로 나아가자 해골 같은 팔이 기계를 움켜쥐려고 불쑥 튀어나왔지만 너무 높이

뻗는 바람에 GARMR은 그 아래로 빠르게 지나갔다. 카메라로 뒤를 돌아보다 낡은 폰티악 안에 안전벨트를 착용하고 앉아 있는 시체가 마구 팔을 버둥거리는 걸 봤을 때도 나는 GARMR의 충돌 방지 기능을 믿었다. 길 앞쪽에 있는 그것들의 일행은 모조리 이미지가 깨져 보였다. 기계가 계속 나아간다면 그 움직임을 눈치챈 시체들은 티타늄과 탄소 섬유는 인육의 맛이 아니라는 걸 깨닫게 될 때까지 쫓아가겠지. 나는 태블릿의 소환 버튼을 눌러서 GARMR을 내가 있는 곳으로 후진 기동 하게 했다.

주요 도로를 타고 도심으로 들어가야 하다니 정말 지랄 맞은 상황이라고 새삼 실감하면서 지도를 찾아보다 나무 너머, 올라야 할 건물 정상의 사진에 비웃음이 나왔다. 더 강한 신호가 필요했다. 더 높거나 애틀랜타에 더 가깝거나, 선택권은 그것뿐이었다. 켐라이트를 터트려 휴지 한 장으로 감싼 다음, 트럭 위에 올려놓았다. 육안으로는 식별할 수 없겠지만, 일몰 후에 야간 투시경을 통해 보면 등대의 불빛처럼 빛날 것이다.

트럭은 단단히 잠그고 장비를 등에 짊어진 채 GARMR과 함께 나무들을 따라 이 도시에서 가장 높은 빌딩을 향했다. 도시가 정글이 되기 전에 이 계획을 시도했다면, 아예 성공 가능성이 없었을 것이다. 탤러해시에서 누가 마지막으로 잔디를 깎은 지도 2년이 흘렀으니⋯⋯ 젠장, 탤러해시뿐이겠나. 도시에서 몸 숨길 곳을 찾는 것은 어렵지 않았다. 고속도로 중앙 분리 화단이나 그 밖에 가장 가까운 녹색 구역으로 달려가기만 하면 되었으므로. 건물들이 스스로 붕괴하기 시작하는 몇 년 이내에 자연은 모든 것은 손에 넣을 것이고, 부모를 위해 아들딸이 그린 그림들을 으스러뜨릴 것이다. 미래의 탐험가들은 나란히 서서 웃고 있는 행복한 가족의 캐리커처를 발견하고 이 우울한 행성에 웃을 일이 있기나 할지 궁금해할지도 모른다. 그런 생각을 하다 보니 타라와 벅이 떠올랐다. 두 사람 옆에 있을 땐 나도 그렇게 웃었지. 미래의 가족들도 나와 같을 수 있다면 좋겠다.

피닉스 팀이 치료제를…… 백신을 찾았다면…….

결심이 확고해지면서 걸음도 더 빨라졌다. 분명 언데드가 우글거릴 도시를 향해.

GARMR의 전기 모터가 뒤쪽의 무성한 수풀을 헤치며 민첩하게 움직였다. 기계가 움직일 때면 리드미컬한 딸깍 소리에 혼자가 아닌 것 같은 착각이 들면서, 어쩐지 긴장이 풀리는 것 같았다. '맞춤 제작'한 위장 그림 덕분에 GARMR은 생존 훈련을 받는 군인과 함께 달려도 어울릴 전쟁 기계처럼 보였다.

나는 작은 들판을 지나 큰 나무들로 만들어진 벽 안으로 들어갔다. 무성한 이파리와 날카로운 가시 들을 쳐내면서 나아가다 보니 잠시 후 시야가 트이며 낮은 풀밭이 나타났다. 인근 표지판이 땅에서 허리 높이까지 튀어나와 있었는데, 페인트칠이 된 나무에 새겨진 글자는 숫자 7이었다. 강의 굽이를 돌다가 커다란 연못과 모래 구덩이를 발견했다.

골프장이었다.

잔디를 헤치며 걷는데 골프 코스가 나왔다. 경기가 가능한 상태로 유지하려는 필수적인 노력과 관심이 사라지고 예전 모습을 알아볼 수 없게 변해서 깜짝 놀랐다. 50미터 앞쪽의 호숫가에 악어 두 마리가 그 위협적인 머리를 물 밖으로 내민 채 햇볕을 즐기며 높이 자란 잔디밭에서 쉬고 있었다. 내가 잔디밭 가장자리를 돌아 조심스레 멀어지는 동안, 악어들은 눈길을 한 번 이쪽으로 던졌지만, 눈앞의 비리비리한 두발짐승에는 전혀 관심이 없다는 듯 바라보기만 했다. 비록 내가 야생 동물에 유대감을 느끼고는 있지만 녀석들이 어떤 능력을 숨기고 있는지는 직접 겪어 봐서 잘 알고 있었다. 나는 악어들과 충분한 간격을 두고 녀석들의 영역인 호수에서 멀찌감치 떨어져 걸었다. 물가를 벗어날 즈음 옆으로 뒤집어진 골프 카트를 발견했다. 카트 주변에는 녹슨 골프채가 성냥갑이 쏟아진 것처럼 흩뿌려지고, 뒤집힌 카트의 지붕 아래에는 부패한 시체가 깔려 있었다. 비바람에 시달렸을 텐데도 스코어카드는 떨어지지 않고 핸들에 붙어 있었다. 시체의 다리는 밤낮으로 이곳을 배회하던 무언가에 뼈째 먹혔다. 상반신은 비교적 온전했으나 목이 불편하게 90도 각도로 꺾였다는 것 외에는 알아보기가 어려웠다. 세상이 이렇게 되기 전, 샌안토니오로 돌아가 이런 저런 일을 해 보리라 상상해 본 적이 있는데, 골프를 칠 생각은 못해 봤다. 멋진 모습으로 최후를 맞이하기로 결정한 이 사나이에게 경의를 표하는 바이다.

등과 다리를 카트 안으로 넣고 힘을 줘 카트를 뒤집었다. 카트 바퀴가 바닥에 닿으며 쿵 소리가 났다.

그것의 팔이 움직였다.

눈과 얼굴, 코가 없어졌는데도 여전히 팔과 뇌 사이에는 어떤 기본적인 연결 고리가 존재했다. 나는 시체를 칼로 신속히 처리하고 카트에 올랐다. 페달을 밟자 의외로 싱겁게 앞으로 움직였다. 배터리가 완전히 소진될 때까지 카트를 타고 잔디밭 몇백 미터를 달리는 동안 GARMR은 뒤따라 달렸다. 즐거운 시간이었다. 카트에서 내리기 전 스코어카드를 확인했다. 보아하니 '스티븐'은 나보다 공을 훨씬 더 잘 치는 것 같았다.

클럽하우스 지붕이 보여 그쪽으로 가 보기로 했다. 악어 두 마리에게 잡아먹히는 상황을 상상하며 쭉 늘어선 나무를 따라 걷고 나니 마침내 클럽하우스가 시야에 들어왔다. 건물 주변에 동면에 들어간 언데드 대여섯 마리가 보였다. 새 한 마리가 한 놈 가까이 급강하하며 놈의 원초적인 사냥 프로그램을 활성화했다. 그러자 연쇄 반응이 일어나면서 다른 놈들이 깨어나 이리저리 거닐며 연습용 그린을 넘어 울타리로 걸어갔다. 울타리는 호수와 같은 색깔의 물이 가득 찬 커다란 수영장을 둘러싸고 있었다. 거대한 울타리가 지역 동물들이 접근하지 못하도록 이 인공 연못을 막지만 않았던들, 거기 악어도 있었을 텐데.

켐 라이트 하나를 페어웨이에 떨어뜨린 다음, 수풀로 숨어들어 클럽하우스를 우회한 다음 북쪽 도심을 향했다. 오른쪽 테니스장은 마치 경기가 막 시작되려는 것처럼 네트까지 준비되어 있어 으스스할 정도로 멀쩡해 보였다.

테니스장과 컨트리클럽 주차장의 안전을 확인한 후 탤러해시의 콘크리트 숲으로 나왔다.

한쪽 무릎을 꿇고 앉아 카빈총을 들어 올리며 인접 지역을 살폈다. 커피숍과 옷가게가 양쪽으로 길게 늘어서서 나와 목표물 사이에 담을 만들고 있었다.

GARMR을 인근 골목 안쪽으로 정찰 보내고는 지켜보았다. 언데드 수천 마리가 맞이하는 것은 아니겠지. 부패한 시신과 뼈 무더기, 폐기물 들이 골목을 가득 메운 상태였다. 귀환 버튼을 눌러 기계를 불러들이는데 엔진 소리가 들려왔다.

처음에는 희미했지만 차량이 몇 블록 떨어진 모퉁이를 돌면서 급격히 커졌다. 높게 자란 잔디밭으로 바삐 돌아가 GARMR이 돌아오기를 기다렸다.

"빨리빨리, 제발 빨리 와라."

그러면 기계가 더 빨리 돌아오기라도 할 것처럼 숨죽여 되뇌었다.

장갑차로 보이는 차가 멀리서 매우 빠른 속도로 다가오는 동안, 기계가 거리로 나왔다. 네발짐승을 덤불 속으로 들여보내고 대기 모드로 전환시켰다.

엔진 회전 속도가 올라가는 소리가 들리더니 차량 상단에 경광등 같은 파란색 불빛이 빙글빙글 돌았다. 차 전면에 대자로 매달린 시체를 보지 못했다면 하마터면 길로 나갈 뻔했다.

차의 속도가 줄어들더니 곧 멈추었다. 꼬박 1분을 시동이 걸린 상태로 있더니, 운전석과 조수석 문이 활짝 열리며 험상궂게 생긴 남자 둘이 차에서 내렸다. 나는 GARMR가 있는 쪽으로 물러서며 기계에게 뒤로, 더 깊이 은신할 만한 곳으로 따라오라고 명령했다. 장갑 자동차에서 200미터가량 떨어진 길로 자리를 옮긴 뒤, 고개를 쑥 내밀어 남자들이 뭘 하는지 살폈다. 여전히 파란색 불빛이 돌고, 차량은 서 있었다. 몇 분이 지나 남자 하나가 내가 몸을 숨긴 곳에서 채 20미터도 되지 않는 곳에 모습을 드러냈다. 내 자리에서는 둘의 대화를 쉽게 알아들을 수 있었다.

"여기서 길이 끝나네. 무슨 개 같았는데."

붉은색 수염을 기른 남자가 말했다.

"개가 아니고, 뭔가 딴거였어."

가까이에서 들려오는 목소리가 대답했다.

두 번째 남자가 모습을 드러냈다. 180센티미터를 훌쩍 넘는 장신에다, 방탄복 위에 더러운 하와이안 셔츠를 입고 있었다.

"나는 뭔가 사람을 본 거 같거든. 그런 새끼들 중에 하나였을지도 모르지만."

붉은색 수염이 말했다.

"망할 놈의 총알을 구해야 한다니까. 총을 쐈어야지."

다른 남자가 말했다.

심장이 쿵쿵거리기 시작하면서 카빈총을 잡은 손에 힘이 꽉 들어갔다. 어찌나 힘을 주었는지, 손잡이를 부스러뜨릴 것만 같았다.

"맞아. 그렇지만 내가 좀 운이 좀 안 따라 주더라고. 분명 지긋지긋한 송장 놈들 중 하나일 거야. 뭐하려고 총알을 더 내다 버려?"

"내가 네놈 생각이 궁금하대? 우리는 총알을 구해야 하고, 누군가 여기 어디 있다면 총알을 갖고 있을 거야. 그리고 식량도. 다음번엔 그냥 쏴. 안 돼지면 말하겠지."

남자들은 내게 등을 돌리더니 200미터쯤 되는 거리를 걸어 장갑차로 돌아가기 시작했다. 저들이 아무리 사이코패스들이라 해도, 지금껏 보고 처리해 온 섬뜩한 존재들이 아닌 살아 있는 사람을 등 뒤에서 쏘는 인간은 되고 싶지 않았다. 둘은 언데드 수십 마리가 그들과 차 사이의 거리로 쏟아져 나올 때까지 계속 농담을 주고받았다.

잠시나마, 이제 문제가 해결될 거라고 생각했다.

시체 떼가 붉은색 수염과 앵무새 셔츠를 포위하려는 찰나, 장갑차 입구가 덜커덩 열리더니 제3의 인물, 한 여자가 기관총을 들고 올라와 신속하게 지붕에 장착했다. 남자들이 전력으로 달려 풀밭으로 뛰어들자, 기관총이 시체 무리에 탄환을 퍼붓기 시작했다. 총알들이 바람을 가르는 소리를 내며 날아들어 나는 자세를 낮췄다. 상점 유리가 산산조각 나더니 차에 쿵 소리를 내며 박혔다. 총알 하나가 주차 요금 징수기를 때려 색종이 꽃가루처럼 잔돈을 거리에 터뜨렸다. 충격은 겨우 15초 정도 지속되었다.

위험을 무릅쓰고 거리를 힐끗 내다보니, 아직 얼떨떨한 남자들이 비틀거리며 차로 향하고 있었다.

"빨리빨리 뛰어와! 시내 언데드들이 다 몰려올 거야!"

여자가 장갑차 꼭대기에서 소리 질렀다.

두 남자는 남은 언데드를 피하며 걸음을 서둘러 차에 올랐다. 그들은 문을 쾅 닫고 전진, 후진, 전진으로 방향을 돌려 내가 있는 쪽으로 속도를 올리며 달려왔다. 차가 가까워지는 동안 나는 낮은 자세를 유지했다. 차가 옆을 지날 때 십자가에 매달린 시체가 머리를 좌우로 흔들며 입을 딱딱거리는 것을 지켜보았다. 그것의 다리는 차량 전면에서 끌려 다니며 생긴 마찰로 밑동까지 한참 닳아 있었다. 내가 잘못 본 게 아니라면, 그자들이 나를 빠르게 지나치며 온 길로 되돌아 갈 때 운전자의 눈은 공포에 휩싸여 있었다. 차가 빠져나가면서 사수가 다시 방아쇠를 당겨 나머지 시체들을 가슴 높이에서 톱질하듯 가로질러 쓰러뜨렸다.

대비할 시간이 거의 없었다. 어느새 시체들의 신음 소리로 거리 전체가 울릴 지경이었다.

"체커스, 따라와."

나는 가까운 골목으로 온 힘을 다해 달렸다.

바로 뒤에 GARMR을 두고 골목에서 과감하게 어깨 너머를 슬쩍 한 번 돌아보았다. 거리는 바로 몇 분 전 울린 어마어마한 기관총 소리에 이끌린 언데드로 가득했다. 안전밸브가 압력을 이기지 못하고 터지는 것처럼, 인위적인 소음에 동요된 어마어마한 좀비 떼가 밖으로 몰려 나오며 건물 유리가 산산조각이 났다. 비록 한 번도 직접 겪어 본 적은 없지만, 마치 중서부의 거대한 모래 폭풍에 끌려 들어가고 급류에 휩쓸리기 일보 직전인 느낌이었다. 단지 이 언데드 대홍수가 어느 방향에서 몰려올지 감도 잡을 수 없을 뿐.

목숨을 운에 맡기고 모퉁이를 돌자, 공원 한가운데에 덩굴 식물로 뒤덮인 분수가 있었다. 주변에 널린 쪼개진 문짝과 부서진 유리를 무시하고 분수 쪽으로 달렸다. 동쪽에 목표로 한 건물에서 멀지 않은 호텔이 있었다. 기다림은 곧 자살을 의미했으므로 젖 먹던 힘까지 쥐어짜서 안전할 가능성이 있는 곳으로 도망쳤다.

돌아보니 열 마리 남짓한 언데드가 내가 뛰는 걸 보고 추적을 시작했다. 점점 커지는 시체 떼의 규모에 내 몸 곳곳에서 아드레날린이 터져 나가면서 내딛는 걸음도 점점 단호하고 빨라졌다. 배낭과 총이 반동으로 몸의 앞뒤를 아프게 때렸다. 소총 개머리판이 턱에 세게 부딪쳤다. 오른손으로 만져 보니 손이 피투성이였다. 소총을 머리 위로 넘겨 배낭 바깥쪽으로 걸쳐 메고 턱을 누르며 계속 달렸다. 호텔에 들어가기 위해서는 측면 출입구가 제일 가까웠다. 이제 몇십 마리로 불어난 언데드는 아직 100미터가량 뒤에 있었지만 빠르게 가까워지고 있었다. 사방의 풀과 덤불이 진동해 오자 새들도 언짢은 듯 날아가 버렸다.

나는 문에 쾅 부딪치며 손잡이를 젖혔다.

잠겨 있었다.

생각할 겨를도 없이 GARMR한테 달려가 새들백에서 드릴을 꺼내 비트 세트에서 제일 큰 비트를 끼웠다. 문 앞에 서서 자물쇠 구멍에 비트를 쑤셔 넣으며 드릴을 작동시켰다. 드릴은 무른 금속을 뚫고 내부의 레버를 쳐 올리기 시작했다.

언데드와의 거리는 50미터였다.

잠금장치를 고정시키는 것은 무어라도 다 뚫어 버릴 요량에 자물쇠 이쪽저쪽으로 비트를 열심히 밀어 넣었다. 비트가 고정되자, 드라이버를 비스듬히 놓고 잠금장치 내부의 레버를 풀며 문을 바깥쪽으로 당겼다.

언데드가 거의 코앞까지 들이닥치는 순간, GARMR을 호텔 안으로 들여놓았다. 호텔 실내에 시체 썩는 냄새가 진동했다. 다가오는 놈의 얼굴을 쏘고 뒤의 무리 쪽으로 차 버린 다음, 문을 쾅 닫고 가까운 계단으로 향했다.

GARMR은 계단을 오르며 속도가 줄었지만, 생각보다는 훨씬 잘 움직였다. 양쪽이 벽으로 둘러싸인 비상계단에서 기계의 인공 발이 시끄러운 소리를 냈다. 놈들이 1층 측면 출입구 밖에서 미쳐 날뛰며 금속 문을 뼈만 앙상한 팔로 쾅쾅 쳤다. 자물쇠 내부를 해체한 상태라 안으로 들어갈 때까지 저 문이 버텨 줄 것 같지는 않았다. GARMR과 나는 2층의 객실 통로로 이어지는 문 앞에 도착했다. 복도가 깜깜해서 야간 투시경을 쓰고 길쭉한 직사각형 유리문 안을 유심히 들여다보았다.

반대편에서 시체가 유리에 얼굴을 들이박자 문이 흔들렸다. *우씨, 깜짝이야.* 지린 건 아닌지 속옷을 확인한 다음, 소음기의 총구를 유리에 대고 방아쇠를 당겼다. 비상계단을 따라 총성이 울렸다. 위에서 문이 거세게 열리더니 계단으로 무언가 굴러떨어지는 소리가 들렸다.

문을 열고 방금 쏜 시체를 넘어 들어갔다. GARMR이 나를 따라왔다. 시체에 걸려 비틀거렸지만, 이내 다시 바닥을 딛고 섰다. 나는 문의 수평 막대 손잡이와 가까운 객실의 문손잡이를 밧줄로 고정했다. 이렇게 하면 바깥의 시체 떼는 못 막아도 한둘은 막을 수 있을 것이다. 복도는 꽤 길게 이어졌고 그 중간쯤 엘리베이터 타는 곳이 있었다. 아까 달려오면서 봤던 외관을 생각해 보면 호텔은 위에서 내려다봤을 때 H 자형의 건물이 아닐까 추측했다. 그러면 엘리베이터 타는 곳 너머에 온전한 동이 하나 더 있을 것 같았다.

복도를 따라 엘리베이터 쪽으로 가면서 처음 나온 문부터 해서 여섯 개의 문을 열어 보았다.

하나같이 잠긴 상태였다.

전기 잠금장치의 중앙 제어 시스템이 어떻게 작동하는지는 모르지만, 정전으로 인해 자동으로 잠금 상태로 돌아가 있을 거라고 생각했다. 문 하나를 드릴로 뚫는 데에는 그리 오랜 시간이 걸리지 않았다. 객실 잠금장치는 1층의 금속 문에 비해 약해서 30초도 되지 않아 안으로 들어갔다. 복도를 한 번 더 확인한 뒤, GARMR을 데리고 객실로 피해 문을 닫았다.

문의 철제 걸쇠를 걸어 둬서 당분간은 비교적 안전할 것이었다.

가느다란 빛줄기 하나가 공간을 비췄다. 내부에는 나를 먹고 싶어 하는 놈이 없다는 것을 확인한 다음, 혹여 방사능을 흘리고 있는지도 모를 GARMR을 욕실에 들여보내 대기모드로 전환한 후 격리시켰다.

아드레날린으로 인한 흥분이 가라앉지 않은 채 잠시 가만히 서 있다가 거울에 비친 내 모습을 보았다. 턱에서 흐르던 피는 멎었지만, 셔츠 앞부분이 피로 얼룩져 있었다. 빛이 어두운 방 안에서 본 나는 그것들과 별로 다르지 않았다. 거울 속 만신창이가 된 내 모습에서 어둑한 방 안으로 시선을 돌렸다.

먼지가 쌓인 점만 빼면 아주 깨끗한 공간이었다. 맵시 있게 정리된 침대에 절로 마음이 끌렸다. 냉장고에는 미지근한 맥주가, 바 상단의 트레이에는 작은 술병들이 오래된 감자 칩 봉지들과 함께 갖춰져 있었다. 커튼 밖을 슬쩍 내다봤는데, 내가 이리 오는 길에 지났던 분수가 있는 공원에 백여 마리가 거의 일정한 간격으로 서로 거리를 두고 있었다. 눈을 감고 심박동수를 가라앉히면 1층에 들어오려는 놈들이 문을 때리는 소리가 아직도 쿵쿵 희미하게 들렸다. 그러나 일단 보기로는, 호텔을 에워싸고 있는 건 아니었다.

밖에서는 내 위치에 대한 조사가 한창인 와중에 어디선가 또 한 차례 기관총 총성이 들렸다. 나는 2층이라는 고지에서 편대 비행을 하는 새 떼처럼 반응을 일으키는 놈들을 관찰했다. 그것들은 거의 동시에 방향을 바꾸더니, 소음이 시작된 곳을 향해 움직였다. 매우 괴이한 광경이었다. 내가 선 창문 아래, 측면 출입구 밖에 모여 있던 시체들도 이곳을 버리고 총성을 찾아 떼 지어 떠나갔다. 나는 다른 인간들의 지독하게 멍청한 짓 덕분에 생긴 행운에 미소 지으며 배낭을 내려놓고 침대에 몸을 뉘었다.

실제로 몇 시쯤 되었는지 몰라도 나는 해가 저문 후까지 먼지가 자욱한 침대에 누워 있었다. 눈을 감은 기억도 없고, 의식이 돌아왔을 때도 눈은 여전히 뜬 상태였다. 달빛 한 줄기가 커튼 사이로 들어왔다. 천장과 거기 붙은 금속 스프링클러를 응시하는데, 그 밑에 붙은 경고판에는 스프링클러에 옷걸이를 걸지 말라고 쓰여 있을 테지만 거의 알아보기가 힘들었다. 몸을 일으키자 뼈마디와 근육이 욱신거렸다. 아무 생각 없이 욕실에 들어가다 GARMR에 발이 걸려 넘어졌다. 변기 뚜껑을 들어 올리고 마른 변기에 방광을 비웠다. 물을 내리려고 보니 탱크가 완전히 말라 있었다. 어두운 욕실에서는 GARMR 내부 어딘가에서 어슴푸레한 녹색 LED 상태 등이 깜박였다.

시간을 들여 커튼을 꼼꼼히 닫고 작은 양초에 불을 붙였다. 아까의 노상강도들에게 야간 투시경이 있다면 열린 창문을 통해 도시 건너편에서도 촛불을 잡아낼 수 있을 것이다. 작은 통조림의 농축 수프를 홀짝이고 물을 마신 다음 달빛을 가릴락 말락 하는 길 건너편의 높은 건물을 살펴보았다. 창밖에는 언데드가 몇 마리 있었지만 총성이 나기 전에 있던 것들의 일부였다. 그것들은 이리저리 흩어져 있었으므로 나는 이제 움직일 시간이라고 스스로 마음을 다잡았다.

남은 탄환이라고는 아음속 탄환으로 채운 탄창 네 개가 전부였다. 이 붕괴된 도시의 어딘가에서 7.62밀리미터 블랙아웃 탄환을 찾기란 거의 불가능할 것이다. 마트에서 획득한 .22LR 탄이 수백

정 남아 있지만, 내 생존이 22구경 권총 하나에 귀결되는 것은 원하지 않았다. 카빈총의 탄창이 차 있는지 확인하고, 그 소중한 탄창 중 두 개는 벨트의 카이덱스 권총집에 끼워 두었다. 그리고 마지막 탄창을 배낭의 바깥 주머니에 넣으며 그걸 쓸 일이 절대 생기지 않기를 바랐다. 배낭을 정리하고 GARMR을 깨운 뒤, 객실 문 옆에 잠시 대기했다가 철제 걸쇠를 풀고 야간 투시경을 재빨리 걸치면서 복도로 나왔다.

아까처럼 시체의 부패한 냄새가 나를 덮쳤다. 아무렇지 않은 척 비상계단으로 돌아와 내가 쏜 언데드를 넘고 직사각형 유리문 너머를 살짝 내다보았다. 복도 저쪽에서 무언가 움직이는 소리가 들렸다. 청소용 카트를 지나가려고 하는 소리 같기도 했다.

계단 층계참을 확인한 뒤, 천천히 문의 막대 손잡이를 누르며 비상계단으로 들어섰다. 내가 1층으로 향하는 동안, GARMR도 천천히 계단 하나하나를 통과해 내려왔다. 1층이 가까워질 즈음 칼을 뽑아 계단을 올라오는 놈들 중 하나를 처리해야 했다. 내 발에 세게 가슴팍을 차인 그것은 뒤로 내던져지면서 벽에 부딪쳤다가 바닥으로 떨어졌다. 크게 으드득 소리가 날 정도로 전력을 다해 그것의 눈구멍을 내리밟았다. 놈의 움직임이 멎을 때까지 거듭 반복했다. 그러고는 1층 홀로 나가는 문가에 서서 숨을 가쁘게 몰아쉬었다.

문을 열고 쏜살같이 내달리는데, 언데드 세 마리가 홀 방향으로 몸을 돌려 내 쪽으로 향하는 게 보였다. 칠흑 같은 어둠 속, 그것들은 마치 핀볼처럼 벽에 부딪쳤다 튕기며 탈주자의 소음에 이끌려 오고 있었다. 호텔 측면 출입구에 이르러 먼저 내 로봇 친구를 위해 문을 잡아 준 다음 나도 문밖의 무성한 풀밭 속으로 내달렸다.

출입구가 자동으로 닫혔다. 하지만 이내 도착한 언데드가 문을 열어 달라고 애원하듯 쿵쿵 치며 신음 소리를 냈다. 나는 자세를 낮추고 수풀을 헤치며 거의 네발로 기다시피 했다. 기어가면서 이 밤중에 그것들의 다리와 마주치는 일이 생기지 않기를 기도했다. 숨이 가쁘고 땀이 줄줄 흐를 때쯤 호텔을 돌아보았다. 언데드들은 내가 이미 떠난 지 오래인 줄도 모르고 측면 출입구 주변에 모여 있었다. 다시 앞을 돌아보니, 목적지의 기다란 달그림자 속에 내가 서 있었다.

높은 건물 앞의 작은 마당이 텅 비어 있어서, 바로 정면의 회전문으로 달려갔다. 바깥의 피투성이가 된 밧줄만이 건물로 출입하지 못하도록 회전문을 막고 있었다. 나는 칼을 휘둘러 밧줄을 끊고 안으로 들어가 문을 밀며 반대쪽으로 왔다. GARMR도 회전문을 잠시 응시하다가 안으로 들어섰고, 나는 문을 돌려서 기계가 따라올 수 있게 해 주었다. 조금 전 끊어 놓은 밧줄을 보자 도로 똑같이 해 놔야겠다는 생각이 들었다. 그래서 튼튼한 케이블 타이 두 가닥을 엮어서 문을 안쪽 난간에 고정했다.

오른쪽으로 가서 엘리베이터의 황동색 문을 지나치며 저 엘리베이터가 작동한다면 얼마나 좋을까 하는 생각을 했다. 버튼을 보니 건물은 지하를 빼고도 22층이었다. 끔찍한 등반이 되겠군. 정상에서 만납시다, 지그.[15)]

15) 세계적인 연설가 지그 지글러의 베스트셀러 『정상에서 만납시다』를 농담조로 언급했다.

비상계단을 찾기 전에 우연히 내가 현재 점령하고 있는 빌딩의 건축 모형을 보고 케이스 앞에 부착된 황동 명판을 읽게 되었다.

'플로리다주 의사당.'

"내 이럴 줄 알았지."

큰 소리로 혼잣말을 했다.

고층의 통신 중계지로 하고 많은 건물 가운데 주 의사당 건물을 고르다니 정말 멍청이가 따로 없었다. 이 빌딩은 아마 여기서 가장 요새화된 건물이며 죽은 자들이 걷기 시작하자마자 점령되었을 것이었다.

앞에 놓인 건축 모형은 빌딩 동쪽에 있는 오래된 의사당 건물뿐만 아니라 이 빌딩의 외관을 상세히 보여 주고 있었다. 고개를 저으며 부정적인 생각을 버리고 잘될 거라 믿어 보기로 했다. 그리고 바라건대 나를 꼭대기까지 인도할 비상계단으로 들어섰다.

부패로 인한 악취는 실로 엄청났고, 심지어 호텔보다도 심했다. GARMR을 대기 모드로 돌리고 새들백에서 드릴을 꺼냈다. 야간 투시경이 있어서 얼마나 다행인지. 계단 구석에서 발견한 피에 젖은 오래된 셔츠로 기계의 동체를 가렸다. 올라갔다 오는 동안 여기 두고 갈 생각이었다. 건물 바깥에 부는 돌풍으로 인해 이 거대한 건축물 내부에서도 무언가 삐걱거리는 소리가 났다. 5층을 지나는데 뼈만 남았거나 부패가 상당히 진행된 시체들이 여러 구 보여 깜짝 놀랐다. 수북하게 쌓인 뼈와 잔해 더미들을 피해 걸어야 했다. 거기서 여전히 우글거리는 파리와 구더기가 야간 투시경의 적외선 조명기의 불빛 아래 꿈틀거렸다.

6층으로 오르다 하마터면 계단에서 떨어질 뻔했다. 다음 층계

참으로 이어지는 계단을 누군가 없애 버린 상태였다. 콘크리트와 강철의 폭발 패턴으로 보아 성형 폭약이었다. 야간 투시경을 쓰고 있지 않았더라면 아마 떨어져서 목이 부러졌거나, 아무리 운이 좋아도 다리 정도는 부러졌을 것이다. 금속제 난간을 꽉 잡고 사라진 계단의 가장자리를 디디며 다음 계단이 있는 곳까지 올라갔다. 하중을 지지하는 데 별 문제가 없어 금속 보강 콘크리트를 딛고 6층 계단참에 올라설 수 있었다.

황동 탄피가 계단참을 온통 뒤덮어 걷는데 발밑에서 버스럭 소리가 났다. 손을 뻗어 하나를 살펴보았다. M855 '그린 팁'.

육군 보급품이었다.

이건 죽은 자들이 걷기 전까지는 금지하려던 탄환이었는데.

야간 투시경을 들어 올리고 소총 조명으로 층계참을 비췄다. 오래전 이곳에서 끔찍한 전투가 일어났다. 황동 외피는 변색과 먼지로 색이 바랬다. 근처 벽마다 피가 흩뿌려진 채 굳었고, 깨져서 뾰족뾰족한 창문 가장자리에 피 묻은 손자국이 어지러웠다. 깨진 유리 조각들 위로 창자같이 보이는 것이 장식인 양 널려 있었다. 아래층 계단에 난 구멍을 응시하다 몸통 일부와 뼈, 옷가지, 형체를 알아볼 수 없는 오물의 무더기를 발견했다. 밑에 수백 개는 있을 것이다. 여기서 정확히 무슨 일이 일어난 건지 상상하기는 어려웠지만 군부대가 의사당 건물을 지키고자 했다는 건 분명했다. 그들은 이런 폭파된 계단 정도는 시체를 쌓아 메워 버리는 말도 안 되는 무리를 상대했을 것이다. 누구라도 살아서 도망칠 수나 있었을지 모르겠다.

배낭에서 공업용 케이블 타이 하나를 꺼내서 총알 자국으로 뒤덮인 6층 출입문을 단단히 고정한 후 다시 계단을 올랐다. 계단은 16층까지 황동 탄피로 쭉 어지럽혀져 있었고, 그즈음 케이블 타이가 바닥났다. 17층을 통과하다 계단에 떨어진 소총이 보여 집어 들었다. 장치가 움직이지 않는 데다 탄창도 없는 총이었다. 장치를 자세히 들여다보니, 가스관도 녹아서 고장 난 것이었다. 탄환이 떨어졌거나 사격수가 탄창을 교체하려는데 가스관이 열기로 인해 고장 났거나 했겠지. 총 끝에는 폭파된 소음기가 있었는데 칸막이를 고정하는 관 말고는 아무것도 남지 않았다. 이 총은 주인에게 버려질 때까지 열심히 전투에 임했다. 소총의 상하부를 분리해서 하부 리시버를 노리쇠뭉치 부품과 함께 배낭에 넣었다. 쓸모가 있을지도 모를 일이니.

20층에 도착해 보니 오래전에 죽은 시신으로 인해 문이 열린 채로 고정되어 있었다. 위장 패턴의 옷을 입고 표면이 반반한 고동색 등산헬멧을 쓰고 있었다. 목이 거의 남아 있지 않았는데, 아마 언데드들 중 하나에게 뜯겨 나간 듯싶었다. 얼굴은 대부분 부패되었는데도 무슨 이유에서인지 공포에 질린 표정은 남았다. 입이 떡 벌어진 데다 마른 눈꺼풀은 가늘게 찢겨 있었다. 쪼글쪼글해진 혀는 입 밖으로 내밀린 상태였다. 시신 너머의 어두운 복도를 유심히 보았으나 언데드가 나올 조짐은 없는 듯해서 시신을 살펴보려고 비상계단으로 끌어왔다.

군인의 가슴팍에는 크고 조준경이 달린 AR-10 소총이 걸려 있었다. 탄창을 잠깐 꺼내 확인해 보니 탄환은 308구경이었다. 탄창은 반쯤 남은 듯했다. 찝찝한 기분으로 무거운 AR-10을 어깨에 걸치고 다시 계단을 올랐다.

비상계단을 돌아 21층으로 올라오자, 최후의 항전 장면이 눈앞에 펼쳐지는 듯했다. 모래주머니가 계단을 엄폐하고 무수한 탄피가 또 한 번 주변을 어지럽혔다. 이번엔 더 큰 7.62밀리미터 탄의 황동이었다. 탄피가 으스러지는 소리와 함께 걸어 나가자, 2인 1조로 쓰는 기관총의 실루엣이 시야에 들어왔다. 극심한 열로 인해 휘어서 파괴된 총열은 벅스 버니가 당근을 꽂은 엘머 퍼드[16]의 엽총을 연상시켰다. 계단참에는 창문이 아예 사라지고 없었다. 군인들이 몰려오는 언데드를 쏘아 쓰러뜨리고는 창밖으로 내던진 모양이었다. 계단이 끝나는 22층에는 모래주머니로 쌓은 진지가 있었는데, 거기까지 오르는 계단에 폭약(기폭장치는 없었다)이 설치되어 있었다.

모래주머니를 넘어 진지로 들어가다 완전 무장을 한 여군의 시신을 밟았다. 그녀의 입에 물린 M9은 탄창에 남은 마지막 총알의 궤적을 따라 뒤쪽을 향해 박혀 있었다. 턱에 끈으로 고정되어 아직 두개골에서 벗겨지지 않은 케블라 헬멧이 9밀리미터 총알이 관통한 자리를 가렸다. 애석하게도 두 개의 기관총용 탄약 상자에는 탄환이 꽤 많이 남아 있었다. 기관총은 타서 망가지고, 가엾은 병사는 마지막 한 발을 쏘기 위해 예비용 권총을 뽑았음에 틀림없었다. 새로운 총열이 총에서 가까운 바닥에 떨어져 있었지만, 언데드 수백 마리가 계단을 올라오는 상황에 누가 그걸 교체할 시간이 있었겠는가?

마음이 아팠다. 그녀는 용감하게 할 수 있는 한 오래 자신의 전

16) 루니 툰 만화 속 사냥꾼 캐릭터.

선을 사수했다. 중년 남자의 사진이 그녀의 위장 블라우스 주머니에서 반쯤 나와 있었다. 여자는 22층이자 마지막 층 최후의 문지기였다. 그녀가 앉은 사격 진지 뒤의 금속 문은 상상할 수 없는 위력에 의해 손상되고서도 튼튼히 잠긴 상태였다. 시신에 열쇠가 있나 확인해 봤지만 그런 것은 없었고, 대신 기폭 장치 네 개를 발견해 폭약과 함께 배낭에 넣었다.

뚫어라, 내 드릴아. 뚫어라, 뚫어.

자물쇠 잠금장치를 풀다가 거기서 발생해 울려 퍼지는 소음에 몸을 움찔했다. 잠시 숨을 고르며 계단을 내려가 유리가 박살난 창문으로 바깥을 내다보았다.

거리에는 언데드들이 들끓고 있었다.

총성이 더 들려서 놈들을 끌어가길 바랐지만 아무 소리도 들리지 않았다. 자물쇠가 열리고 금속 문 밖으로 떨어지며 *텅* 소리가 났다. 무게중심을 문 가까이 실으며 귀를 기울였다.

아무 소리도 들리지 않았다.

꺼림칙한 기분으로 문을 차서 열고 총을 야간 투시경 앞에 수평이 되게 들고 나갔다. 밝은 달빛이 펜트하우스 바닥을 비추며 거의 360도의 툭 트인 시야를 제공하고 있었다.

위험요소는 없는지 22층을 신속하게 확인하고 화물 엘리베이터 가까이에 위치한 뒤편 사무 공간에서 옥상으로 오르는 계단을 찾는 데에는 그리 오래 걸리지 않았다. 무거운 배낭과 여분의 AR-10이 부담스러워서 짐을 프런트 데스크 옆에 내려 두고 모래주머니를 좀 모으기 위해 문 쪽으로 돌아갔다. 모래주머니 열다섯 개를 출입구 앞에 쌓아 어떤 언데드도 내가 있는 층으로 오지 못하게 효과적으로 막았다. 데스크의 묵직한 테이블로 모래주머니를 보강했다. 언데드 수천 마리까지는 아니더라도 수백 마리가 언젠가 이곳을 포위했다는 것을 나타내는 싸움의 흔적에 마음이 불안했다.

문단속을 단단히 해 둔 다음, 22층을 더 철저히 조사하기 시작했다. 창이 나 있는 둘레를 따라 걸으며 바깥의 어두운 스카이라인을 눈에 담는데, 복도 맨 끝에서 돌풍이 느껴졌다. 하마터면 유리가 없는 창문을 통해 밖으로 날아갈 뻔했다. 시트와 테이블보로 만들어진 로프가 열린 창문 밖으로 펄럭거렸다. 나는 가슴을 깔고 엎드려서 유리가 사라진 창 너머로 아래를 내려다보았다. 야간투시경을 조정하며 보니, 로프는 겨우 빌딩의 반쯤 닿는 길이였다. 나머지 절반은 아래 도로의 전봇대 근처를 휘감고 있는 것 같지만 확실하지 않았다. 구름이 움직이면서 떨어진 창문이 있는 곳에서 한참 아래의 도로에도 시체 더미가 보였다.

엎드린 자세 그대로 조심스레 창문에서 물러나며 발 쪽으로 체중을 실었다. 배낭을 둔 곳으로 돌아가다가 가죽 의자 위에 글이 빼곡히 적힌 메모지를 보았다. 종이 상단에 인쇄된 글자로 보아, 플로리다 주지사 집무실의 업무 용지임을 알 수 있었다.

내가 이곳에 무슨 일이 있었는지 읽기 시작한 때는 밤의 어둠이 떠오르는 태양에 자리를 반에 반도 내주기 전이었다. 그리고 새벽이 밝고서야 글에서 눈을 떼었다.

1월 15일

주지사는 내게 최근의 비극적인 사건들에 비추어 탤러해시에서 우리가 한 노력들을 상세히 기록하라고 지시했다.

- 아래 거리에는 아직도 주 방위군이 있다. 군이 발포하는 총성이 들린다. 보안 요원 다섯 명이 1층에 남아 있다. 주지사는 경찰에 의사당 건물로 후퇴해서 방어선을 구축해 달라고 요청했다.

- 도시의 수도 공급에는 아직 문제가 없지만, 전력 회사와의 무선 연락이 두절되었다. 지역별로 돌아가며 정전이 되는 것으로 보이는데, 감염자가 발생한 집의 변압기에서 화재가 일어난 탓이라 추정한다.

- 며칠째 대통령이 TV에 나오지 않고 있다. 주지사는 다른 주의 지도부들과 위성전화로 연락을 취하고 있으나, 논의 내용을 내게 털어놓지는 않을 듯하다. 나름 주지사를 잘 안다고 생각하는데, 그가 이렇게 동요하는 모습은 처음 본다.

1월 18일

서기로서, 또한 위층의 유일한 위생병으로서 나는 우리 보안 요원들에게 꼬박 36시간째 응급처치를 하고 있다. 우리 사람 하나가 건물 밖에 있는 사람이 쏜 총에 맞았다. 이야, 총이라니. 우리 지상군 분견대에서 겨우 세 명 남았다. 다른 사람들은 행방불명되었거나 건물을 버렸다. 지금 거리는 그것들로 가득 차 있다. 처음에는 수를 세는 게 가능했다. 그리고 그것들과 그것들의 머리를 경찰봉으로 후려치는 SWAT를 구별할 수도 있었다.

1월 19일

특수 작전 부대가 도우러 온다는 소문이 돈다. 주지사는 앞으로 24시간 내에 모든 주도가 원조를 받게 된다는 언질을 받았다.

1월 21일

지원이 도착했다. 육군 폭발물 처리반이다. 그들은 아주 많은 폭약과 총을 공수하고 의사당 건물 도면의 사본을 요청했다. 뭔가 이상하다. 군인들은 주지사의 질문에 대답하지 않고 있다.

1월 22일

미군이 의사당 건물 전체를 무너뜨리기 위해 폭파 장치를 설치했고, 감염자들로 건물을 가득 채워 날려 버릴 계획이라는 사실을 명확하게 기록하라고 주지사가 내게 요청했다. 군인들은 아무도 밖으로 나가지 못하게 하고 있다. 나는 폭발물 처리반 군인 한 명과 '우정'이라고 불러도 좋을 것을 쌓고 있다. 그녀는 여기서 일어나고 있는 일에 동의하지 않는다.

1월 25일

헬기 조종사들이 죽었다. 육군 특수부대 분견대는 아무 데도 가지 않을 것이다. 그들은 우리, 힘없는 보통 사람들과 함께 여기에 갇혔다. 지붕 위의 블랙 호크는 이제 아무짝에도 쓸모가 없다.

1월 27일

연방 정부가 보낸 지원은 엿 같은 최후의 비밀 작전에 지나지 않았다는 것을 알게 되었다. 도시들을 핵으로 날려 버릴 거라고! 탤러해시는 목표물 리스트에 오르지 않아서 국방부가 2차 정화 작전을 배정했다. 암호명은 '후보 선수'.

- 거리는 완전히 폭주 상태이다.
- 주지사는 죽었다. 자살이다. 자기 머리에 총을 쏘았다.
- 특수부대 자식들은 헬기의 연료관을 절단하고 건물을 떠났다. 이후로 그자들

을 본 사람은 아무도 없다.

내 친구 아만다 페레즈 병장은 떠나지 않았다. 그녀는 특수부대 자식들이 남기고 간 중기관총과 탄약을 문밖에 설치했다. 나는 아만다가 잘 수 있게 몇 시간 동안 '근무'를 서겠다고 제안했지만, 그녀는 그렇게 하게 두지 않았다.

1월 28일

큰 소리와 함께 일어난 폭발에 건물이 흔들렸다. 아만다가 문을 닫으라고 말했다. 나는 거듭 거부했다. 거기 혼자 둘 수 없다. 그런 것들 옆에 버려 둘 수는 없다. 고막을 찢을 듯한 기관총 총성이 비상계단에서 막 터져 나온다. 100만 마리는 되어 보이는 그것들이 사방에서 우리 건물로 달려드는 모습이 창문으로 보였다. 22층에 남은 사람이라고는 주 재무관(도지사 대행), 경비원 테리, 페레즈 병장, 그리고 내가 전부였다. 다른 사람들은 모두 이미 목숨을 운에 맡기고 저 아래 거리로 내려갔다. 도대체 어떻게 그것들의 장벽을 뚫고 탈출할 수 있었는지 모르겠다.

1월 29일

나는 문을 닫았다.

메모지를 원래 있던 의자에 다시 올려놓았다. 이제 곧 해가 떠오른다.

한 시간쯤 눈을 붙였다가 일어나니 밝은 아침 햇살이 전망대의 큼지막한 창문으로 들어오고 있었다. 최후의 항전에 대한 서기의 이야기가 아직도 머릿속에서 맴돌았다. 금속 문이 버틸 수 있다는 것만 그 사람들이 알았더라도.

나는 피로감에 휘청대며 배낭을 들고 옥상으로 올라가 문을 번쩍 들어 올렸다. 햇빛이 들이치고 차가운 빗물이 문의 양쪽 기둥에서 머리로 톡톡 떨어졌다. 저지대로 흘러 합쳐진 빗물이 작은 웅덩이가 되어 옥상 이곳저곳을 뒤덮고 있었다. 출구 구조물 주변을 돌아보다가 헬기 이착륙장 위에 앉아 있는 블랙호크 헬기를 보고 놀랐다. 그러니까, 여기 있을 거라고 서기의 기록에서 읽기는 했지만, 직접 눈으로 보는 건 또 달랐다. 헬기의 외형을 보고 있자니, 추락 사고를 당하고 간신히 목숨을 건진 일이 떠올랐다. 조종석에서 정신이 들던 순간이 아직도 잊히지 않았다. 조종사가 왼쪽 조종석에서 내게 손을 뻗고 있었다. 언데드가 되어 안전벨트를 풀지 못한 채였다.

빗물 웅덩이를 찰바닥거리며 헬기로 다가갔다. 기다리고 있을지도 모를 무언가에 대한 경계를 늦추지 않으며 헬기의 문이 열린 쪽부터 접근했다. 총을 먼저 들이밀며 나아가다 헬기를 자기들 둥지로 삼은 새 두 마리를 보고 깜짝 놀랐다. 후방 객실에는 거대한 GAU 기관총이 헬기 우측의 문을 통해 건물 모서리를 거의 넘어설 정도로 나와 있었다. 좌측부터 접근했기 때문에 처음에는 그것을 보지 못했다. 총을 들어 회전포탑 위에 얹고 휘돌려 보았다. 야단스러운 삐걱 소리가 인근 건물에 희미하게 울려 퍼졌다. 돌리다 말고 그만두는데, 내 움직임에 따라 슬라이드에서 녹 얼룩이 긁혀 떨어졌다. 벨트식 탄약 반 상자가 남았고, 아래층 비상계단에 있는 총열 터진 공용화기와는 달리 총열 상태도 아직 양호했다. 이 GAU를 내가 갖고 있는 다른 기관총이랑 같이 고독호 갑판에 설치할 수 있다면 얼마나 좋을까.

헬기에 구비된 장비를 뒤져 봤지만 조명탄과 탄약통 세 개 빼고는 눈을 끄는 게 없었다. 흰색 조종사 헬멧 두 개를 한쪽으로 밀고 조종실로 들어갔다. 시동 시퀀스에 익숙지 않아서 엔진 시동을 걸어 보기에 앞서 확인 사항 대조표를 찾았다. 전기 시스템을 켜니, 철컥 소리와 함께 주 경보등이 크리스마스트리처럼 밝게 빛나서 흠칫했다. 유압 장치를 자동으로 돌리자 펌프에서 유동체가 진공의 공간으로 흘러 들어갔다 나왔다 하며 끽끽 하는 소리가 들렸다. 보조 동력 장치를 가동하려 했지만, 금속이 갈리는 소리만 시끄럽게 날 뿐 곧 조용해졌다. 보조 동력 장치가 꺼지면서 주변 모든 건물에 메아리를 퍼뜨렸다. 그리고 언데드는 인공 비행 장치의 죽어 버린 발전기보다 훨씬 큰 신음 소리로 응답했다. 7만 개의 가동 부품을 지닌 무언가를 작동시키려면 어디 가서 특급 항공기 AS를 받지 않는 다음에야 뾰족한 방법이 없었다.

헬기 로터는 머리 위의 제자리에 어쩌면 영원히, 화석화되어 있었다. 언데드가 거리에서 다시 쾅쾅 소리를 내며 시위했고 나는 위험을 무릅쓰고 거리를 내다보았다. 까마득한 아래에서 언데드들이 사방에서 흘러나오고 있었다. 시체들의 높아져 가는 밀집도는 아까 읽은 서기의 글을 연상시켰고, 다리가 후들후들 떨려 왔다. 회색 헬기에서 옥상으로 내려가려고 발을 내딛는 순간, 다른 건물 하나에서 쏘아져 나오는 섬광을 보았다.

조종석 유리가 산산이 깨졌다. 총알이 알루미늄 동체와 유리를 뚫고 나갔다. 본능적으로 납작 엎드림과 거의 동시에 총성이 울리고 날카로운 파열음이 머리 위의 대기를 갈랐다.

유리 건물에서 총성이 울려 퍼짐에 따라, 언데드들이 흥분해서 날뛰었다. 나는 낮은 자세로 기어서 헬기의 꼬리 로터 부분에 이르렀다. 이곳은 탤러해시에서 제일 높은 빌딩의 옥상이었으므로, 사격수가 박격포를 쏘지 않는 한 문제없었다. 머저리처럼 일어나지만 않으면, 절대 맞을 리가 없었다.

또 한 발이 헬기와 충돌해 무른 동체를 꿰뚫고 나갔다. 기체에 난 구멍이 지독히도 큰 것을 보면 틀림없이 대구경 소총이었다. 아침에 바람이 불어 망정이지, 이 헬기처럼 내 가슴에도 주먹만 한 구멍이 날 뻔했다.

낮은 자세로 기어서 옥상 출구로 돌아와 계단을 살금살금 내려갔다. 사격수와 맨유리를 사이에 두고 대치한 상황이니 아주 조심해야 했다. 모래주머니를 쌓아 둔 비상계단 출입문을 지날 때, 문에 귀를 대고 소리에 집중했다.

아무 소리도 들리지 않았다.

AR-10 소총과 배낭을 들고 다시 옥상으로 가는 계단을 올랐다. 배낭을 내려 둔 다음, 조준경이 달린 7.82밀리미터 소총을 등에 메고 헬기로 기어올랐다. 조심스럽고 빠르게 헬멧 하나를 집어 든 뒤 다시 옥상으로 뛰어내렸다. 헬기 아래에서 서둘러 자리를 옮긴 다음 헬멧을 옆에 내려 두고 사격 자세를 취했다. 마침내 안정적인 자세를 잡자, AR-10의 총구로 헬멧을 슬쩍 밀어냈다.

긴장을 늦추지 않고 상체를 쭉 펴면서 헬멧을 사격수의 시야에 뚜렷하게 보일 건물 끄트머리까지 밀었다. 처음에는 아무 일도 일어나지 않았다. 바람이 불어 건물의 모서리와 깨진 창문에 부딪치며 윙윙거렸다. 심장 박동이 느려지기 시작해 목을 길게 빼고 거의 100미터쯤 떨어진 건물들을 살폈다.

대구경 탄환이 헬기를 때리는 순간, 크게 *퍽* 소리가 나며 헬멧이 헬기 안으로 날아들었다. 움직임을 언뜻 감지하고 소총을 겨눴다. 초점을 맞춰 보니 세 사람이 눈에 시야에 들어왔다. 사격수 하나, 감적수 하나, 후방 경계병 하나. 사격수는 바렛이나 뭐 그런 총구가 큼지막한 대구경 저격 소총 뒤에 엎드려 있는 것 같았다. 감적수는 망원경 같은 걸로 지붕을 살폈으며, 경계병은 여자였는데 옥상 출입구 옆에서 소총을 들고 사격 자세를 취한 채 두 사람의 뒤를 주시하고 있었다.

나는 지체하지 않고 방아쇠를 당겼다.

소음기가 없는 7.82밀리미터 소총은 내 고막을 뒤흔들고 도시 구조물들의 골짜기 사이로 요란하게 우르릉거렸다. 언데드들도 다시 응답했다. 조준경을 통해 내가 쏜 총알이 감적수 바로 앞쪽을 때려 파편을 날리고 망원경을 떨어뜨리면서 그자에게 돌과 총알 파편 세례를 퍼붓는 것을 확인했다. 망선을 살피거나 세심하게 십자선 조준을 할 여유도 없이 총알 낙하 보정을 위해서 약간 높게 조준하고 할 수 있는 한 빠르게 반자동 소총의 방아쇠를 당기기 시작했다.

그 여파로 귀가 고통스러울 정도로 욱신거렸다.

조준경을 다시 옥상 바닥에 고정하고 대학살의 결과물을 검토했다. 감적수와 사격수는 총에 맞아 피를 흘렸다. 여자는 소총을 내 방향으로 겨누고 미친 듯이 쏘기 시작했다. 탄환의 일부는 헬기에 맞았고 일부는 내 머리 위로 날아갔다. 조준경의 확대 렌즈를 통해, 빈 총을 떨어뜨린 채 양손을 허공에 들고 흔드는 여자의 얼굴에 가득 어린 공포를 알아볼 수 있었다.

항복이었다.

나는 태연하게 방아쇠에서 손을 뗐다. 어차피 상관없었다. 총이 비어서 노리쇠가 후퇴 고정된 상태였으므로. 여자는 사격수 옆에 무릎을 꿇고 앉아 그의 상처를 보살피기 시작했다. 감적수는 아마 죽었으리라. 그쪽 옥상에서 숨죽인 절규와 절망적인 소리가 들려왔다. 여자가 피투성이가 되어 사격수의 총상 부위를 지혈하고 있을 때, 옥상 출입구가 열리고 언데드가 햇빛 속으로 줄지어 나오기 시작했다.

나는 숨어 있던 곳에서 뛰쳐나와 카빈총을 가지러 뛰어갔다.

여자와 부상당한 저격수를 찢어 버리려는 언데드를 향해 총격을 시작했다. 탄환은 언데드 앞쪽 바닥을 때렸다. 이 정도 높이와 거리에서는 치명적인 일격을 날릴 수가 없었다. 눈앞에서 벌어지는 이 모든 일을 그저 바라볼 수밖에 없다는 생각에 너무 미안하다고 허공에라도 소리치려는 찰나, GAU가 떠올랐다.

헬기로 냅다 뛰어 들어가 GAU 기관총을 장전했다. 갑옷도 뚫을 총알세례를 퍼붓자 시체들의 몸통과 팔다리가 옥상 밖으로 우수수 떨어졌다. 덕분에 여자는 자신 쪽으로 전진하는 놈들을 혼쭐내 줄 수 있었다. 여자가 납작 엎드리자 나는 총열을 휙 돌려 괴물들을 산산조각 냈다. 총을 소방호스처럼 휘둘러 대며 말살의 과정을 지켜보았다.

총알구멍들이 옥상 출입구를 관통하며 찢어 놓았다. 문 근처 콘크리트 블록 더미가 폭발했다. 탄약 상자가 점점 바닥을 드러내자, 부서진 문을 통해 모습을 드러내는 시체들을 향해 점발사격을 시작했다.

마지막으로 방아쇠를 당겼을 때는 그 소리가 귀에 들리지도 않았다. 귀에서 피가 나는 것처럼 느껴졌다.

헬기에서 나와 AR-10을 집어 들고 조준경으로 유심히 살펴보았다. 여자는 저격수 곁으로 돌아갔는데, 몸짓만 봐도 남자가 이미 죽어 가는 중임을 알 수 있었다. 피투성이가 된 채 좌절한 여자가 일어나서 여전히 돌격해 오는 언데드 쪽으로 얼굴을 돌렸다. 여자는 잔디 깎는 기계의 칼날 같은 것을 들고 육탄전으로 언데드들을 죽이며 저항했다. 그녀는 지칠 때까지 싸움을 멈추지 않았다.

내 손가락도 카빈총의 방아쇠 위로 움직였다. 탄약이 바닥을 보이고 있었다. 아음속 탄환을 한 발씩 쏠 때마다 신중해야 했다. 여자와의 거리가 너무 멀었다. 어떻게든 30센티미터 높게 조준을 해서 맞힌다고 해도, 언데드의 두개골을 관통할 만큼 충분히 속도가 나올지 확신할 수 없었다.

나는 여자의 저항 정신이 공포심으로 바뀌는 그 고통스러운 전환 과정을 바라보았다. 언데드들의 행렬이 멈출 기미를 보이지 않자, 여자는 저격수 쪽으로 달려가 그의 총을 집어 들었다. 나는 어깨로 총을 받치고 조준선을 유지하려 애썼다. 총구를 내려 노리쇠를 뒤로 당기고 다음 발을 장전하려는데, 여자가 외치는 소리가 들렸다.

"젠장!"

죽음이 임박한 찰나, 여자는 총을 겨누고 조준 없이 방아쇠를 당겼다. 대구경 저격 소총 발포로 여자는 뒤로 1.5미터나 밀렸고, 거의 엉덩방아를 찧을 뻔했다. 그 탄환으로 시체 네 구가 찢기며 모두 뒤로 밀려났지만, 완전히 나가떨어진 건 둘뿐이었다. 탄환이 놈들의 척추를 끊은 게 분명했다. 나머지 둘은 앞으로 몸을 뒤집어 다시 일어나기 시작했다.

여자는 제일 가까운 시체에 달려들어 수차례 발길질을 하다가 볼트액션 소총을 휘둘러 골프 스윙으로 지붕 밖으로 날려 버렸다.

그것도 총을 이용하는 한 가지 방법이었다.

저 아래 거리를 메운 언데드를 보면, 초등학교 시절 과학 시간에 자기장을 따라 움직이던 쇳가루가 떠올랐다.

내 기관총의 총성에 의사당 건물로 밀려드는 쇳가루들, 그중 일부는 틀림없이 진입에 성공해서 계단을 오르고 있을 것이었다. 여자가 들쳐 메고 쏜 기관총의 총성도 여자의 방향으로, 은행 건물 안으로 쇳가루를 끌어당겼다. 단, 아래의 형체들은 자기장에 반응하는 무해한 성분이 아니라는 차이가 있었다. 그것들은 지구에서 지적 생명체를 지워 버리기 위해, 죽이기 위해 유전자 조작된 복합 생물체였다.

나는 여자를 도울 수 없었다.

게다가, 여자는 조금 전 나를 죽이려고 했다. 저쪽이 날 먼저 쐈지 않은가.

하지만…… 여자의 최후의 항전을 기억 속에서 불태워 버리지는 못할 것이다. 절대로.

여자는 다가오는 무리에게 볼트액션의 마지막 총알을 발사했지만, 아무런 효과가 없었다. 놈들이 계속 밀려들어, 여자는 옥상 구석으로 내몰렸다. 끄트머리에 다다르자 여자가 그것들을 발로 차기 시작했으나, 달리 아무것도 할 수 있는 일이 없었다. 그 건물 내부에서 지붕 위로 언데드 백여 마리가 뿜어져 나왔다.

여자는 세 마리에게 살점을 물어뜯기는 채로 건물에서 떨어져 콘크리트 바닥으로 곤두박질쳤다. 나는 그녀의 추락을 지켜보았다.

이 이미지를 불태워 버리지 못할 것이다.

영혼을 태워 버릴 듯한 여자의 절규에 귀를 기울였다.

지우지 못해.

포장도로에서 여자의 시신이 찢기는 구역질 나는 소리가 들렸다.

영영 지우지 못할 것이다.

나는 여자의 살점을 찢으며 함께 떨어져 망가지고 부서진 언데드들을 지켜보았다. 위에서 다른 레밍들도 계속해서 시속 160킬로미터의 속도로 떨어져 소름 끼치는 뼈와 썩은 고깃덩이 더미에 충돌했다. 여자는 이제 흙에 묻혀 안식할 수도 없었고, 흙으로 돌아갈 수도 없었다.

나는 그래도 한때는 인간이었던 것들의 더미가 꿈틀꿈틀 일어나 해괴하게 움직이면서 피가 식지 않은 살점을 차지하기 위해 싸우는 광경을 바라보았다.

내 안에 남아 있던 인간성의 마지막 알맹이가 울컥 쏠려 나왔다. 나는 건물의 옆구리 너머 유리와 금속, 콘크리트의 협곡으로 토사물을 게워 내며 그 알맹이도 함께 잃어버렸다.

아침 햇살 아래 누워서 정신적으로 뇌를 표백해 어떻게든 안정을 찾으려 했지만, 자제력을 잃고 트라우마로 인한 깊은 잠에 빠져들었다. 일어나기도 전에 눈부터 떠졌다. 헬기의 총알구멍으로 비치는 햇빛을 응시하며 잠에서 깨어났다는 것을 깨달았다. 나는 일어서서 현장의 상황을 이해해 보았다. 언데드들은 저 아래 거리를 완전히 장악했다.

열두 살 때 사촌과 함께 숲으로 다람쥐 사냥을 갔다. 우리는 몇 시간 동안 밖에서 백 년은 족히 된 볼트액션 22구경 소총으로 회색 다람쥐 세 마리를 잡았다. 집에 돌아오는 길에는 만화책과 비디오 게임에 대해서 이야기했다. 나무 계단에 다다랐을 때, 우리는 각자 자신의 다리를 내려다보고는 잔뜩 겁에 질렸다. 청바지의 파란색이 보이지 않을 정도로 다리가 좀진드기로 들끓었기 때문이다. 사촌과 나는 작은 벌레 녀석들을 피부에서 떼어 내고 쫓아 버리기 위해 다리에 휘발유를 부었다. 지금 눈앞에 펼쳐진 장면이 생뚱맞게도 그 시절을 떠오르게 했다.

귓속에 빈 탄피를 끼워 넣어 크게 울리는 죽은 자들의 소음을 잠재웠다. 약간 머뭇거리다가 계단에 뒀던 배낭을 들고 건물 북쪽으로 와서 무전기를 설치하기 시작했다. 작업하는 동안, 산산이 부서진 유리와 비틀린 철골이 간간이 소리를 내질렀다.

언데드들이 득시글거리는 한복판에 서 있다니, 상황이 좋지 않았다. 레밍턴 탄약 공장의 재고를 가졌다 해도 걸어 다니는 시체들의 수를 줄이기에는 역부족이었을 것이다. 바람이 놈들의 악취를 위로 들어 올리더니, 냄새를 없앴다가 눈에 눈물이 핑 돌 정도로 자극적인 냄새를 뿌렸다가 하며 극적인 변화를 일으켰다. 욕지기가 새로이 밀려오는 것을 꾹 참다가 한번은 안테나를 근처 가로등 위로 내팽개치며 놓쳤다.

안테나를 소형 무전기에 연결하는데 총소리가 들렸고, 그 즉시 지붕 위로 납작 엎드렸다. 나는 그 자리에 엎드린 채, 움직임 없이 가만히 듣고만 있었다.

쾅.

쾅.

다다다 다다다닥.

두 차례의 폭발 뒤, 기관총이 발사되었다. 대단히 가깝지는 않았으나 도시 어딘가였다.

누군지 몰라도 다른 지붕에 있던 사람들에게 친구가 있었고, 그 친구들은 무전기를 가졌다. 아래 거리에 대한 정보를 나와 공유하고 탈출하기를 원하거나, 나를 공격하러 왔거나 둘 중 하나겠지.

나는 전파를 수신하기 위해 무전기 주파수를 다시 조정하며 신속히 작업했다.

조잡한 모스부호가 인식되기 시작하자, 초소형 헤드폰을 통해 받아 적으며 집중했다.

신호음은 명확했다.

"주파수를 8.992에 맞추고 녹음된 내용을 들으십시오. 애틀랜타에 백신이 있습니다. CDC에 접근하지 마십시오. 애틀랜타 남부 와코비아 타워로 가십시오. 맹렬한 공격을 받고 있고, 탈출해야 합니다. 여기는 피닉스……."

나는 녹음을 듣기 위해 그 단파 주파수에 맞춰 무전기 주파수를 맞추었다.

"여기는 애틀랜타 CDC 본부, B구역이다. 치료제가 있다. 반복한다, 우리에게 치료제가 있다. 우리는 멈출 수…… 그것들을 비활성화시킬 수 있다. 거기 누가 있다면 애틀랜타 와코비아 타워로 와서 그것들을 끌어내 주기 바란다. 우리에게는 선택의 여지가 없다.

우리가 지닌 것을 가지고 도망쳐야 한다. 빌딩은 완전히 포위되었고, 물자가 바닥나고 있다. 들리는가, 적의 기세가 맹렬하다. 즉각적으로 헬리콥터를 보내 구출하지 않으면 우리는 모두 죽게 될 것이다. 적의 공격은 매우 격렬하다. 나는 미합중국 해군 특수부대 피닉스 팀의 션 케이시다. 무전 끝."

그 건물도 운도 지지리 없다. 나는 거리에 소리 지르는 괴물 100만 마리가 있는 탤러해시 상공에 갇혀 있었다. 살아서 탈출하게 된다면, 내 다음 정거장은 애틀랜타 외곽의 건물이다. 다른 옥상을 주시하고 있는데 나한테 총을 쏘던 저격수가 되살아나 움직이기 시작했다. AR-10 렌즈를 통해 새로운 시체가 눈을 뜨고 머리를 들기 전에 다리를 먼저 씰룩이는 것을 볼 수 있었다. 그것의 머리는 마치 앉고 서기 전에 주변 환경을 훑어보듯이 왼쪽에서 오른쪽으로 움직였다. 나는 팔을 흔들어 그것의 주의를 끌었다. 왠지 모르겠지만 그것은 내가 죽지 않았다는 걸 알았다. 아직 식지 않은 뇌 어딘가에서 일어나는 원초적이고 어쩌면 파충류 같은 먹고자 하는 본능일지도 모른다. 이렇게 갓 변한 것을 본 게 꽤 오랜만이라 불안했다. 인식하자마자, 입술이 뒤로 젖혀지고 다리는 몸을 앞으로 움직여서 건물 가장자리까지 왔다. 놈은 떨어져서 결국 제 동족 몇 마리를 넘어뜨리는 동시에, 아마도 비루한 자기 몸뚱이의 모든 뼈마디도 그 충돌로 인해 부러뜨렸을 것이다.

총성이 이어졌다.

더 가까웠다.

그리고 뒤이은 폭발.

그 진동으로 멀리 유리창 깨지는 소리가 들렸다. 동쪽 어딘가의 건물에서 유리창 판유리들이 땅바닥에 부딪치는 소리가 들렸다. 저 폭력배 중 하나가 총을 쏠 때를 대비해 아래층으로 돌아가기로 했다. 이 시점에서는 그쪽으로 결론이 난 거나 다름없으니.

자유의 바퀴 열 개가 달린 나의 구명보트, 골리앗으로 되돌아갈 탈출구를 찾아야 했다. 가까워지는 폭음에서 관심을 거두고 아래의 전망대 층으로 되돌아갔다. 바람이 거세게 몰아치며 테이블들에 깔린 빨간색 식탁보들이 펄럭였다. 가까이에는 깨진 유리창이 바닥에 처박혀 있었다. 그 유리는 1년 전에도 그런 모습이었던 것처럼 그렇게 늘어져 있었다.

비상계단 출입문으로 가서 귀를 기울여 반대쪽에 적이 있는 기색이 있는지 들어 보았다. 아직 아무 소리도 들리지 않았다.

모래주머니를 열심히 치운 다음 문을 확 열었다. 멀리서 들리는 발을 질질 끄는 소리에 심박수가 높아졌다. 계단 꼭대기에 앉아 잠시 눈을 감고 어떻게든 직면한 상황에 대처할 더 좋은 아이디어를 생각해 내려고 했다.

GARMR의 태블릿이 어둑한 비상계단에서 밝게 빛났다. 수동 조작 화면을 열고 기계의 라이다[17] 터릿을 켜서 주변에 돌려 보았다. GARMR의 시야는 내가 기계를 가릴 때 썼던 골판지 상자로 반쯤 가려져 있었지만 상자가 떨어지면서 내가 있는 위층으로 올라오는 언데드들로 가득 찬 계단이 드러났다. 중간에 폭파되어 사라진 계단이 놈들의 속도를 늦출 것이다.

GARMR의 동작 기능을 활성화하고 오디오를 들었더니, 기계의

17) LiDar. 빛 탐지 측정(light detection and ranging)의 줄임말로 레이저 레이더와 같다. 레이저 펄스를 발사해 표면 위의 물체와 크기, 배치까지 감지한다.

위장이 땅에 떨어지는 바람에 괴물 몇 마리가 호기심에 머리를 길게 뺐다. 기계의 원자력 전지가 내뿜는 열에 이끌리는 건지 놈들은 신음 소리를 내며 GARMR에 덤벼들었다. 하지만 기계를 가까이서 살피더니(카메라에 얼굴을 들이댄다든지), 흥미를 잃고 다시 움직였다.

괴물들이 건물 앞 회전문에 고정해 둔 케이블 타이를 끊었음이 분명하다. 문이 열리지 않게 고정할 쐐기가 필요했다.

GARMR을 천천히 움직였다. 지금 눈이라도 내리면 영화 「스타워즈」에 나오는 제국군 병기를 조종하는 것처럼 보일 텐데.

문을 통과시킨 다음 터치스크린으로 기계를 건물 앞쪽으로 보냈다. GARMR은 사방에 걸어 다니는 시체들로 인해 시각 센서가 가려져 가끔은 밀리고, 가끔은 호기심 많은 시체에게 붙잡히기도 하며 앞으로 나아갔다.

가장 밀집된 무리를 지나고 나니 기계의 치직거리는 영상을 통해 회전문이 도는 것을 볼 수 있었다. GARMR의 속도를 높이자, 더 많은 시체들이 열과 움직임에 이끌려 곧장 기계에 돌진했지만 못 먹는 거라는 사실을 깨달을 뿐이었다. 건물로 들어오는 놈들의 물결은 꾸준했다. 너무 많이 들어와 건물 구석구석까지 차 버리면, 저쪽 옥상의 여자와 같은 운명을 맞을 때까지 점점 더 높은 층으로 내몰릴 수밖에 없다.

회전문은 계속 돌고 있었고, 내가 멈출 수 있는 방법은 아무것도 없었다.

기계의 라이다 센서로 공간을 빙 둘러보았다. 이 환경에서 내가 통제할 수 있는 건 GARMR뿐이었다. 무의식적으로 터치스크린의 가상 컨트롤 스틱을 앞으로 누르고 기계를 회전문으로 밀어 넣었다. 문과 GARMR이 충돌하자 영상이 지지직거렸다. 금속에 힘이 가해지는 소리는 문이 과도하게 돌아갔거나 GARMR의 경화 티타늄 동체가 고물이 되어 가고 있다는 의미였다. 카메라를 180도 돌려서 GARMR의 뒤편을 보니 회전문이 멈춰서 일시적으로 언데드가 건물에 들어오는 것을 막았다는 걸 알 수 있었다. 나는 기계를 휴면 모드로 전환했다.

이제 GARMR이 내 방패였다.

중기관총과 렌치, 탄약, 새 총열을 들고 다시 전망대 층으로 서둘러 돌아왔다. 가까운 소파에 기관총을 던져 둔 뒤, 문을 닫고 모래주머니와 가구를 쌓아 유일한 통로의 방비를 강화했다.

언데드가 오고 있었다.

다다다 다다다닥…….

또 한 차례 들리는 기관총 소리에 화들짝 놀랐다. 이제 정말 가까워졌다.

중기관총을 문 쪽을 향해 설치하고 새 총열을 제자리에 끼웠다. 총을 장전하고 약실 안에도 탄환을 걸었다. 탄환은 오백 발쯤 남아 있었는데, 많다고 할 수 없었다. GARMR로 새는 곳을 막기 전까지 건물 안에 적어도 천 마리는 들어왔을 테니.

화면을 보니 문은 아직 그대로였다. 기계의 광학 렌즈를 돌리다 문에 낀 언데드들을 보았다. 이를 가는 얼굴 열 개 정도가 밀고 들어오려고 애쓰며 무거운 유리에 격렬히 눌리고 있었다. 비틀리는 금속의 소음과 고함치는 듯한 거대한 신음이 태블릿의 소형 스피커에서 터져 나왔다.

GARMR의 오디오를 껐다.

장비들을 모아 옆에 놓아두었다. 배를 바닥에 대고 엎드려 창문 쪽으로 기어가다 인간 적군의 첫 번째 무리를 보았다. 지붕에 회전포탑이 설치된 장갑 험비 호송대가 무장한 군인들을 태운 채 두 블록 떨어진 건물 모퉁이를 돌았다. 쌍안경을 통해 50구경 기관총을 든 또 다른 저격수가 험비에서 뛰어내려 자신의 감적수와 다른 공격자들 10여 명의 엄호를 받으며 인근 건물로 돌진해 안으로 사라지는 것을 지켜보았다. 계속 몸을 낮춘 채, 내 건물에서 다른 건물로 시체 군단을 끌어당기는 소음을 지켜보았다. 아까도 얘기했듯 놈들은 자석에 끌리는 쇳가루처럼 맞은편 건물로 쏠려 들어갔다.

나머지 호송차들은 언데드 떼를 따라 돌격해 내가 있는 건물 앞에 멈춰 사방으로 발포했다.

이 빌어먹을 자식들은 분명 어딘가 탄약을 어마어마하게 비축해 뒀을 것이다.

태블릿을 들고 GARMR을 깨웠다. 다행스럽게도 작동에는 이상이 없었다. 두어 번의 실패 끝에 기계를 회전문 뒤로 후진시켜 해골에게서 몇 미터 떨어지지 않은 안내 데스크 뒤편에 앉혀 두는 데 성공했다. 놈들이 바깥의 상황에 반응해 밖으로 빠져나가기 시작하면서 이제 회전문이 역방향으로 도는 것을 카메라로 지켜보았다.

총소리는 영원히 끝날 것 같지 않았다. 자세를 낮춘 상태로 내려다보니, 차량들 주위로 시체 더미가 넓은 호를 그리며 쌓여 있었다.

체커스의 카메라를 회전문 쪽으로 향하게 하고 오디오를 켰다. 화면의 총성은 비상계단을 통해 들려오는 총성보다 0.5초 느리게 들렸지만, 군인들이 안으로 들어오려고 싸우고 있는 것은 분명했다. 그때 회전문이 다시 반대 방향으로 돌고 총구의 섬광에 일시적으로 GARMR 영상 피드가 끊겼다.

기계를 휴면 모드로 전환하고 금속 출입문으로 달려갔다. 문 옆의 석고 보드를 칼로 잘라 내고 비상계단에서 가져온 폭발물을 그 속에 대충 넣었다.

정말 거친 방법이 될 것 같았다.

폭발물에 기폭장치를 찔러 넣고 벽에서 각각 다른 색깔의 랜선 일부를 잘라 신속히 여분의 철사를 만들었다. 9볼트 건전지가 필요해 과감히 일어서서 둘러보았다.

그래, 화재경보기가 있었지.

층 내부를 돌아다니며 천장 마운트에서 화재경보기를 떼어 내 꺼진 AC 전원에서 강제로 분리시켰다. 그렇게 해서 찾은 건전지 세 개 가운데, 하나는 혀끝에 닿아도 찌릿 하는 전기가 느껴지지 않았다. 남은 전지 중에 그나마 센 전지를 집어 들고 문이 2.5센티미터 이상 열리면 접속되도록 허둥지둥 기폭장치에 연결했다. 기관총을 문에서 멀리 떨어진 위치까지 끌어낸 다음, 폭발로부터 나를 보호할 수 있도록 소파와 온갖 물건들을 닥치는 대로쌓았다.

총을 재배치한 다음, 배낭을 뒤로 메고 카빈총을 느슨하게 걸쳤다. 준비는 끝났다.

뭐, 어쨌든 그렇게 생각했다.

쿵.

쿵.

무언가 문 반대쪽에 밀려들고 있었다. 나는 그것이 잠시 문기둥에서 멀어지는 것을 두려움에 떨며 지켜보았다. 문과 문기둥 사이의 경계선을 따라 들어오는 빛이 바뀌는 것은 감지하지 못할 정도였지만, 분명 움직이고 있었다.

건물 내부 어딘가 다른 곳에서 또 한 차례 총성이 울렸다.

쿵.

망할 언데드가 문 앞에 있었다. 정말 폭발에 날아간 계단 위로 다리를 놓을 수 있을 만큼 많았다니!

놈들이 폭발물에 걸려 넘어지기라도 하면 그냥 문이 폭발해 버릴 테고 그 뒤에 따라오는 것이 무엇이든 나머지는 안으로 줄지어 들어올 것이다.

문으로 다가갈 수 없었다. 문에 바리케이드를 쳐 놓은 데다, 금방이라도 폭발할 수 있었으므로.

전에 있던 사람들이 시트를 엮어 탈출구를 만들어 둔 창문 쪽으로 조금씩 움직였다. 그리고 기관총을 내 쪽으로 끌어당겼다. 모래주머니와 사무용 가구들로 만든 조악한 바리케이드 사이로 반대편에서 가해지는 압력에 의해 울룩불룩해지는 문짝이 보였다. 배낭은 양쪽 어깨를 눌러 불편하기는 해도 등에 단단히 고정시켰고, 카빈총은 배낭에 묶어 두었다.

이 방법 말고는 달리 도리가 없었다.

건물 중간 높이쯤에 이르는 시트에 내 운을 맡기기 위해 창 너머로 발을 내딛으려는 순간, 옆 건물에서 총격이 시작되며 내 주변의 유리들을 다이아몬드 1캐럿 크기의 조각 100만 개로 깨뜨렸다. 될 대로 되라는 심정으로 이미 쓴 황동 탄피 두 개를 귀에 쑤셔 박은 다음, 기관총을 시계 반대방향으로 돌려 상대 건물에 총탄 세례를 되돌려주었다. 구경꾼이 있었다면, 범선 두 척이 위험할 정도로 가까운 거리에서 서로 발포하는 장면이 연상되었을 것이다. 거의 대부분 내가 어딜 쏘고 있는지 보지도 못했지만, 옆 건물 어딘가에 중구경 저격수가 있다는 것은 알고 있었다.

천장의 스티로폼 보드와 유리가 뒤섞여 날아다녔다. 이 오랜 시간 동안 어떻게든 압력을 유지해 오고 있던 스프링클러 시스템이 파열되면서 시커먼 녹물이 흐르기 시작했다.

마지막 탄환이 끝났다. 탄약 벨트의 연결고리와 물, 스티로폼, 그리고 유리가 여기저기 널려 있었다. 아수라장의 소음으로 귀가 웅웅 울리는 동안, 흠뻑 젖고 엄청나게 열이 받은 상태로 시트가 매인 창문 쪽으로 기어갔다.

압도적인 높이에 대한 공포감으로 덜덜 떨면서 창에 매여 있는 시트를 양손으로 꽉 움켜잡고 벽의 갈라진 틈으로 다리를 조금씩 움직였다. 시트가 갈색 녹물에 흠뻑 젖은 상태이긴 했지만, 생각보다 잡는 게 어렵지는 않았다. 내가 짊어진 모든 장비가 하산 길을 불편하게 만들었다. 작업용 벨트에 걸어 놓은 전동 드릴이 골반뼈를 아프게 때리기도 했다.

절대 아래를 내려다보지 말라고들 한다.

아래에는 사방에 언데드들이 가득하고 간간이 건물들과 버려진 차량들만 보였다. 그야말로 빈틈 하나 없이 언데드 쓰나미로 빽빽이 채워져 있었다.

내가 시트 로프를 타고 6미터쯤 내려갔을 때, 폭발로 건물이 마구 흔들렸다. 폭발의 진동은 22층 창밖으로 소파를 내뱉을 정도였다. 마치 꿈결처럼 소파는 6미터를 날았다가 내 곁을 휙 지나치며 낙하했다. 충격에서 벗어나지 못하고 현재의 상황을 완전히 이해하지도 못한 채, 그저 지켜봐야만 했다. 그 거대한 소파는 빙글빙글 돌며 떨어져 궤멸적인 충돌을 일으켜 아래 깔린 시체들을 곤죽으로 만들었다.

억지로 정신을 차리고 현재의 위기 상황으로 돌아와 다시 하강을 계속했다. 18층이나 17층쯤 내려왔을까, 유리창 안쪽에서 쾅 부딪쳐 오는 언데드 대여섯 마리에 놀라 시트를 놓칠 뻔했다. 그 충격에 우리 사이의 유리 장막이 떨리는 것을 느끼면서도 조금씩 움직여 놈들이 보내는 갈망의 눈빛에서 벗어났다.

그리고 계속 내려갔다.

제기랄, 팔에 피로감이 몰려온다.

큰 소리와 함께 총알이 발사되어 머리 위쪽 어딘가에 충돌했고, 유리가 덜컹거렸다.

16층은 시체들로 가득했다.

삐죽삐죽 거칠게 찢어진 시트의 끄트머리까지는 6미터쯤 남아 있었다.

15층에도 시체가 가득했다.

14층은 안개처럼 뿌연 뭔가에 잠겨 있었다.

13층에는 커튼이 쳐져 내부 상황이 보이지 않았다. 시트는 이제 1.5미터 남아 있었다.

시트 로프가 끝나는 12층 중간까지 내려갔지만 성난 시체들로 빈틈없이 들어차 있었다.

로프에 다리를 감아 걸고 고생고생해서 다시 13층으로 올라갔다.

시트로 왼팔을 감은 채 드릴을 6연발 권총처럼 뽑은 다음, 앞쪽 유리에 카바이드 비트를 끼워 밀면서 드릴을 작동시켰다. 유리창에 거미줄이 생길 때까지 반복해서 구멍을 뚫었다. 그렇게 갈라진 금의 중심에 마지막 힘까지 쥐어짜며 비트를 눌렀고, 비트를 박는 데 성공했다.

유리는 아까처럼 작은 조각으로 터지며 저 아래 굶주린 언데드에게 소금처럼 뿌려졌다. 내가 만든 구멍으로 드릴을 툭 던져 커튼 사이로 들어가는 것을 확인했다.

그리고 시트에 감았던 다리를 풀고 암벽에서 하강할 때처럼 뒤로 물러났다가 발을 내질렀다.

잠시 시간이 슬로모션처럼 느리게 흘렀다.

첫발을 날리면서 머릿속에 최악의 시나리오를 떠올렸다. 악몽 같은 암흑은 커튼 뒤에서 등장할 수 있는 1순위가 무엇일지 결론지었지만, 다른 선택지는 없었다.

내가 날아든 곳은 크고 푹신한 사무용 가죽 의자의 팔걸이였다. 의자가 빙글빙글 돌았고, 그 가속도에 다시는 중요하지 않을 물건들이 가득한 거대한 나무 책상 위로 내던져졌다. 커튼이 바람에 펄럭이며 내 위쪽 어딘가에서 다시 총격이 일어났다. 그건 내가 떠난 22층의 탈출구가 공격자들에게 발각되지 않았다는 뜻이겠지. 그렇다면 탈출을 눈치채지 못했을지도.

카빈총을 더 일찍 꺼내지 않은 자신을 한심해하며 배낭에서 총을 풀고 사격 자세를 취했다. 큼지막한 고급 사무실은 세 명의 전직 대통령과 한 남자의 사진과 명패가 나란히 장식되어 있었다.

뭐, 이제는 다 전직 대통령이 되었군그래.

사무실은 깨끗했다. 위험을 무릅쓰고 저격수가 있는 건물의 창문들을 바라보았다. 건물 중간쯤에서 불길이 치솟았다. 연기가 투명한 유리 표면을 그러안았다가 꼭대기의 난기류에 의해 소멸되었다.

나는 해가 저물기를 기다렸다.

3시 15분

길 건너편 건물의 철골들은 위층의 무게와 극심한 열기에 휘어지고 있었다. 심지어 의사당 건물의 중간쯤인 내 저항의 거점에서도 공기 중의 살 익는 냄새를 맡을 수 있었다. 불타는 시체들은 자기 몸에 불이 난 줄도 모르고 거리를 휘젓고 다녔다. 나는 불길에 휩싸인 층의 아래쪽에 잠시 스친 손전등 불빛을 순간적으로 포착했다. 그게 누구였든, 그자들은 무언가를 또는 누군가를 찾고 있었다.

내가 있는 건물에서도 간헐적으로 총성이 들렸다. 그자들이 위에서 내려온 것 같았다. 깜깜해서 배낭 위쪽에서 야간 투시경을 꺼내서 켜 보았다. 침착하게 사무실 양문형 출입구 앞에 놓여 있던 무거운 의자를 치웠다. 아무 소리도 들리지 않아서 문손잡이를 조심스럽게 천천히 돌린 다음, 육중한 문을 안쪽으로 당겨 열고 로비로 나갔다. 빈 냉수기 옆에 시체 하나가 내게 등을 돌린 채서 있었다. 놈은 광량 증폭기의 거친 녹색 벌집무늬 화면 속에서 거의 감지할 수 없을 정도로 이쪽저쪽으로 흔들리며 동면하고 있었다. 시체 쪽으로 몰래 다가가 자동 나이프의 날을 놈의 목 아랫부분에 쑤셔 넣었다.

시체가 바닥으로 고꾸라지지 않고 크게 호를 그리며 흔들리는 바람에 소스라치게 놀랐다. 검은 철사에 목이 걸려 바닥에서 몇 센티미터 떨어진 채로 매달려 있다는 것을 눈치채지 못했기 때문이다. 놈의 입이 아직 열렸다 닫혔다 했다. 뇌를 맞히지 못한 게 분명했다. 나는 탄소강 고정식 나이프를 뽑아 놈의 금이 간 두개골 꼭대기에 힘껏 내리쳤다.

놈은 끝났다.

꼼짝 않고 서서 귀를 기울였다.

발소리였다.

몸을 로비 구역 안쪽으로 낮게 숙이면서 무언가 다가오는 소리를 들었다. 소음이 들리는 곳에서 벗어나 흰곰팡이 냄새가 나는 것 같은 좁은 칸막이 부스로 기어들었다. 한때는 의미 있었을 아기가 크레파스로 그린 그림과 낯선 이들의 사진이 담긴 작은 액자들이 있었다. 로비 구역의 소리가 점점 커질수록 사무실 책상과 칸막이 부스의 미로로 더 깊게 들어갔다. 가까운 책상 위의 수류탄을 보고 마치 「스타워즈」의 광선 검이라도 본 것처럼 간절히 손을 뻗었다. 수류탄을 잡아채 가져오는데 거기 부착된 명패가 따라왔다. 명패에는 이렇게 쓰여 있었다. '고충 처리 담당 부서 : 번호표를 뽑으세요.'

이런 젠장.

타당한 이유 없이 그것을 배낭에 던져 넣고 21세기 초 사무실의 미로 속으로 계속해서 들어갔다. 앞쪽의 창을 통해 달이 완전하게 보였는데, 건물 외부에 늘어진 와이어 같은 것이 달의 모양을 거의 이등분하고 있었다. 달빛이 비쳐, 창문 안쪽에서 보초를 서는 시체의 실루엣도 드러냈다.

카빈총을 확인하고 놈을 가까이서 조준했다. 그것은 아까 놈처럼 철사 넥타이가 아니라 수십억 마리의 다른 것들처럼 이 오싹한 것들을 계속 움직이게 만드는 어떤 어두운 힘에 매여 있었다. 그 언데드는 내게 전혀 관심을 두지 않았다. 나는 벨트에서 드릴을 뽑아 더 가까이로 가면서 왜 더 일찍 드릴을 쓸 생각을 하지 못했을까 생각했다. 드릴을 그것의 얼굴에 쑤셔 넣는 동시에 까만 플라스틱 손잡이를 꽉 눌러 잡았다. 드릴의 비트는 순식간에 놈의 머리를 뚫으며 뇌와 그것을 걷게 하고, 그것이 먹이라고 생각하는 것을 찾게 하는 화학 물질 스위치를 뒤섞어 놓았다. 시체가 카펫 바닥에 쿵 소리와 함께 떨어지기 직전, 미리 생각해 뒀던 대로 드릴의 회전 방향을 바꿔 비트를 역방향으로 돌렸다.

전기 모터의 소음이 있는 드릴 사용은 이제 보니 정말 좋지 못한 생각이었다. 좁은 칸막이 칸이 움직임으로 뒤흔들렸고 등 뒤의 밝은 달빛은 내가 방금 들려준 흥미로운 기계음에 휴면 상태에서 깨어난 십여 마리를 비추었다. 놈들의 동시다발적인 신음 소리는 귀 기울이고 있는 근처 모든 언데드의 행동을 촉구하는 호출이었다.

식사 시간을 알리는 호출.

달빛은 등 뒤에 있었다. 놈들은 아직 나를 보지 못했으나 박쥐처럼 소리를 쏘고 있었다. 놈들이 서로 경쟁하듯 바삐 수색을 시작하면서 회색의 칸막이들이 흔들리고 사무용 의자가 기우뚱거렸다. 나는 이제 스무 마리가 훌쩍 넘은 무리로부터 뒷걸음질 쳤다.

끼어들 자리를 찾는 더 많은 놈들의 머리가 칸막이 너머로 살짝 살짝 보였다. 뒤로 조금씩 물러나다 보니 팔꿈치가 서늘한 유리창에 닿았다. 더 이상 물러날 곳이 없다는 뜻이었다.

달빛이 언데드들의 얼굴을 밝게 비추었다. 복도 저쪽의 많은 좀비가 사무실 내부의 활발한 움직임에 흥분해서 안으로 들어오기 시작했다. 어깨 너머로 다시 휘휘 살피다가 건물 바깥에 위쪽에서부터 늘어진 케이블을 발견했다. 다시 훑어보니 케이블이 하나 더 보였고 그 선을 따라 내려가자 달빛에 반짝이는 플랫폼이 보였다. 뒤를 돌아보니 이제는 팔 닿는 거리에 있는 언데드 중 하나를 쏘아야만 했다.

순식간에 아수라장이 되었다.

언데드들이 총소리를 듣고 위치를 짐작해 모여들기 시작했다. 나는 등 뒤 유리창에 자동연사를 날린 다음 발로 걷어찼다. 다리가 창밖으로 튀어나가며 판유리를 가르는 금속제 창틀을 잡기도 전에 떨어질 뻔했다. 언데드 떼가 내가 있던 자리에 마구잡이로 달려들어 계속 총을 쏘아야 했다. 카빈총을 어깨에 메고 창문 구멍으로 비집고 나가 들쭉날쭉하고 폭이 좁은 금속 철사를 움켜쥐었다. 등에 맨 묵직한 배낭의 무게가 더해지는 데다 철사도 가늘어서 예상보다 훨씬 빠른 속도로 하강하기 시작했다.

손바닥이 군데군데 찢어지면서 플랫폼의 알루미늄 난간에 닿지도 않고 창문 청소 플랫폼으로 거칠게 추락했다. 눈앞에 별이 보였다. 욱신거리는 손에 극도의 고통을 느끼면서도 비명을 지르지 않기 위해 이를 악물어야 했다. 야간 투시경을 통해 내려다본 손에는 피가 흥건했다.

위의 창문에서 빠져나온 첫 번째 놈이 플랫폼에 부딪치고 걷잡을 수 없이 빙글빙글 돌며 공중으로 튕겨 나갔다.

다른 시체가 시끄러운 금속 마찰음을 일으키며 부딪쳤으나 플랫폼 위로 허리가 걸렸다. 그것은 나를 올려다보며 활짝 웃었다. 아니면, 내가 그렇게 본 것일 수도 있다. 내가 턱에 날린 앞차기에 놈은 플랫폼에서 떨어져 땅으로 추락했다. 쿵 소리가 나기까지 3초 정도 걸렸던 것 같다. 또 다른 놈이 떨어졌는데 플랫폼을 완전히 빗나가서, 나는 보지도 못했다. 그저 옷가지의 펄럭임과 휙 하는 소리가 밤의 대기를 스쳐 지났을 뿐.

위쪽에서 유리가 으스러지는 소리가 들렸지만, 더는 아무것도 떨어지지 않았다.

배낭을 내려놓고 피가 흥건한 손으로 열었다. 구급낭을 꺼내 혈액응고촉진제 봉투를 찢고 그 가루를 손에 뿌렸다. 견디기 힘들 정도로 쓰라렸지만 상처에 아무것도 닿지 않도록 손끝을 모아 쥔 채 건물에 매달린 플랫폼에 서 있었다. 손바닥 살점이 벗겨져 늘어지고 그 아래 어두운 피부 조직이 드러났다. 결국에는 용기를 내어 붕대를 찾기 위해 다시 배낭에 손을 넣었다. 왼손을 오른손으로 적당히 감싼 채로 한 손으로도 칼날을 빼낼 수 있게끔 마이크로텍 나이프의 버튼을 눌렀다. 칼날이 튀어나오며, 기울어 가는 마지막 달빛을 피로 얼룩진 칼날에 반사했다. 붕대를 자르고 오른손에도 같은 과정을 반복했다. 망설이다가 물 반병과 함께 응급 마약성 진통제인 옥시코돈을 복용했다. 이 거지 같은 약은 중독성이 있다. 내가 두 번 복용할 만큼만 가지고 다니는 것도 다 이유가 있었다. 자넷이 없었다면, 몇 달 전 물자를 구하러 갔다가 불의의 공격을 받은 이후 옥시코돈에 중독되었을 것이다.

다시 임시 구조물의 맨 끝에 누워 야간 투시경을 벗었다. 아직 진통제의 약효가 돌지 않았지만, 언데드를 벗어난 임시 피난처라는 선물과 물은 효과를 나타나고 있었다. 나는 내 유일한 동행, 달의 남자[18]를 보며 말을 걸기 시작했다.

"너는 더 나쁜 꼴도 봤겠지?"

그래. 내 잠재의식이 답했다.

"너 자신의 비극적인 출생, 그리고 공룡의 사멸 말인가."

더 나빠지기만 할 뿐이지, 친구.

"이 친구야, 별로 힘이 안 되는 말이라고! 우우!"

악을 쓰듯 외쳤다.

좋아, 이제 확실히 약효가 나타나기 시작했다.

서쪽에서 바람이 불어와 플랫폼 위는 쌀쌀했다. 여기는 건물 뒤쪽, 교전 지역의 반대편이었다. 야간 투시경을 쓰고 내려다보니 몇몇 어두운 점들만이 움직이고 있었다.

"잘 있어, 달."

내 인사에 달이 멀리 보이는 건물 뒤로 기울었다.

곧 다시 만나길. 머릿속의 목소리가 응답했다.

별들을 올려다보는 내 등 뒤로 해가 떠오를 징조들이 나타나기 시작했다……. 지금 당장은 아니지만, 머지않아 해가 그 모습을 드러내면 내가 살아 나갈 가능성이 줄어들고 말 것이다.

별들을 올려다보는 내 시선 위로 빛줄기가 너울댔다. 1미터 남

---

18) 우리가 달에 토끼가 산다고 말하는 것과 비슷한 비유. 달 표면의 반점이 사람처럼 보인다고 해서 나온 표현이다.

짓 위쪽의 창문을 통해 총성이 터질 때까지 그저 내가 환각을 느끼고 있는 줄 알았다. 총격이 한차례 퍼부어지면서 괴물들 중 하나가 깨진 창문에 쾅 부딪쳤다. 무수한 유리 파편과 시체가 플랫폼 위로 쏟아졌다. 심장이 미친 듯이 뛰고, 몸속에 아드레날린이 솟구치면서 일시적으로 마약 성분으로 인한 몽롱한 상태에서 깨어났다.

야간 투시경의 십자선을 조정하고 리프트 제어판을 살펴보기 시작했다. 손전등 불빛이 머리 위로 이리저리 흔들리다가 휘몰아치는 바람과 곧 떠오를 태양에 나를 남겨 두고 사라졌다. 제어판의 버튼은 세 개였다. *정지, 상승, 하강.* 난간을 꽉 잡으며 하강 버튼을 누르고, 기계가 한 층 한 층 서서히 내려가는 동안 큰 소리로 웃기 시작했다. 오랫동안 기계에 전기가 들어온 적이 없을 테니 유압식으로 낮춰야 할 거라고 예상했던 것이다. 하강 버튼은 작동했지만 상승 버튼은 절대 다시는 작동될 일이 없지 않을까 하는 생각이 들었다.

층이 점점 낮아질수록, 죽음과 대학살의 광경은 점점 더 섬뜩해졌다. 인간 사냥꾼들에 의해 정리된 층은 훼손된 시체와 경련하는 팔다리만 남은 도살장이었다. 사냥꾼들이 지나간 층은 언데드로 빽빽했다. 7층을 지나면서부터는 시체들이 꽉꽉 들어차서 그것들이 나를 보더라도 유리창을 두들길 공간조차 없었다.

4층쯤 내려왔을 때 유리창 청소 플랫폼의 리프트가 잠시 흔들리더니, 한쪽이 기울어 내려가기 시작했다.

10초 후, 이제는 세로로 선 리프트에서 저 아래로 내 배낭이 날아갔고, 나는 공중 그네를 타는 곡예사처럼 6미터 상공에 난간을 붙잡고 매달려 있었다. 케이블을 더 느슨하게 풀어 보려고 필사적으로 다리를 흔들어 댔지만, 다친 손에서 온몸으로 내뿜어질 정도로 극심한 고통만 야기할 뿐이었다. 나는 하늘을 올려다보다 손에 힘이 풀리며 추락했다.

하지만 손에 힘이 풀리자마자, 고통은 사라졌다. 약효가 나타나고 있었다.

잠시나마 무중력 상태가 경이로웠다가 몇 초간 아무런 느낌이 들지 않았다. 그리고 그 순간, 큰 다트화살처럼 땅에 처박혔다. 약효가 돌고 있었음에도 발목이 죽을 것처럼 아파서 순간적으로 눈앞에 별이 번쩍거렸다. 등을 바닥에 대고 누워 의식을 잃지 않으려고 애쓰는 동시에 소총을 향해 손을 뻗었다. 배낭 쪽으로 엉금엉금 기어간 뒤, 거기 기대어 몸을 앉은 자세로 고정했다. 그 즉시 다친 발의 신발 끈을 꽉 조여 맸다. 마치 어두운 터널을 지나듯 눈이 감기기 시작했다. 심장이 뛸 때마다 어둠은 커지고, 그 사이의 간격은 점점 모호해져 갔다.

"체커스, 추적해. 도와줘."

사이먼에 대고 중얼거리며 의식이 흐려졌다.

일순간 의식이 돌아오며 어두운 형체의 접근이 느껴졌다. 아직 해가 뜨지 않은 것으로 보아 내가 정신을 잃은 지 그리 오래되지는 않은 듯했다. 다시 스르르 눈이 감겨 와 소총을 들고 어두운 형체의 가장 위인 듯 보이는 부분을 쏘았다. 그게 뭐였든지 쓰러졌고, 다시 일어나지 않았다.

그다음으로 기억나는 소리는 가까이서 윙윙거리는 GARMR의 모터 소리였다. 반쯤 의식이 돌아온 상태에서 GARMR이 옆으로 다가와 몸을 낮추는 것을 보았다. 상처가 덜한 쪽 손(다행히도 여전히 총을 쏘고 글을 쓸 수 있다)으로 기계의 티타늄 틀을 와락 붙잡았고, 그것이 나와 내 배낭을 끌고 일직선으로 잔디밭을 가로질러 건물을 벗어나는 동안, 나는 손가락 관절로 원자력 전지의 온기를 느꼈다. 나를 끄는 동안, 기계는 동체를 바닥 가까이 내리고 다리의 상단 관절을 접어 추가로 구동력을 주었다. 무성한 수풀에 다다라 안전하다고 느끼고는 기계에 멈추라고 명령했다.

떠오르는 태양은 거대한 의사당 건물에 가려져 있었지만, 햇살이 건물 2층의 창문을 완전히 관통하는 게 보였다. 플랫폼에서 추락한 자리에서 200미터쯤 떨어진 모양이었다. 발목을 살피며 굽혀 보려고 했다. 움직이기는 했으나, 느낌이 썩 좋지는 않았다. 신발 끈을 풀 엄두가 나지 않았다. 그랬다가는 발목이 옥외 소화전처럼 굵게 부어오를 테지. GARMR을 바라보니, 어느새 내가 녀석의 등을 쓰다듬고 있었다. 인간이 만든 이 기계가 마치 살아 있기라도 한 것처럼 대하고 있었다.

"고맙다."

내가 소리 내어 인사했다.

GARMR은 아무런 응답도 하지 않았으나, 어떤 동작 명령이 주어져도 놓치지 않겠다는 듯 회전 센서를 내 얼굴에 고정했다. 흔들림 없는 복종, 하지만 무조건적인 애정은 아니었다. 이것은 기계와 도구의 방식이지 살아 있는 동료의 방식은 아니었다.

연기가 건물 위로 피어오르고, 나는 다친 다리로 감당할 수 없는 체중을 GARMR에 실으며 절뚝절뚝 컨트리클럽 쪽으로 되돌아갔다. GARMR의 온기에는 좀 꺼림칙한 구석이 있지만, 다른 대안이 없었다. 조심성 없이 행동하다가는 움직이지 못하는 것 이상으로 다칠지도 모르니.

저 멀리 두 건물 사이에 언데드가 대부분 몰려 있어, 골프장까지 오는 동안 탄환을 단 두 발밖에 소모하지 않았기에 탄창에는 아직 다섯 발이 남아 있었다. 골프장 물웅덩이 가까이에 멈춰서 거북 두 마리가 강에 뛰어들어 헤엄쳐 가는 것을 지켜보았다. 고통으로 움찔하고는 내키지 않지만 배낭에서 마지막 진통제 두 알을 꺼내 깨물었다. 진통제를 더 가져오지는 않았다. (그동안의 경험을 통해) 나 자신을 잘 아는 데다, 약물 중독이야말로 근처를 걸어 다니는 저것들보다 더 포악한 괴물(지배자?)에 가깝다는 것을 깨닫고 있었다. 사실 찢어진 손바닥과 발목 중 어느 쪽이 더 안 좋은 상황인지 판단할 수도 없었다. 심지어 강력한 진통제가 몸속에 돌기 시작하면서 양쪽의 고통을 구분 짓기도 어려워졌다. 피닉스 팀의 무전을 수신하기 위해 올라간 고지대에서 싸우다가 많은 물을 소모해 버렸다. 마지막 남은 반병의 물을 들이켜고 갈망하는 눈으로 연못을 바라보았다.

머리를 처박고 물을 마시고 싶은 충동을 이겨 냈다. 부상당한 와중에 설사를 하거나 다른 지독한 병까지 앓게 된다면 정말로 인생이 끝장날 수도 있으니까. 이제 골리앗이 그리 멀지 않았으므로, 탄창을 교체하고 길을 재촉했다.

8시 00분

의사당 건물 방향에서 총성이 울리고, 뒤이어 폭발음이 눈에 보이는 나무들을 모조리 흔들었다. 건물은 스스로 무너질 것처럼 유리와 흙먼지 구름을 우수수 떨어뜨렸다. 9.11의 음울한 장면이 머릿속에 잠시 생생히 떠올랐다. 하지만 의사당은 무너지지 않았다. 널뛰기하듯 휘청거리더니 거대한 철골들이 끊어지고 깨진 창문으로 더 많은 먼지가 뿜어져 나오며 서서히 기울기 시작했다. 그리고 비극적일 정도로 느린 속도로 무너지다 지축을 뒤흔들고는 근처 낮은 건물 꼭대기에 45도 각도로 기운 상태로 멈췄다. 낮은 건물은 컨트리클럽 골프장을 둘러싼 나무들에 가려 거의 보이지 않았으나, 주 의사당은 마치 추락한 우주선과 닮아 있었다. 뿌연 먼지가 사방을 맴돌고, 건물에서 떨어지지 않고 남은 유리 파편들에 반사된 햇빛이 반짝였다.

쌍안경을 꺼내 혼란에 빠진 언데드 무리가 창밖으로 이리저리 튕겨지며 아래의 먼지 구름 속으로 추락하는 것을 지켜보았다. 건물 내부에 균형이 잡혀 남아 있던 부분들도 지상의 어딘가에서 추적 사격해 완전히 파괴시켰다. 플로리다 키스의 근거지를 몇 년은 지킬 수 있을 정도의 화력이 단 몇 분 만에 낭비되는 것을 보며 두려움에 압도되었다. 이 멍청이들은 나를 죽이려고 저렇게 했을 것이다. 그렇지 않으면 저리 초토화할 이유가 없었을 테니까.

시내의 아수라장에서 벗어나서, 바라건대 아직 골리앗이 주차되어 있을 구역으로 이어지는 들판으로 도망쳤다. 도심으로 들어갈 때 떨어뜨렸던 켐 라이트가 눈에 들어와, 내가 길을 제대로 들었다는 것을 알 수 있었다. GARMR의 열기는 이제 기겁할 정도여서 나는 뿌리덮개 사이로 삐져나온 작은 나무 형태의 지팡이를 찾았다. 칼을 꺼내 살아 있는 나무를 뿌리에서 베어 내고 가지를 쳐서 투박한 지팡이를 만들었다.

한 손은 총을 쥐고, 다른 한 손은 참나무 막대기를 쥐고, 너무 주의를 끌지 않도록 애쓰며 건물 앞으로 갔다. 건물에 다가가자, 사무실 유리 안의 언데드들이 소름 끼치는 얼굴로 나를 돌아보았다. 놈들은 입을 열었다 닫았다 하며 시위하듯 유리를 두드렸다. 나는 온몸에 성한 구석이라곤 없이 약에 취한 상태였기에 놈들이 그러거나 말거나였다.

골리앗의 따스한 가죽 좌석은 거의 전자자물쇠를 딸깍 채울 때 나는 소리만큼이나 근사했다. 도착했다. 집은 아니지만 이 세상이 내버려 두기만 한다면 집이나 다름없었다. 발아래에는 디젤 엔진이 돌아가고, 좌석 시트 위에는 연료와 전기, 물, 탄약을 재워 놓은 산탄총이 구비되어 있으며, 5륜의 단 위에는 로봇 개가 있으니.

16시 00분

정오를 앞둔 무렵이었다. 물 한 병을 더 들이켠 다음, 트럭의 시동을 걸고 에어컨을 세게 틀었다. 기어를 넣어, 정면의 풀밭으로 홱 들어갔다. 트럭을 탤러해시에서 나가는 방향으로 돌렸다. 사이드미러를 통해 부서진 의사당 건물이 불타는 것을 보며 버려진 차량들 사이를 지그재그로 달렸다. 뒤쪽에서 무언가 휙 지나가는 순간을 포착하고도 그냥 지나칠 뻔했다. 나는 속도를 줄이며 사이드미러에 집중했다.

도로에 집중을 못 하다 보니, 앞에 서 있는 소형차의 바퀴 덮개 부분을 들이받아 내가 건너던 작은 다리의 가드레일 쪽으로 날려 버렸다. 다시 뒤를 돌아보는데 그자들이 보였다. 오토바이 두 대가 300미터쯤 뒤에서 날 미행하고 있었다. 그들을 주시하면서도 장애물 사이로 15분가량을 더 달리며 또 다른 차에 부딪치지 않으려 애썼다. 진통제 효과가 약해지면서 발목과 손이 문제가 되기 시작했다. 심지어 모낭까지도 왠지 아픈 듯했다. 심각하게 진통제가 필요한 상태였다. 운전대와 기어를 오갈 때면 오른손이 덜덜 떨렸다. 뒤에는 여전히 홱홱 방향을 바꾸는 빨간색 오토바이와 흰색 오토바이가 보였다.

천천히 트럭을 세우고 기다렸다. 오토바이가 다가오면서 웅웅거리는 오토바이 엔진 소리가 디젤 엔진의 소리를 뒤덮었다. 언제라도 달아날 준비를 갖추고 기다리는데, 둘 중 하나가 핸들에 고정된 총집에서 긴 총을 꺼내는 것을 보았다. 후진 기어를 넣고 액셀을 밟자, 몸이 운전대 쪽으로 기울며 내 거대한 대형 트럭이 뒤로 굴렀다. 오토바이 운전자는 내 눈높이쯤에 맞춰 방아쇠를 당겨 크롬 배기관 사이로 탄환을 날렸다. 나는 거의 최대 속도로 밟아 빨간색 오토바이를 뒤 차축으로 뭉갰다.

으드득 으스러지는 소리가 들리기 바로 전에 눈길을 돌렸지만, 오토바이는 뼈와 힘줄이 으깨지는 것만큼이나 쉽게 뭉개져 버렸다. 트럭이 서서히 멈추자, 나는 다시 기어를 넣고 타이어를 돌려 액셀을 밟으면서, 깔렸던 오토바이 조각을 뒤로 내동댕이쳤다. 다른 오토바이 운전사는 버려진 차 뒤에 숨어 있었다. 뭘 하고 있는지 모르지만, 별로 신경이 쓰이지도 않았다. 서둘러 떠나며 사이드 미러를 흘깃 보니, 흰색 오토바이가 추격을 재개하고 있었다.

그자의 뒤로 대형 크레인이 모퉁이를 돌아 나타나더니, 차량들을 빈 골판지 상자인 양 밀어젖히며 쏜살같이 달려왔다. 크레인이 앞서가는 내 트럭을 보지 못하기라도 한 것처럼, 오토바이 운전자가 크레인에 따라오라고 손짓을 했다. 나는 기어를 올리고 고속도로 전방을 살피며 차선을 바꾸다가 대머리수리를 뒤쫓고 있던 소규모 언데드 무리를 치고 지나갔다. 대머리수리는 놈들을 거느리고 다니다 한 놈씩 잡아먹으려던 계획이 좌절된 눈치였다. LPG 차량을 가까스로 피한 뒤, 뒤집힌 통나무 적재 트럭을 피하기 위해 다시 차선을 바꿨다. 중앙 분리대와 도로 옆 숲으로 통나무 더미가 쏟아진 게 보였다. 아마도 트레일러가 전복되면서 그리된 듯했다.

저자들은 왜 나를 쏘지 않지?

앞쪽으로는 오랫동안 방치된 경찰 검문소가 보였다. 길 건너편에는 지뢰 방호 차량이 모래주머니로 쌓은 사격 진지와 누더기가 된 텐트에 둘러싸여 있었다. 도로에 길쭉한 것들이 뿌려진 것을 너무 늦기 전에 알아차렸다.

대못이었다.

나는 운전대를 돌리며 브레이크를 밟았고, 트럭은 고속도로 오른쪽의 잔디밭으로 미끄러졌다. 내 트럭이 검문소 옆에 멈춰 서는 순간, 흰색 오토바이가 도로에 뿌려진 녹슨 대못을 밟고 지나갔다. 타이어가 갈가리 찢기고 앞바퀴에 제동이 걸리면서 운전자는 시속 100킬로미터 속도로 지뢰 방호 차량을 얼굴부터 들이받았다. 자동차 앞 유리에 벌레가 부딪친 것처럼, 육중한 지뢰 방호 차량은 인간 발사체와 충돌하고서도 꿈쩍하지 않았다.

상황 파악이 되기 시작하고서야, 트럭이 빙글 돌아서 다가오는 크레인과 마주 보고 있다는 것을 깨달았다. 기어를 1단에 넣어도 트럭 뒤에 진흙을 흩뿌리는 것 말고는 아무런 변화가 없었다. 1단과 후진을 번갈아 가며 넣고 앞뒤로 오간 끝에 차를 끌어내 바리케이드 반대편으로 돌릴 수 있었다. 크레인의 대형 타이어에 대못이 박혀 폭발하는 소리가 들렸지만 크레인에 탔을 소총수의 사정거리를 벗어났다는 확신이 들 때까지 길을 따라 계속 트럭을 움직였다. 길바닥의 대못을 알아채다니 정말 운이 끝내주게 좋았다. 고맙다, 1.25의 내 시력.

검문소로부터 안전거리를 확보한 뒤, 더 자세히 보기 위해서 트럭을 공회전을 시켜 두고 갓길로 나갔다. 검문소 너머에서 도와달라는 절규가 들렸다. 누군가 무전기에 대고 비명을 지르고 있었다. 처음에는 크레인 운전사가 지뢰 방호 차량 한쪽 면에 산산이 흩어진 오토바이 운전자의 시체를 발견하고 겁을 먹었나 했지만, 다가오는 언데드들의 굵게 울리는 신음 소리에 충분히 상황을 파악할 수 있었다.

무언가 땡그랑 울리더니, 마침내 한 남자가 크레인 조종석에 올라 상부 엔진을 구동했다. 낡을 대로 낡은 연방재난관리청의 천막과 탄환이 박힌 모래주머니가 시야를 가렸지만, 크레인이 가동되고 금속 넥링이 길어지면서 추가 떨어지자, 남자가 뭘 하고 있는지 알 수 있었다. 크레인 끝에 달린 추는 대못으로 가득했다. 내 트럭 앞에 돌아다니는 세 마리를 죽이려고 관찰을 잠시 멈추는 바람에 첫 번째 충돌 장면은 놓쳤지만 두 번째 충돌은 정말 굉장했다. 크레인 운전사는 대못이 잔뜩 박힌 철제 추를 무난히 흔들어 시체들을 나무 꼭대기 너머로 내던지거나 버려진 차 옆으로 처박았는데, 시체가 부딪친 문이 거의 반으로 접힐 정도로 위력이 대단했다.

파괴의 추는 죽은 자가 걷기 시작한 이후로 내가 본 가장 맛이 간 물건들 가운데 상위 10위권에 들 만했다. 카메라가 있으면 좋았을 텐데. 도대체 누가 이런 얘기를 믿어 주겠는가. 남자는 대단했다. 인정할 건 인정해야지. 그는 실제로 그것들이 망가진 크레인에 가까이 오지 못하게 하는 일을 훌륭히 수행하고 있었다. 숲에서 수천 마리의 시체들이 쏟아져 나오기 전까지는. 크레인 운전사는 크레인에 오르는 적들을 쫓기 위해 필사적으로 추를 360도 회전시켜 보았지만, 수적으로 너무 열세였다.

여기서 볼일은 끝났다. 골리앗에 올라타서 기어를 넣고 미친 크레인을 피해 서쪽으로, 그리고 최종적으로는 북쪽의 애틀랜타를 향해 길을 나섰다.

산사람

탤러해시를 떠난 지도 사흘이 흘렀다. 순전히 행운이 따라 준 덕분에 실제로 상당한 거리를 이동할 수 있었다. 조지아주 메이컨에서 100킬로미터도 떨어지지 않은 한적하고 거의 텅 빈 고속도로를 타고 창고 시설을 향해 달렸다. 떨림과 통증이 극심해지면서 어리석은 생각이 자꾸 고개를 들자 위기가 찾아왔다. 자취만 남은 이름도 모를 작은 마을로 트럭을 몰고 들어가 약국으로 직진해서 시동을 끄고 내리막을 400미터쯤 굴려 보도블록에 걸쳐 세웠다. 운전석 문을 연 다음, 콘크리트로 내려서기 위해 조심스럽게 계단을 디디며 통증에 움찔거렸다. 계단 난간에서 균형을 잡으려다 손의 상처가 벌어졌고, 발목은 금방이라도 부러질 것만 같았다.

쇠사슬과 카라비너를 카고 포켓에 넣고 약국 문으로 절뚝거리며 다가갔다. 자물쇠를 열려고 드릴을 이용하는데, 배터리가 끝이 났다. 욕을 지껄이며 물림쇠를 돌려서 드릴을 뽑았다. 드릴에서 뽑혀진 비트는 옆으로 꽂힌 엑스칼리버처럼 자물쇠에 꽂혀 있었다. 등 뒤에서 들리는 발소리에 그것들이 다가옴을 알 수 있었다. 다리를 절며 트럭으로 돌아가 조수석에서 배낭을 내렸다.

시간은 넉넉했다.

배낭을 뒤져 칼집에 보관된 총검을 찾은 뒤, 고정해 둔 GARMR 근처의 발판에 내려놓았다. 어깨 너머로 손을 뻗어 소총을 앞으로 당기는데, 첫 번째 언데드가 트럭 앞을 돌았다. 그것의 아래턱은 사라졌고, 윗니만 남아 크게 벌린 입에는 비참하게 늘어진 혀가 씰룩거렸다. 나는 통증을 참으며 카빈총에서 소음기를 분리해 뒷주머니에 넣고 총검을 끼웠다. 길고 가는 탄소강 나이프가 반짝였고, 나는 머뭇거리지 않고 총검을 다가오는 첫 번째 놈의 눈에 찔러 넣었다가 뽑아 쉬이 쓰러뜨렸다.

세 놈이 더 다가왔다. 절뚝거리는 걸음으로 그것들에게 다가가 어찌어찌 둘은 머리를 찌르고, 나머지 한 놈은 입천장에 총검을 박아 넣었다. 그런데 그 마지막 놈이 총검 끝으로 두개골을 찌르기 전에 앞쪽으로 쓰러져 버렸다. 그 바람에 총검을 두개골에서 빼낼 때 균형을 잃으면서 극심한 고통을 느꼈다. 절로 욕이 나왔다.

약국으로 돌아가서 멀티툴의 펜치를 휙 잡아 뺐다. 펜치의 줄니를 이용해 비록 핏자국이 있지만 소중한 드릴 비트를 자물쇠 밖으로 빼냈다. 드릴의 배터리를 교체하고 자물쇠를 부순 뒤, 길 건너 골목과 상점가에 분명히 도사리고 있을 어떤 언데드에게도 거의 들키지 않고 약국으로 들어갔다. 그리고 문을 닫고 단단한 철제 체인의 두 끝을 카라비너로 고정해 안전히 잠가 두었다. 총검을 부착한 단총열 소총을 들고 가게 내부를 살피기 시작했다. 뒷주머니에 든 소음기의 무게는 실내에서 총을 쏴야 하는 상황이 됐을 때 닥칠 일을 상기시키는 듯했다.

그 약국은 이미 털려서 식량과 그 밖의 필수품이 동난 곳이었다. 초록색 유리병에 담긴 탄산수를 몇 병 발견해서 움켜쥐고 들이마셨다. 거품이 이는 물에서 어렴풋이 느껴지는 레몬 향이 근사했다. 물이 시원했을 겨울에 찾지 못한 게 너무 아쉬울 정도였다.

가게의 절반쯤을 지나서야 GARMR을 트럭에서 내리는 것을 깜박했다는 사실을 깨달았다. 손이 다시 떨리면서 통증과 중독 증상의 조짐을 일깨웠다. 전에 키스에 있을 때 느꼈던 그런 증상이었다. 그 이야기는 나중에 따로 하든가 말든가 하고. 아무튼, 현명한 판단이 아니라는 생각을 하면서도 GARMR을 고정된 채로 두고 약이 주로 보관된 가게 뒤편으로 계속 들어가 보기로 결정했다. 이미 약탈당한 앞쪽의 선반들 너머를 돌아보며, 초조하게 양문형 출입구 사이를 감은 쇠사슬과 유리문을 확인했다. 비록 한쪽 문의 유리에는 포스터가 붙어 있었지만, 다른 한쪽을 통해 밖을 확인할 수 있었다.

아직까지는 이상 무였다.

판매대와 그 뒤의 바닥에는 위산 분비 억제제, 변비약 등등 온갖 종류의 알약이 쌓여 있었다. 약을 확인하기 위해 손전등을 켜서 입에 물고 약을 한 움큼 집어 들었으나, 손을 너무 떠는 바람에 글씨를 알아보기가 힘들었다. 조제실 뒤쪽 공간으로 향하는 모퉁이를 돌다가 머리에 주사기가 박힌 채 엎드려 있는 해골에 걸려 넘어질 뻔했다. 주사기 안에는 투명한 액체에 빨간색 액체가 반쯤 섞인 약물이 남아 있었다. 발을 사용해 해골을 옆으로 살살 밀고 약국 뒤편, 칠흑 같은 어둠 속으로 걸음을 이어 나갔다.

야간 투시경을 켰다.

또 다른 시체가 커다란 금고 앞에 누워 있었다. 슬라이드가 뒤로 밀려 잠긴 권총이 해골의 손아귀에 꽉 쥐어진 상태인 데다 금고에는 탄환으로 인해 움푹 찌그러진 자국들이 나 있었다.

약국 안에 언데드는 없지만, 권총을 지닌 시체의 뒤통수에 난 구멍을 보고 있자니 마음이 우울해졌다. 발아래 누워 있는 가련한 영혼은 금고 안에 있는 것이 몹시 간절했다. 그래서 금고가 열리지 않자, 유일한 선택지는 자기 파괴뿐이었다.

틀림없는 중독 증상이었다.

통증과 저 금속 상자에 대한 욕망, 그리고 그 안에 들어 있을 보물 때문에 손이 떨렸다. 골리앗에 공구가 있으니 잠금장치도 드릴로 뚫을 수 있을 것이었다. 나는 바깥에 도사리고 있는 어떤 언데드에게도 소음이 들리지 않도록 약국 깊숙이 들어갔다. 먼저 드릴을 꺼내 비트를 맞춰 꽂았다. 금고의 열쇠 구멍에 비트를 끼우고 드릴을 돌리기 시작했다. 야간 투시경을 통해 밝게 빛나며 흩뿌려지는 불꽃이 보였다.

비트가 자물쇠에 절반쯤 들어갔을 때, 다른 물질에 부딪친 것처럼 소리가 바뀌었다. 드릴을 빼서 자세히 보았다. 미세한 유리 조각들이 카바이드 비트의 끝에 박혀 있었다. 물리적인 힘으로 열 수 없도록 안전장치가 되어 있는 구조였다. 압력이 가해지면 유리가 부서져서, 자물쇠에 회전력을 과하게 줘서 열려는 도둑의 계획이 좌절될 것이었다.

내가 그랬던 것처럼.

테두리가 들쭉날쭉한 구멍에 드릴을 필사적으로 밀어 넣었더니, 비트가 금고 문을 뚫고 안쪽까지 들어갔다. 속도를 늦추는 방해물이 없어져서 드릴은 큰 소리로 징징 울렸다. 드릴을 빼낸 다음, 금고 손잡이를 돌려 보았으나 성과는 없었다. 여전히 굳게 잠겨 있었고, 자물쇠의 원통형 기둥은 안쪽 홈에 맞물려 있었다.

테이블에 장비를 내려 두고 트럭으로 돌아갔다. 가게 앞에서 골리앗으로 조용히 다가가다 교차로에서 언데드 두 마리를 발견했다. 그것들의 머리는 예측 가능한 리듬으로 움직였다.

나도 놈들이 먹이를 찾고 있고, 더 많은 놈들이 오리라는 것을 알 정도의 경험은 있었다.

조용히 트럭 공구함에서 쇠지렛대와 망치를 꺼내 들고 금고로 절뚝거리며 돌아오며 문에 다시 쇠사슬을 채워 두는 것도 잊지 않았다.

나는 마치 그것들이 살아 있는 인간을 공격하듯이 금고를 공격했다. 그것들이 나를 원하는 만큼 나도 옥시코돈을 원했다. 타라가 지금 내 모습을 본다면 어떻게 생각할까? 이런 생각은 엄청난 죄책감을 불러일으켰고, 우리 딸을 떠올리자 그 죄책감은 더 커졌다. 나는 이성의 끈을 놓고 있었다. 통증에 초기 중독 증상이 더해져 나의 분노는 불같이 타오르고 있었다. 드릴로 금고 문짝 모서리에 구멍을 뚫고, 배터리가 다 닳도록 그 과정을 계속했다. 그런 다음 약해진 문짝을 쇠지렛대로 움직이면서, 마침내 그것을 벗겨 내고 철제 상자에 손을 집어넣을 수 있었다. 처음에는 빈 선반만 느껴졌으나, 팔을 어깨까지 집어넣자 손가락에 플라스틱 통이 잡혔다. 통을 꽉 붙잡고 내 쪽으로, 내가 낸 구멍 쪽으로 끌어오기 시작했다.

나는 금고 안에 든 것에 집착하느라 약국 앞에서 들려오는 유리문 치는 소리를 의식하지 않았다. 무슨 말인가 하면, 거기서 들리는 소리라는 건 알고 있었다. 소리가 귀에 들리니까. 그저 그 소리에 관심을 두지 않았을 뿐이다. 쉴 새 없는 드릴질과 쇠지렛대를 휘젓고 욕설을 퍼붓는 소리가 그것들의 관심을 끌었을 것이다. 알 게 뭐람.

"내놔."

유리 갈라지는 소리도 무시한 채 목소리를 낮추며 위협하듯 말을 뱉었다. 나는 묵직한 통을 구멍 옆까지 끌어와 확 잡아채려 했지만, 안쪽 선반에 떨어뜨리고 말았다. 구멍이 너무 작았다.

"빌어먹을!"

다시 금고 안으로 손을 뻗는데, 손과 팔이 사시나무 떨듯 했다. 통 전체를 밖으로 꺼낼 수 없으니 몇 움큼 쥐어 허둥지둥 야간 투시경 앞에 비춰 보았다.

타이레놀 #3. 코데인 함유.

약봉지에 붙은 라벨을 보자마자 유리가 산산이 부서지는 소리가 들렸다. 카고 포켓에 진통제를 쑤셔 넣고 조제실 테이블 뒤에서 절뚝거리며 나왔다. 언데드는 아직 완전히 뚫고 들어온 상태는 아니었다. 손을 떨면서 카빈에서 총검을 떼어 냈다. 탄환이 떨어져 간다는 건 알고 있었다. 통증을 느끼며 몇 번의 딸깍 소리와 함께 소음기를 총구에 돌려 끼우고 총을 안전 모드로 돌려놓았다. 그리고 상황을 가늠하기 위해 가게 앞쪽으로 느릿느릿 움직였다.

들어오기 위해 문을 박살 내려 하는 언데드는 모두 다섯 마리였다. 이미 출입구 왼쪽이 일부 무너져 내린 상황이었고 거의 뼈밖에 남지 않은 머리가 살짝 보이기까지 했다. 그것의 희뿌연 눈이 나를 포착하면서 유리문 밖에 있는 놈의 팔다리가 마구 움직이기 시작했다. 다리를 절며 다가가 놈의 머리에 가까이 대고 방아쇠를 당겼다. 이제 놈의 머리가 코르크처럼 안전유리에 난 구멍을 막고 있었다. 총소리가 다른 놈들의 흥분을 키웠다. 그것들이 유리와 문을 두드리기 시작하자, 문을 묶어 둔 쇠사슬이 덜거덕거렸다. 발목과 손에 찾아온 날카로운 통증으로 잠시나마 몽롱한 상태에서 벗어나 정신이 맑아졌다.

내가 찾으려 했던 건 붕대였다.

그리고 항생제 연고도.

얼빠진 놈! 도대체 뭔 거지 같은 생각에 빠져 있었던 거냐?

황급히 쇼핑 카트를 밀고 돌아다니며 안에서 찾은 붕대, 연고 등과 남은 탄산수를 그 안에 던져 넣었다. 시간 낭비할 틈 없이 세 마리를 더 쏘고 나니 카빈총의 노리쇠가 뒤로 잠겼다. 탄환은 끝이라는 의미였다. 마지막 언데드가 유리문의 뚫린 부분에 머리 넣을 때를 기다렸다가 총검의 날을 놈의 두개골에 박았다. 손이 극도의 고통으로 화끈거렸다. 그것의 시체는 유리를 버팀대 삼아 칼날로 균형 잡은 채 거기 매달려 있었다. 묘하게도 얼룩진 유리를 통해 그것의 희끄무레한 눈이 이리저리 움직이는 게 보였고, 다시 한 번 무언가 살피는 듯싶다가 몸이 축 늘어졌다. 칼날을 당겨 뽑는 순간, 커다란 포스터로 덮여 있던 판유리가 산산조각 나면서 길을 따라 접근하고 있는 더 많은 시체들이 보였다. 나는 신속히 쇠사슬을 풀고 끽끽 소리가 나는 카트를 밀고 골리앗의 조수석으로 가서 되는대로 물건들을 던져 넣었다.

트럭에 오른 뒤, 카고 포켓에 손을 넣었다. 약봉지를 찢고 코데인이 가미된 타이레놀을 반쯤 씹고 삼켰다. 약물이 체내에 흡수되도록 잠시 가만히 앉은 채, 고통이 인간을 무슨 짓까지 하게 하는지 다시 한 번 생각했다. 약은 효과가 있지만 옥시코돈만큼 세지는 않았다. 많은 언데드가 트럭 외부를 때리고, 나와 같이 타기 위해 손톱으로 차체를 긁는 소리를 들으며 트럭에 기어를 넣었다.

몇 킬로미터 정도 길을 가는데 통증이 점점 사라지고 눈꺼풀이 떨렸던 게 기억난다. 그리고 그때, 폐쇄된 고속도로 진입로를 찾아냈다. 고속도로에서 벗어날 수 있는 길목이었다. 위험천만하게 전방 주시를 게을리하다 주황색과 흰색으로 된 차량 통제용 칸막이를 들이받고 경사로를 따라 잡초가 무성히 자란 주차장으로 미끄러져 들어갔다. 작은 건물이 보이고 앞에는 표지판이 있었다.

휴게소
영업 종료

마지막으로 기억나는 일 중 하나는 트럭을 세우고 약 기운에 취해 잠에 빠져 버렸던 것이다. 아주 더웠던 것도, 나무와 키 큰 풀이 휴게소 사무실 창문 안쪽으로 쳐들어가, 채광창 밖으로 비어져 나올 듯 무성하던 것도 기억한다. 길을 따라 지나친 많은 곳들에서 그래 왔던 것처럼, 초록은 언데드와 함께 그 세력을 넓혀 가고 있었다. 어느 정도 시간이 흐르고 나면 그곳에 우리네 흔적은 없을 것이다. 굴착기를 써 그 속으로 들어가 보지 않는 한.

통증이 느껴져 잠에서 깼을 때는 밤하늘 높이 달이 떠 있었다. 코요테가 긴 울음을 울며 휴게소 너머 어딘가로 움직였다.

똑똑하지 않군, 전혀 아니야. 저래서야, 원.

얼굴을 찡그리며 카고 포켓에 손을 넣어 알약 한 알을 입에 넣고 물 반병을 꿀꺽꿀꺽 마셨다. 오줌이 너무 마려웠으나, 주변을 어슬렁거리는 그림자 때문에 트럭 밖으로 나갈 수가 없었다. 물병에 누려 했지만 바지와 손에 대부분 흘리고 말았다. 오줌이 반쯤 채워진 병은 플라스틱 뚜껑을 닫아 조수석 바닥에 쿵 던졌다.

그림자의 정체를 파악하기 위해 노력하면서도 헤드라이트를 켜면 안 된다는 건 알고 있었다. 내가 지켜보고 있다고 생각하는 것에 대해 너무 많은 사념을 쏟아붓게 되기 전에 다시 잠에 빠졌다.

아침 햇살이 휴게소 지붕 위로 떠오르며 내 얼굴을 따스하게 데우고 나를 잠에서 깨워 고통에 빠뜨렸다. 무의식적으로 카고 포켓에 손을 뻗어 이미 개봉된 약봉지를 꺼냈다. 의지력의 아주 작은 파편까지 그러모아 모아 약을 더 복용하는 것을 참아 냈다.

손질해 둬야 할 필수 물품들이 있었다.

창문을 내다보니, 300미터는 족히 떨어진 고속도로 위에 움직이는 얼룩 몇 개를 제외하고는 언데드가 전혀 보이지 않았다. 조용히 문을 열어, 잡초에 시달리고 얼었다 녹으면서 서서히 갈라지고 있는 콘크리트 위로 내려섰다. 트럭 앞으로 돌아 조수석 쪽으로 가서 문을 열고 약국에서 주워 온 것들을 꺼냈다. 콘크리트로 된 피크닉 테이블로 갔다. 의자는 수풀에 가려져 보이지 않았고, 테이블 상판은 키 큰 풀이 너울대는 한가운데 덩그러니 놓인 고독한 플랫폼이었다. 테이블 위에 앉아서 서둘러 챙겨 온 붕대와 연고, 다른 약품들을 분류하기 시작했다. 다른 모든 일에 손이 필요한 만큼, 제일 먼저 손을 살피기로 했다.

약간의 붕대를 소독용 알코올로 흠뻑 적셔서 손을 깨끗이 닦았다. 알코올은 빌어먹을 후레자식처럼 따끔거렸다. 뭐라 달리 표현할 방법이 없다. 젖은 붕대로 상처를 쑤셔서 고름과 흙먼지, 그 밖에 상처에 있는 이물질을 제거했다. 고통과 싸워 가며 철두철미하게 그런 것들을 닦아 낸 후, 항생제 연고로 파인 부분을 채우고 깨끗하고 건조한 붕대로 손을 감았다. 그렇게 마무리해 두고 처음으로 신발 끈을 풀어서 발목을 편하게 해 주었다. 그리고 손을 소독했던 것과 같은 방법으로 발목을 닦았다. 발목에는 벌어진 상처가 없었으므로 의학적으로 타당한 행동은 아니었지만, 시원하고 빠르게 증발하는 알코올 덕분에 기분이 괜찮았다. 다리 안쪽 복숭아뼈 주변으로 거미양정맥류[19]가 조금 보였다.

발목이 심하게 붓긴 했지만 떨리는 손으로 이쪽저쪽으로 가동성 검사를 해 보니, 확신할 수는 없어도 부러지지는 않은 듯했다. 소독 후, 진통제를 더 먹고 싶은 욕구와 싸우며 붕대로 발목을 단단히 감고 부츠를 신었다. 신발 끈을 완전히 묶을 수 없어서 빙 둘러 느슨하게 매어 두었다. 약국 물품들을 셔츠 자락에 올려 담은 뒤, 잔디를 헤치며 트럭으로 되돌아갔다.

트럭 앞을 돌면서 언데드 하나가 휴게소 경사로에 들어서는 게 보였다. 손으로 나를 가리키더니 걸음이 더 빨라졌다. 다시 한 번

---

19) 하지정맥류의 일종. 모세혈관의 내압 상승으로 정맥이 확장되어 실핏줄이 거미줄처럼 보인다.

여기가 방사능 유출 지역이 아님에 안도했다. 그랬더라면 나를 향해 전속력으로 질주해 왔을 텐데. 지금 당장은 놈이랑 드잡이할 기분이 아니었다. 하지만 쉬겠다고 트럭에 올라타 버리면 놈은 내가 상대해 줄 때까지 문을 두드리고 또 두드리겠지. 떨떠름한 기분으로 셔츠 자락에 올려 들고 있던 짐을 트럭에 넣고 총검을 고정하는 절차를 다시금 반복했다.

나는 문 옆에 간신히 서서, 저 생체로봇이 얼른 가까이 와서 내가 올라가 잘 수 있기를 조바심 내며 기다렸다.

제발 빨리 좀 와라.

흉한 몰골의 여자 시체는 슬로모션으로 걷는 듯했다. 머리카락은 듬성듬성 남아 있고 옷은 심하게 찢어진 상태였다. 유일하게 남아 있는 인간다움의 파편이라고는 왼쪽 손에 끼워진 거대한 다이아몬드뿐이었다. 반지는 마치 미러볼처럼 빛을 반사했다. 마침내 그녀가 내 총검에 닿을락 말락 하는 거리에 다다랐다. 머리를 굴리거나 타이밍을 재지 않았다. 그저 곧장 칼날을 들이댔고, 본능에 이끌려 온 시체는 날카로운 탄소강 칼끝으로 박혀 들어왔다. 남은 일은 어깨와 상체 힘으로 버티는 것뿐. 시체가 아스팔트로 쿵 떨어지고 얼마 지나지 않아, 나는 안전하게 트럭 운전석에 앉아 진통제를 삼키고 있었다.

하루가 별 뚜렷한 경계선도 없이 다음 날로 녹아들었다. 내 작은 휴게소에서 차를 몰고 나갈 정도로 상태가 호전되지는 않았지만, 물이 떨어져 가고 있었다. 몇 시간 간격으로 몽롱한 상태에서 깨어날 때마다 전쟁을 치렀고, 나는 계속 지는 쪽이었다.

다음번에는 딱 반 알만 먹어야지. 마지막 약을 복용한 뒤, 그렇게 혼잣말을 했다.

통증이 다시금 맹렬히 몰아쳤다. 약을 채 입에 넣기도 전에, 아직은 전량을 복용해야 할 때라며 딱 한 번만 더 약속을 어겨야겠다고 스스로를 납득시켰다. 손은 조금 나아진 것 같았고 이를 악물지 않고도 카빈총을 손에 쥘 수 있었다. 발목은 여전히 심하게 아팠지만 약이 돌 때는 괜찮았다.

트럭 뒤에 있던 GARMR의 대기 모드를 깨우고 기계를 작동시켰다. GARMR은 깨어나자마자 최상의 각도를 찾아 복합 센서를 돌리며 즉시 내 얼굴을 추적했다. 으스스하다고 생각하곤 했는데, 이제는 이상하게 그 모습이 기대되었다.

제멋대로 생장하는 식물들에게 서서히 잠식되는 건물로 절뚝절뚝 걸어가 그 앞에 섰다. 화장실 사이에는 시커먼 물과 올챙이가 그득한 분수가 자리 잡고 있었다. 본관 가까이에 서 있는 부서진 자판기에는 아무것도 남아 있지 않았다. 확실하게 알 방법은 없지만, 여기는 언데드가 걷기 훨씬 이전부터 폐쇄된 곳인 것 같았다.

이런 새로운 확신으로 무장한 채 문마다 돌아다니며 가볍게 노크해 보고 잠금장치를 확인했다. 남자 화장실은 굳게 잠겨 있었지만, 여자 화장실과 본관 문은 잠기지 않고 닫혀 있기만 했다. 잠기지 않은 화장실에 별 문제가 없음을 확인한 뒤, 공포 영화 속 효과처럼 길고 낮은 삐거덕 소리를 꾹 참으며 서서히 본관 문을 열었다. 그곳에는 책상과 양초, 의자, 프로판가스 랜턴이 있었다. 그리고 책상 위에는 조지아주 도로 지도책이 펼쳐진 상태였다.

GARMR을 밖에 둔 채 문을 닫고, 자세히 살피기 위해 안으로 들어섰다. 아무도 없음을 확인한 뒤 의자를 끌어왔다. 내부가 어두워서 램프에 딸린 녹색의 작은 프로판가스 탱크를 흔들어 보았다. 반 정도 차 있었다. 가스에 불을 붙이고 달걀 모양의 백열맨틀이 달아오르는 것을 지켜보았다. 마치 보이지 않는 나방이 물어뜯기라도 한 듯, 맨틀에는 구멍이 송송 나 있었다. 그래도 쓸 만했고, 밝은 빛으로 공간이 환해졌다.

서보모터를 움직이는 GARMR의 소리가 들려서, 책상을 박차고 일어나 의자를 뒤쪽 벽으로 넘어뜨리며 문으로 뛰쳐나갔다. 그리고 문을 열자마자 총검으로 민첩하게 찔렀다.

그러나 GARMR은 비닐봉지가 세상의 종말을 알리는 회전초[20] 처럼 떠올라 버려진 분수를 지나는 것을 추적하고 있을 뿐이었다. 산들바람을 타고 부풀어 오른 이 이상한 흰색 형체는 사무실 안에서 하얗게 불타오르던 가스랜턴의 심지를 연상시켰다. 심박수가 치솟고 혈액이 손발로 보내지면서 발목의 통증이 심해져 다시 카고 포켓에 손을 뻗고 싶었지만 버텼다. 내 결단이 언제까지 계속될지 몰라도, 이렇게 시작해 보기로 했다.

다시 의자를 끌어온 나는 책상에 앉아 지도책을 살폈다. 샤피 형광펜으로 표시된 다이아몬드 모양 덕분에 현재 위치는 찾기 쉬웠다.

휴게소.

---

20) 미국 북서부 사막 지대에 서식하는 잡초로, 가을이면 둥글게 뭉쳐서 바람에 날아다닌다. 회전초가 홀로 굴러가는 장면은 미국 서부의 황량함을 나타내는 장치로 영화와 드라마에서 흔하게 등장한다.

페이지 전체에 걸쳐 작은 글씨로 메모가 적혀 있었고, 지도책 소유자가 확인해 보고 무언가 발견했거나 무언가가 없음을 확인한 장소를 나타내는 동그라미들도 있었다.

지저분한 집게손가락으로 검은색 굵은 글자와 표시 들을 따라 짚으며, 마치 내가 쓴 것처럼 모든 내용을 흡수했다.

나는 지평선 남쪽과 서쪽을 지켜보다 거대한 불덩어리를 목격했다. 라디오에서 그자들이 그렇게 하겠다고 하더니, 젠장, 정말 그렇게 했다. 잠시 하늘이 환하게 빛났는데, 마치 신을 두려워하지 않는 태양이 섭리를 거스르는 방향에서 갑자기 떠오르는 것처럼 보였다. 지축이 흔들리고 몇 분이 지나 바람의 방향이 바뀌더니, 바깥 나무 위에 앉아 있던 올빼미가 자신의 소나타를 끝마쳤다. 내 개가 책상 밑에서 낑낑거리며 내 손을 핥는다.

나는 소유자가 모서리를 메모장처럼 사용한 지도를 시계 방향으로 짚었다. 남자가 표시해 둔 지역은 결코 방문할 생각이 없었다.

버려진 휴게소에서 1.6킬로미터 이내의 모든 사냥감을 싹 죽이고, 이 지역의 먹을 수 있는 식물들을 멸종 수준으로 수확했다. 하지만 식량이 다 떨어졌다. 겨울을 나기 위해 로이를 먹어야 했다. 쉬운 결정은 아니었으나 남자답게 선택했다. 아빠가 보셨다면 자랑스러워하셨겠지. 나는…… 로이를 뒤로 데려가 녀석의 눈을 바라보고, 죽이기 전에 미안하다고 말했다. 활용할 수 있는 부분은 남긴 다음, 나머지는 몇 마디 작별의 말과 함께 묻어 주었다.

나무의자를 책상에서 멀찌감치 뒤로 젖혀 밀고, 책상 아래를 손전등으로 비추었다. 내가 읽은 5년 전에 발행된 조지아주 도로 지도책의 글귀는 현실의 기록일까, 아니면 소설일까? 이미 쓴 22구경 탄피와 사무실 바닥 줄눈에 낀 로이의 털은 작가가 여기서 시간을 보냈음을 말해 주었다. 충실한 동반자인 로이가 책상 아래 몸을 웅크리고 있는 모습이 거의 보이는 듯했다. 그리고 해야 할 일을 하고 만 주인도.

수척해진 내 몸은 먹지 않으면 곧 죽을 것임을 말해 준다. 들판을 지나 앤더슨의 농장까지 16킬로미터. 밖에 있는 저것들과 함께는 10분의 1도 가지 못할 것이다. 어제는 조금 느린 몇 마리를 이끌고서 북쪽으로 달리는 한 놈을 보았다. 놈은 섬광이 터졌던 방향에서 왔다. 그냥 알 수 있었다. 핵이 터진 직후, AM 라디오에서 한 국회의원이 방사능과 방사능이 그것들에게 미치는 영향에 대해 경고했다. 밖에 그것들이 있다.

페이지를 넘겼다. 다음 지면에서는 광기가 느껴졌다.

도마뱀, 이끼에 이어 가죽이다. 신발도 먹고 벨트도 먹었다. 그것들 중 하나를 먹어 볼까 생각 중이다. 놈들은 경사로 바로 아래 길에 충분히 있다. 그때가 가까워지고 있다. 독감인가? 모르겠다. 굶주림만으로도 충분히 힘든데. 남자 화장실에 틀어박혀 있어야겠다. 단, 할 말은 다 하고 가야지. 북쪽의 우리 모두에게도 가을이 오고 있다. 나는 내 마지막 열량에너지를 소모했다. 버려진 차 안에 있던 음식을 먹으려는 최후의 발악이었다. 처음 그 차들의 모습을 아직도 잊지 않는다. 차의 비상등은 며칠간 깜박거렸다. 한쪽 비상등이 거의 일주일 동안 나무 사이로 불빛을 깜박였다.

물통은 찾았는데, 그건 나도 잔뜩 있어.

빌어먹을, 처먹을 게 없단 말이야!

껌 한 조각이라도 있었으면 사흘을 나눠 먹었을 텐데.

로이가 꿈에 나오는데, 이런 식은 안 돼.

저주받은 지도책처럼 느껴졌다. 진정한 암흑이자 절망 그 자체인 이 책을 다시는 읽을 일이 없을 것이다. 책을 덮고 책상 너머로 집어던지며 나는 결코 저런 글을 남길 일이 없기를 바랐다. 사람은 절박해질수록 초라해지는 법이다.

더 이상 이곳은 머물고 싶지 않았다. 한때 로이라는 개를 길렀던, 이름 없는 남자가 이곳에서 쓸 만한 건 다 털어 먹었다. 이제는 잠긴 남자 화장실 안에 죽어서 누워 있는 그 사람이.

프로판가스 랜턴의 불을 끄고 지도책 옆, 책상 위에 놓아두었다. 그리고 내가 그 사람처럼 온기를 위해 GARMR을 나무 책상 아래 웅크리고 있게 두고 그 책상에 자리를 잡을까 두려워 사무실을 나섰다.

사무실 문을 열자, 지칠 줄 모르고 서서 지켜보던 GARMR이 나를 맞았다.

GARMR은 그것을 탄생시킨 어떤 실험적인 생산 라인에서 생겨난 이후로 좋은 날들을 다 보내고 상태가 안 좋아져 가고 있었다. 내가 스프레이 페인트를 뿌려 놓았는데도 전투의 상흔이 가려지지 않았다. 동체는 움푹 파이고, 긁히고, 전 주인과 함께한 무법지대에서 산전수전을 겪으면서 얻은 탄흔까지 있었다. 그런데도 이 기계는 자전거나 계산기처럼 지루할 정도로 변함없이 믿음직하게 기능했다.

녀석에게는 의지할 수 있었다.

GARMR은 자기 보호나 옹졸한 감정과는 관계없이 프로그램에 입력된 대로 움직일 것이다. 벌써 지난번 텔러해시의 아수라장에서 날 탈출시켰고 그 전에는 날 공격하러 오는 언데드를 가로막기도 했다. 녀석의 티타늄 머리를 다정하게 쓰다듬은 뒤, 로이와 그의 불운한 주인이 임시로 머물렀던 사무실을 벗어나 절뚝거리며 트럭으로 돌아갔다. 남자 화장실 문을 부수고 들여다봐야겠다는 생각은 눈곱만큼도 들지 않았다.

운전석 뒤편 침대에 배낭 안 물건들을 털어놓고, 비축량 재고조사를 해 보았다. 식량이 떨어져 가고 있었다. 건조 식량을 한쪽에 밀어 두고 장비를 다시 꾸렸다. 무게가 나가는 건 이제껏 오는 동안 벌써 먹어 치웠고, 이제 건조 식량 무게까지 가벼워졌다.

앞 유리에 빗방울이 튀기 시작하자, 빈 플라스틱 병 두 개를 모아서 빗물이 벌써 모여 떨어지기 시작하는 휴게소 지붕 밑 바깥쪽에 세워 두었다.

손은 확실히 낫고 있었다. 문손잡이를 잡거나 바지를 올릴 때는 여전히 아프지만, 손을 씻는 것은 점점 참을 만했다.

밖에 세워 둔 병에 물이 충분히 모이자, 수통 컵에 조금 붓고 고체 연료에 불을 붙인 다음, 컵을 올렸다. 물이 끓어오르기 전까지 데우고 건조 식량을 넣었다. 음식이 제대로 요리되도록 15분을 더 끓이는 호사를 누릴 수는 없었다. 그렇게 하면 조리용 연료가 급속도로 닳을 테니.

원래 라자냐는 바삭바삭한 음식이 아니지만, 벨트와 신발을 먹는 것보다는 훨씬 나았다.

태양이 나무 아래로 사라졌다.

“저주 내릴 밤이어라, 이 얼마나 소름 끼치는 밤이더냐.”

나는 크게 소리쳤다. 창밖을 보니, 문 바로 앞에 GARMR이 자동으로 접혀 휴면 상태로 돌아가 있었다. 녀석이 나의 취침 등이었다.

좌석 뒤에서 도로 지도책을 꺼내 여기서부터 북쪽까지 어떻게 가야 할지 지도를 그려 보기 시작했다. 때가 덕지덕지 낀 손톱으로 예상 경로를 추적하다가 퍼뜩 정신을 차리고 지도책을 좌석 뒤에 다시 끼워 넣었다. 나는 로이의 주인이 될 준비가 되지 않았다.

해는 저물었지만, 노을빛이 남아 휴게소에 여전히 어둑한 그림자를 드리웠다. 트럭 옆 커다란 대왕참나무가 낮에는 그늘을 제공하더니, 밤이 되니 동굴 같은 분위기를 연출했다.

깨진 창문을 통해 밖에서 나무의 잔가지가 부러지는 소리가 들렸다. 야간 투시경을 켜고 트럭 양쪽을 살폈으나 아무것도 보이지 않았다. GARMR을 작동시킬 것까지는 없었다. 어디 끼어서 못 움직이게 되거나, 소음이 너무 커서 고속도로에서 더 많은 언데드를 끌게 될지도 모르니까.

시계를 보니 진통제 권고 복용 시간까지 30분 정도 남았지만, 약 한 알을 반으로 쪼갠 양이라면 조금 일찍 복용해도 괜찮을 것 같았다. 발목에는 아직 통증이 있지만 약 기운이 떨어졌을 때도 끊임없이 아리지는 않았다. 이건 좋은 징조다. 낫고 있는 것이다. 정말 잘된 일이다. 식량을 더 찾아야 하고, 그러자면 좀 더 만만한 장소를 물색해야 한다. 내 상태로는 월마트 옥상 채광창으로 줄을 타고 내려갈 수가 없다. 쉽게 구할 수 있어야 한다.

정말 힘들게 트럭 앞으로 기어올랐다. 트럭의 전기 설비를 켜고 AM 라디오를 켜 보았다. 아무 소리도 나오지 않았다. 어딘가 잡음 속에서 영국식 억양이 들리나 싶었지만, 아마도 내 상상인 듯싶었다. 정신은 이따금씩 제가 듣고자 하는 것을 들었다. 허기도 반쯤 채웠고 진통제도 혈액을 따라 퍼지면서 이제 잠들 수 있을 것 같았다.

새벽 5시 00분경, GARMR을 고정시키고 시동을 걸었다. 고속도로에 재진입하기 위해 들어온 길 쪽으로 서툴게 운전대를 돌렸다. 휴게소 출입구는 공사장 바리케이드로 막혀 있었지만, 그것들을 치우려다가 발목을 다치고 싶지 않았다. 그래서 길바닥에서 썩어 가는 시체를 우두둑우두둑 밟고 지나간 다음, 고속도로로 재진입하기 위해 오른쪽으로 급하게 핸들을 돌렸다.

이전에도 언급했듯, 메이컨까지 도로가 깨끗했다. 케이블을 연결하고 길에서 잔해 몇 개를 치우기 위해 딱 한 번 트럭을 세웠다. 비가 내린 지 얼마 되지 않았기 때문에 풀로 덮인 갓길 쪽으로는 트럭을 몰아 볼 생각도 하지 않았다. 다친 다리로 길에서 오도 가도 못 하게 되는 것은 사망 선고나 마찬가지였다.

오늘 아침 길을 나서기 전, 챙겨 뒀던 코데인을 한 알 꺼내고 나머지는 일부러 트럭 밖에 있는 GARMR의 새들백에 넣었다. 그리고 떠나면서 반 알을 먹었다. 나머지 반 알도 먹고 싶었지만, 진통제 의존 상태에서 벗어나려는 시도를 막 시작한 참이었다. 메이컨에 도착할 때쯤, 트럭을 잠시 세우고 다리를 절뚝이며 걸어가 나머지 약들을 꺼내 올 뻔했지만, 그런 생각을 물리치며 나 자신을 다잡았다. 아프지 않아. 그렇게 아프지 않아. 그렇게 아프지는 않아.

아주 단순한 원리였다. 약을 가지러 트럭에서 내리면, 나는 중독된다.

운전대를 잡고 계속해서 임무를 수행한다면, 중독되지 않는다.

메이컨 외곽에서 표지판을 따라 길을 벗어났다.

제로 마운틴 냉동 창고 6.5킬로미터

냉동 창고가 존재하는 유일한 이유는 보존이고, 보존은 식품을 의미했다. 아마도 모두 약탈당했겠지만, 식품은 곧 배달 트럭을 의미하며, 이는 또한 디젤유를 의미했다. 골리앗은 연료 탱크를 채울 필요가 있었다. 사태 초기에 공황 상태에 빠진 사람들이 대형 식품 매장에나 서둘러 몰려들었지, 제로 마운틴 같은 곳까지 찾아가지는 않았을 것이다. 희망을 버리지 말자고.

길을 따라 천천히 달렸다. V 자형으로 접힌 트럭을 돌아 '제로 대로'라는 이름이 붙은 길을 따라갔다. 산비탈에 시설 입구가 있고, 적재 구역 가까이 트럭들이 주차된 상태였다. 골리앗을 수십 대의 다른 트럭 사이에 주차시키고 시동을 껐다. 체커스의 새들백에 든 약을 꺼내고 싶은 충동이 들었으나, 무시하고 트럭에서 내렸다.

언데드의 기미가 있는지 귀를 기울이며 땅바닥으로 내려와, 주차장에 드문드문 서 있는 제로 마운틴 트럭들 아래로 수없이 이어진 타이어들을 하나하나 살폈다. 깨진 콘크리트 조각을 집어 들고 트럭들 사이로 멀리 던졌다. 콘크리트 조각이 금속과 부딪치며 크게 쾅 소리가 났고, 산비탈과 나 사이에서 이리저리 몇 번 메아리가 울렸다. 다시 땅으로 내려와 움직임이 있는지 주시했다.

저쪽이다. 다리 한 쌍이 트랙터 뒤에서 트레일러 끄트머리로 천천히 움직였다. 그러더니 또 다른 다리 한 쌍이 빨간색 트럭 앞머리를 돌았다. 두 놈 모두 소리가 들리는 곳으로 향했다.

이 새끼들은 소리가 어디서 나는지 알아차리는 묘한 재능을 지녔다.

아주 힘들게 총검을 고정한 다음, 그 끝으로 첫 언데드를 마중했다. 두 번째도 같은 방식으로 신속히 해치웠다. 주변을 다시 한 번 확인한 뒤, 트럭 사이를 돌아다니며 연료 탱크를 소총으로 두드려 보았다. 연료는 골리앗의 탱크를 채울 만큼 충분했다. 골리앗으로 돌아가 GARMR을 땅으로 내려놓고 트럭의 시동을 걸었다. 그리고 연료가 남은 것을 확인한 트럭 가까이 골리앗을 대고 탱크에서 탱크로 디젤유를 옮기기 시작했다. 여분의 기름통도 최대한 가득 채워서 만일에 대비해 안전하게 넣어두었다. 머리 위로 몰려드는 구름을 보니 당장에라도 한바탕 쏟아질 것 같았다.

적재 구역으로 트럭 두 대가 후진 주차 된 상태였다. GARMR을 이끌고 절뚝거리며 그쪽으로 다가갔다. GARMR이 갈라진 보도블록을 디디는 딸깍 소리가 들려왔다. 적재 구역에 다다라 고무 범퍼를 잡았다가 손이 결려서 약간 움찔했다가 천천히 플랫폼으로 올라갔다. 카빈총에 소음기를 다시 결합하고 트럭과 적재 구역 입구 사이의 틈새를 내다보기 위해 카빈총의 조명을 켰다. 그 틈은 땅에서 비교적 높았고 안으로 들어가기에는 비좁았다. 천둥이 우르릉대고 산비탈에서 울려 퍼졌다.

플랫폼에서 내려와 적재 구역 근처에 골리앗을 주차했다. 물론 그 과정에서 GARMR을 치지 않도록 주의했다. GARMR은 기본적으로 자기 보호 프로그램이 되어 있는 것처럼 보였다. 내가 제자리로 돌아갈 때 기계가 길을 비켜 준 걸 보면. 이제 적재 구역에서는 안전했으며, 비록 생각만 해도 발목이 아프지만 긴박한 상황이 닥치면 트럭에서 트럭으로 뛰어서 골리앗까지 갈 수도 있었다.

체인 도르래가 달린 두 짝의 거대한 회전 셔터가 제로 마운틴의 내부와 적재 구역을 가르고 있었다. 근처에 활용할 만한 것이 있는지 확인한 후, 도르래의 체인을 당겨 금속 문을 몇 센티미터 위로 올렸다.

아래 생긴 틈으로 뼈가 다 드러난 손 백여 개가 일제히 튀어나오더니 부패해 가는 근육과 힘줄에 남은 힘을 그러모아 문을 움켜쥐고 끌어 올렸다.

체인을 놓을 수가 없었다. 언데드들 때문에 말 그대로 내 발이 땅에서 거의 떨어질 지경이었으니까. 내 체중을 실어 무거운 중량의 녹슨 체인을 붙잡고 셔터를 다시 내리려 했지만, 여전히 그것들은 어떻게든 셔터를 들어 올리며 나를 땅바닥에서 띄우고 있었다.

마지막으로 한 번 잡아당겨 봤지만 결국 겁먹은 짐승처럼 체인을 놓았다. 셔터가 열리면 시체 떼가 쏟아져 나올 터였다. 등 뒤로 셔터가 올라가는 소리가 들렸다. 내 발목이 허락하는 한 서둘러 앞쪽에 보이는 상자 모양의 틈새로 달려갔다. 달아나는 따뜻한 몸뚱이에 대한 추격이 시작되면서 지게차와 포장 테이프 두루마리들이 땅에 처박혔다. 틈새를 비집고 지나가려면, 천천히 가거나 발

다칠 위험을 감수하며 빠르게 하강해야 했다. 적재 구역 밖으로 뛰어내린 순간, 그것들 중 하나가 틈새로 모습을 드러냈다. 그것이 내 쪽으로 몸을 던지려는 순간, 나는 얼굴을 가렸다.

그것은 너무 덩치가 커서 빠져나오지 못했다.

허리 부분이 낀 채, 팔을 휘두르며 거친 신음 소리를 냈다. 현재는 사용하지 않는 폐에 있었던 것들이 닥치는 대로 입으로 쏟아져 나와 트레일러 옆으로, 고무 범퍼로 흘러내렸다. 운이 좋았다고 생각했던 것도 잠시, 비대한 몸뚱이 뒤쪽에서 공포물의 나머지 출연자들이 나타나 놈을 만화영화에서 하는 것처럼 과격하게 나를 향해 밀었다. GARMR은 나와 그것들을 지켜보았다. 내가 정신이 나간 것도 아니고, GARMR이 기계일 뿐이라는 것도 알면서도 GARMR이 고심하고 있다는 느낌이 들었다. *자, 이제 어쩌죠?*

"뛰어!"

기계와의 가상 소통에 응답하듯 소리쳤다.

골리앗으로 돌아오는데, 거대한 언데드가 틈새에서 밀려 나와 쿵 소리와 함께 땅에 부딪치는 소리가 들리고, 뒤따르는 나머지 놈들의 작은 쿵쿵 소리가 이어졌다. 나는 재빨리 GARMR을 싣고 트럭으로 뛰어들었다.

엔진은 돌아가는데 시동이 켜지지 않았다.

시체들이 제각각 쿵 소리와 함께 땅에 떨어지는 소리가 운전석까지 들렸다. 지켜보면서도 믿기지가 않았다. 점차 내가 방어할 수 없는 규모의 시체들이 골리앗을 에워싸기 시작했다. 카빈총은 탄창 하나가 조금 넘는 탄환이 남아 있었다. 창밖에 보이는 머릿수를 대적하기에 탄환 30여 발은 무의미했다. 놈들이 순순히 한 줄 서기를 해 준다면 혹시 모르지만. 골리앗의 시동을 다시 걸어 보려고 했다. 배터리의 성능은 아주 좋았지만, 시동이 걸리지 않았다.

운이 지지리도 없다고 푸념하며 앉아 있던 것도 잠시, 골리앗을 처음 발견했을 때 침대칸에서 발견했던 권총이 떠올랐다. 뒤로 뛰어들려는 순간, 옆 창문에 소름 끼치는 얼굴이 나타났다. 놀랍게도 이놈은 머리 일부가 없음에도 여전히 움직이는 데 문제가 없는 모양이었다. 게다가 부패가 꽤 진전된 상태인데도 위로 올라와 먹잇감을 들여다볼 방법을 찾기도 했다. 나는 마이크로텍 나이프를 꺼내 칼날을 빼냈다. 나는 창문을 내리는 시간을 잘 맞춰서 놈이 칼날이 오는 것을 보지 못하게 했다. 복싱 선수처럼 재빠르게 놈의 머리에 칼날을 쑤셔 넣어, 아래에서 점점 규모를 불려 가는 나의 팬들에게 돌려보냈다.

더 많은 놈이 올라오려 하고 있었다.

창문을 다시 올리고 22구경 루거 마크 III를 찾으러 갔다.

무거운 철제 권총을 되찾아 장치에 이상이 없는지 확인했다. 작동 문제도 없고 가늠쇠는 총 뒤쪽에 꽤 가깝게 정렬되어 있는 듯했다. .22LR 탄은 상자 일부를 조수석에 쏟아 두고, 탄창 하나를 루거에 끼웠다.

창문을 반쯤 내리고, 최대한 신속하고 정확하게 방아쇠를 당겼다. 이 정도 거리에서 .22LR 탄은 별 문제 없이 두개골을 관통했다. 첫 열 발이 꽤 빨리 소모되었으므로, 좌석의 탄약 상자에 빈 탄창을 던져 넣고 다음 탄창을 끼웠다. 귀가 울려서 9밀리미터 탄환으로 귓구멍을 틀어막고 계속해서 방아쇠를 당겼다. 오른팔과 얼굴에 미세한 황동 파편이 튀고, 루거 권총의 형광 광섬유 가늠쇠는 내 림파이어 발사체를 목표물에 맞춰 주었다.

쏘고, 쏘고, 또 쏘았다.

계속 마크 III에 탄창을 장전하다 보니 엄지손가락에 물집이 잡혀, 백 발 이후엔 장전조차 힘들어졌다. 금속 탄창에 조그마한 탄환들을 끼워야 했으므로, 탄창을 교체하는 스프링 장력 버튼을 엄지손가락으로 제어하기가 거의 불가능했다. 골리앗 주변에 널린 시체 더미도 문제였다. 아직 열 마리가량이 남아 땅에 쓰러진 시체들을 계단 삼아 트럭 발판으로 올라서고 있었다. 나는 손의 통증을 무시하고 방아쇠를 계속 당겼다.

마크 III는 결국 거의 오작동 없이 근방의 언데드를 모두 진압했다. 트럭 계기판에는 빈 탄피가 가득했고 총격전을 벌인 냄새가 났다. 방아쇠를 당긴 손이 아렸고 양손 엄지손가락은 통증으로 욱신거렸다. 탄환 상자의 거의 절반을 비우고 좌석에 앉을 때쯤에는 마크 III의 총열은 만지면 뜨거울 정도였다.

탄창이 빈 마크 III를 재장전할 생각만 해도 속이 메슥거렸다. 통증이 그 정도로 극심했다는 소리다. 더 많은 언데드가 주차장으로 쏟아져 들어오는 이 순간, 나는 정말 오랜만에 기도를 시작했다.

"주여, 저와 함께 이 골짜기를 거니소서. 간절히 바라나니, 제발 트럭 시동을 걸어 주소서."

눈을 감고 양손을 모아 쥐며 속삭였다.

액셀을 건드릴 엄두도 못 내고 클러치를 밟으며 천천히 키를 돌렸다. 배기관이 새까만 연기를 펑 내뿜더니 골리앗의 엔진이 살아나 굉음을 냈다. 남은 식량과 물은 아주 극소량뿐이었지만, 신의 개입이 있었고 엔진에 교차 급유할 디젤유도 두 통이나 되어 내가 트력을 몰아 향하고 있는 그곳까지 도달할 수 있을 만큼 충분했다.

애틀랜타.

지상 낙원. 이곳을 묘사할 수 있는 유일한 표현이다. 오래 지속되지 못한다는 점도 에덴동산과 같다. 담장 밖 세상으로부터 일시적으로 도피했을 뿐이니.

골리앗의 기어 변속을 익히며 시골 고속도로를 따라 북쪽으로 향해 달리는데 오른쪽 나무들 사이로 무언가가 눈에 들어왔다. 움직임이었다. 트럭을 천천히 멈추고 배낭에서 쌍안경을 꺼냈다. 접안렌즈의 초점을 선명하게 맞추자, 나무들 너머로 2킬로미터쯤 떨어진 곳에 소형 풍력발전기가 또렷하게 보였다. 다시 골리앗의 기어를 넣고 가던 길을 벗어나 산비탈로 이어지는 길로 접어들었다.

길을 몇 번 잘못 접어들었다가 찾고 있던 곳을 발견했다. 시체들이 떼거리로 몰려들어도 끄떡없을 육중한 철문이 닫혀 있었다. 게이트는 기름기와 연골, 잡다한 점액질에 덮여 있었고, 돌기둥에 단단히 고정된 모양새를 보아하니 내가 모는 트럭 정도는 되어야 게이트를 경첩에서 뜯어낼 수 있을 듯했고, 그나마도 골리앗의 무게가 받쳐 주지 않으면 충분하지 않을 것처럼 보였다.

코데인을 반 알 먹고 나머지 약들은 글러브 박스에 넣은 뒤, 트럭에서 나왔다. 아스팔트는 비록 나뭇잎과 죽은 잔디로 덮여 있었지만, 비교적 최근에 재포장된 것처럼 보였다. 시설물 출입문에는 글자가 적혀 있지 않았다. 오로지 견고한 구리 문장뿐이었는데, 방패를 배경으로 칼끝이 아래를 향하도록 수직으로 꽂힌 단검을 뱀이 감고 있는 모습이었다. 담장이 높아서 그냥 돌아서려던 찰나, 울타리 반대편에서 희미한 음악 소리가 들려왔다.

힘겹게 운전석에 올라 철문에서 2, 3센티미터 간격만 남기고 차를 바짝 붙여 세웠다. GARMR을 풀어 두고 매듭 마디가 있는 밧줄을 울타리 맞은편으로 던진 다음 온기가 남아 있는 트럭 후드에 올랐다. 그리고 담장을 넘어 반대쪽으로 내려갔다.

음악은 들릴 듯 말 듯했다. GARMR 발굽의 찰칵찰칵 소리가 들리는 것을 보니, 녀석은 앞이 가로막힌 게 마음에 안 드는 모양이었다. 태블릿으로 GARMR의 메뉴에서 게이트 구역을 새로운 '귀가' 좌표로 설정했다. 일이 틀어져 다른 지점으로 탈출하게 될 경우를 대비해서였다. 대기 명령을 내린 뒤, 숲 사이로 난 구불구불한 진입로를 따라 걷기 시작했다. 마침내 2층짜리 큰 집이 나왔다. 현관에는 고속도로에서 본 풍력발전기에서 동력을 공급받는 것으로 추정되는 등이 켜져 있었다. 정문 현관으로 이어지는 보도에 죽은 개 세 마리가 남아 있었다. 도베르만이나 로트바일러 중 하나인 듯한데, 부패로 인해 식별이 불가능했다.

잡초와 어린나무 들이 무성하게 자란 화단에 놓인 인공 바위에서 클래식이 흘러나왔다. 꽤 오랜만에 듣는 감미로운 음악이지만, 바위를 뒤엎고 전선을 확 뽑아 소리를 죽였다.

현관은 잠겨 있지 않았다. 안쪽에서 터져 나오는 상쾌하고 서늘한 공기는 소형 풍력발전기 외에도 그곳에 동력을 공급하는 무언가가 있음을 짐작케 했다. 저 정도 발전기로는 에어컨을 가동할 수 없으므로. 플로리다 키스에 있는 전초 기지에서도 허용되지 않았던 정말로 현실적이지 않은 냉기를 한껏 즐겼다. 심지어 우리 섬에 전력을 공급하는 두 개의 웨스팅하우스 원자로도 등화관제 없이는 마을 전체에 에어컨을 공급할 수 없었다. 그곳에서 전기는 제한적으로 배급되었다.

등 뒤의 현관을 닫고, 내부의 화려하게 장식된 디자인을 둘러보았다. 공기 정화 장치가 바닥에 앉은 먼지와 자잘한 쓰레기를 줄여 줘서 집은 비교적 깨끗했다. 몇 분 동안 집과 담장 주변 곳곳의 안전을 확인했다. 집은 담장과 높은 철제 울타리로 둘러싸여, 언데드가 웬만큼 몰려들어도 별로 지장이 없을 듯했다. 집 너머 언덕의 꼭대기에는 대형 콘크리트 물탱크가 있었다. 4만 제곱미터 부지의 둘레를 걸으며 울타리에 틈이 없는 것을 확인하면서 울타리 반대편, 마른 하천 바닥에 엎드린 시체 하나를 본 게 전부였다. 나는 그것에게 소리치며 돌을 던져서 움직이지 않는지 확인했다.

별도로 분리된 차고도 잠겨 있었다. 나는 시체 한 소대와 싸울 준비를 하며 문을 어깨로 밀어젖혔다. 차고에 언데드는 없었다. 나의 행운은 영원히 지속되는 것이 아니기에 이런 곳을 찾은 것은 정말 운이 좋은 것 이상이었다. 큰 차고 안에는 타이어가 펑크 난 대형 랜드로버가 기우뚱하게 서 있었다. 얇게 덮인 먼지는 그 일이 시작된 이후로 차가 여기 있었음을 내비쳤다. 야간 투시경을 쓰고 계속해서 안으로 들어갔다. 랜드로버를 지나칠 즈음 생각했다. *이 집은 정말로 전기가 안 끊겼어.*

문으로 되돌아가서 스위치를 켜고, 형광등 불빛으로 방치된 차고를 밝혔다. 차고 반대편에 늘어선 작업용 선반은 다이빙 장비와 오토바이 헬멧, 심지어 말끔히 접힌 낙하산 몇 개가 든 통 등으로 가득 차 있었다. 랜드로버가 매력적이긴 했다. 타이어를 내가 직접

갈 수 있으니까. 하지만 골리앗처럼 극한의 주행력을 보여 주지는 못했다. 게다가 더 자주 연료를 찾아 헤매야 했다. 보통 연료에는 가솔린 엔진 같은 내연기관에 좋지 않은 에탄올이 함유되어 있었다. 랜드로버는 잠겨 있었지만, 조수석 창문에 산소 탱크를 던져 깼다. 배터리가 차량 경보 시스템에 아직 동력을 공급하고 있을까 봐 문을 열 엄두는 내지 못했다. 날카로운 유리를 조심히 넘어 내가 찾던 것을 집으려고 햇빛 가리개로 손을 뻗었다.

게이트 리모컨.

이 작은 장치를 내 벨트에 매달고 천천히 정문으로 되돌아갔다. 게이트로 향하는 마지막 모퉁이를 돌자, GARMR이 내 방향으로 난 길을 바라보며 서 있는 것이 보였다. 대기 명령을 내렸는데, 무언가가 기계를 깨운 것이었다. 트럭 주변에 몇 구의 시체가 서성거리고 있었다. 놈들은 GARMR에는 관심이 없었다. 분명 호기심에서 대기 상태의 기계를 건드려 놓고, 자기들이 산산이 찢어 버릴 수 있는 것이 아님을 알자 내버려 둔 것일 테지. 세 놈을 울타리 뒤에 둔 상태에서 소총 개머리판으로 쇠창살을 빠르게 통통 두드려 큰 소리로 놈들을 불렀다. 그리고 그것들이 사정권 내에 들어오자마자 잘 조준해서 머리를 찔렀다. 철문을 다시 열 때 무거운 고깃덩이들을 힘들여 끌 일을 만들고 싶지 않았다.

내가 리모컨의 버튼을 누르자, 전기 모터가 체인을 팽팽하게 하면서 끼익 소리와 함께 게이트를 안쪽으로 열었다. 게이트에 얼굴을 부딪치지 않기 위해 뒤로 물러나며 GARMR을 빨리 들어오게 했다. 다시 GARMR에게 대기하라고 말하고는, "이번엔 농담 아니야." 하고 덧붙였다.

나는 운전석에 올라 트럭의 방향을 뒤집었다. 재빨리 도주해야 할 때를 대비해 무거운 트럭이 잔디에 빠지지 않게 주의하면서 전진, 후진, 전진으로 방향을 돌려 게이트 내로 후진시켰다. 다시 버튼을 누르자, 묵직한 대문 두 짝이 가운데에서 만나며 바깥의 언데드들로부터 건물을 봉쇄했다. 집으로 향하는 잎이 무성한 길을 걷는 대신, 철문 주변을 한 번 더 돌아보았다. 아까와 똑같았다. 잔디 깎는 기계 때문에 움푹 찌그러진 게이트 옆 철제 울타리도 똑같았고, 마른 하천 바닥에 엎드린 시체도 똑같았으며, 조지아주의 무더운 오후인 것도 똑같았다.

체커스는 나를 충실히 따라왔다. 내가 원자력 전지의 방사선에 피폭되지 않도록 3미터 간격을 유지하면서. 집에 도착하자, GARMR에게 문밖에서 밤을 보내라고 했다. 혹여 집 안에 시체가 창궐해 2층 창문을 통해 탈출해야 하는 상황이 생기면 그편이 녀석을 되찾기 쉬울 테니까. 매사를 이런 식으로 생각해야 하는 상황에 나직이 욕을 내뱉고는 시원한 쉼터가 되어 줄 집 안으로 들어갔다.

오싹한 통증이 다시 밀려오기 시작하자, 부질없이 카고 포켓에 손이 갔다. 나는 일부러 진입로 끝에 약을 두었다. 만약 내가 더위를 무릅쓰고 약을 찾으러 트럭에 간다면, 내가 아직 약물의 마력에서 벗어나지 못했다는 말이 되겠지.

널찍한 홀 바로 안쪽에 있는 약장에서 아스피린을 발견해 몇 알을 먹고 식품 저장실에서 찾아낸 차가운 비프스튜로 넘겼다. 현관 앞에 서서 문손잡이를 만지작거리며 납득할 만한 이유를 찾아 골리앗에 약을 가지러 돌아가려고 했다.

지금 고통스럽잖아. 약이 필요해.

딱 반 알인데 뭐, 별일 아니잖아.

안 돼.

30분쯤 흐르자, 아스피린과 비프스튜가 날카로운 통증의 경계를 누그러뜨렸다. 문에서 물러나 소파까지 갈 무렵에는 더위를 무릅쓰고 800미터 떨어진 글러브 박스 안의 작은 알약을 가지러 가는 건 말도 안 되는 일이라고 스스로를 타이를 수 있었다. 머릿속에서 약 생각을 밀어내며 GARMR의 태블릿을 꺼내 메뉴에 들어가기 시작했다. 원하던 메뉴를 찾아 체커스의 센서를 '영역 스캔'에 설정하고 진입로를 지켜보도록 했다. 체커스가 움직임을 감지하면 태블릿에서 신호음이 울리고 풀 모션 비디오가 화면에 전송될 것이다.

GARMR을 감시 모드로 돌리고 창 너머로 기계를 살펴보았다. GARMR의 동체는 직사각형 모양으로 휴면 상태를 유지하고 있었으나, 회전포탑처럼 생긴 센서는 활성 상태를 유지하며 할당된 범위로 라이다를 쏘아 태블릿에 보고할 움직임을 찾았다. 이것은 군대 응용 프로그램으로 꽉 들어찬 상당히 천재적인 디자인이었다. 세상이 망하기 전까지 이런 건 한 번도 본 적이 없었고…… 그나마 가장 가깝다면 시끄러운 가솔린 엔진이나 극히 평범한 배터리로 구동되는, 무거운 군수 화물을 나르도록 설계된 기계 정도였다. GARMR은 불침번을 세워 두고, 나는 집 내부를 조금 더 철두철미하게 확인했다. 부엌 싱크대 수도꼭지 레버를 들어 올렸는데, 물이 뿜어져 나오는 것을 보고 어안이 벙벙해졌다. 처음 몇 초간은 더러운 물이 나오더니, 곧 맑은 물이 나왔다. 나는 머리를 수도

꼭지 아래 들이밀고 그냥 그렇게 서 있었다. 아까 봤던 언덕 위 물 탱크에서 파이프를 타고 온 게 분명했다.

H라고 표시된 쪽으로 레버를 돌리고 기다렸다. 열기구가 다른 방에서 복도를 따라 떠 오는 듯한 소리가 나더니, 곧 수도꼭지에서 다친 내 손으로 뜨거운 물이 쏟아졌다.

거룩한 장면이었다. 글자 그대로 기쁨의 눈물이 흐르기 시작했다. 싱크대에서 온수가 나온다면, 세상에, 샤워실도 분명 그럴 테지. 나는 즉각 레버를 세게 내려 물을 잠갔다. 유니콘의 아가미보다 훨씬 진귀한 온수 샤워를 놓치게 될 어떤 위험도 피하고 싶었으므로.

복도를 따라 욕실로 가면서 욕실 수납장을 열어 보았다. 내부에는 시트와 가정용 공기 순환 장치 외에는 아무것도 없었다. 구리 관 여러 개가 벽에서 나와 순환 장치로 들어갔다. 나는 호기심에 벽의 패널을 뜯고 코일에 손을 대어 보았다. 코일은 차가웠다.

샤워실은 따로 문이 없이 벽에서 벽까지 값비싼 대리석 타일을 붙인 거대한 개방형 공간이었다. 샤워기 노즐을 조절하느라 시간을 낭비하지 않고 높은 천장에서 내 손으로 떨어지는 물줄기를 그대로 맞았다. 처음에 차갑던 물은 급탕 장치가 바로 가동됨에 따라 다친 손이 불편할 정도로 뜨거워졌다. 물 온도를 조절하고 옷을 벗었다. 그 순간만은 밖에 뭐가 도사리고 있건 신경 쓰지 않았다.

선반의 샴푸를 집어 들고 몸을 북북 문질러 씻기 시작했다. 시커먼 때와 검정이 발밑의 배수구를 돌아 내려갔다. 겨드랑이를 씻기 위해 팔을 들다가 코를 찌르는 양파 냄새에 거의 토할 뻔했다. 때가 몸에서 하염없이 씻겨 나왔다. 발목에 감은 붕대와 손에 붙인 드레싱도 풀어 거대한 욕실의 한구석에 내던졌다.

샤워를 마치고 나와 뿌옇게 김이 서린 거울 앞에 서 있다가 하트가 그려져 있다는 것을 알아차렸다. 언제 누가 그려 놓았는지 알 수 없는……. 하트를 보며 집에서 멀리, 타라와 아기로부터 멀리 떨어진 내 처지를 떠올렸다. 그리고 타라를 생각했다. 타라도 내게 짧은 메모를 남길 때 하트를 그렸는데. 타라는 i를 쓸 때 위에 점 대신 홀쭉한 하트를 찍었다. 지금 눈앞에 보이는 하트는 타라의 하트와는 다르지만, 여전히 그녀가 생각났다. 어느새 거울에 서린 김이 사라지고 알아보기 힘든 사람의 얼굴이 나타났다.

내 앞에 벌거벗고 서 있는 지쳐 빠지고 수염 난 이 늙은이는, 폭탄 파편과 총상, 화상으로 인한 흉터가 있는 이 늙은이는 누구지?

아래턱을 매만지다 턱수염에 숨어 있는 흰 털 몇 가닥을 보았다.

마치 깊은 산속에 사는 야생의 사나이처럼 보였다. 안전한 양날 면도기와 면도솔, 비누가 있었지만 손이 가지 않았다. 면도를 하면 마음 자세가 달라졌다. 말끔한 얼굴은 이곳 언데드의 무법지대가 아니라, 집에 있을 때 어울리는 것이었다. 여기 밖에서 나는 이 남자지, 그 남자가 아니었다. 여기 밖에서 나는 손으로 통조림을 먹고, 죽은 자들의 머리를 지나간 옛 시절 사격장의 표적 쏘듯 쏘았다.

그래도 기분이 훨씬 나아지기는 했다. 처음에는 통증이 있었지만, 비누와 따뜻한 물은 내 상처와 멍에 뜻밖의 선물이 되었다. 굳이 허리에 수건을 두르지는 않았으나 가슴에 총을 걸쳐 메기는 했다. 무심히 다용도실로 가서 세탁기를 열고 더러운 옷가지를 모조리 던져 넣었다. 심지어 내내 지고 다니는 배낭에 있던 속옷까지 꺼냈다. 급속 세탁 설정을 하고 '시작'을 눌렀는데 놀랍게도 세탁기가 멀쩡히 작동하는 게 아닌가.

세탁기 상단의 유리를 통해 물탱크의 물이 채워지고 옷이 빙글빙글 돌아가는 모습이 보였다. 터빈과 그 밖에 집에 설치된 무언가에 의해 발생된 전기가 모터를 돌리고 있었다. 욕실 수납장의 공기 순환 장치를 더 정밀하게 살펴보다가 옆면에 부착된 스티커를 발견했다.

헤일사(社) 지열 에너지.

이렇다니까. 인적 드문 곳에 높은 철제 울타리가 둘러싸고 있는 지열로 냉난방이 되며 물이 풍족한 집을 찾아냈지만 나는 쓸 수가 없다. 지도에 이 장소를 표시해 두기 위해 메모를 남겼다.

해가 나무들 아래로 내려가기 시작했고 내 통증은 아스피린의 약효를 넘어 광기의 영역으로 나아갔다. 배낭에서 마지막 남은 깨끗한 속옷을 꺼내 입은 다음, 부츠에 발을 넣고 굳이 신발 끈까지는 매지 않았다. 문을 열고 여름 무더위의 폭격을 받으며 통증을 버티기 위한 약을 가지러 골리앗까지 다리를 절며 걸어갔다. 걷는 동안에도 카빈총의 장전손잡이가 살을 꾹꾹 눌러 내가 거의 벌거벗은 상태로 검은색 소총을 걸친 상태임을 상기했다. 2년 전이었으면 미치광이처럼 보였을 것이다.

골리앗의 열기는 가셨지만, 보닛은 여전히 따뜻하고 차체에서는 여전히 툭툭 소리가 났다. 트럭에 올라타서 약봉지를 움켜쥐고는 극복해 내지 못하는 내 모습에 실망했다. 솔직히 말하자면, 이 알약 반 알은 나를 매우 거북하게 만들었다.

코데인의 약효가 나타나기 시작하자, 해 질 녘 집 안을 돌아다니며 대기전력을 소모하고 있는 불필요한 물건들의 플러그를 뽑았다. 집의 냉난방 장치는 지열로 가동되었지만, 전기는 풍력발전기와 함께 이 거대한 요새의 남쪽 비탈에 있는 태양전지판의 어레이에서 공급되었다. 생성된 전기는 직사광선을 피해 집 북쪽의 작은 창고에 설치된 배터리뱅크를 채웠다. 손전등을 켜고 배터리를 점검해 보니, 약 20퍼센트는 가동을 멈췄고 배터리 상단에서 새어 나온 유체가 바닥에 배어 배터리 받침대를 고정시킨 볼트가 부식되어 있었다. 단정하기는 어렵지만, 배터리뱅크는 1년, 아니 어쩌면 2년 후엔 교체해야 할 것이다. 내가 한 것처럼 대기전력 소모의 주범들을 없애 버린다면 조금은 도움이 될지 몰라도, 결국 배터리뱅크가 완전히 쇠퇴하는 것을 막을 수는 없을 것이다.

세탁기를 확인했더니 빨래가 다 되어서, 뒤뜰에 걸린 줄에 옷가지들을 말리려고 널어 두었다. 건조기를 써도 되지만 가정 전력망이 어느 정도까지 버틸 수 있는지 확실하지 않았다. 다시 집 안으로 돌아와 불을 켜고 1층 안방에다 임시 작업장을 차렸다. 재편성과 분류를 위해 배낭 속 내용물을 널찍한 바닥에 뒤집었다. 먼저 침낭을 다시 압축해서 밑바닥에 넣었다. 여분의 속옷과 양말이 다 마르고 나면 그 위에 넣고, 조리 도구와 구급상자를 배낭 제일 윗부분에 아음속 탄환 일곱 발이 들어간 탄창과 함께 넣을 것이다. 꽉 채운 마지막 탄창은 카빈총에 끼워져 있었다. 아음속 탄환은 다 해서 서른다섯 발이 남았다. 총 인원 서른이 넘는 언데드 적군과는 온전히 총검으로 상대하고, 제1차세계대전처럼 참호전을 벌여야지.

적어도 내 배낭은 18일 전 이 여정을 시작했을 때보다 훨씬 가벼웠다.

시간을 들여 총을 분해했다. 그리고 욕실 세면대 선반에서 찾은 종이 수건과 오래된 칫솔로 노리쇠와 노리쇠뭉치에서 심각하게 굳은 화약 찌꺼기를 닦아 냈다. 내 장비 세트에는 늘 가볍고 여러모로 유용한 보어스네이크가 있다. 보어스네이크를 총열에 몇 번 관통시키면 완벽한 손질 장비 없이도 최대한 많은 화약 찌꺼기를 닦을 수 있었다. 소음기는 총신에 이물질이 많이 묻고 매우 빨리 찐득해지게 만든다. 아직 고장이 나지 않았음에 놀라며 총을 재조립한 다음, 야간 투시경을 머리에 올리고 차고로 향했다. 2기통 엔진오일을 찾아 노리쇠뭉치 구멍에 살짝 발라 노리쇠에 스며들게 한 뒤, 몇 차례 슬라이드를 뒤로 당겨 확인해 보고 탄창을 재장전한 다음 탄환 하나를 약실에 끼웠다.

3.2킬로그램 무게의 내 카빈총은 100미터 이내라면 언데드 스물여덟 마리를 죽일 수 있었다. 마지막 탄창까지 하면 서른다섯 마리였다. 남은 탄환이 얼마 되지 않아도 간소한 단검이나 화살이 꽉 찬 화살통보다 더 치명적이었다. 집 안으로 돌아와 방방이 돌아다니며 모든 문과 창문의 잠금장치를 확인했다. 소총을 옆에 두고 부츠를 바닥에 벗은 다음 침대에 올라가 집의 전력망에 충전해 두었던 GARMR 태블릿을 들었다. 체커스를 일으키고는 건물 주변으로 돌아다니며 침입의 흔적은 없는지 살폈다. 그리고 오디오를 켜 기계가 골리앗을 향해 움직이는 소리에 귀를 기울였다.

철문의 보안 상태를 점검한 다음, GARMR을 왼쪽으로 돌려 주변을 걷게 했다. 똑같은 시체가 마른 하천에 엎드려 있고, 잔디 깎는 기계 때문에 움푹 찌그러진 철제 울타리도 아까와 똑같았다. GARMR의 센서를 휙 돌려 집을 보도록 했다. 야간 투시 렌즈 기능을 하는 기계의 센서에 내 침실 창문이 환하게 빛나고 있었다. 달빛이 편평한 태양전지판에 반사되면서 기계는 야간 투시 모드를 자동으로 조정하고 달라진 밝기에 맞춰 보정했다. 구역에 이상이 없음을 확신한 후, 기계의 방범 모드를 활성화하고 태블릿을 배낭 위에 올려 두고 충전했다.

통증이 되살아날 기미가 보이자, 편안한 밤을 위해 다시 약을 복용하고 싶다는 마음을 억지로 눌러 참았다.

6시 00분
아닌 밤중에 쿵 소리

처음에는 약에 취한 건지, 현실인지 확신하지 못했다. 집 안 어디선가 쿵 소리가 계속되고 있었다. 주변 소음에 묻혀 있었던 걸까. 언제 시작된 건지도 알 수 없었다. 공기 순환 장치가 자동으로 꺼지며 온 집 안이 정적에 휩싸였다. 소리에는 이렇다 할 패턴도 없었다. 그저 낮고 규칙적인 울림이 모든 벽을 뚫고 파고들었다. 자정 무렵 처음 그 소리를 인지하고 즉시 침대에서 뛰어내려 속옷 바람으로 카빈총과 야간 투시경을 이용해 방을 살폈다. 안방이 아닌 다른 방에서는 소음이 들리지 않았다. 천장의 LED 조명을 켜고 소음의 시작점을 삼각측량 하기 위해 벽에 귀를 기울였다. 석고판을 칼로 자르려다가 마치 누군가가 침대 다리의 바퀴를 굴린 것처럼 침대 모서리 쪽 카펫이 흐트러져 있는 것을 알아차렸다.

마지못해 엉덩이로 침대 다리를 누르며 살살 밀었다. 거의 힘을 쓰지 않았는데도 침대가 쉽게 굴러 옷장에 부딪칠 뻔했다. 침대 밑에는 스테인리스스틸 문이 숨겨져 있었다. 문 가운데에는 내가 지금까지 본 중 가장 굵은 나사가 박혀 있었고, 나사 대가리에는 별 모양 홈이 파여 있었다. 예전에 만든 것이라 치면, 치수가 T500은 될 듯했다. 침대를 한쪽 벽에 밀어 두고 차가운 스테인리스 문에 귀를 바짝 댔다. 확실히 소리가 더 크게 들렸다. 커다란 문의 모서리와 윤곽을 손가락으로 대충 훑어 본 결과, 족히 1톤은 나갈 것이 분명했다. 금고처럼 커다란 경첩이 5센티미터 두께의 철제 틀에 박혀 있어서 문을 앵글 그라인더로 공략하는 것도 거의 불가능했다.

문 위에 앉아 안에 무엇이 있을지 생각했다. 결론은 그리 어렵지 않게 도출되었다. 이곳을 찾았을 때 집 현관의 자물쇠는 잠기지 않았고 건물에는 음악이 흐르고 있었다. 자체 전력망과 급수용 물탱크는 부지를 소유한 사람이 누구든 돈이 많은 골수 프레퍼임을 나타냈다. 박자를 바꿔 가며 리드미컬하게 문을 두드리는 쿵쿵 소리로 보아 저 아래 있는 것들 중 하나가 두드린다는 것을 알 수 있었다. 만약 살아 있는 사람이 안에 갇혔고 누군가 위에 있다는 것을 안다면, 완전히 침묵하거나 미친 듯이 문을 두드리고 소리를 지를 것이다. 한참 간격을 두었다가 안에서 들려오는 두 번째 쿵쿵 소리는 좀비임을 나타냈다.

플라스마 토치와 다른 동력원을 찾지 못하는 한 절대로 알 수 없을 것이다. 실제로 이건 내가 알아내야 할 문제도 아니었다. 젠장, 누군들 알까. 어쩌면 아까 내가 순찰하다 본, 하천에 엎드려 있던 부패한 주검이 주인들을 물었을지도 모른다. 어쩌면 그 사람들은 괴물에 물리면 어떻게 되는지 몰랐을지도 모른다. 어쩌면 놈들이 입구에 모습을 드러내, 겁먹은 사람들이 다친 아이와 함께 지하로 들어갔을지도 모른다. 아이는 울타리를 통해 그것을 놀리다 이미 감염된 상태였을 테고. 어쨌든 간에, 사람들은 지하로 들어갔다. 이윽고 하나가 변한 다음, 나머지를 변하게 했다. 탄약과 식량이 천장까지 쌓여 있는 어마어마한 철제 동굴이 머릿속에 그려졌다.

침대를 다시 무덤 위로 밀어 두고 갇힌 언데드의 소리가 내 귀로 파고들지 않는 손님방으로 내 물건을 전부 옮겼다. 그것들은 100만 년이 지나도 그 강철 뚜껑을 절대 벗어나지 못하고 피범벅이 된 손잡이를 팔로 쿵쿵 칠 것이다. 그렇다는 걸 알면서도, 나는 손님방 문손잡이 아래 의자도 끼워 놓고 등은 벽에 기댄 채 뜬눈으로 밤을 새웠다.

엿보러 내려가고 싶었지만, 문을 부수는 데만도 아주 오랜 시간이 걸릴 것이었다. 밤새 나는 어마어마한 물자가 쌓여 있을 지하실에 대한 꿈을 꿨다.

뜻밖에 벙커를 발견하게 된 후, 내 상처를 살펴보고 다음 이동 계획을 짜야겠다 싶어 몸이 근질거렸다. 손에는 딱지가 꽤 딱딱하게 앉아 있었는데, 지난 며칠간 깨끗이 드레싱하고 뜨거운 물로 잘 씻은 덕분에 겉으로 보기엔 훨씬 나아졌다. 온수 샤워를 한 번 더 한 다음, 안방 서랍에 접혀 있던 깨끗한 티셔츠를 잘라 붕대를 만들었다. 이제 오른손에는 '홍콩 하드록 카페'가, 왼손에는 '할리'가 있었다. 깨끗한 붕대로 발목을 다시 꽉 감고 옷을 입었다. 문을 나서기 전, 통증을 누그러뜨리기 위해 약을 반 알 먹었다. 그래, 나도 알아.

차고로 걸어가며 보니, 전날보다 다리를 덜 절었다. 회복하고 있다는 반가운 신호였다. 그래도 발에 많은 무게가 실리는 것은 여전히 껄끄러워서 골판지 상자를 가지런히 포개는 대신 주변에 아무렇게나 내던졌다. 소리가 날까 봐 너무 신경 쓸 필요 없었다. 높은 울타리가 나를 둘러싸고 있는 데다, 연료 탱크를 넉넉히 채운 세미트레일러가 있어 필요할 땐 언제라도 떠날 수 있으니까.

차고에서 약 20리터들이 파란색 생수통 두 개를 발견한 나는 즉각 물을 채워 미니 수레에 실었다. 또한 랜드로버 맞은편 작업용 선반의 컨테이너에 담겨 있던 밧줄도 챙겼다. 몇몇 자질구레한 것들을 찾아 수레에 잔뜩 쌓은 다음, 집 앞 큰 나무 그늘까지 끌고 갔다.

집 안으로 들어가려고 몸을 돌리는데, 나무에 어울리지 않는 무언가가 놓인 것이 눈에 들어왔다. 검은색 등산용 로프 같은 거라 생각했지만, 늘어진 줄을 따라 고개를 들어 보니 안테나였다.

이런 걸 숨겨 놓다니.

일부 아마추어 무선 기사들은 은밀한 것을 좋아해 값비싼 무선 장비를 집 안에 갖추고 있다는 사실을 세상에 알리고 싶어 하지 않는다. 더 비싼 장비를 숨겨 놓은 경우도 많고 하니까. 이곳을 소유한 사람이 누구였든 이 작업에 오랜 시간과 노력을 투자했다. 그 사람들이 언데드가 되어 집 아래서 배회하는 게 아니라면 얼마나 좋을까. 이곳의 시설은 훌륭했다. 기껏 돈을 벌어 값을 치른 누군가가 살아서 이 모든 것을 제대로 누리지 못한다니 너무나 애석한 일이었다. 땀을 비 오듯 흘리며 삽질을 해야 확실히 알 수 있겠지만, 이 안테나는 지하 벙커 내부의 대피소 통신망으로 연결되어 있을 공산이 컸다. 집이 지열 에너지와 태양열, 풍력을 이용하고 있다면 틀림없이 지하 대피소도 마찬가지일 것이었다. 지금이 사태 초기였다면, 타라를 만나거나 아기가 생기기 전이었다면, 처음 세상이 망했을 때라면 골리앗을 타고 가장 가까운 마을에 가서 지하 벙커 문을 부술 도구를 구해 왔을 것이다. 그냥 순전히 호기심에서.

정오 무렵, 배낭을 정리한 다음 배도 채우고 수분 보충도 완벽히 했다. 소음기는 총에서 분리해 벨트의 파우치에 넣어 두었다. 총검으로 다룰 수 없는 무언가와 충돌하게 된다면, 그때는 총구에 소음기를 끼우거나, 재빠르게 다리를 절며 도망가야겠지. 탄환이 이렇게 적었다면 모가디슈에서도 절대 살아남지 못했을 것이다.

마지막으로 한 바퀴 돌아보며, 필수적인 기능과 관련 없는 플러그를 모조리 뽑아 놓고 실링팬과 조명을 끈 다음, 온도 조절 장치를 22도에 맞춰 두었다. 이렇게 하면 배터리뱅크와 풍력 터빈의 부담을 덜 수 있을 것이다.

체커스와 나는 식량과 물, 장비를 빨간색 수레에 가득 싣고 내키지 않는 걸음으로 풍요의 집을 떠났다. 그리고 다시 한 번 골리앗과 함께 위험 가득한 여정에 올랐다.

비정규군

황폐한 고속도로를 따라 편안한 속도로 골리앗을 몰고 가는 길. 숲과 들판에 숨어 있는 언데드가 눈에 띄었지만 드문드문 흩어져 있었다. 천천히 길을 달리는 동안, 스테레오의 디지털시계를 계속 흘끔거리며 다음 약을 복용해도 될 때를 기다렸다. 이마에 땀이 송골송골 맺히고 피부가 근질거리며 트럭의 대형 운전대를 쥔 손이 떨려 내게 어서 약을 먹으라고 말하는 것 같았다. 20분쯤 후면 발목과 손의 통증은 물론 혈관이 시리는 느낌까지 들이닥칠 것이다.

20일 차(?)

13시 00분

정말 가감 없이 하는 말이다. 이것은. 약에. 취해. 하는. 얘기다. 이 이야기는 공유하지 않을 것이다. 모래시계 작전에서 돌아온 후 일어난 일들은 절대 안 된다. 미합중국 정부의 잔존 세력이라고 내세우는 무리가 내 거처에 나타나 사적인 일기에 요약된 내 인생의 1년을 통째로 뜯어 갔다. 모래시계 작전과 관련한 흔적은 모두 영원히 삭제되어 내 기억 속에만 덩그러니 남았다. 거의 모두. 그럼에도 다시는 만들어지지 않을 종이에 이 글을 쓰며 흑연으로 얼룩진 손가락을 인쇄된 단어들을 따라 짚어 나간다. 연필 끝이 뾰족하도록 신경을 써야 한다. 연필 끝이 날카로우면 글자를 더 작게 쓸 수 있어서 종이의 공간을 덜 차지하므로. 얼마나 더 쓸 수 있는지 홱 뒤집어 보니, 누런 물이 든 종이가 겨우 0.5센티미터 두께밖에 남지 않았다. 새 노트가 필요하겠다.

21일 차

22시 00분

어제는 트럭을 열심히 몰아 저택과 거리를 벌렸다. 그리 멀리 가지는 못했다. 30킬로미터 전부터 디젤 엔진의 열기로 따뜻하게 데운 인스턴트커피를 거의 뱉을 뻔한 건 포사이스 외곽 어딘가를 지날 때였다. 나는 산 사람이든, 다른 무언가이든 끌어들이고 싶지 않아서 라이트를 모두 끈 채 야간 투시경을 쓰고 운전 중이었다. 시계 겸용 라디오와 야간 투시경의 시야에 빛 반사를 일으킬 여타 기기들은 포장 테이프로 덮었다. 생활 무전기는 처음의 설정대로 19번 채널에 맞춰 켜져 있었다. 이건 한 번도 바꾼 적이 없었다. 무선 주파수가 깨끗해서 볼륨이 거의 최대한도로 올라가 있다는 것도 몰랐다. 일몰 직전까지 들린 거라고는 약간의 소음뿐이었다. 생활 무전기가 갑자기 요란한 소리를 내는 바람에, 운전석 손잡이를 홱 꺾다가 커피를 크게 한 모금 들이켜서 골리앗을 세우며 캑캑 기침을 했다.

"무명의 운전사님. 엔진 소리가 들리는데, 제발 19번 채널로 응답해 주세요."

어둠 속에 앉아, 몇 주 만에 처음으로 녹음되지 않은 사람의 목소리에 귀를 기울였다. 메시지가 다시 한 번 반복된 후, 마이크를 쥐고 옆면의 버튼을 눌렀다.

"여깁니다. 제가 운전 중이에요. 누구십니까?"

응답이 오지 않아 좌절감을 느끼다가, 아직 마이크를 켜고 있었다는 걸 깨달았다. 얼른 전송 버튼을 놓았다.

"……스카이워크에 갇혀 있어요. 저와 제 두 아이뿐입니다. 식량은 동이 났고 이틀 동안 비가 오지 않았어요. 혹시 도와주실…… 제발, 제발 도와주시면 안 될까요? 저와 제 아이들만 있어요."

"어디시죠?"

이번엔 버튼을 놓았다.

"새크리드하트 병원 건물 두 동 사이의 스카이워크에 있습니다. 양쪽 사이에 갇혀 있어요. 제발 부탁드립니다, 선생님."

아이 아버지의 목소리는 필사적이었다. 오래전 윌리엄의 구조 요청을 다시 듣는 기분이 들어 목이 메었다. *나도 집에 딸이 있어. 그 애는 어떡하고? 내가 이 아버지의 아이들을 구하다가 죽으면, 우리 애는?* 이런 의문이 내가 전송 버튼을 누르기 전 1초 동안 무수히 머릿속을 맴돌았다.

"높이는요?"

"음…… 글쎄요. 15미터쯤요? 저희 아래로 네 개 층이 보입니다. 저기, 이러다 저희는 여기서 죽을 거예요. 그저 아이들만 구해 주십시오. 저는 어떻게 되든 상관없습니다. 제발 아이들만, 정말 그거면 됩니다."

무전기 속 남자는 거의 흐느꼈다.

전송 버튼을 눌렀다.

"그런 말씀 마시죠. 그냥 위치만 알려 주세요. 거리나 큰 건물, 뭐라도요. 저한테 지도가 있습니다."

남자는 자신의 이름을 미치라고 소개하며 그와 아이들이 있는 스카이워크 위치를 상세히 알렸다. 나는 종이에 가는 길을 대강 그린 뒤, 고속도로에서 벗어나 새크리드하트 병원 방향으로 골리앗을 몰았다.

딱히 어떻게 해야겠다는 생각 없이 2차선 도로를 운전하다 4차선이 나와 왼쪽으로 돌면서 실수로 방향 지시등을 켰다. 야간 투시경에 블록 전체가 들어왔다. 이쪽으로 손을 뻗은 언데드 수십 마리의 유령 같은 얼굴이 보였다. 무리를 벗어나자 15층짜리 건물 두 채를 가로지르는 스카이워크에 점멸하는 불빛이 보였다. 스카이워크는 남자가 묘사한 대로 12미터 정도 높이에 있었다. 길이 언데드로 붐볐으나, 이유는 확실치 않았다. 미치와 아이들이 충분히 높이 있어서, 굳이 고의로 소리를 내어 언데드들을 끌어들이지 않는 한 들킬 일은 없을 듯했다. 스카이워크로 이어지는 거리로 들어서고 나서야 언데드가 모여 있는 이유를 알게 되었다.

거기에는 똥오줌 냄새가 진동했다. 살아 있는 사람의 냄새는 항상 언데드를 끌어당겼다. 가족은 어딘가로 가야 했고, 그것은 스카이워크를 벗어나 아래 거리로 나가야 한다는 의미였다. 죽은 자들은 지금 인간의 똥을 밟고 걸으며 그걸 떨어뜨린 인간의 엉덩이를 찾고 있었다. 나는 어둠 속에서 공회전하는 트럭 안에 앉아 있었다. 엔진이 내뿜는 열기에 이끌린 놈들이 나를 발견하고 차체를 쿵쿵 두드리기 전까지는. 카빈총을 가슴에 메고 운전석의 창문을 내렸다.

"오셨군요?"

생활 무전기에서 흘러나온 목소리에 언데드들이 신음하기 시작하자, 모두가 즐기는 지옥의 오페라가 울려 퍼졌다. 손을 뻗어 무전기 제어 버튼에 붙여 놓았던 포장 테이프를 떼고 인공조명으로 차 내부를 밝히자, 야간 투시경의 시야가 하얘졌다. 볼륨을 2까지 줄이고 야간 투시경의 녹색 시야를 회복하기 위해 빠르게 테이프를 다시 붙였다.

"젠장, 그래요. 왔습니다."

화를 내듯 무전에 답을 보냈다.

"죄송합니다. 고의는 아니었는데…… 저, 계획이 어떻게 되시나요?"

미치가 응답했다.

"계획은 이렇습니다. 제가 화물 벨트를 던져 드리죠. 거기 있는 무언가에 벨트를 고정하고 제 트럭 위로 내려오십시오."

"그런 다음은요?"

"그런 다음에는 이 지옥 같은 곳에서 벗어나는 거죠. 바로 그겁니다."

똥통 한가운데 들어선 현재 상황에 짜증이 난 티를 팍팍 내며 대답했다.

골리앗 주변으로 놈들이 밀집하기 전에 트럭을 앞으로 끌었다. 재빠르게 운전석에서 나와 뒤로 가서 GARMR을 푼 다음 스카이워크로 가서 대기하도록 명령했다. 인조 발의 철컥거리는 소리를 들으며 간신히 운전석으로 돌아왔다. 언데드들이 따뜻한 살 냄새를 맡고 다시 내 쪽으로 다가왔다가 더는 그 냄새가 지속되지 않자 으르렁거렸다.

야간 투시경을 통해 체커스를 주시했다. 녀석의 라이다는 주변 270도 시야각 내의 지형을 실시간으로 도표로 그렸다. GARMR은 그야말로 뒤에 눈이 달렸다고 해도 과언이 아니었다. 체커스는 목적지에 도달한 후, 언데드 무리 사이 스카이워크 아래에 서서 대기하고 있었다.

탄창 안에 남은 몇 안 되는 탄환으로 놈들을 제거할 수 있을까 궁금해서 스카이워크 아래 몇 마리가 있는지 세어 보기 시작했다. 48까지 세고 그만두며, 놈들을 제거하기 전에 총알이 바닥을 보이겠다고 판단을 내렸다. 쉽지 않은 싸움이 될 것 같았다.

하늘에서 고기가 떨어지기를 기다리는 언데드의 탐지 구역 안에서 노란 견인줄을 탄띠처럼 내 몸통에 감고 골리앗을 스카이워크와 점점 가까워지도록 조금씩 움직였다.

스카이워크에서 3미터 정도 떨어진 위치에서 마이크를 누르고 미치에게 곧 그쪽으로 던질 견인줄의 철제 고리를 잡을 준비를 하라고 말했다. 골리앗을 세우고 엔진을 켜 둔 채, 열린 창문을 통해 트럭 위로 올라갔다. 문을 열기에는 언데드들이 너무 가까웠다. 카빈총을 먼저 지붕에 올리고 골리앗 꼭대기에 올라 위치를 살펴보았다.

골리앗의 디젤 엔진의 우르릉 소리와 열기에 이끌려 주변 거리와 골목에서 그것들이 속속 모여들고 있었다. 스카이워크 양쪽으로 건물 유리가 산산이 부서지며 언데드들이 높은 층에서 땅바닥으로 추락했다. 구역질 나는 쿵 소리가 들려왔다. 시체 하나가 스카이워크 천장에 정면으로 떨어지면서 그 두꺼운 유리가 깨져 세 사람의 생존자가 있는 통로로 떨어졌다.

"젠장, 그게 들어왔어요!"

위에서 미치가 외치는 소리가 들렸다.

대답할 수가 없었다. 무전기는 운전석 계기반 아래 붙어 있었으므로. 지금 내가 소리쳐 대답하면 모든 언데드가 내 위로 뛰어내리게 될 뿐이었다. 소총을 빼서 트럭 지붕의 GPS 안테나에 대충 걸어두고 몸에 감은 견인줄을 풀었다. 견인줄을 구식 투석기처럼 위쪽으로 호를 그리듯 빙빙 돌리기 시작했다. 묵직한 철제 고리가 다리까지 도달하기에 완벽한 타이밍으로 느껴질 때쯤 줄을 놓았다.

빗나갔다.

줄의 한끝은 내 작업용 벨트에 고정되어 있었고, 다른 끝은 스카이워크 아래의 허공을 갈랐다가 언데드 무리의 한가운데 떨어졌다. 한 놈이 밝은 노란색 밧줄을 신기하다는 듯 움켜쥐고는 걸으면서 잡아당기기 시작했다. 그 힘에 나는 보닛으로 떨어졌다가 오줌이 범벅인 콘크리트 바닥에 굴렀다. 등이 바닥에 정통으로 부딪치면서 눈에 별이 튀는 듯했고, 마른 오줌 냄새가 콧구멍에 훅 끼쳤다.

깜짝 놀라 폐에서 숨도 내뱉기 전, 생각해 낸 말이라고는 이것뿐이었다.

"체커스, 도와줘."

내가 숨을 헐떡이는 동안 그것들이 점점 가까이 다가왔다. 놈들이 거의 코앞까지 온 상황에서 일어서 보려고 애썼지만 조금 전 나를 쓰러뜨린 암모니아로 인해 여전히 몸을 가누기가 힘들었다. 선두의 놈이 나를 잡을 만큼 가까워지기 직전, GARMR의 스피커에서 소리가 났다. 경적이 아니라 무언가 다른 소리였다. 그 소리는 내 주의를 끌었지만, 아주 멀리까지 들릴 만큼 크지는 않은 듯했다. 소리가 그것들의 움직임을 막지는 못했지만 확실히 놈들의 이동 속도가 줄어들어, 기계가 양치기 개처럼 그것들을 제어하며 내게서 멀찍이 떼어 놓기에는 충분했다.

체커스가 방어 알고리즘을 가동하고 다가오는 언데드를 넘어뜨리며 시간을 벌어 주었다. 그사이에 나는 얼른 보닛으로 해서 다시 트럭 지붕으로 돌아갔다.

언데드의 손아귀에서 견인줄을 홱 잡아채서 지붕에 감았다. 작업용 벨트에 매어 뒀던 반대쪽 끝을 풀어서 배기관 방열판에 붙들어 매었다. 또 빗나갔을 때 아까 같은 일을 반복하기는 싫었으므로.

긴 견인줄을 다시 한 번 휘휘 돌려 그 끝이 내가 선 위치보다 7, 8미터쯤 위에 있는 스카이워크까지 올라가는 것을 지켜보았다. 트럭의 높이와 내 키를 계산에 넣는 것도 잊지 않았다. 줄은 미치 가족이 볼일을 보는 데 사용했던 유리 바닥의 구멍으로 날아들었다. 미치로 추정되는 사람이 스카이워크 한쪽 끝에서 천장 유리를 뚫고 떨어진 놈과 힘겹게 싸우고 있었다.

미치의 아이 하나가 고리를 잡아서 묶는 것을 확인한 뒤, 나는 총검을 꺼내 트럭 유리창으로 기어오르는 놈들을 찔렀다. 언데드 한 마리를 무리 속으로 내던져 근처에 서 있는 한 놈을 넘어뜨렸다. 이 틈을 타 트럭 안으로 카빈총을 던지고 조수석 창문으로 들어왔다.

"끝이 단단히 고정됐는지 확인하십시오."

내가 주의를 주었다.

"고정 잘 됐어요. 언제 갈지 알려 주세요!"

미치가 대답했다.

골리앗에 기어를 넣어 구멍 바로 밑까지 조금씩 앞으로 움직였다.

미처 브레이크를 밟기도 전에 트럭 지붕에 첫 번째 쿵 소리가 들리더니, 다음 소리가 이어졌다. 거리 주변을 돌며 GARMR을 쫓는 더 적은 무리를 빼고도 어마어마한 수의 언데드가 트럭을 둘러싸고 있었다.

트럭 지붕에서 노크 소리가 세 번 울리더니, 미치의 목소리가 이어졌다.

"저희 탔어요. 이제 여기서 벗어납시다!"

서서히 액셀을 밟는 동시에 체커스에게 트럭을 따라오라고 명령했다. 트럭은 앞으로 나아가면서 골리앗의 무거운 타이어로 시체들의 뼈를 으스러뜨리고 내장을 터뜨렸다. 액셀을 조금 더 세게 밟자, 배가 물살을 가르듯 시체들이 옆으로 밀려났다. 시속 50킬로미터가 되자, GARMR을 잃어버릴까 염려가 되었지만 백미러로 여전히 확인이 되었다. 야간 투시경을 통해 기계의 라이다 센서가 눈에 들어왔다. 액셀을 더 밟아 시속 65킬로미터로 올려도 체커스는 주춤하는 기색 없이 나를 따라왔다. 시속 85킬로미터가 되자, 미치가 항의하듯 지붕을 요란하게 두드리기 시작했고 체커스도 뒤처지기 시작했다.

훌륭한걸.

속도를 시속 30킬로미터로 줄이고 전자상가 주차장으로 들어가 트럭을 세웠다.

"도대체 왜 멈추신 겁니까, 선생님? 지금 당장에라도 놈들이 나타날 텐데요!"

미치가 말했다.

"안심하시죠, 친구. 개를 데려오려고요."

나는 어둠 속에서 살짝 입꼬리를 올렸다.

체커스가 철컥거리며 다가와 5륜 옆의 발판 근처에서 멈추고 머리를 들어 올리며 다음 명령을 기다렸다. 나는 체커스를 발판 위로 올려 침대칸 바로 뒤편인 GARMR의 대기석에 고정했다.

야간 투시경이 트럭 위 세 쌍의 망막에서 적외선 반사를 강하게 나타냈다. 망막은 살아 있는 사람들이 언데드와 공유하지 않는 시각적 특성이다.

"타시죠."

내가 단호하게 말했다.

미치는 아이들을 재촉하며 트럭에 타라고 소리쳤다. 아이들이 안에 들어가자, 미치가 커다란 더플백 두 개를 지붕에서 내려 아들에게 건넸다. 언데드가 골리앗의 뒷바퀴에 거의 다다랐을 때, 트럭 문이 쾅 닫혔고 나는 다시 기어를 넣었다.

우리는 포사이스를 관통해 내가 왔던 길을 되짚어 조금씩 나아갔다. 아무도 말을 하지 않고 나아가기를 20분쯤, 어린 소녀가 침묵을 깼다.

“아빠, 나 똥이 마려워요.”

우리는 어둠 속을 달리고 있었고, 지붕에서 내려온 승객들은 바깥 상황을 전혀 알 수 없었다. 달은 나무와 언덕 너머 지평선 위에 낮게 떠 있어서 일대가 어둠에 잠겨 있었다. 야간 투시경을 통해 봐도 앞에 펼쳐진 길에 대규모의 언데드 떼나 광포한 무리는 없었다.

“선생님, 한쪽에 차를 세워도 괜찮을까요?”

미치가 물었다.

“무기는 갖고 계십니까?”

그에게 되물었다.

“예. 구경 22구경 리볼버랑 총알 몇 발이 전부지만요.”

미치가 대답했다.

대형 광고판 앞 갓길에 트럭을 세웠다. 한 커플이 고속도로를 빠져나가는 모습의 와인 양조장 광고였다. 야간 투시경으로 양 방향을 확인한 뒤, 미치에게 문을 열어도 좋다고 알렸다. 광고판의 작은 생선 비늘 같은 금속 조각들이 은은한 달빛을 받아 희미하게 반짝거렸다. 마개가 열린 채 기울어진 거대한 와인 병에서 반짝이는 내용물이 흘러나와 광고판 속 아름다운 화폭으로 쏟아지며 오가는 사람들의 시선을 잡아끌고 있었다.

어린 소녀가 미치 앞쪽의 트럭 운전석으로 오를 때까지만 해도 길에는 아무것도 없었다. 포도밭 쪽에서 거대한 짐승이 으르렁대며 갑자기 앞으로 나오자, 나는 방향을 홱 틀어 고속도로를 벗어나 포도밭 표지판이 가리키는 곳으로 향했다. 왜 포도밭이냐고? 못 갈 건 또 뭐야? 병원이나 대형 상점보다는 나은 선택이잖아, 나도 그 정도는 안다고.

3킬로미터가량 지나 우회전을 한 번 더 하고 나자 주변에 시골 느낌이 더욱 물씬해지더니, 흐르는 포도주를 나타내는 금속 비늘이 달린 대형 나무 간판에 다다랐다. 목장 문이 길을 막고 있었지만, 변변찮은 자물쇠는 트럭에 있는 절단기로 처리했다. 골리앗을 문 안쪽에 세우고 목장 문을 다시 닫은 뒤, 튼튼한 케이블 타이 여러 개로 자물쇠를 다시 이었다. 화살표가 내가 찾는 방향을 가리켜 주어서 길을 따라 계속 차를 몰았다. 작은 주차장이 나오고 옆에는 중간 크기의 건물이 있었다. 우거진 포도 덩굴과 키 큰 잡초에 덮인 완만한 언덕이 주변을 둘러싸고 있었다.

주차장에는 차가 여섯 대 있었다. 방치되어 먼지로 뒤덮인 모습을 보니, 세상이 망한 후로 움직인 적이 없다는 것을 알 수 있었다.

한편, 그사이 내가 데려온 난민들로 인해 트럭에서 악취가 나고 있었다. 몇 주 동안 누적된 똥오줌과 땀, 눈물의 냄새가 트럭 안에 퍼졌다. 주차장에 이상이 없다는 것을 확인하자마자 골리앗을 세우고 내가 토하기 전에 후딱 내리라고 모두에게 말했다.

우리는 포도밭 건물로 향했다. 문에 가까워지면서 미치가 6연발 권총을 꺼내 준비 자세를 취하기에, 내가 말렸다.

"저라면 안 그럴 겁니다. 당신, 저 들판에 뭐가 숨어 있는지 모르잖습니까."

"예. 선생님 말씀이 맞는 것 같네요."

미치가 권총의 공이치기를 풀고 권총을 벨트 안에 다시 끼웠다.

건물이 안전하지 않다는 건 바로 알 수 있었다. 유리창으로 안에서 움직이는 언데드 몇 마리의 실루엣이 보였다. 미치에게 아이들을 트럭으로 들여보내고 아무것도 만지지 못하게 하라고 말했다. 우리는 아이들이 종종걸음으로 골리앗으로 돌아가 운전석에 오를 때까지 기다렸다. 트럭 문이 닫히는 소리를 들은 뒤, 내가 속삭였다.

"그 리볼버를 바로 쏠 수 있게 해 두세요. 하지만 꼭 필요한 경우가 아니면 쏘지 마십시오."

"알겠습니다. 선생님 말씀대로 할게요."

미치는 내 말에 수긍했다.

집 앞에 이르러 총구 끝에 소음기가 단단히 조여져 있는지 확인하고 칼집에서 총검을 뽑았다. 날랜 발길질로 문을 안쪽으로 걷어찼다. 문에 맞은 시체 하나가 테이블 위로 내동댕이쳐지며 콘크리트 바닥으로 세게 굴렀다. 출입구 옆에 자리 잡고 있던 다른 하나는 나오다가 순식간에 눈구멍을 찔렸다. 나는 다른 시체들이 나오게 하려고 놈을 문 버팀쇠 삼아 출입구 안쪽 바닥에 놔두었다. 한 번에 한 놈씩, 조용히 무력화하는 게 최선이었다.

세 번째 시체가 밖으로 나오다 신속히 처리된 다른 시체들에 걸려 내 발 앞에 넘어졌다. 바로 아래를 내려다보려니 야간 투시경으로는 겨냥을 할 만큼 초점이 잡히지 않았으므로, 놈의 머리를 축구공처럼 차 버렸다. 소름 끼치는 딱 소리와 함께 놈의 목이 부러졌다. 놈이 항의하듯 계속 입을 열었다 닫았다 할 때마다 이빨이 콘크리트를 긁었다. 그놈을 처리하고 있는데 미치에게서 나지막한 총성이 들렸다. 돌아보니 언데드 하나가 미치의 리볼버 총열을 입에 문 채 쓰러지고 있었다. 다행이었다. 미치의 6연발 권총이 놈의 뇌를 소음기처럼 쓸 수 없었다면 총성은 정말 지랄 맞게 시끄러웠을 것이다. 탄창에서는 여전히 조그맣게 탁탁 소리가 났지만, 언데드 군단을 불러들일 만큼은 아니었다.

마지막 놈이 무력화 또는 불능이 되자, 우리는 시체들을 빈 주차장으로 끌어내고 포도밭 건물로 들어가 내부를 확인했다. 제멋대로 뻗은 포도밭 안쪽에는 손으로 만든 분수대와 돌로 만든 벤치들이 가득했다. 콜로세움처럼 계단식으로 배치된 벤치들을 따라 내려간 바닥에는 반죽음 상태의 나무 한 그루가 천장으로 가지를 뻗고 있었다. 그 바로 앞에는 거대한 바가 있어서 선반에 미지근한 술이 담긴 술병이 무수히 놓여 있었다. 나는 침낭, 담요, 가방 등, 사람이 숨을 만한 것을 모조리 걷어차며 계단을 내려갔다. 도로 쪽 문이 잠겨 있었고 울창한 잎에 가려진 가시철조망이 건물 부지를 둘러싸고 있었으므로, 누구든 이 안에서는 언데드로부터 안전했다. 여기는 내가 지난번에 찾은 곳처럼 전력, 수도, 에어컨이 구비된 곳은 아니었지만, 충분히 외딴 곳이었다.

건물의 구석구석을 샅샅이 살핀 뒤, 미치를 바라보며 말했다.

"지금으로서는 안전합니다. 아이들을 데려오시죠."

"저기, 정말 감사하다는 말씀도 제가……."

그가 입을 열기 시작했다.

"됐습니다. 그냥 아이들이나 데려오십시오."

내게는 정말로 그를 받아들일 시간이 없었다. 그러고 싶지도 않았다. 아이들이 내 약점이고, 아이들을 구하기 위해서는 무슨 일이라도 하리라는 것을 너무나도 잘 알고 있었다. 그렇지만 미치가 아이들을 이용해 나를 자꾸만 위태로운 상황으로 끌고 들어가는 것을 두고 볼 수도 없었다. 미치가 나간 동안, 나는 미니 콜로세움 꼭대기에 서서 바와 반죽음 상태의 나무를 내려다보고 있었다.

골리앗 문이 쾅 닫히고 여러 명의 발소리가 이어지더니, 출입구가 어두워지며 아이들이 조심스레 안으로 들어섰다. 내가 손전등을 켜자, 아이들의 지저분한 얼굴이 드러났다. 소년이 올려다보며 감사를 표했고, 나는 그 인사를 막지 않고 잠자코 있었다.

아이들.

어린 소녀는 미치에게서 떨어지려 하지 않았다. 남자아이는 대니 또래로 보였고, 여자아이는 남자아이보다 몇 살 어렸다. 대니와 딘 할머니를 처음 만난 날을 떠올렸다. 젠장, 그게 벌써 1년도 더 된 일이잖아? 데이비스 가족을 찾아 버려진 들판에 비행기를 착륙시켰는데, 결국 대니와 딘을 찾았지. 내가 처음 봤을 때 대니는 급수탑에서 아래 언데드들의 머리를 겨냥해 오줌을 누고 있었다. 아직도 그때 생각을 하면 웃음이 나왔다.

나는 손전등으로 내부를 한번 비춰 보다가 2층 발코니에서 멈췄다. 가파른 곡선 계단을 통해 위층에 올라 벽에 고급 소파가 기대어진 와인 바를 하나 더 발견했다. 미치가 자신의 병아리들을 뒤에 데리고 나를 따라 올라왔다.

"오늘 밤 묵기에는 여기가 제일 안전하겠군요."

내가 입을 떼었다.

미치가 동의했다. 나는 그를 도와 무거운 소파 하나를 계단 꼭대기로 밀어서 무엇도 올라오지 못하도록 바리케이드를 세웠다. 아이들은 새로 들어선 이 고지대를 자신 있게 탐험하기 시작했다. 자고 싶은 소파를 고르고 와인 바 너머로 몸을 기울여 뒤에 뭐가 있나 살폈다. 아이들의 이런 행동은 순간 나를 불안하게 만들었지만, 어떤 비명도 들리지 않는 것으로 보아 거기에 아이들을 기다리며 동면 상태에 든 놈은 전혀 없음을 알 수 있었다.

미치가 물이 있는지 물어서, 아이들에게 우리가 아닌 다른 소리가 들리면 큰 소리로 부르라고 일러두고는 아이들을 거기 남겨둔 채 같이 소파를 넘어 아래로 내려갔다. 트럭으로 돌아와서, 미치는 큰 더플백 두 개를 가져와 빈 폴리에틸렌 물통 두 개를 꺼냈다. 나는 두 통 다 가득 채워 주었다. 미치는 나에게 감사 인사를 하고 포도밭으로 발길을 돌렸다.

미치가 너무 멀어지기 전에 내가 물었다.

"왜 거기 계셨습니까? 그 도시, 그 병원에요."

"저는 의사예요. 비품이 필요했거든요. 오늘 밤에 떠나시나요?"

미치의 목소리에서 낙관의 기미가 느껴졌다.

"지금은 아닙니다."

22일 차
10시 00분

나는 6시 00분에 골리앗의 침대칸에서 일어나 밖을 내다보았다. 자면서 뱉은 호흡 때문에 김이 서려 있어서 커튼 자락으로 동그랗게 창문을 닦아 냈다. 건물 뒤편에서 연기가 올라왔다. 간밤에 뜬눈으로 밤을 지새우며 주차장을 가로지르는 외로운 토끼 한 마리 외에는 이곳에 어떤 움직임도 없는 것을 확인했다. 내가 트럭의 시동을 일찌감치 꺼 둬서 이 지역 언데드들이 우리 위치를 삼각측량 해 찾아오지 못한 게 분명했다. 부츠 끈을 묶은 다음, 탄창이 거의 빈 카빈총을 들고 트럭에서 내리며 상쾌한 아침의 산들바람을 맞았다. GARMR을 풀어 감시 모드로 전환하는데 고기 굽는 냄새가 났다. 냄새가 이끄는 대로 건물 뒤로 갔더니, 미치가 화덕 옆에 앉아 있었다.

"훈제 소시지가 저쪽 진열대에 있더라고요. 먹을 것이 충분합니다. 포도주가 있으니 마실 것도 충분하고요."

미치가 미소 지었다.

아침 해가 숲 위로 떠올라 풀이 무성히 자란 들판을 비추고 있었다. 불을 때려고 내가 손을 뻗자, 미치가 붕대를 감은 내 손을 발견했다. 그가 물었다.

"거긴 어쩌다 그리되셨어요?"

"플로리다 의사당 건물 벽을 타고 내려오다가 케이블에 화상을 입었습니다."

내가 무심하게 대답했다.

"맙소사. 뭐…… 어쩌다가요?"

미치는 경악하며 물었다.

"고지대에 좀 올라가야 했거든요. 좀 봐 줄 수 있겠습니까?"

미치는 붕대를 풀고 내 손을 살피며 내가 철사 때문에 상처를 입어 피부가 찢겼다는 뻔한 사실에 주목했다. 그는 무거운 더플백 가운데 하나에 들어가다시피 하며 응급처치 도구들을 꺼내 상처를 닦아 내고 연고를 바른 뒤 깨끗한 드레싱으로 감쌌다. 코데인 금단 현상으로 손이 떨렸는데, 미치도 눈치를 챈 것 같았지만 친절하게도 아무 말도 하지 않았다.

손의 처치를 마치고 난 뒤, 발목도 살피며 가동성 검사를 했다. 발목은 그저 삔 것일 뿐이었다. 통증 때문에 떨림이 심해져 나는 약을 꺼내려고 카고 포켓에 손을 넣어 보았다.

"이런 증상들이 가라앉지 않으면 3주 정도는 몸을 편히 하고 쉬라고 권하고 싶지만, 그렇게는 못 하는 거죠?"

미치도 이미 답을 알면서 묻는 것이었다. 이제 더는 통증을 참을 수가 없었다. 자리에서 일어나 약을 꺼내 오려고 골리앗으로 절뚝거리며 걸어갔다. 종말 이후의 세상에 살아남은 자에게 으레 따라붙는 고통과 경련을 잠재우기 위해.

"당신의 개도 응급처치가 필요한가요? 그놈들이 동물들도 잡아 뜯는 걸 본 적이 있어요."

미치가 점잖게 물었다.

미치에게 내 개는 다친 것 같지 않다고 말하며 신경 써 줘서 고맙다고 인사를 했다. 미치는 개의 이름을 물으며 개가 물지는 않는지, 아이들이 개를 봐도 괜찮을지 궁금해했다. 내 로봇 친구를 소개해야 할 시점인 듯했다.

"체커스, 이리 와."

나는 손목시계 모양의 제어 장치에 대고 명령했다.

티타늄 짐승이 건물 모퉁이를 돌아 나타나 미치의 시야에 들어왔다. 미치가 어딘가에서 리볼버를 꺼내 GARMR에 바람구멍을 내려 해서, 나는 무기를 치워 달라고 요청했다.

"저 녀석이 제 개입니다, 미치."

"저건 개가 아닌데요."

"길에서 제가 주운 것 중에 그나마 제일 닮은 겁니다."

미치에게 기계를 발견했을 때 상황을 설명한 뒤, 우리 둘 다 이것이 세상이 망하기 전에 진행되었던 비밀 작전의 잔존물, 즉 최악의 시나리오가 발생할 경우 만일의 사태를 대비해 고안된 기술의 일부라는 데에 동의했다. 요리를 하는 동안 체커스를 화덕에서 멀리 떨어진 곳에 자리 잡게 했다. 마침내 아이들도 소시지 냄새를 따라 이쪽으로 왔다.

소녀의 이름은 베일리였고, 미치는 아들을 부를 때 스턴트라고 불렀다. 스턴트는 충분히 참을 줄 아는 나이였으나 베일리는 그렇지 못한 눈치였다.

미치의 생존 스토리는 놀라웠다. 그는 사태 초기에 애틀랜타에서 탈출해 도시에서 마지막으로 살아남은 의사였다. 포사이스의 병원으로 대피했는데, 한 층 한 층 언데드에게 내주다가 아이들을 데리고 병원의 스카이워크에 내몰리는 신세가 되었다. 죽은 자들은 스카이워크 양쪽의 문을 끈질기게 두드렸다.

애틀랜타에 대해 물었다. 아직 군대가 건재하고 내가 군인이던 시절, 그 위를 비행한 적이 있었다. 미치는 사태 초기의 그곳을 전쟁 지역으로 묘사했다. 아이들을 구해 낸 것만으로도 기적이었다. 사태가 걷잡을 수 없이 악화되자, 미치는 흔적도 없이 사라진 아내를 찾아 헤매는 대신 아이들만 데리고 애틀랜타에서 탈출하기로 결심했다. 미치와 아이들은 군대가 모든 도로를 봉쇄해 민간 차량과 유동 인구의 통행을 막기 직전에 빠져나올 수 있었다. 탈출한 날 밤, 그는 사람들이 도시를 떠나지 못하도록 검문소에서 발포하는 자동화기의 총성을 들었다.

아이들은 3미터 정도 떨어진 곳에 다리를 접고 앉은 GARMR을 알아채지 못하고 아침을 먹었다. 미치와 나는 대화를 이어 나갔다. 미치가 어떤 계획을 갖고 있는지 궁금했다. 키스에서는 의사 대우가 늘 나쁘지 않은 데다, 도와줄 사람이 생기면 자넷은 분명 좋아할 것이다. 몇 마디 주고받은 뒤, 미치는 딱히 정해진 행선지가 없음을 인정했다. 포사이스가 최후의 보루였던 것이다. 미치는 잠시 생각한 끝에 섬 생활이 본토의 조지아주보다 훨씬 나을 것 같다고 인정했지만, 거기까지 어떻게 살아서 갈 수 있겠느냐며 쓴웃음을 지었다.

"난 거기서 왔습니다. 돌아가는 것도 불가능한 일이 아니죠."

내 말에 미치가 웃었다.

"예, 하지만 이 전쟁 지역에 두 아이를 데리고 다닌 건 아니잖아요. 젠장, 그놈들이 왔을 때 베일리는 유치원에 다녔어요. 저희는 지금도 간신히 버티고 있는 거라고요."

미치에게 곧 돌아오겠다고 말하고 약과 지도책을 가지러 트럭으로 향했다. 세 걸음도 채 딛지 않았을 때, 아이들이 비명을 지르기 시작했다.

“쉿! 그건 그냥 아저씨네 개야!”

미치가 베일리에게 뛰어가며 말했다.

스턴트는 GARMR을 때리기라도 할 듯, 지팡이를 머리 위로 쳐들고 있었다.

내가 계속 걸어가자, 체커스도 나를 따라 트럭으로 돌아왔다. 기계는 길을 내려다보도록 방범 모드로 두는 게 최선인 것 같았다. 코데인을 반 알 더 복용한 후, 다음번에 먹어야 할 때는 복용량을 4분의 1로 줄이겠다고 다짐했다.

늘 다음번만 외치는 나였다.

나는 골리앗의 햇빛 가리개에서 지도책과 저택 출입구의 리모컨을 꺼냈다.

화덕으로 돌아와 미치 근처의 돌 벤치에 앉은 나는 지도에서 현재 위치를 찾았다.

내가 말을 꺼냈다.

“들어 보세요. 아이들을 데리고 키스까지 힘들게 갈 필요 없습니다. 여기서 그리 멀지 않은 곳에 은신하기 좋고 지금보다 훨씬 편하게 지낼 수 있는 건물이 있죠.”

스턴트가 아버지의 어깨 너머로 지도를 살피고 있었다. 아이는 머릿속으로 거리를 계산하고 거기까지 얼마나 이동해야 하는지 파악하려 애쓰는 모습이었다.

“높은 철제 출입문에 식량, 온수, 전기까지 있습니다. 필요한 건 다 갖춰졌죠.”

지하 벙커는 되도록 언급하지 않는 게 좋을 듯싶었다.

15시 00분

미치는 내가 아침에 제안한 대로 받아들기로 했다. 아이들과 함께 남쪽으로 가서 지도에 표시된 요새에서 철수할 때를 기다리기로 했다. 어젯밤 우리가 죽인 시체들의 주머니를 뒤져 차 열쇠 두 개를 찾았다. 하나는 주차장에 맞는 차가 없었고, 다른 하나는 버튼을 누르자 레이저 커팅 된 열쇠가 나왔는데, 검은색 폭스바겐 제타의 열쇠였다. 우리는 그 차를 도로를 달릴 만한 상태로 만드는 데 오후 시간을 거의 다 보냈다. 스페어타이어를 끼우고 다른 차량에서 부품들을 구한 다음, 나는 DC 공기 펌프를 골리앗의 콘센트에 꽂고 소형차의 문 안쪽에 쓰인 설명서에 맞춰 타이어에 공기를 주입했다. 타이어를 바로잡고 차를 중립에 놓았다. 그런 다음에는 미치가 점프 케이블을 연결하기 편하도록 폭스바겐을 골리앗 가까이 굴려 붙이는 것을 도왔다.

나는 비축해 둔 연료 일부를 폭스바겐의 연료 탱크에 붓고 골리앗의 충전된 배터리로 재빠르게 시동을 걸었다. 30분가량 그 상태를 유지했다가 시동을 끄고, 급히 출발해야 할 경우를 대비해 두 차량 사이의 점퍼 케이블은 연결한 채로 두었다. 스턴트와 베일리는 주차장에서 놀고 있었다. 포장도로 이쪽저쪽을 뛰어다녔는데, 예전에 아이들이 으레 그랬던 것처럼 소리 내어 웃고 떠들지 않았다. 그렇게 행동하면 어떤 불행이 닥치는지 잘 알고 있었으므로. 아이들과 먹을 식량을 트렁크에 실은 뒤, 미치는 다시 한 번 내 상처를 살펴 주었다. 내 손이 떨리는 것을 다시금 눈치챈 그가 아이들에게 아래층으로 내려가 있되 나가지는 말라고 일렀다.

“저, 왜 이런 증상이 있는지 압니다. 당신이 부인하지 못할 만큼 이런 걸 많이 봤거든요.”

미치의 말을 인정하기 어려웠다. 하지만 미치는 이미 나를 훤히 꿰뚫어 본 듯했다.

“예, 당신 말이 맞는 것 같습니다.”

미치는 약을 끊기 위한 복용 스케줄을 직접 쓰기 시작하면서, 의사의 명령이니 엄격히 지켜야 한다고 지시했다. 미치는 코데인을 대부분 몰수하고 스케줄에 맞춰 복용할 만큼만 남겨 주면서 이건 나를 위한 일이라고 달랬다.

“수백 킬로미터를 달리는 동안 이렇게 지키기만 하면, 그 몹쓸 약의 마수에서 벗어날 수 있습니다.”

미치가 자신 있게 말했다.

정말로 나는 미치를 다시 만나게 되길 바랐다.

우리는 여명이 밝기 전에 각자의 길을 떠날 것이다.

23시 40분

아이들은 위층에서 잠들고, 미치와 나는 내내 불을 꺼뜨리지 않고 놔둔 화덕의 약한 불 위에 빈 깡통을 올리고 엉터리로 차를 끓였다. 건물이 언덕 위에 있는데 불이라도 나면 큰일이었다. 불길을 제어하지 못하면 몇 킬로미터 밖에서도 보일 테니까. 언데드는 열을 감지하고 살아 있는 사람의 살 냄새도 맡을 수 있었다.

우리가 앉은 접이식 의자들에게도 좋은 시절이 있었다. 대부분의 것들이 그랬을 것이다. 의자는 종말의 시작 이후로 비바람에 방치되었고, 부식된 페인트가 우리 옷자락에 쓸려 후드득 떨어졌다.

잠시 대화가 끊긴 후, 미치는 화덕의 불을 의연히 응시하다 아내 얘기를 꺼내기 시작했다. 처음에는 그만두게 하고 싶었다. 나도 그런 일을 넘치도록 보고 들었다고 말하고 싶었다. 하지만 그냥 놔두었다. 미치는 마치 목사가 장례 설교를 하듯 담담히 이야기를 이어 나갔다.

아내가 아이들을 공격하려고 달려들어 아내 머리에 총을 쏴야 했던 극적인 사건이 있었던 것도 아니고, 거실 소파에서 죽은 아내를 미치가 끝장낸 것도 아니었다. 미치의 아내는 집에 돌아오지 않았을 뿐이다. 그녀는 경찰이었고, 미치는 그 의미를 알았다. 다른 많은 경찰들처럼 그녀도 경계 근무를 섰을 것이다. 아마도 죽음 그 자체에 구원받을 때까지.

미치는 말을 이어 나가는 동안 소매에 부착된 작은 금색의 경찰 배지를 만졌다. 그의 눈에 눈물이 맺히려는 순간, 배낭이 요란하게 진동하며 삑삑 소리가 났다. 배낭 안에서 무언가가 불빛을 번쩍이고 있었다. 나는 순간적으로 카빈에 손을 뻗는 동시에, 배낭 상부 덮개를 열며 입구를 벌렸다.

태블릿이었다.

나는 그 태블릿을 얼굴 앞에 세워 잠금 상태를 해제했다. 즉각 화면에 GARMR의 방범 피드가 나타났다. 기계의 센서는 포도밭 길을 올라오는 두 발로 걷는 형체의 움직임을 추적하고 있었다.

"아이들 옆에 가서 총을 준비하고 계십시오."

내가 속삭이자, 미치는 눈 깜짝할 사이에 건물로 들어갔다.

GARMR의 평소 피드와는 달리 색이 이상했는데, 오른쪽 상단의 설정을 보니 이해가 됐다.

열화상 모드.

적외선 야간 투시 모드가 아닌 열화상을 보고 있었던 것이다. 그 움직임은 인간이었다.

강박적으로 카빈총의 약실 안에 든 탄환을 확인하고 오른쪽 눈 위로 야간 투시경을 썼다. 등허리의 벨트 안으로 태블릿을 찔러 넣고 배낭은 화덕 옆에 두었다. 서둘러야 했다. 발목이 완전히 낫지는 않았지만 나는 닌자처럼 질주했다. 건물을 멀리 돌아 달리는 동안 소음기가 잘 끼워졌는지 확인했다. 야간 투시경이 자꾸 벗겨지려고 해서 어두운 밤의 보조 시야가 흔들렸다. 건물 모퉁이를 돌며 자세를 낮추고 다시 살펴보기 위해 태블릿을 들었다. 골리앗과 건물을 향해 똑바로 걸어오고 있는 소총을 든 사람 셋이 보였다. 시야를 더 확보하기 위해서 넓은 호를 그리며 오른쪽으로 향했다. 그런 다음에는 포복해 거의 주차장 포장도로 1.5미터 근방까지 접근했다.

들리는 대화로 미루어 저자들에게 좋은 의도는 없었다.

"그 빌어먹을 트럭 맞아?"

누군가 말했다.

"응, 탤러해시에서 본 거랑 같아. 그 새끼야."

다른 사람이 지껄였다.

처음에는 저치들이 밝은 등을 사용할 만큼 멍청한 줄 알았지만, 그중 하나가 싸구려 야간 투시경을 쓰고 있음을 알게 되었다. 그자 머리 위의 밝은 조명기가 스포트라이트처럼 빛을 발했다. 그것은 야간 투시경으로만 확인이 가능했고, 맨눈으로는 보이지 않았다. 내가 재빨리 키 큰 풀들 뒤로 몸을 숨기기가 무섭게 적외선 빛줄기가 내 위치를 훑고 지나며 주위를 계속 살폈다. 나는 발각되지 않았다.

"트럭에 구멍을 좀 내 줘야 할까?"

"아냐. 그 새끼 멱을 따고 차 키도 챙겨. 쓸모가 있을지도 모르니까."

여전히 배를 바닥에 대고 엎드린 채로 카빈총을 가슴으로 감싸듯 잡고 조준점을 바라보았다. 적외선 빛줄기가 내 장치를 쓸고 지나가서 나는 붉은 점의 조도를 가장 낮게 조절했다. 그자의 조명은 세지 않아서 야간 투시경을 통해 볼 수 있는 정도였다.

하나가 골리앗으로 올라가 문을 확인하고는 잠겨 있다고 진저리를 내며 뛰어내렸다. 형편없는 야간 투시경을 쓴 사람이 안을 들여다보려고 올라갔으나, 유리에 조명기를 들이대면 어떻게 되는지 곧 알게 되었다. 그렇게 해서는 일이 제대로 될 리가 없지.

야간 투시경을 쓴 사람이 조명기로 내 맞은편 들판을 훑었다. 거기에는 GARMR이 방범 모드로 주차되어 있었다.

"젠장, 저건 도대체 뭐야?"

야간 투시경이 물었다.

"우리는 안 보이지, 멍청한 자식아."

세 번째 목소리가 말했다.

야간 투시경을 쓴 악당이 호기심에 이끌려 체커스에게 다가가기 시작했다.

도대체 왜 기계에 총을 장착하지 않은 거야? 남자가 체커스에

가까워지는 걸 보면서 속으로 생각했다.

그자가 GARMR에 맞춰 조준선을 높이자, 나는 놈의 머리에서 빛나는 밝은 조명기를 내 십자선 안에 맞추며 방아쇠에 손가락을 올렸다.

그리고 미리 손가락에 약간 힘을 주었다.

"뭔가 망할 카메라 같은 거야!"

남자가 기계를 발로 걷어차려는 듯 다가갔다.

남자가 GARMR과 접촉하려는 순간, 기계는 방범 모드에서 해제되어 일어나면서 빠른 걸음으로 공격자에게서 벗어났다. 어둠에서 유일하게 보이는 거라고는 불을 뿜는 총구뿐이었다. 탄환이 GARMR의 동체를 스쳐 지나가며 불꽃이 튀었고, 기계는 비틀거리다 풀밭에 빠졌다. 이 미친 새끼가. 내 개를 쏜 대가로 그 자식에게 붉은 점을 겨누고는 정수리에 탄환을 박아 버렸다. 놈이 으드득 소리를 내며 입부터 바닥에 부딪치자, 나머지 두 사람이 당황해 내 쪽으로 미친 듯이 총을 쏘기 시작했다.

뜻밖에도, 그들은 소음기가 달린 총으로 대응 사격을 했다.

나는 그자들의 머리에 붉은 점을 찍고 생명을 꺼트리며, 내 탄환 수를 탄창에 스물네 발, 약실에 한 발로 줄였다. 위협이 되는 상대를 무력화시키고 약 10분간 피를 흘리도록 두었다가 가까이 다가갔다. 그자들의 뇌가 파괴된 것을 확인한 뒤, 배낭이 있는 곳으로 돌아왔다. 체커스가 나무 사이로 다가오는 소리가 들리고 모습을 드러내자마자 대기 명령을 내렸다. 배낭 바닥에서 가이거 계수기를 꺼내 들고 그쪽으로 천천히 다가갔다. 혹여 탄환이 기계의 원자력 전지 배터리에 구멍을 냈다면, 그것은 이제 움직이는 곳마다 치명적인 방사능을 분출할 수도 있었다. 그러나 가이거는 침묵을 지켰다. 우주에서 오는 미미한 방사능을 빼고는. 나는 안도의 한숨을 내쉬며 기계에게 가까이 오라고 명령했다.

재빨리 체커스 동체를 살펴보기 위해 LED 손전등을 켰다. 티타늄이 파여서 선명하게 드러난 자리를 금방 알아볼 수 있었다. 총알이 동체를 스치면서 회색 금속이 살짝 벗겨진 것이다. 전투를 치르며 새로 생긴 반짝이는 상처를 손가락으로 쓸고 머리를 쓰다듬어 주며 왜 총에 맞았느냐고 야단쳤다. 누가 보더라도 나를 제정신이 아니라 생각했을 테고, 그들이 절대적으로 옳았다.

나를 뒤따르는 체커스와 함께 골리앗으로 돌아와 지금 당장은 시체들에서 전리품을 뒤지지 않기로 결정했다. 놈들의 머리를 중심으로 둥그런 피 웅덩이가 고여 악마의 후광처럼 보였다. 그 동그라미가 별빛을 반사해 야간 투시경에 사악한 녹색으로 빛났다. 남자들을 죽인 충격에 사로잡힌 나머지 나는 심각한 위협을 놓치고 있었다.

이자들은 탤러해시에서 여기까지 그냥 걸어온 게 아니었다.

어떻게든 나를 추적하다가 아마도 미치와 나의 근거리 무전을 도청했을 것이다.

나는 통증에 시달리는 와중에도 구불구불한 길을 따라 3킬로미터가량 언덕을 내려가 닫힌 출입문에서 50미터 정도 떨어진 곳에 자리를 잡았다. 야간 투시경을 조정하고 인접한 도로를 따라 총을 이리저리 휘둘러 가며 조준경으로 살폈다.

그러다 반사물이 반짝이는 것을 포착하고는 더 자세히 보기 위해 출입문으로 접근했다.

대형 견인차가 길 굽이에 세워져 있었다. 내가 포도밭에 들어올 때 골리앗을 몰고 온 방향에서 온 듯했다. 철제 출입문에 총을 받치고 트럭 안이 불규칙한 간격으로 밝게 빛나는 것을 지켜보았다.

그자들은 담배를 피우는 중이었다.

울타리에 총이 부딪혀 소음이 나지 않도록 주의했다. 견인차 안에 있을 악당들에게 들킬 수 있었으니까. 나는 살금살금 철조망 울타리를 넘었다. GARMR은 까맣게 잊을 뻔하다, 포도밭 길 위쪽을 가리키며 정찰 명령을 내렸다. 그런 다음 길을 건너 깊은 풀숲으로 들어가 금이 가고 풍화된 콘크리트 도로와 평행선을 그리며 견인차 방향으로 움직였다. 십자가 모양의 커다란 철제 견인 장치에 별빛이 반사되었다. 지난 번 골리앗에서 맞닥뜨린 놈들과는 반대로 이놈들은 금속 십자가를 조악한 그리스도 그림으로 장식하고 있었다. 이 자식들은 십중팔구 살인자들이었다. 먼저 제압당하면 보나 마나 죽은 목숨이었다. 내가 먼저 그들을 죽여야 했다. 나는 약을 먹어야 하는 데다 불과 30분 전에 인간 셋을 죽인 여파로 덜덜 떨리는 상태였다. 마치 외계의 반딧불처럼 견인차 내부의 담뱃불이 야간 투시경을 통해 드문드물 불타오를 때면, 내가 있는 곳까지 담배 연기 냄새가 퍼졌다.

그들과 거리가 겨우 10미터 남짓할 때, 트럭 문이 열리고 발판이 삐걱대는 소리와 함께 거구의 남자가 내렸다. 그는 차 뒤편으로 가 바지 지퍼를 내리고 맞은편 도랑에 오줌을 눴다.

남자가 지퍼를 다시 올리며 어깨 너머로 말했다.

"가서 게이트를 뜯어 버리고 도대체 왜 이렇게 오래 걸리나 보자."

"난 하자는 대로 할게."

두 번째 사람이 대답했다.

"RPK 준비해."

거구가 명령했다.

사람을 더 죽여야 한다는 생각에 속이 답답해졌지만, 탄환을 들이붓는 경기관총 RPK의 공격 앞에서는 포도밭의 어떤 것도 남아나지 않을 것이다. 트럭에서 나오는 기관총의 윤곽을 알아보자, 내 두려움은 열 배로 커졌다. 트럭에 앉아 있던 사람은 기관총 총신에 거대한 드럼 탄창을 끼우고 무기를 장전했다. 고정식 양각대가 사마귀 다리처럼 총에 매달려 있었다. 두 번째 남자는 기관총을 견인차 뒤쪽, 트럭과 금속 십자가 사이에 설치했다.

이래서야 교전을 해 볼 수도 없겠다 싶었다. 그때 길 맞은편 나무에서 잔가지 부러지는 소리가 들렸다. 거구가 말했다.

"제기랄, 저건 또 뭐야? 비춰 봐."

트럭의 조수석 창문으로 12볼트의 눈부신 불빛이 쏘아져 나오는 순간, 나는 야간 투시경을 들어 올렸다. 일어서서 보닛 너머를 보았다. 그자들이 보는 게 무엇인지 나도 알아야 할 것 같았다.

그 자리에는 몹시 더러운 실험실 가운을 입은 좀비 하나가 있었다. 눈부신 스포트라이트를 받으면서도 표정만은 견인차 내부의 사람들을 분석하는 듯했다. 내 카고 포켓이 딱딱 소리를 내며 떨리기 시작해 어리둥절한 것도 잠시, 무엇이 들어 있었는지가 떠올랐다.

한 시간 전에 GARMR을 스캔하면서 썼던 가이거 계수기가 미친 듯이 떨리고 있었다.

언데드가 고개를 갸우뚱하더니 대뜸 달려들어 조수석 창문 안으로 상체를 들이밀기까지 걸린 시간은 단 0.5초였다. 놈이 몸부림치자, 잠재적인 내 공격자 중 하나가 고통으로 울부짖었다. 거구의 남자가 액셀을 밟는 것과 동시에 나는 총을 들어 그의 머리에 탄환을 박아 넣었다. 엔진의 회전 속도가 올라가며 트럭이 앞으로 튕겨 나갔고, 실험실 가운으로 꾸민 놈도 함께 질질 끌려갔다. 다른 남자가 소리소리 지르며 살기 위해 싸웠다. 견인차 내부 여기저기로 대형 스포트라이트가 쏘아졌고, 남자는 트럭 밖에 설치해 둔 RPK로 가고 싶은 듯 문을 열었다.

하지만 남자에게는 100만 킬로미터 밖에 설치된 것이나 다름없었을 것이다.

놈은 굶주린 짐승처럼 포악하게 남자를 찢어발겼다. 처절한 절규를 더는 들을 수가 없어 무기를 들고 놈의 옆구리에 총을 쐈다. 방아쇠를 당기고 거의 동시에 놈의 흉곽에 구멍이 나는 소리가 들렸다.

푸왁!

야간 투시경을 내리고 언데드가 트럭에서 빠져나오는 것을 지켜보았다. 놈의 입이 따뜻한 피로 뒤범벅되어 있었다. 놈은 혼란스러운 표정으로 공격자를 찾기 위해 어둠 속을 훑었다. 두개골 속으로 움푹 들어간 눈구멍 속 변질된 회색 눈알은 적외선을 건강한 사람의 망막처럼 반사하지 않았다. 하지만 놈에게는 뭔가, 지능 면에서 몇 단계 발전한 뭔가가 엿보였다.

놈이 내 쪽으로 조금씩 움직이자, 가이거는 더 강렬하게 딱딱 소리를 냈다.

잠시 주위를 둘러보던 그것은 돌연 머리를 앞으로 쭉 빼고 나를 추적하더니, 무섭게 돌진해 왔다. 나는 총을 들고 코에 탄환을 박아 놈을 쓰러뜨렸다. 그것의 다리가 쭉 뻗으며 경련하더니, 10초가량 흐른 뒤에야 움직임이 멎었다.

분명 시체에서 반구형으로 뿜어져 나올 방사능을 피하기 위해 멀찍이 거리를 두었다. 이것은 핵폭탄이든, 원자로의 방사능 유출이든 핵과 관련된 사건을 겪은 시체였다. 굳이 시체를 뒤집어 한때 깨끗했을 실험실 가운에 수놓인 글자를 읽어 보려는 시도를 하지는 않았다.

견인차 조수석 쪽으로 다가가는 동안, 심장이 쿵쾅거리며 두려움이 차올랐다.

"못 그러게 해…… 날 먹지 못하게 해. 알겠지?"

죽어 가는 남자가 가쁜 숨을 내쉬며 애원했다.

출혈 속도가 빨라서 이제 얼마 남지 않은 듯했다. 팔뚝의 상처에서 따뜻하고 검붉은 피가 줄줄 흘렀고, 오른쪽 뺨이 사라져 아래쪽에 하얀 치아가 드러났다. 출혈로 뇌 정지가 오려는지 남자는 발음이 분명치 않았다.

"너랑 네 친구는 기관총으로 뭘 하려고 했지? 거짓말만 해 봐. 내가 저기로 끌고 가서 몇 발 먹여 줄 테니."

울컥 치미는 무언가를 애써 넘기며 목소리를 깔았다.

그 남자를 보고 있기가 힘들었다.

"우리는 다 죽이고, 다 가져가려고 했어. 그게 우리니까."

남자는 얕게 호흡하며 드문드문 대답을 이어 갔다.

다시 한 번 잔가지 부러지는 소리가 들려, 단번에 돌아서며 야간 투시경을 썼다. 근육에 새겨진 동작이었다. 이곳에 같은 가운을 입고 어둠 속에 숨어 있는 괴물이 하나 더 있었다. 12볼트 스포트라이트 빛줄기가 할리우드 프리미어 시사회라도 있는 것처럼 창문을 통해 쏘아져 나가 그것을 트럭으로 끌어들이고 있었다.

"그만해, 안 돼!"

트럭 안의 남자가 비명을 질렀다.

나는 본능적으로 남자에게서 떨어져 맞은편에서 방어 자세를 취했다. 놈은 애원하는 남자 쪽으로 고개를 홱 돌리더니 돌진하기 시작했다. 괴물이 길에 발을 디디더니, 가볍게 내달려 조수석 문에 머리를 처박자 무거운 견인차가 이리저리 뒤흔들렸다. 나는 조수석 쪽으로 돌아가면서 총검의 칼집을 벗기고, 놈이 몸을 일으키는 순간 두개골 뒤쪽까지 깊숙이 찔러 넣었다. 고막을 찢을 듯한 가이거의 경고음에 시체에서 빠르게 멀어졌다. 뒤로 물러날 때 처치된 놈의 실험실 가운이 얼핏 보였다.

보그틀 원자력 발전소. 밑에 원자가 수놓아져 있었다.

이놈들은 한때 원자력 발전소 직원이었고, 지금 무리 지어 돌아다니고 있는 게 분명했다.

보그틀 원자력 발전소가 어디에 붙어 있는지 몰라도, 그 근처에는 가고 싶지 않았다.

남자가 죽었다. 나는 그가 변하게 놔둘지 말지 신중히 고민했다.

운전석 쪽으로 시신 두 구를 끌어내려 몸수색을 한 다음 차를 후진으로 돌리는데, 방금 내가 죽인 언데드 가운데 하나가 바퀴에 으드득 깔렸다. 나는 게이트를 열고 구불구불한 언덕길을 따라 포도밭까지 견인 트럭을 몰았다. 트럭 내부에서 피비린내가 났고, 왼쪽 숲에서 잔가지 부러지는 소리가 점점 많이 들렸다. 아까 무리한 탓인지 발목이 계속 아파 신경을 진정시킬 무언가가 필요했다.

밝은 헤드라이트가 어둠 사이로 길을 비췄는데, 다행히 실험실 가운을 입고 숨어 있다 나타나는 놈은 없었다. 지금껏 발전소의 낙진이 언데드를 강화시키는 원천이 될 거라고는 생각하지 못했군.

백미러에 움직임이 포착되어 깜짝 놀랐지만, GARMR이 트럭의 속도를 따라잡으려 애쓰면서 빠르게 뒤따라오고 있는 것을 보고 마음을 놓았다.

포도밭에 도착하기 직전, 혹여 미치가 나를 쏘지 않도록 헤드라이트를 끄고 야간 투시경을 썼다. 주차장에 이르러 타이어 밑에서 자갈 튀는 소리가 들리자, 시동을 끄고 골리앗 옆에 차를 붙여 세웠다. 내리면서 차 문은 닫지 않았다. 창밖을 겨누고 있는 미치의 권총이 살짝 반짝거리는 게 보여 그에게 소리쳤다.

"미치, 접니다. 그자들은 갔어요!"

"차 시동 소리랑…… 총소리도 들린 것 같던데. 당신이었나요?"

"예, 그래서 놈들이 더 몰려올 겁니다. 떠날 준비를 하세요."

우리는 미치네가 쓸 물품을 견인 트럭에 실었다. 미치가 프레퍼의 요새로 가는 길에 사고 자동차라도 밀어야 하게 된다면 이편이 더 나을 것이다. 내가 골리앗을 타고 오며 길을 정리해서 그리 큰 문제는 없겠지만. 미치에게 악당들의 총을 주고, RPK와 꽉 찬 탄창 다섯 개는 내 몫으로 남겼다. 어차피 미치는 이걸 사용하는 법도 모를 것이다. 이 기관총은 내가 고독호에 장착했던 것과 별로 다르지 않았다. 예전에 펜서콜라라고 불렸던 곳 연안에 정박해 둔 고독호가 그대로 잘 있어야 할 텐데.

미치에게 무슨 일이 있었는지 얘기한 후, 함께 저택으로 돌아가는 경로를 다시 한 번 점검하고 그에게 근거리 무전을 계속 모니터하라고 말했다. 만약에 골칫거리가 나타나면 먼저 쏘라고 말했다. 망설이지 말고 무조건 쏘라고. 우리가 상대하는 사람들은 잔인무도한 악당들이었고, 그들은 미치나 아이들을 마주쳤을 때 망설이지 않을 테니까. 일단 요새에 들어가면 숨어서 철제 울타리 밖에 살아 있는 사람이 지나가건, 뭐가 어쩌건 일절 관심을 끌지 않도록 하라고도 조언했다. 그리고 마지막으로 벙커에 대해 얘기하면서, 벙커에 뭐가 있는지는 모르지만 두꺼운 강철 문에 가로막혀 있으니 너무 걱정하지는 말라고 말해 주었다. 내 말을 곱씹는 동안, 미치의 눈썹이 잠시 위로 움직였다.

끝으로 폭스바겐을 확인하고 햇빛 가리개에 출입문 리모컨이 꽂혀 있는 것을 보았다.

미치에게 리모컨을 던져 주며 말했다.

"이걸 가져가면 편할 겁니다. 출입이 더 쉬워질 테니까요."

미치는 리모컨을 챙겨 준 데 감사를 표한 후, 견인차를 몰고 갈 생각이라고 말하며 덧붙였다.

"트럭이 고장 날 경우를 대비해 상태 좋은 차를 견인해 가면 어떨까요?"

그건 아주 훌륭한 생각이었으므로, 우리는 유압 장비를 조종해 견인차 뒤에 폭스바겐을 실었다. 나는 미치와 악수하고 아이들의 등을 토닥거렸다. 미치가 1인용 응급처치 키트를 건네며 세상의 종말에 맞춰 제작된 것이라고 말했다. 우리는 함께 웃었고, 미치는 코데인 복용 스케줄을 지키라고 다시 한 번 일렀다.

“통증을 상상하고 있는 거예요. 발목은 잘 낫고 있는데…… 그냥 500미터 단거리 경주만 하지 마세요.”

미치가 말했다.

“로저. 알겠습니다, 의사 선생님.”

내가 대답했다.

짐을 다 실은 미치 가족은 견인차 꽁무니에 폭스바겐을 달고 포도밭 주차장을 출발했다. 훈제 소시지와 와인도 잔뜩 챙겨 갔다. 나는 그들에게 손을 흔들어 주며 진심으로 언젠가 그들을 다시 만나게 되기를 바랐다.

나도 골리앗에 남은 식량을 싣고 GARMR을 고정한 다음 디젤 엔진의 시동을 걸어 포도밭 진입로로 들어섰다. 출구를 나서면서 보니 괴물 하나가 실험실 가운을 입은 피폭된 시체들 사이를 돌아다니고 있었다. 견인차 조수석에 앉아 있던 남자였다. 나는 골리앗의 바퀴를 오른쪽으로 살짝 튼 다음 그 녀석을 쳐서 수풀 속으로 날려 버렸다.

라디오에서 치직 소리가 나더니 미치의 목소리가 들려왔다.

“우리는 큰길에 접어들었습니다. 이대로 낙원까지 갈 수 있으면 좋겠네요. 아마도 한 시간 정고 더 가면 무전도 주고받지 못하게 되겠지요.”

나는 무전에 회답하며 다시 한 번 행운을 빌어 줬다. 미치에게 매일 같은 시간에 근거리 무전으로 교신을 시도하라고 일러두었다. 내가 떠나올 무렵 플로리다 키스에서는 팀이 꾸려지고 있었다. 팀의 임무는 본토의 생존자들을 찾아내는 것이었다. 미치는 의사이니 당연히 열렬한 환영을 받겠지. 사이엔이 생존자 수색팀의 대장이 되었을 것이다. 나도 제안을 받았지만 아기가 생기고 나면 일의 우선순위가 완전히 달라지는 법이다. 게다가 나는 팀 활동에서는 그다지 좋은 성과를 내지 못했다.

나의 옛 팀원들에게 물어봐라, 아니면 한때 그들이었던 것들에게 물어보든지.

23일 차

11시 00분

새벽 6시쯤 미치로부터 마지막 연락이 있었다. 내 지도의 첫 이정표인 전복된 유조차에 도착한 모양이었다. 신호가 너무 약해 거의 아무 소리도 들리지 않았으나, 간신히 '유조차'는 알아들었다. 그는 빠르게 이동 중이었다.

9시 00분 무렵, 저 멀리 다리가 보였다. 다리는 상태가 별로였는데, 그중에서도 너무 높고 길어서 빠르게 후퇴할 수 없는 점이 가장 큰 문제였다. 시동을 끄고 조용히 차를 세운 다음 쌍안경으로 다리를 살폈다. 다리 위에는 차들이 있었지만, 언데드나 길을 막는 장애물은 없는 듯했다. 내가 무모한 짓을 하는 것은 아닐 거라 확신하며 긴 다리로 차를 몰아 다리의 정점에서 멈췄다. 400미터 길이의 2차선 다리였다. 날이 화창해서 트럭 지붕에 올라가 점심을 먹기로 했다. 곧 손가락은 훈제 소시지 기름으로 번들거렸고, 입술은 미지근한 적포도주로 보랏빛이 되었다. 강물이 교각 사이로 빠르게 흘렀다. 둑은 사람과 동물의 뼈로 어지럽혀져 있었다. 2년 전 누군가에게 이곳이 어떤 모습이었을지 상상하기도 어려웠다.

강기슭을 따라 쌍안경을 돌려 보다가, 수백 미터 떨어진 둑에서 있는 외로운 형체를 발견했다. 초점을 맞춰 보니, 그 형체는 팔이 하나 없었고, 그곳에 서서 나 같은 사람이 나타나기를 기다리고 있었다.

나는 충동을 이기지 못하고 큰 소리로 놈을 불렀다. 내 목소리가 물결을 따라 전투기처럼 빠르게 이동했다. 그 소리가 놈에게 닿기를 바라며 쌍안경으로 바라보았다. 인상적인 몇 초가 흐르고, 놈이 한때 휴면 상태였던 머리를 다리 쪽으로 돌리며 움직이기 시작했다. 소리를 삼각측량 하지 못하는지 무작정 다리 쪽으로 걸어오며 방금 소리를 낸 먹이를 찾아다녔다. 나는 다 마신 와인 병을 독일의 제2차세계대전 수류탄처럼 던지고는 그 병이 호를 그리며 커다란 바위가 있는 곳으로 떨어지는 모습을 지켜보았다. 병이 바위에 부딪치며 산산조각 나는 소리에 놈은 방향을 홱 틀어 병이 떨어진 곳으로 갔다. 강기슭에 늘어선 나무들 사이에서 소리의 근원지를 찾아 두 마리가 더 나타났다. 그것들이 목소리를 내기 전에 짐을 싸기로 결정했다. 놈들의 목소리는 결국 연쇄반응을 일으켜 아래쪽 강둑에 많은 언데드를 부를 테니.

애틀랜타의 관문

22시 00분

트롤

지금 이 자리까지 오기 위해 연쇄 추돌 현장 다섯 군데와 꽤 엉망진창인 현장 하나를 통과해야 했다. 오후 시간은 대부분 차들을 끌어내고 그 사이로 골리앗을 지나가게 하는 데에 다 보냈다. 다섯 번째 추돌 현장을 치울 때, 산탄총에 맞아 구멍이 뻥뻥 뚫린 표지판을 보았는데, 그 표지판은 애틀랜타까지 이제 35킬로미터 남았음을 알려 주고 있었다. 하지만 몇 킬로미터 너머에서 숲 위쪽으로 거대한 먼지기둥이 솟아오르고 있었다. 예전에 이런 것을 봤을 때 반갑지 않은 일이 일어났더랬다.

시체 떼가 몰려들었더랬지.

나는 시동을 끄고 골리앗을 내리막길로 몰아 물살이 거친 강물이 흐르는 강가로 향하게 했다. 운전에 집중하지 않은 탓에 골리앗이 다리 한가운데서 갑자기 생긴 오르막에 덜컥 오르는 순간 운전석 천장에 머리를 박을 뻔했다. 내가 브레이크를 세게 밟자, 트럭은 미끄러지다 도로 사이가 1미터가량 벌어진 틈을 3미터 정도 남겨두고 멈췄다.

빌어먹을 도개교.

다리가 시작되는 길가에 차 세 대가 서 있었다. 그 차들로 내 뒤에 가벽을 세워서 문제를 해결해 보기로 했다.

그런 다음 장비를 챙겨 반대편 다리에 있는 도개교 관리자 부스로 향했다. 물론 쉬운 일은 아니었다. 도개교의 다리가 들리는 부분은 강철 격자로 건설되어 있었는데, 먼저 교각이 벌어진 틈을 뛰어넘었다. 관리자 부스가 있는 쪽은 그다지 많이 올라오지 않았다. 30센티미터 정도? 반대쪽, 골리앗이 세워진 쪽이 문제였다. 내가 방금 운전해 온 방향으로부터 먼지 구름이 가까워지는 것을 지켜보며 상황을 분석하기 시작했다.

미치와 아이들이 잘 있기를 바랐다. 아니, 하다못해 지금의 내 처지보다는 낫기를.

주머니에 손을 넣어 미치가 날 위해 짜 준 금단 스케줄을 훽 훑어보았다. 다음번 코데인 4분의 1알을 먹으려면 아직 몇 시간 남았다. 이 자식은 남을 괴롭히는 게 취미인가, 스케줄을 너무 빡빡하게 짰어. 본격적으로 떨리기 시작한 손으로 도개교 관리자의 콘솔 부스 문을 열어젖히고, 탤러해시 빌딩의 유리창 청소 플랫폼 리프트처럼 기계가 잘 작동하기를 바라며 레버를 조종하기 시작했다.

기계의 잠금장치를 해제하자, 골리앗이 있는 쪽 다리가 2.5센티미터 정도 내려가더니 소리굽쇠처럼 진동하면서 조용히 멈춰 버렸다.

나는 마지못해 콘솔 부스에서 아래 다리로 이어지는 사다리에 발을 디뎠다. 통로가 너무 좁아서 실수는 용납되지 않았다. 물이 깊어서 떨어지면 강기슭을 찾기 전에 1, 2킬로미터는 우습게 휩쓸려 내려갈 듯했다. 그나마도 탁한 강물 속에서 분명 나를 기다리며 숨어 있을 죽은 자에게 다리 살점을 떼이지 않을 때 가능한 일이었다. 나는 카빈총을 균형 막대처럼 들고 도개교 모터실 문으로 향했다.

드릴을 깜박하고 안 챙겨 온 나 자신에게 악담을 퍼붓고는, 철문이 굳게 잠겨 있을 거라 생각하며 문손잡이로 손을 뻗었다. 그러나 손잡이가 돌더니, 안쪽에서 문을 밀던 언데드의 힘에 의해 문이 내 쪽으로 벌컥 열렸다. 시체들은 오랜만에 얼굴에 햇볕을 쬐었고, 나는 하마터면 제일 앞서서 나온 시체와 함께 물에 빠질 뻔했다. 문 바깥쪽 벽에 튀어나온 소화전 덕에 간신히 추락을 면했다. 오른손으로 소화전을 꽉 잡고 카빈총을 쏠 준비를 했다.

하지만 탄약이 별로 남지 않았다는 압박감에 발포하지 않고 두 번째 놈의 발을 걷어차 흙빛 강물에 떨어뜨렸다. 두 마리가 까딱거리며 급류에 휩쓸려 50미터 넘게 떠내려가는 장면을 아주 짧은 순간이나마 지켜보지 않을 수가 없었다. 놈들은 해괴하게도 물속에서 마구 움직이며 뒤를 돌아보았다. 얼핏 보면 놈들은 인간처럼 느껴지기도 했지만, 마치 쓰나미의 잔해처럼 주변 상황과는 동떨어진 채 어지럽게 떠내려갔다.

어두운 공간에서 세 번째 놈이 나왔다. 나는 녹슨 금속과 유리로 만들어진 소화전을 억지로 열고 소화기를 꺼냈다. 신축성 있는 분사 호스에 흠뻑 젖은 점검 꼬리표가 달려 있었고, 내가 핀을 뽑고 손잡이를 꽉 쥐자 원형 게이지의 바늘은 초록색을 가리켰다. 나는 터질 듯 부풀고 끈적끈적한 점액 범벅인 괴물 얼굴에 소화기를 분사해, 놈의 벌어진 입과 눈구멍에 퍼플-K[21]의 보라색 분말을 가득 채웠다. 놈은 방금 당한 일에 극도로 혼란스러워하다 스스로 물에 빠졌고 다른 것들과 마찬가지로 까닥거리며 몸을 마구 움직였지만, 친구들을 따라 하류로 가는 내내 분말로 만들어진 원에 둘러싸여 있었다. 바람이 매캐한 분말을 내 얼굴 쪽으로 날려, 눈에 눈물이 고였다. 분말의 맛이 입에 남아 아래의 강물에 씻어 내고 싶은 마음이 들 뻔했다. 하마터면.

카빈총으로 500루멘 밝기의 불빛을 비추며 다리 밑, 깜깜한 공간에 들어섰고, 이제 다리 밑에 사는 트롤은 바로 나였다. 모터실 벽은 물론이고 모터 자체도 점액질로 뒤덮여 있었다. 죽은 자들은 여름을 두 번 보내는 동안 이 안에서 익으며 모든 것에 불쾌한 오물을 뿌렸다. 웩. 이것은 처음 겪어 보는 유형의 추잡함이었다. 마스크를 가져왔어야 하는데.

신속하게 골리앗 쪽 다리를 제어하는 모터를 찾아 전선을 추적했다. 전력을 차단한 상태에서 외함에서 전선을 뽑고 모터 위에 걸린 작업용 램프의 선을 샅샅이 뒤졌다. 모터를 110볼트 플러그에 연결한 후, 다시 다리 위로 오르기 시작했다. 강에 빠뜨린 놈들은

21) 미국 해군 연구소에서 만든 건식 소화기의 일종. 칼륨 함량이 높아 연보라색 연기가 난다.

하류로 사라져 버렸고, 바라건대 어딘가 쓰러진 나무줄기에 걸려 영원토록 박혀 있길. 사다리를 타고 다리 높이까지 오르자, 시체 군단의 먼지 구름이 현저히 커졌다는 걸 알 수 있었다.

선택의 순간이었다. 여기서 손을 떼서 GARMR과 나머지 장비들만 가져오고 골리앗을 버리느냐…… 아니면 다리를 내려 골리앗을 지키느냐, 하지만 그렇게 하면 골칫덩이들이 접근할 여지를 열어 주는 셈이었다.

크고 무거운 발전기를 내 등에 단단히 묶은 상태로 도개교 사이를 가로질러 1미터 정도 되는 틈을 건너뛰었다. 착지와 함께 발목에 갑작스러운 통증이 느껴졌다. 발전기의 연료가 3.8리터들이 연료탱크 안에서 철벅거렸고, 2킬로와트 혼다 엔진에서는 휘발유 냄새가 났다. 골리앗 쪽 다리에서 형체가 뚜렷할 정도로 보이거나 한 건 아니지만, 먼지 구름 밑부분에서 대혼란의 그림자가 가물거리며 길게 이어지고 있었다.

서둘러 사다리를 내려가 모터실로 이어지는 통로를 따라 바삐 움직였다. 내가 가져온 발전기는 그 치명적인 가스를 대기 중에 배출하도록 바깥에 두었다. 나는 기계를 작동시키고 최대 출력 모드로 둔 다음, 발전기에 꽂을 전원 코드를 잡아당겼다. 그리고 잠시 주저하다가 문 근처에 자리를 잡고 발전기에 코드를 꽂았다.

와, 요놈 봐라. 방법이 먹히고 있었다. 다리의 모터가 작동하기 시작하며 거대한 맨홀 크기의 기어가 매우 느리게 돌아갔다. 110볼트 발전기는 분명 모터에 충분한 전력을 공급하는 데 어려움을 겪고 있었으나, 어쨌든 작동은 하고 있었다. 대형 기어가 다음 톱니를 잡는 게 보였다.

기어를 점검해 톱니에 끼여 있는 너덜너덜한 옷자락을 치웠다. 어쩌다 거기 끼였는지 생각하고 싶지도 않았다. 4분 동안 주 기어가 완전하게 한 바퀴를 돌았다. 그것이 위쪽의 다리에 어떻게 작용하는지 나는 전혀 아는 바가 없었다. 그래서 발전기를 작동 상태 그대로 두고, 진행 상황을 확인하기 위해 사다리를 올랐다. 다리는 시계의 분침처럼 움직였다. 뒤쪽 경치를 봐야만 다리가 내려갔다는 걸 감지할 수 있는 정도였다. 나는 다리가 천천히 내려가면서 골리앗 크롬 그릴의 가로 구획이 하나씩 드러나는 것을 지켜보았다.

다시 골리앗 쪽 다리로 돌아갈 때, 1킬로미터쯤 떨어진 거리에서 언데드들이 보여 심장이 멎는 듯했다. 나는 골리앗으로 달려가 조수석에 장비를 던진 후, 트럭의 시동을 걸고 천천히 내려가는 다리 가장자리에 앞 범퍼의 위치를 맞추었다. 트럭의 무게가 다리 아래에 있는 회전 모터의 압력을 줄여 줄 것이라고 생각했다.

트럭을 시동이 걸린 상태로 두고 중화기인 RPK와 여분의 탄창 두 개를 잡았다. 그리고 관리자 부스 안에 사격 진지를 구축하고 유리를 깨뜨려 골리앗 쪽 다리까지 사격 범위를 넓혔다.

기도를 긁는 것 같은 언데드의 거친 신음 소리들이 모여 익숙한 합창이 들려왔다. 독특하면서도 마음을 불안하게 만드는 그 소음이 다리를 가득 채웠다. 이 다리가 강을 건너는 유일한 도로였고, 놈들은 그 사실을 알고 있기라도 한 듯 일제히 움직였다. 마치 물이 흐르듯, 그것들은 내 심장 박동을 비롯한 모든 것을 휘어잡으며 별 저항 없이 쉽게 움직였다.

롤렉스시계를 확인했다. 예전에는 값비싼 귀중품이었지만, 요즘은 원한다면 언제라도 가질 수 있는 시계다. 초침이 12시를 지날 때를 기점으로 다리를 지켜보기 시작했다. 발전기가 귀청을 때리는 언데드들의 소음과 경쟁이라도 하려는 듯 시끄럽게 윙윙거렸다.

1분이 경과했다. 그동안 도개교 높이는 15센티미터 낮아졌다.

골리앗을 그 틈으로 몰고 지날 수 있을 만큼 다리를 낮추려면 10분이 필요했다.

이제 700미터, 800미터…… 어쩌면 더 가까울지도 몰랐다.

어마어마한 규모의 시체 떼가 발이 닿는 대로 걷어차고 먼지 구름을 일으키며 거침없이 진격해 오고 있었다. 먼지 구름 아래 어딘가에서 시체들에 떠밀린 차 한 대가 비틀려 나가떨어지는 듯한 끽끽거리는 금속성 소리가 들렸다. 그런 힘은 수백 마리 정도로 나오는 것이 아니다.

RPK 기관총을 사격 대형으로 놓고 조준선 정렬로 표적이 제대로 눈에 들어오면서 아드레날린이 분출되기 시작했다. 아직은 발포할 엄두가 나지 않았다. 총성이 들리면 그것들의 관심이 내게만 쏠릴 테니까. 지금 그것들은 마치 물고기 떼처럼 서로를 따르고, 서로의 움직임에 반응하여 나아갈 뿐이었다.

언데드가 지나간 길은 나뭇잎들이 두툼하게 깔려 빈틈없이 다져져 있었고, 내게 보이는 것은 빙산의 더 빠르게 움직이는 일각뿐이었다. 기관총의 조준점을 계속 지켜보다가 개머리판에 악당이 새겨 놓은 글씨를 발견했다. *암캐 도살자.*

그 밖에도 수십 개의 체크 표시가 있었는데, 이 저질스러운 이름의 무기가 죽인 사람들의 수를 나타낸 게 틀림없었다.

다가오는 언데드들이 여러 무리로 구분된다는 것을 알아차리고, 선두 그룹이 500미터 정도 이어지다가 마무리될 것으로 추정했다. 냄새가 바람을 거슬러 내 콧속까지 침투하기 시작했고, 무리의 더 시끄러운 고함이 내 주위의 공기까지 흔들었다.

다리는 이제 거의 건널 수 있을 정도로 낮아졌고, 놈들은 내가 조금 전에 만들어 둔 바리케이드에 도달하기 시작했다. RPK를 임시변통으로 만든 사격 진지에 놔두고 가드레일과 좁혀지고 있는 도개교의 틈을 뛰어넘어 가서 골리앗의 기어를 바꾸고 액셀을 밟았다. 앞바퀴가 다리 밖으로 나와 틈을 없애자 나는 상단 기어로 바꾸고 페달을 바닥까지 눌러 밟았다. 트럭이 다리의 높은 부분에 걸리며 차체가 마구 흔들리고 삐걱거렸다. 차의 중심이 앞쪽 다리로 넘어가며 뒷바퀴가 노면에 닿지 않는 것이 느껴지자마자 제동을 걸어 세운 뒤, 여분의 RPK 탄창을 쥐고 사격 진지를 지나 모터실로 온 힘을 다해 달렸다.

멀티툴과 절연 테이프로 최대한 신속하게 모터 입력의 극성을 반대로 주고, 전선을 발전기의 콘센트에 다시 연결했다. 모터는 반대 방향으로 회전해 거대한 기어를 천천히 돌리기 시작했다. 발전기의 연료가 충분해 내가 통로를 지나 사격 진지로 올라가 전투를 계속할 수 있기를 바랄 뿐이었다.

자동화기에 고막이 터지는 데에도 진절머리가 나서, 카고 포켓에 귀마개를 챙겨 두는 것을 잊지 않았다. 귀에 귀마개를 찔러 넣자마자, 이제 막 차량 바리케이드를 넘어온 걸어 다니는 시체 수십 마리에 사격을 개시했다. 탄창 하나당 가능한 한 많은 피해를 입히기 위해 RPK로 통제 사격을 했다. 빈 탄피가 도개교 제어반 주변을 날며 천장과 벽으로 튕겨 나갔다. 일부가 내 옷깃을 타고 떨어진 건 말할 나위도 없고.

기관총 소리에 시체들이 미쳐 날뛰기 시작했다. 내 작은 바리케이드 뒤에 결집한 수십만 마리가 스타디움을 가득 채운 군중들처럼 움직이는 것이 보였다. 차량 바리케이드 일부가 시체 떼의 엄청난 압력에 무너지기 시작했지만 나는 계속해서 총을 쏘았다.

시체들이 으깨지고 가루가 되어 길바닥에 쏟아졌지만, 여전히 생생한 놈들이 그 자리를 메우고 스러진 동료들을 발판 삼아 솟아오르는 금속 도개교를 기어올랐다.

탄창을 다시 교체했다. 총에서는 기름과 코팅제 타는 냄새가 났고, 핸드 가드 아래 총열에서 연기가 났다. 내가 손잡이처럼 사용한 양각대의 왼쪽 다리조차 총열에서 나오는 열이 전도되어 따뜻했다.

단지 2분 거리만 더 벌려 놓고 싶었다. 그게 전부였다.

탄창이 두 개 남았다.

새 탄창을 끼우고, 그것을 가능한 한 신중하게 언데드들의 정수리 쪽에 대고 발포해 서른 마리를 더 초토화했다. 그나마 바리케이드 역할을 해 주던 차들이 안쪽으로 밀리고 있었다. 내가 쏘아 날린 그 모든 머리 가죽과 뇌 파편, 두개골 조각들이 차량 바리케이드 위에 내려앉던 장면을 영원히 잊지 못할 것이다.

시체 떼가 다시 앞쪽으로 밀려들며 차들이 휘어졌다. 그 수많은 시체들이 한몸이 되어 들이받았다. 최전선의 언데드가 으깨져 곤죽이 되면, 다시 뒤에 있던 언데드가 묵묵히 앞으로 나섰다. 시체들의 행렬은 저 멀리 영원까지 이어지는 것처럼 보였고, 이제 뿌연 먼지도 고역스러워지기 시작했다.

마지막 탄창.

나는 무기를 이리저리 휘둘러 타는 듯 검붉게 달아오른 총열에서 마지막 탄환 한 발이 떠날 때까지 방아쇠를 당겨 다가오는 선두 무리를 혼내 주었다.

그것들이 나를 바라보고 있었다. 놈들은 두 팔을 앞으로 뻗고 무작정 발을 내디디며 탐욕스럽게 다가왔다. 마침내 선두 그룹이 도개교 사이의 틈에 이르렀다. 그중 하나가 도개교의 틈을 넘으려고 시도했고, 강물로 굴러떨어지기 직전에 내 옆구리를 만지는 데 성공했다. 나는 글록을 뽑아 내밀고는 그것이 틈을 넘어올 때를 대비했다.

어느 틈엔가 내가 콘솔 부스 안에서 강물 방향으로 떠밀리고 있었다. 등 뒤를 올려다보니 끔찍한 시체가 한입 베어 물겠다고 몸을 굽히기 시작하는 중이었다. 나는 9밀리미터 탄환 두 개를 놈의 스위치 박스에 박아 넣어 놈을 끝장냈다. 도개교에서 너무 들뜨는 바람에 제일 중요한 생존 규칙을 잊어버렸다.

뒤를 돌아보라.

내가 있는 쪽의 길에도 언데드 십여 마리가 총성에 이끌려 숲에서 나와 거닐고 있었다. 또 다른 시체가 내가 있는 관리자 부스로 이어지는 통로에 다리를 걸치려 애쓰는 중이었다. 그것은 뼈와 힘줄까지 금방이라도 부스러질 듯 부실했다. 놈에게 날래게 발차기를 날려, 점점 규모를 키워 가는 시체 무리에 합류하라고 강물로 넘겨 버렸다.

도개교는 언데드 군단이 그 끝에 닿지 못할 정도로 높이 올라가고 있었다. 얼른 발전기의 선을 절단하고는 언데드를 피해 에어컨 바람이 나오는 골리앗으로 힘들여 발전기를 끌어 올렸다. 트럭에 안착하고는 이제 내 쪽 다리에 남은 놈들을 처리하기 시작했다. 다 처리하고 나니 또 하나의 바리케이드가 만들어졌다. 정말 아슬아슬했다.

그날 밤 나는 앞에 있는 차를 두드리는 언데드들의 소리와 도개교로 만들어진 벽에 스스로를 몰아넣으려다 가드레일을 넘어 강물로 떨어지는 시체 군단의 결코 끝나지 않을 물장구 소리를 자장가 삼아 스르르 잠이 들었다. 탄약이 아슬아슬하다. 창의력을 발휘할 필요가 있어.

바리케이드의 이쪽 편에 언데드 몇 마리가 보여 잠에서 깼다. 미치의 처방전과 코데인 쪽으로 손을 뻗었다. 약 시간이었다. 알약을 아주 조금 먹은 뒤, 플라스틱 물병에 오줌을 누고 그 폭탄을 손에 든 채 골리앗에서 내려왔다. 바리케이드 근처에 서 있는 시체를 향해 기적의 장거리 슛을 날려 꽉 찬 노란색 병을 놈의 머리에 제대로 명중시켰다. 뚜껑이 깨지고 병이 공중으로 휙 돌며 괴물과 주변 차에 오줌이 흩뿌려졌다. 놈은 고개를 돌리고 이리저리 훑다가 나를 발견하고 추적해 왔다. 놈이 나를 향해 행진하듯 걸어올 때, 나는 칼집에 꽂혀 있던 총검을 뽑아 여전히 번득이는 날카로운 탄소강 칼날을 드러냈다. 사냥용이나 특수작전용 나이프로 놈을 찌르는 건 내 목숨을 위태롭게 할 뿐이다. 현 시대의 진정한 칼날은 총검 또는 얼음송곳이다. 놈이 위험하리만큼 가까워질 때까지 기다렸다가 칼날을 놈의 눈높이에 맞춰 들어 스스로 두개골에 칼날을 꽂게 했다. 놈은 완전히 끝났다.

새로 두 마리가 동시에 앞을 막아서 나는 골리앗의 5륜 뒤로 물러나야 했다. 몇 발짝만 더 가면 다리에서 떨어질 판이었다. 트럭 뒤쪽에는 일렬로 서는 게 고작일 정도의 공간밖에 없었으므로, 나는 조금씩 돌며 기다렸다. 그러다 골리앗의 강철 차체를 움켜쥐고 몸의 절반을 다리 밖으로 늘어뜨렸다. 첫 번째 좀비는 거기에 속아 곧장 나에게 오다가 그냥 떨어져 버렸다. 두 번째 놈은 앞서의 추락을 보고 더욱 조심스럽게 행동했다. 그것은 골리앗의 5륜 모서리에서 쉭쉭거리며 나를 향해 손톱을 세웠다. 좀 더 과감해진 놈이 나를 향해 걸음을 내디뎠고, 나는 재빠르게 트럭에 오르며 그 면상을 걷어찼다. 놈이 뒤로 넘어가 빙글빙글 돌며 탁한 강물로 곤두박질쳤다.

다리 위 언데드들을 다 처리한 후, 견인줄을 차에 연결하면서 물이 끓기를 기다렸다가 마지막 남은 달걀가루와 육포를 조리했다. 내가 만든 조악한 바리케이드 너머에서 돌아다니는 시체들이 보였기 때문에, 그것들의 관심을 끌지 않으려고 애썼다. 내가 시동을 거는 순간 놈들이 돌변할 게 분명하므로, 모든 것을 미리 준비해 둬야 했다.

아침 식사를 마치고 재고 조사를 위해 다시 한 번 장비들을 꺼냈다. 골리앗 앞에 담요를 펼치고 배낭 속 내용물들을 늘어놓으면서 여기 나와서 보낸 시간이 얼마나 되는지 궁금해지기 시작했다. 키스를 떠난 지도 거의 한 달이 되었으니, 타라가 나를 보면 이제 이혼당하거나 죽은 목숨이었다. 그저 이 일이 얼마나 중요한지 그녀가 납득하길……. 음, 모두에게 얼마나 중요한지 말이다. 내 말은, 치료제라잖아? 내 딸이 철제 우리에서 자지 않아도 될 가능성이 단 1퍼센트만 된다고 해도 그것만으로 충분한 가치가 있을 것이다. 세상이 멸망하기 전에는 시간만 나면 사격장에 가곤 했다. 그만큼 사격을 좋아했다. 죽었다 깨어나도 사격에 싫증을 느끼는 일은 없을 줄 알았는데, 이제는 언젠가 소총을 끼고 자지 않아도 되는 날이 온다면 소원이 없겠다.

카빈총에서 연회색 탄창을 분리하고 측면에 스프레이 페인트로 도색된 숫자를 손가락으로 만졌다. 7.62.

권총이 작동되는지 확인하고 9밀리미터 탄창을 채운 뒤, 엄지 손가락으로 회색 카빈총 탄창에서 탄환을 꺼내 하나씩 세었다.

열 발. 화살집에 화살이 열 개. 새총에 돌멩이가 열 개.

어디서든지 7.62밀리미터 블랙아웃 아음속 탄약을 찾게 될 가능성은 내가 앞쪽 들판에서 연료도 꽉 차고 유지 보수도 잘 된 항공기를 발견하는 것과 거의 같은 확률일 것이다.

금속 탄창을 장전하고 한번 부딪쳐 보기로 했다. 자세를 낮추고 바리케이드로 사용했던 차량들 쪽으로 살금살금 다가갔다. 문이 잠겨 있었지만, 내게는 닌자의 돌[22]이 있었다. 가볍게 던졌는데도 창문에 거미줄 모양의 금이 갔다. 카빈총을 이용해 유리를 치우고, 안으로 손을 뻗어 잠금장치를 풀었다. 조용히 문을 열고 뒷좌석을 확인한 후, 차에 올랐다.

정말 한 치 앞도 예측할 수가 없다.

글러브 박스에는 보험 증서, 자동차 등록증, 자동차 사용 설명서 외에는 아무것도 없었다. 기분이 상해서 글러브 박스를 쾅 닫

22) 자동차의 점화 플러그를 망치 등으로 부숴서 나온 세라믹 조각. 던지면 빠르고 조용하게 자동차 유리를 깰 수 있어 닌자의 돌이라고 부른다.

고 트렁크 열림 버튼을 눌렀다. 아무 일도 생기지 않았다. 짜증을 내며 뒷좌석으로 넘어가 트렁크에 접근하기 위해 좌석 등받이를 잡아당기기 시작했다. 어두운 틈새로 카빈총 조명을 비추며 몇 초간 눈을 가렸다. 야광 비상 탈출 레버에 빛을 쪼이기 위해서였다. 조명을 끄고 트렁크로 들어가 빛을 발하는 T 자형 레버를 당겨 트렁크의 비상 잠금장치를 풀었다. 아주 힘들게 다시 차 안으로 돌아와 문을 열고 나갔다.

다 허탕이었다.

트렁크에는 스페어타이어와 잭, 불꽃 신호기와 비상용 담요뿐이었다. 격렬한 분노에 휩싸여 트렁크를 쾅 닫았다. 바리케이드 반대편 90미터 정도 떨어진 곳에 있던 언데드 하나가 내 쪽으로 다가오기 시작했다. 야간 투시경으로 붉은 점을 보고 장전손잡이를 내던지듯 잡고 카빈총을 어깨에 걸치며 붉은 점이 다가오는 그것의 정수리에 가게 잡았다. 손가락 끝이 방아쇠를 0.5밀리미터 정도 느슨하게 끌어당겼다. 한 방 먹이면 토스트가 될 거야. 그럼 기분이 좀 나아지겠지.

방아쇠를 꽉 쥐었다.

감감무소식.

빌어먹을 안전장치. 나는 한 걸음 물러나 숨을 크게 들이마시고 맞은편 기슭으로 흐르는 강물을 빤히 쳐다보다가 숨을 내쉬었다.

"숨 쉬어."

큰 소리로 스스로를 다그쳤다.

물이 마구 휘도는 것을 주시하며, 그저 가만히 응시하고 있었다. 아마 수백 미터 하류의 맞은편 둑에는 푹 젖은 시체 백여 구가 우글거리고 있을 터였다. 그것들은 다른 길을 찾아봐야 할 것이다. 이 다리는 내 것이니까.

골리앗으로 임시로 만든 차량 바리케이드를 천천히 밀어젖히며 다리를 건넜다. 차들은 삐걱거리면서도 길을 내주었다. 바람 빠진 진흙투성이 고무 타이어가 아스팔트를 가로지를 때 질퍽질퍽 소리가 났다.

몇 킬로미터 더 가다 보니 편의점에 도착했다. 100미터 정도 떨어진 곳에 트럭을 세워 둔 채, 카빈총을 들고 차에서 내렸다. GARMR을 풀어 주었더니 프로그램에 입력된 대로 방사능 피해를 줄이기 위해 거리를 두고 뒤따라왔다. 녀석이 보도블록을 지나는 찰칵찰칵 소리에 안도감을 느꼈다. 처음에는 태평하게 걷다가 버려진 상점 앞에 다가가면서 점점 방어적인 태도를 취했다. 창살이 있는 앞 창문의 유리는 산산조각이 난 상태였고 자동문은 열린 채로 고정되어 있었다. 안에서 무엇이든 나올 수 있고 그 반대도 마찬가지였다. 앞을 막고 있는 콘크리트 블록을 치우고 건물 안에 들어서면서, 체커스에게 내가 깜깜한 내부를 살피는 동안 대기하고 있으라고 말했다. 등 뒤에서 자동문이 쿵 소리와 함께 갑자기 닫혔다.

이곳에는 물자를 구하러 온 것이 아니었고, 구체적으로 찾는 것이 딱 하나 있었다. 선반은 맨몸을 드러낸 상태였고, 거기에는 오직 방향제, 자동차 유리창 세정제, 그리고 맛이 형편없는 까만색 감초 사탕 한 상자뿐이었다. 사탕을 집어 카고 포켓에 넣었다. 어쩌면 언데드가 그 냄새를 맡고 날 내버려 둘지도 모르지. 계산대를 뛰어넘어 아래를 확인해 보았다.

빙고. 전화번호부를 찾았다.

몇 해 묵은 책자지만 지장은 없을 것이다.

이 지역 총기 제작자들이 망라된 명단을 찾을 때까지 휙휙 넘겼다. 찾은 페이지를 찢고 있는데, 문밖에서 GARMR이 움직이는 소리가 들렸다.

내가 기다리라고 했건만, 속으로 생각했다.

문 아래로 그림자들이 어렴풋이 스쳐 지나갔다.

"체커스, 문으로 돌아가."

나는 사이먼 시계에 대고 명령했다.

기계가 문 쪽으로 빠르게 돌아갔다.

"체커스, 내가 부를 때까지 대기해."

다시 명령을 내렸다.

기계가 복합 명령을 이해하는지 확신이 없었지만, 거기에 신경 쓸 여유도 없었다. 뒤쪽 비상문으로 가서 수평 막대 손잡이를 눌렀다. 열면 경보음이 울린다는 경고문이 있어 경보 장치가 작동할까 봐 불안했지만, 그래도 문을 밀었고 밝은 빛과 오랜 시간 가득 차 있던 녹색 쓰레기통 냄새에 휩싸였다. 반쯤 부패된 시체 하나가 쓰레기통 근처에 누워 있었다. 놈의 몸에서 움직이는 거라고는 눈뿐이었다. 다른 부분들은 모두 부패가 진행되면서 멈췄고, 손발로 이어지는 주요 신경 말단이 잘린 듯했다.

신속하면서도 신중하게 100미터 정도를 달려 골리앗으로 도망가면서 GARMR을 불렀다.

기계를 다시 트럭 뒤에 고정하고 운전석으로 돌아와, 언데드들이 여전히 문을 열기 위해 발버둥치고 있는 것을 지켜보았다. 놈들은 방금 전 자신들 곁을 떠난 체커스에게는 관심이 없는 눈치였다. 트럭의 시동을 걸자, 놈들은 즉시 돌아서서 다가오기 시작했다. 이제 이 지역을 떠나야 할 때가 온 것이다.

3종 이상의 총기를 취급하는 래리의 총포상을 향해 출발했다.

3종 총포상들은 별난 종족이었다. 그들은 이것저것 쓸 만한 것들을 많이 팔았지만, 무엇보다도 기관총, 소음기, 단총열 소총을 다뤘다. 전화번호부에서 찾은 명단 중 하나가 애틀랜타에서 몇 킬로미터 떨어진 주택가 외곽에 있었다. 래리가 누구든 간에 그는 별채가 딸린 1.5미터 높이의 철조망 울타리로 둘러싸인 작고 별 특징이 없는 집에 살았다. 별채는 총포상이었다. 문에 영업시간이 붙어 있고 2년 전에는 'open'이라 밝혀졌을 어두운 네온사인도 달려 있었다.

문을 열어 보았다. 내 운이 그렇지. 밖에서 두드려 보니, 허리케인 대비용의 단단한 문에 걸쇠형 자물쇠 두 개와 손잡이형 자물쇠 하나가 달려 있었다. 기관총과 소음기를 파는 사업장이니 놀랄 것도 없지 않겠는가?

작은 총포상 건물에 눈높이부터 바닥까지 메마른 찌꺼기 같은 것이 들러붙어 있었다. 좀 더 살펴보니 주변 상황도 다르지 않았다. 언데드 군단이 여기를 지나가며 모든 것을 탈탈 털었던 것이다. 길가에 버려진 S10 픽업트럭이 움푹 찌그러진 이유도 이것으로 설명이 되었다. 트럭은 마치 코끼리가 등긁이로 쓰기라도 한 양, 한쪽 전체가 못 쓰게 되어 있었다.

이곳에 필요 이상으로 머물고 싶지 않았기 때문에, 문을 처리하는 데 극단적인 방법을 쓰기로 결정했다. 견인줄을 가게 창문의 창살에 단단히 묶어 창틀을 뜯어냈다. 이 과정에서 조용히 해결되는 것은 아무것도 없었다. 태양이 작은 총포상에 크게 난 틈으로 밝은 광선을 쏘았다. 시신 한 구가 앞쪽 계산대에 상체를 기댄 채 의자에 앉아 있었다. 청바지와 격자무늬 셔츠 차림에, 청색광이 차단되는 선글라스와 야구 모자를 쓴 모습이었다. 총알이 관통한 구멍에 더해, 뼈가 다 드러난 손으로 여전히 대구경 권총을 쥐고 있는 모습으로 모든 것이 설명이 되었다.

임시변통으로 창살에 묶은 줄을 서둘러 풀고 들쭉날쭉하게 뜯겨 나간 창문을 통해 가게로 들어갔다. 주변을 둘러보다가, 곧 진열장 속 M4에 시선이 고정되었다. 총 아래의 종이 꼬리표에는 다음과 같이 쓰여 있었다.

미공군 소속 항공 구조대원이 베트남에서 들고 온
1967년형 콜트 M16 코만도, 양도 가능.
1968년 미국 총포법 자진신고 기간 내 등록 완료.

방아쇠에 달린 가격표에는 3만 7500달러라는 충격적인 금액이 적혀 있었다. 시야에 움직임이 포착되어 자살한 시신 옆 들쭉날쭉한 구멍 뒤로 몸을 숙였다. 괴물 네 마리가 주변을 훑고 있었다. 부패 중인 뇌로는 원시적인 수준의 산출밖에 할 수 없다. 그것들은 나를 찾으려고 자신들이 지닌 얼마 남지 않은 뇌세포를 사용하는 중이었다.

놈들이 지나가고 나면 래리의 회전의자를 밀고 진열장으로 가려고 기다렸다. 진열장은 물론 잠긴 상태였으므로 열쇠를 집으려고 시신의 벨트에 손을 뻗다가, 열쇠들이 늘었다 줄었다 하는 신축성 케이블에 달려 있다는 걸 알아차렸다. 케이블을 진열장 자물쇠까지 끌어당기다가 의도치 않게 시신까지 내 위로 끌어당겼다. 시신을 밀어내려고 했지만 손이 부풀어 오른 피부와 내부 장기를 뚫고 무른 내장에 잠겨 들어갔다. 나는 헛구역질을 하며 점액질로 뒤덮인 손을 빼내 래리의 옷에 닦고는 나가떨어졌다.

평정심을 되찾은 후, 밖을 내다보니 거리에는 괴물이 딱 한 마리만 남아 있었다. 다시 열쇠 꾸러미를 잡아당겨 맞는 열쇠를 찾을 때까지 하나하나 끼워 보았다. 진열장 문을 열어젖히고 손을 뻗어 총을 꺼냈다. 이 총은 죽은 자들이 걷기 전에도 그야말로 금덩이처럼 귀했지만, 지금은 이루 말할 수 없는 값어치가 있었다.

유물이 작동하는지 확인하면서 그 기능이 내 현대식 카빈총과 다르지 않으며, 오토시어 홀은 같은데 기계식 각인만 다르다는 점을 알아차렸다. 유일한 차이는 이 총이 5.56밀리미터 탄을 쓴다는 것인데, 래리의 선반에는 이 총에 맞는 탄환이 가득했다. 콜트 코만도를 장전한 다음, 내 총을 가져와 소음기를 떼어 내고 상부 리시버를 벗겼다. 래리의 총기 제작 작업대에 있는 바이스로 소음기의 전용 총구 장치를 제거했다. 그리고 코만도의 특대 사이즈 조정 총구 장치를 벗긴 후 내 소음기 장치를 비틀었더니, 콜트 총열의 접관에서 그대로 떨어져 내렸다.

나사산의 지름이 맞지 않았다.

젠장, 콜트의 나사산이 내 총보다 작았다. 내 눈은 빠르게 소음기 상자들로 가득 찬 다른 진열장으로 옮겨 갔다. 결국 두 번째 진열장을 찾아내 열쇠를 가져다가 열었고, 찾고 있는 것을 발견할 때까지 뒤졌다. 직결 소음기를 찾아야 했다. 새 소음기를 찾아 콜트 코만도에 손으로 꽉 조이고 나자, 애틀랜타 전체가 나를 덮칠 걱정 없이 다시 언데드를 죽일 수 있게 되었다는 생각에 불안감이 사그라지기 시작했다. 콜트의 구식 각인은 내가 친해지기 힘든 다른 시대의 것이었지만, 이 총과는 잘 지내 볼 수 있을 것이었다. 이제 렌즈가 없는 조준기를 써야 하는 처지가 되었지만, 뭐 어떤가, 그래도 운반손잡이는 있으니까.

래리의 가게에서 가치 있다고 여겨지는 걸 골라 빠짐없이 골리앗의 조수석에 싣고 문을 닫고 나니, 1미터도 안 되는 거리에 나를 향해 으르렁거리는 시체가 있었다. 트럭 앞으로 돌아온 모양이었다. 탄약이 천 발은 되므로 귀한 골동품을 시험해 보기로 했다. 그것이 달려드는 만큼 나는 뒤로 물러났다. 장전손잡이를 뒤로 당긴 다음, 약실에 한 발 넣어 둔 것을 기억해 재확인하고 안전 모드에서 반자동 모드로 리시버의 레버를 바꿨다. 총을 어깨로 견어지고 구닥다리 철제 조준기 구멍을 통해 운반손잡이 상단 너머를 응시했다. 아마 그 옛날엔 이렇게 베트콩들을 조준했겠지. 놈이 다시 달려들자, 나는 모드 선택 스위치를 자동 모드로 다시 바꾸고 방아쇠를 당겼다.

탄창을 비울 때까지 총격이 계속되었지만, 시체가 다가오는 속도가 너무 빨라서 거의 재장전을 해야 할 정도였다. 서른 발짜리 탄창의 마지막 세 발이 그것의 머리를 관통하고 두개골과 뇌를 날리면서 노리쇠가 후퇴 고정 되었다. 소음기를 부착했는데도 소리가 거북할 정도로 컸다. 소음기 끝과 리시버의 열린 먼지 덮개 밖으로 연기가 피어오르고 귀청이 터지기 일보 직전이었다. 빈 탄창을 빼내고 뒷주머니에서 새 탄창을 꺼내 재빠르게 교체했다. 5.56밀리미터 탄환을 스물여덟 발이나 쏜 건 분명 언데드 하나를 죽이는 데 최선의 방법은 아니었으므로, 정말로 진탕 쏟아부어야 할 때가 아닌 한 코만도를 다시 반자동 모드로 둬야겠다고 다짐했다.

진입

모래시계 작전 이후로도 미국 정부의 일부가 여전히 잔존해 있었다. 우리가 되찾은 기술 자료를 기밀 장소로 보냈기 때문에 나도 알고 있다. 어디로 갔는지는 몰라도, 어떤 연구 시설로 갔다는 것은 알았다. 그리고 그들과의 연락 교점이 몇 달 전 A-10 선더볼트 비행 중대와 함께 감감무소식이 되었다. 키스의 우리 기지는 무슨 일이 일어난 건지 알아낼 수단이 없었고, 아무도 그 빌어먹을 '구조' 쇼에 자원하지 않을 것이었다. 나는 요청을 받았지만, 내 대답은 이거였다. *무슨 의미죠?* 공군 기지에 남은 무언가를 찾으려고 텍사스 해안까지 갔다가 조난 신호도 보내지 못하고 자살하게 될지도 모를 일이다. 내가 만약 워스호그 공격기의 조종사였다면 기지에 놈들이 들끓을 기미가 보이자마자 소속 지역에서 가장 가까운 초원으로 비행해 착륙했을 텐데. 모래시계 팀의 기술 자료를 보낸 시설에 대해 아는 거라고는 내륙으로 수백 킬로미터 떨어져 있고 통신이 두절된 상태라는 것뿐이었다. 모두가 무전으로 비밀 시설의 위치를 알리는 것을 탐탁지 않아 했다. 밖에는 호시탐탐 기회를 노리는 놈들이 셀 수 없었고, 그들은 하루 24시간 일주일 내내 귀를 기울이고 있었으므로. 전력, 수도, 심지어 제한된 공공 기반 시설을 갖춘 독자 생존이 가능한 정부의 조짐이 있다면 냉큼 달려와 대혼란을 일으키기 위해 그쪽으로 가리라는 걸 장담할 수 있었다. 탤러해시의 놈들이 내게 그러려고 했던 것처럼.

내게는 그것을 증명할 상처가 영원히 남았다.

지금 당장은 골리앗호에 승선하여 애틀랜타 시내 남쪽에 있다고 하는 와코비아 타워로 가는 지도상의 길을 추적 중이다. 무전 기록을 기반으로 내가 내릴 수 있는 최선의 가정은 CDC가 거기에 자신들의 임시 기지를 세웠다는 것이다. 만약 전송된 내용이 사실이고 치료법이나 백신이 있다면, 음, 이 생각만 하면 아드레날린이 솟구친다.

25일 차

23시 00분

광고판 위에 올라가서 야간 투시경의 시야를 거쳐 가는 괴물들을 지켜보고 있다. 그것들은 음식 냄새를 맡지만, 내가 여기 있다는 것은 알지 못한다. 내가 소리라도 낸다면 그것들은 절대 나를 떠나지 않을 테고 나 역시 떠나지 못하게 되겠지.

5.56밀리미터 탄환으로 가득 찬 탄창 아홉 개로는 저 무리를 뚫고 탈출로를 모색하기에 부족하다. 노출되면 이 자리에서 죽게 될 것이다. 군단은 아니지만, 그렇다고 도넛 한 판 수준도 아니다. 찢어지고 빛바랜 광고판은 어떤 로펌을 광고하고 있지만, 몇 글자만 남아 있었다. 로펌 이름의 대부분은 이미 오래전에 찢겨 나갔다. 로펌의 벗겨진 배너 아래에는 무이자를 앞세운 자동차 대리점 광고가 있었다. GARMR은 100미터 정도 떨어진 배수로에서 휴면 중이었다. 만일의 경우, 체커스의 도움으로 다시 내려갈 수도 있을 것이다.

달은 태양의 빛을 반사해 모든 곳에 빛을 드리우고 있었다. 달 뒤의 푸른 후광은 나를 불안하게 만들지만 아름답기도 했다. 달을 올려다보면서 그곳에 있을 성조기와, 저 살아 있는 죽은 자들이 위풍당당하게 펄럭이는 그 깃발을 절대로 방해하지 못하리라는 점을 생각했다. 인간이 언데드가 닿지 못하는 무언가를 창조했다는 사실에 약간의 위안을 느꼈다. 이런 생각에 기분이 조금 나아졌다.

오늘 아침 애틀랜타 남부를 향해 달리는 도중에, 양쪽 차선에 도시를 벗어나려는 차량 행렬이 늘어서 있는 장면을 마주쳤다. 처음으로 길에서 아무리 차를 끌어내도 골리앗이 지금의 교착 상태에서 벗어날 방법이 없었다. 거대한 벽이 애틀랜타로 들어가는 길목을 막고 있었다. 이 일이 처음 시작된 무렵을 떠올렸다. 내가 비행기에서 했던 일들을 하나하나 되짚어 보았다. 외상 후 스트레스 장애로 인한 혼돈과 중독에 시달렸지, 그 밖에 끔찍한 일들도 있었지만 이겨 내고 EP-3를 타고 애틀랜타 상공을 비행했어, FBI요원도 타고 있었지. 내가 CDC의 무선을 포착했지. 애틀랜타는 최초 진원지가 아니라 미국에서 처음으로 전파가 진행된 지역이었어. 이곳에서 이상 징후가 급속도로 확산되었고. 그들이 중국에서 전염된 환자를 메릴랜드로 데려왔다가 결국 애틀랜타 CDC 근처로 옮긴 것이 시작이었지.

골리앗을 차로 만들어진 장벽 옆에 세우면서 이제 걸어야 할 때가 왔음을 깨달았다. 도로 바로 옆에 트럭을 숨길 곳을 찾고 근처 나무에 오렌지색 스프레이로 표시를 해 두었다. 골리앗은 아직 디젤유도 4분의 1 이상 남아 있었고 기계 상태도 양호했다. 내 에어컨과 안전의 원천이자 교통수단인 트럭을(특히 에어컨을) 정말로 떠나고 싶지 않았다. 거추장스러운 잡동사니와 고막을 찢는 베트남 전쟁 시대의 코만도 총을 들고 트럭에서 내려 미국 남부 지방의 열기 속으로 들어서자, 가슴이 철렁 내려앉는 기분이었다. 코만도는 소음기까지 달았는데도 내 7.62밀리미터 군용 소총보다 소리가 열 배는 컸다. 사격수의 소재를 빠르게 파악하는 것을 막는 것이 유일한 용도가 아니었을까 싶다. 5.56밀리미터 초음속 탄환을 발사하면 전 방위적인 굉음이 일어나면서 총구의 폭발음이 매우 희석되어 사격수의 위치를 파악하기가 어려워진다. 그래도 래리의 총포상에서 이 티타늄 소음기를 찾아낸 덕에 무거운 스텔라이트 합금 소음기를 끼웠을 때보다는 조금 빠르게 총구를 돌릴 수 있다.

아주 사소하지만.

이동 중인 지역에서는 모기들이 극성이었지만, 나는 충분히 여유를 두고 나뭇가지를 잘라 트럭을 덮어 지나가는 누구라도 너무 많은 주의를 기울이지 않도록 했다. 차 열쇠를 트럭 아래 숨기고

GARMR을 풀었다. 기계는 전에도 늘 그랬던 것처럼 익숙한 진단 프로그램을 실행하고 나를 향해 머리를 들었다. 이런 일이 가능하리라고 생각해 본 적은 없지만, 나는 사실 이 망할 기계가 정말 마음에 들었다. GARMR은 충실하고 믿음직스러웠으며, 그저 입을 다물고 해야 할 일을 했다. 출발하기에 앞서 태블릿에 접속해, 두개골과 대퇴골 두 개가 교차된 문양의 지문 아이콘으로 표시된 메뉴들을 누르지 않도록 조심하면서 다시 한 번 기계의 기능을 익혔다.

태블릿으로 지도를 찾아본 후, 장치를 GARMR의 마이크로그리드에 연결해 새들백에 넣었다. 태블릿의 배터리가 10퍼센트까지 떨어져서 최대치로 충전해 둘 필요가 있었다. 그래야 피닉스 팀이 치료제를 가지고 숨어 있는 타워까지 갈 수 있을 테니. 치료제 여부는 확실치 않지만, 적어도 녹음된 방송에서는 그렇게 말하고 있었다.

주변 지역을 빠르게 정찰한 다음, 무전기를 꺼내 다시 고주파 주파수에 맞추었다. 애틀랜타의 스카이라인이 거의 눈에 담길 정도로 가까워졌지만, 아직 무전은 잡히지 않았다. 모스부호가 잡혔던 채널에도 맞춰 보았지만, 역시 잠잠했다. 1억 5000만 킬로미터 떨어진 곳에서 일어나는 태양 활동의 간섭으로 인한 정적만 간헐적으로 찾아왔다. 피닉스 팀의 신호를 처음 받은 지 22일이 지났고, 이제는 아무 신호도 없었다. 이런 상황에 나는 한동안 망설였다. 애틀랜타 남쪽의 와코비아 타워로 또 한 걸음을 내디뎌야 할 것인가, 말 것인가.

한참 궁리한 끝에 콜트 코만도를 가슴에 걸치고 걸음을 내딛기 시작했다. 뒤에서 철컥거리는 기계의 발걸음이 나를 앞으로 밀어 주었다. 나는 혼자가 아니었다. 그 말은 여기 무법지대에 그놈들이 엄청나게 많다는 의미이기도 했다. 미치와 함께 새로 채워 넣은 식량과 마실 것으로 배낭이 무거웠다.

와코비아 타워에서 지난번 보내온 무전에 따르면, 시설은 언데드로 붐비고 있었다. 나는 꽉 채운 탄창 하나를 총에 끼우고 둘은 벨트에, 나머지는 체커스의 새들백에 잔뜩 채워 넣었다. 고막을 찢는 5.56밀리미터 탄환 이백쉰두 발을 내 마음대로 쓸 수 있지만, 무전의 불통으로 이 정도로는 충분하지 않다는 것을 이제 깨닫게 되었다.

눈앞에 펼쳐진 광경은 정말 놀라웠다. 주간 고속도로의 양쪽 차선이 도시를 떠나려는 차들로 꽉 찼다. 지도를 보면 나는 건물에서 12킬로미터 정도 떨어져 있었다. 일몰이 시작되면서 나는 광고판 위에 올라 다음 행동을 구상하기 시작했다. 잠결에 떨어지지 않기 위해 배낭끈을 다리에 감고 광고판 플랫폼의 기둥에도 감았다. 스르르 잠이 드는 동안, 처음에는 그것들의 냄새가 났고 그다음에는 소 떼처럼 날뛰는 소리가 들렸다. 냄새와 소리는 점차 옅어졌다. 아침이 되기 전에 꺼져 주면 좋으련만. 내게는 고지대에 오르는 것 외에는 다른 선택권이 없었다. 이렇게 도시 가까운 곳에서, 그것도 낮은 위치에서 수면을 취하는 것은 자살 행위이다. 죽은 것들이 너무나도 많이 도사리고 있다.

아침에 내린 비에 뼛속까지 젖어 격렬하게 떨면서 일어났다. 언데드는 대부분 사라져, 근처에는 세 마리만 남아 있었다. 나는 침낭을 애써 비틀어 짜서 대충 말린 다음, 엉망이 된 짐을 챙겨 조심스레 사다리를 내려갔다. 내려가는 동안 코만도가 철제 난간에 부딪쳐 철커덩 소리를 냈다. 움찔하며 어깨 너머를 돌아보았다. 발각됐다.

사다리가 땅까지 닿지 않아 마지막 단 이후로 팔을 길게 뻗어 내려가는데, 놈들이 사다리로 몰려들기 시작했다. 어제 가까이에 있던 차에 중립 기어를 넣고 사다리 밑으로 밀어 두었다. 발이 차의 지붕에 닿자마자 뒤 유리로 미끄러져 내려가 트렁크를 지나 젖은 잔디로 떨어졌다. 머리부터 거꾸로 처박혔다가 언덕을 내려가 간밤의 비로 만들어진 작은 물줄기까지 미끄러졌다. 놈들이 쫓아오다가 언덕 아래로 추적해 굴러 내려왔다. 그것들이 다가오자, 나는 몸을 일으켜 상류로 달리기 시작했고, 뛰면서 GARMR 제어 신호기의 추적 버튼을 눌렀다. 뒤를 돌아보니, 언데드들이 일어나 인육에 대한 결코 끝나지 않을 추적을 시작하고 있었다. 그냥 내버려 두면 몇 년이고 나를 쫓아다닐 터였다. 그러나 나는 이렇게 이른 시간에 총격전을 벌이고 싶지 않았다.

그건 신사적이지 않았다.

게다가 지상 9미터 높이의 철제 플랫폼에서 비를 맞으며 하룻밤을 자고 난 뒤라 시끄러운 소음은 사양하고 싶었다. 아직 발목이 괜찮다는 완전한 확신도 없는 채로 달리기 시작했다. 미치의 지시를 따라 왔지만, 이 시점에서는 약간의 코데인이 간절했다. 변두리 동네가 보여 발걸음을 옮겼다. GARMR이 뒤에 바싹 붙을 때쯤, 나는 동네의 방범 울타리에서 널빤지 두 개를 뜯어내고 그 사이로 몸을 숨겼다. 기계가 뒤따라 들어와, 한때 미국식 뒷마당이었던 키 큰 잔디밭으로 들어갔다. 나는 녹슨 바비큐 그릴과 프로판 탱크, 지붕이 있는 욕조와 아침의 산들바람에 나부끼는 누더기가 된 차양을 보았다. 이 동네 집들은 개인적인 사생활 보호 울타리가 없었다. 그러나 한 집은 이웃의 출입을 차단한 것으로 보였다. 나는 높이 자란 풀들의 위쪽 끄트머리를 뜯으며 최대한 자세를 낮춰 머물렀다. GARMR이 뒤따라오는 게 느껴졌다. 녀석은 살금살금 걷기도 꽤 잘했고 대단히 큰 소리도 내지 않았다. 우리가 추적자들에게서 벗어났기만을 바랄 뿐이었다.

그 집을 돌아 거리로 나오다 두려움으로 그 자리에 굳어 버렸다. 억지로 움직이려 했지만, 정말로 쉽지 않았다. 스물일곱 마리가 그곳에 서서 완전히 미동도 없이 얼어 있었다. 그것들은 길 잃은 개, 사슴 또는 나처럼 언데드들이 점령한 길을 건너려다 그것들의 원초적인 생물학적 스위치를 킬 모드로 바꿀 멍청한 인간을 끈기 있게 기다리고 있었다. 나는 천천히 뒷걸음질로 낮게 기면서, 그 위험한 무리를 피할 수 있을 때까지 뒷마당에서 뒷마당으로 무성한 잎사귀를 헤치고 나아가기로 결정했다.

내가 가면 체커스가 따랐다. 우리는 나뭇잎을 가르며 옆집 뒷마당의 빈터로 들어섰다. 아이들이 뛰어놀던 자리에 작은 나무가 자라고 있는 트램펄린과 오래전 죽은 아르마딜로, 몇 주는 되어 보이는 질질 끌린 자국이 있었다. 그 자국은 수풀 사이에 길을 내 나무숲으로 들어가 방범 울타리 쪽으로 이어지고 있었다. 뒷마당을 통해 집에 숨어들고 보니 창문에 커튼이 없었다. 가려지지 않은 집 뒤쪽 창문과 앞쪽 창문을 통해 거리의 언데드가 보였다. 나는 그 자리에 서서, 놈들 중 하나가 마치 금방이라도 깨어나 집을 뚫고 내게 덤벼들 것처럼 몸을 꿈틀거리지 않을까 지켜보며 눈을 뗄 수가 없었다. 입을 떡 벌려 턱은 가슴에 닿고 머리는 좌우로 실룩거리는 모습이 렘수면 상태의 인간과 어딘지 모르게 닮아 있었다.

집 안에서 움직임이 포착되면서 퍼뜩 정신이 들었다. 경찰 제복을 입은 해골이 앞쪽 창문을 내다보던 내 시야를 막았다. 놈은 뒤쪽 유리창에 제 팔을 쾅쾅 부딪치기 시작했다. 집 너머로 보이는 거리도 움직임과 함께 깨어나고 신음 소리가 합창처럼 터져 나오며 동네 전체에 울려 퍼졌고, 내 심장도 바삐 뛰기 시작했다.

문이 쪼개지고 유리가 산산조각 나는 무시무시한 소음에 쫓기듯, 끌린 자국을 따라 나무숲으로 들어갔다. 울타리에 도착해 널빤지를 잡아당기기 시작했다. 어느 것 하나 헐겁지가 않았다. 선택의 여지는 없었다.

배낭을 2.5미터 높이의 울타리 위로 던지고 기어올랐다. 갑자기 광란에 빠진 동네에서 GARMR이 혼자 살아남도록 남겨 두고서.

울타리 너머로 몸을 내던진 후, 배낭을 움켜쥐고 동네 배수로를 따라 달렸다. 울타리를 따라 달리다 오른쪽을 보니 널빤지 너머에서 지옥이 펼쳐지고 있었다. 언데드들은 집과 집 사이의 공간들을 뜯어내고 있었다. 유리와 울타리 널빤지가 삐걱거리는 소리가 지랄 맞게 컸다. 예전 같으면 대형 철거 장비와 회전식 디젤 엔진이 동반되지 않고는 이렇게 큰 소리가 날 일이 없었는데.

400미터 길이의 방범 울타리 전체가 휘어지고 팽팽해지며 나를 탈출구 없는 살상지대로 내몰고 있었다. 배수로 구멍으로 뛰어들려고 해 보았지만 배낭이 들어가지 않았다. 맨홀 뚜껑은 단단히 닫혀 있었고, 내게는 맨홀을 들어 올릴 도구가 없었다. 예전에 경량 나일론 로프로 감은 대형 볼트를 챙겨 다녀야겠다고 생각만 했던 것을 똑똑히 떠올리며 나 자신에게 욕설을 퍼부었다. 그 조합은 근사한 맨홀 뚜껑 해체 장치가 되어 주었겠지만, 육중한 맨홀 뚜껑을 제거하려다 손가락이 부러질 뻔한 지금은 아무래도 상관이 없었다. 뚜껑에 굵게 쓰인 MADE IN INDIA를 눈에 아로새기며 배낭을 집어던지고 M4 코만도와 여분의 탄창만 가지고 카타콤 같은 콘크리트 배수로 안으로 급히 내려갔다.

울타리가 쪼개지며 무너지자, 주변 언데드들이 쓰나미처럼 쏟아져 나왔다. 스물다섯 마리쯤이라고 예측한 언데드는 실제론 이백쉰 마리, 어쩌면 그 이상이었다. 나는 조용히 있다가 직사각형 모양의 배수로 구멍을 덮기 위해 천천히 밖으로 손을 뻗어 배낭 위치를 조정했다. 속이 꽉 찬 배낭이 한 뼘 정도의 틈만 남겨 두고 구멍을 완전히 덮었다. 배낭 지퍼가 내 쪽으로 오도록 배낭을 돌리고 야간 투시경을 꺼냈다.

야간 투시경 스위치를 켜고 배수조 주변을 확인해 두 방향으로 향하는 지름 1.2미터의 구멍을 발견했다. 구멍 하나에서는 물이 조금씩 흘렀지만 많지는 않았다. 마치 원숭이 덫의 표적이 된 것 같았다. 내 배낭은 바나나였고 구멍은 딱 내 손에 맞는 크기였다. 구멍에서 배낭을 찾아올 수가 없었다. 어느새 언데드가 가득 차서 내 위까지 차지하기 시작하고 있었으므로.

작은 구멍으로 체커스가 어디 있는지 찾아보려 했다. 태블릿을 켜는 것은 너무 위험했고, GARMR의 경보 장치를 작동시키는 것은 그보다 훨씬 더 위험했다. 체커스가 근처에 있을 수도 있고, 혹여라도 이 배수 동굴로 놈들을 끌어들이고 싶은 마음은 추호도 없었다.

"체커스, 대기해."

나는 시계 모양의 제어 장치에 대고 명령했다.

체커스가 내 명령을 기다리면서 동체를 접고 가만히 있는 것이 내 위치를 발각시킬 위험을 무릅쓰는 것보다 나았다.

26일 차 밤

밤이 찾아오자 텅 빈 배수조가 서늘해지기 시작했다. 아직도 언데드가 많이 남아 있지만, 밤의 보호는 내게 유리했다. 내가 들어온 곳으로는 탈출할 방법이 없었다. 미처 배수로를 벗어나기도 전에 놈들이 내 온기를 감지하고 제압해 산산이 찢어 버릴 것이다. 달빛이 비쳤다. 작은 구멍으로 이 공간에 달빛이 흘러드는 것이 야간 투시경을 통해 보였다. 간혹 언데드의 그림자가 내 상황을 상기시키듯 달빛을 어그러뜨렸다. 나는 모든 장비에서 떨어져 갇혀 있었다.

졸졸 흐르는 빗물에 오줌을 누며 원숭이 덫에 대해 다시 생각했다. 배낭은 구멍으로 가져오기에는 크기가 맞지 않고, 그렇다고 장비를 두고 갈 수는 없었다. 내 무지는 탈수와 탈진 탓이었다. 그저 신중하고 조용하게 배낭을 열고 장비를 하나씩 꺼내 가지고 내려온 다음, 구멍으로 빈 배낭을 가져와 여기서 다시 정리하면 될 일인데.

나는 놈들에게 동작을 간파당하지 않으려는 것처럼 서서히 움직이며 가방 상단을 열었다. 시끄러운 벨크로식이 아니어서 다행이었다. 가방을 연 상태에서 방수포를 말아 걷어 내자, 서서히 피로 얼룩진 배낭의 내부가 드러났다. 첫 번째 물품은 예비 탄창이었다. 조심스럽게 내 지하 주거지의 바닥에 탄창들을 내려놓았다. 떨어뜨리기라도 하는 날에는, 이 빈 공간이 증폭기처럼 작용하며 성질 나쁜 시체 포대들을 끌어당길 것이었다. 콘크리트 배수구 사이로 지도를 끌어당기자, 종이가 바스락거렸다.

조도를 높인 녹색의 달빛 속에서 근처의 언데드 하나가 머리를 모로 들어 올리더니 구멍을 향해 발을 질질 끌며 다가오기 시작했다. 나는 뒷걸음질 치면서 더 안쪽 서늘한 배수조로 숨어들었다. 놈의 발달된 열 감지 능력에 내 36.7도의 체온을 들키고 싶지 않았다. 놈이 접근함에 따라 달그림자가 바뀌는 것을 지켜보았다. 배수로 틈새를 통해 발목, 그다음엔 무릎이 보였고, 놈의 죽지 않은 육체가 지하로 내려왔다. 나는 칼집에서 총검을 반쯤 뽑았고 한 번도 나를 실망시키지 않은 그 믿음직한 칼날에서 녹색의 달빛이 반짝이고 있었다.

시간이 더디 흐르는 것 같았다. 뼈만 남은 손이 아래로 향하는 것을 보며 나도 움직이기 시작했다. 배수로 구멍에 턱이 보이기 시작하자 나는 총검을 놈의 머리 방향으로 잡고 입천장 속으로 찔러 넣었다. 칼날이 놈의 두개골 안쪽 면에 멈췄다.

칼날에 찔린 시체의 머리가 달빛을 가려 이제 배수로 공간은 완전히 어둠에 잠겼다. 야간 투시경이 보정되자, 시체의 삐죽삐죽하고 부러진 이빨에 손가락이 베이지 않도록 주의하며 크게 벌어진 입에서 칼날을 수거했다. 똑똑 떨어지는 빗물에 칼을 들이밀고 언제 불어왔는지 알 수 없는 거대한 폭풍우에 부서진 나무판자로 칼날을 닦았다.

작업을 이어 나가서 배낭이 배수로의 틈으로 들어올 수 있을 만큼 충분히 속을 비웠다. 밖에 도사리고 있는 놈들이 알아채지 못할 정도로 배낭을 나무늘보의 속도로 끌었다. 마침내 배낭을 동굴로 들여와 불길해 보이는 멀록[23]의 영역을 여행하기 위해 다시 한 번 허둥지둥 채우기 시작했다.

북쪽 배관으로 들어서면서 체커스가 어디 있는지, 괜찮은지 걱정되었다. 동체를 접은 채 공격자들이 접근하는 모습을 지켜보고 있을까? 어딘가의 물웅덩이에서 비활성화된 채 원자력 전지 배터리가 방전돼 불꽃을 일으키며 데이터를 잃고 있는 건 아닐까?

나는 피와 살로 된 존재가 아닌 금속과 합성물 덩어리에 대해 걱정하고 있었다. 뭐 어쩌라고, 그건 중요하지 않았다. GARMR은 여전히 내게 소중했고, 나는 그것을 영원히 떠나는 게 아니었다. 그것은 내 소유였고 믿을 수 있었다. 배신하거나, 죽거나, 죽어 다시 일어나지 않으리라는 것을.

출발한 위치에서 거리를 꽤 벌렸을 때, 희미하게 빛이 들어오기 시작했다. 나는 수많은 갈림길을 지나 마침내 앞서보다 더 많은 잔해로 가득한 또 다른 배수로 구멍에 도착했다.

조심스럽게 파편들을 처리하다가 안에서 무언가 움직이는 소리가 들려 동작을 멈췄다. 파편 더미에서 내려와 소리의 근원이 보

---

23) 조지 웰스의 소설 「타임머신」에 나오는 지하 종족.

일 때까지 코만도의 소음기를 사용해 솔잎과 쓰레기, 폐물 들을 걷어 냈다. 잘린 머리와 거기 붙어 있는 척추 쪽 고깃덩이가 쓰레기 더미에 누워 있었다. 어떻게 된 건지는 모르겠지만 갈가리 찢긴 채 배수 시설을 따라 흘러 내려온 듯했다. 딱딱거리는 입을 따라 척추에 붙은 근육과 다른 생물학적 기관들이 꿈틀거리는 모습을 보고 있자니 뱀이 연상되었다. 이것들은 결코 포기하지 않을 것이다. 뇌가 아주 조금이라도 남아 있기만 한다면.

놈이 두개골 깊이 가라앉아 있는 하나 남은 눈으로 나를 올려다보더니, 새로운 먹잇감에 시선을 고정하는 것을 알아볼 수 있었다. 척추가 혐오스러울 정도로 역겹고 격렬하게 흔들렸고 입은 마치 쥐덫처럼 딱딱거렸다. 놈의 뇌가 공격 신호를 보냈지만, 시냅스는 막 다른 신경에 도달할 뿐이었다. 놈을 총검으로 처리하고 더 놀랄 만한 일이 있는지 배수조를 확인한 뒤 배수로 구멍을 바라보았다.

그 지역에는 언데드가 없었으므로 내가 얼마나 오래 배관을 따라 움직였는지 기억해 보려 했다. 30분쯤? 어쩌면 45분쯤, 그 이상은 아닐 것이다. 언데드가 없다는 사실에 흡족해하며 중앙 콘크리트 플랫폼에 올라서서 맨홀 뚜껑을 등으로 밀었다.

꿈쩍도 하지 않았다. 배낭에서 꽂을대를 꺼내 맨홀 구멍으로 밀어 보았다. 45센티미터 정도 올라가다가 금속에 부딪쳤다.

망할 차가 뚜껑 위에 주차되어 있었다.

욕설을 뱉으며 북서쪽 터널로 다시 돌아왔다. 손목 나침반을 자주 확인하고 밝은 티타늄 3중 수소 램프와 야간 투시경을 결합해 손전등으로 사용했다. 내 보폭으로 계산해 보건대 200미터 거리를 걸었을 때쯤, 앞의 터널이 너무 밝아져서 야간 투시경이 다시 한 번 달빛을 자동 보정해 조도를 맞췄다. 계속해서 천천히 움직이는데 몸을 계속 구부리고 있자니 등이 아팠다. 빛의 근원이 있는 쪽으로 다가가 달빛이 어느 방향에서 오는지 보고 명령 시계의 '추적' 버튼을 눌렀다.

앞쪽은 배수로가 완전히 쓸려 나갔고, 도로 전체가 싱크홀로 붕괴되어 있었다. 레미콘이 전복되어 배수로 안쪽 깊이 떨어졌는데, 트럭의 굉장한 무게로 인해 배수로가 훼손된 것 같았다. 끔찍한 하수관을 지나 쇼생크 교도소 밖으로 기어 나온 앤디 듀프레인이 된 기분이었다. 부패한 살점들이 가득했음에도 공기는 상쾌했다. 나는 뒤집힌 레미콘에 올라 기다렸다. 지도를 찾아보고는 목표물인 타워를 겨우 몇 킬로미터 앞두고 있다는 것을 깨달았다.

본 게임은 이제 시작이었다.

카론[24]의 길

GARMR은 나타나지 않았다. 나는 레미콘 위에서 미친 사람처럼 배낭을 뒤졌다. 서둘러 태블릿을 켜고 잠금 해제를 한 뒤, GARMR의 영상 피드에 연결을 시도했다. 모든 메뉴를 샅샅이 훑어보고 '내 로봇 친구 위치 추적' 같은 옵션은 없다는 사실을 알게 되었다. 당황해서 기계 광학 렌즈의 스펙트럼을 계속 바꿔 봤지만 그때마다 '접속 시도' 문구만 보였다. 어떤 결정이 최선일까. 나무 위로 떠오르는 달을 주시하며, 조바심 속에 두 시간을 기다렸다. 체커스가 신호를 받고 내게 오기를 바라는 마음으로 손목을 높이 들고 추적 버튼을 여러 차례 눌렀다.

야간 투시경으로 멀리서 형체들의 움직임이 보이고 바람결에

24) 그리스 신화에 등장하는 저승의 신. 죽은 자를 저승으로 건네준다고 한다.

신음 소리가 들려오자, 조난 신호를 따라가다가 위험에 빠졌던 일을 다시금 떠올렸다. 어쩔 수 없이 뒤집힌 레미콘 옆으로 미끄러져 무성한 수풀로 내려온 후, 북쪽으로 방향을 잡아 차들이 꽉꽉 들어찬 도로 근처 숲속으로 몸을 감췄다.

바람이 서풍으로 바뀌면서 언데드 냄새가 실려 왔다. 시체 4만 구의 지독한 악취가 콧구멍 속 솜털 하나하나까지 덮었다. 어떻게든 죽은 자들의 부패한 악취를 누그러뜨리기 위해 셰마그로 입과 코를 덮고, 바람 속으로 걸어 들어갔다. 언데드 군단의 폐에서 나는 소리를 들으며, 거기에 GARMR의 인공 발이 내는 딸깍딸깍 소리가 더해지기를 바랐다. 바람이 한 번 더 바뀌면서 냄새가 한층 역해졌는데, 세상에 이런 악취가 있을 수 있다는 게 믿어지지가 않을 정도였다. 내가 무전을 하며 예상했던 신음 소리가 죽은 자들이 돌아다님에 따라 리듬감을 띠고 전해져 왔다. 산 사람의 무의식 속 깊은 심연에 짙은 두려움을 침투시키는 소리였다. 나는 놈들이 서로 텔레파시로 대화하고 있을 거라 상상해 보았다. 이렇게 말을 주고받고 있지 않을까.

우리에게로 와, 너를 힘껏 안아 보게.
오랜 친구들이 얼굴을 마주한 것처럼.
산 것은 악이고 죽은 것이 선이야.
만나 보면 우리를 이해할 수 있을…….

언데드들의 신음 소리가 내 이성적인 사유를 오염시키고, 그 냄새는 나를 미치게 했다. 이 순간 총구를 하늘로 치켜드는 것 외에 다른 생각은 전혀 들지 않았다. *와서 처먹어라, 개새끼들아. 어서!*

내 로봇 친구 없이 앞으로 발을 내디디면서 언데드에 대한 분노도 커졌다. 새벽 4시경, 언덕배기에 올라 고층 빌딩의 끔찍한 상황을 목도했다. 어쩌면 내 앙상한 주검의 손에서(또는 언데드의 손에서) 이 일기를 꺼낼 사람에게는 이 이야기가 그리 무섭게 느껴지지 않을 수도 있겠다. 건물은 혼자가 아니었다. 땅바닥에서 생겨난 거대한 암 덩어리가 점점 자라나 거의 지붕에 닿을 듯한 기세였다. 너무 깜깜해서 소름 끼치는 면모를 상세히 알아볼 수는 없었지만, 그 시체 무더기는 정말 거대했다. 수천 구의 시체가 끊임없이 몰려들며 거대한 더미를 형성하고 있었다. 믿기 힘든 장면을 자세히 살펴보며, 시체들이 거대한 생물학적 경사로를 형성하고 있다는 것을 깨달았다. *정말 불가능한 일이야,* 나는 생각했다. 그러다 건물 지붕에서 거대한 화염 방사기가 진격해 올라오는 시체들을 향해 불꽃을 내뿜는 광경을 보는 순간, 깨달음이 찾아왔다.

거대한 불꽃의 줄기가 시체들을 수천 개의 팔과 다리, 머리, 몸통 위로 굴러떨어뜨렸다. 언데드들은 느리지만 다분히 의도적으로 계속 전진했고, 자신들이 세력이 줄어들거나 말거나 관심을 두지 않았다. 튀겨지고 새까맣게 그을린 시체 하나하나가 차곡차곡 쌓아 올라갔다. 저러다 마침내 시체들에게 지붕까지 닿는 통로가 만들어지면, 아이스크림콘에 붙은 개미처럼 언데드들이 건물 전체를 뒤덮게 되는 상황을 피할 수 없을 터였다. 불에 타 훼손된 시체의 규모만 놓고 봐도, 시체들로 쌓은 이 거대한 형성물은 하루 이틀 만에 만들어진 게 아니었다. 언데드는 벽돌, 화염 방사기를 든 남자들은 벽돌공이었다.

나는 그 자리에서 화염 방사기를 쏘는 사람이 언데드에게 지옥을 배달하는 것을 지켜보면서 어떻게 생존자들이 건물을 태우지 않을 수 있는지 궁금할 지경이었다. 불타는 그것들이 건물 외부에 닿을 수밖에 없을 텐데. 누구든 간에 옥상에서 불을 쏘는 사람은 최후의 수단을 쓰고 있는 것이었다. 너는 지나가지 못한다. 화염 또는 죽음뿐이다. 나는 배낭을 땅에 대충 내려놓고 그 위에 배를 대고 엎드려 쌍안경을 들었다. 지붕에는 두 사람밖에 보이지 않았다. 지붕 출입구 위로 풍선이 떠 있었다. GARMR을 발견한 날 본 죽은 군인도 저런 안테나 풍선을 갖고 있었다. 거리가 너무 멀어 상세히 알아볼 수는 없었다. 쌍안경으로 내려다보는 걸로는 상황 파악이 쉽지 않았다.

경사로에 무섭게 몰아치는 불꽃을 빤히 쳐다보다가, 으르렁거리는 털 뭉치의 갑작스러운 공격에 숨이 컥 막혔다. 어떤 들개가 내 목 뒤의 셰마그 스카프를 와락 잡아채 이쪽저쪽으로 흔드는 통에 숨을 쉴 수가 없었다. 눈앞에 별이 보이는 것 같아서 무턱대고 상대를 향해 팔다리를 마구 흔들며 주먹을 날리기 시작했다. 이제 그 큰 개와 꽉 껴안는 자세가 되었지만, 개는 여전히 셰마그를 물고 놓지 않았다. 그것을 목 앞쪽으로 돌려야 했다.

나는 개의 주둥이에 셰마그가 꽉 잡힌 채로 앞으로 움직여 배수 도랑에 굴러떨어지면서 콘크리트에 어깨를 부딪쳤다. 화염 방사기의 밝은 불꽃에 개의 흰 송곳니를 알아볼 수 있었다. 개는 심한 흉터가 있었고 귀 한쪽이 없었으며 그 자리에는 언데드의 입에 뜯긴 흔적이 있었다. 총검을 뽑았으나 한발 늦었다. 야생 개가 뛰어올랐다. 목을 찌르려고 했지만 할 수 있는 건 개가 내 경정맥을 물어 내 피를 사방에 흩뿌리지 않게 막는 것뿐이었다. 만일 개가 공격에 성공한다면, 내가 출혈로 의식을 잃기를 기다렸다가 초주검이 된 나를 잡아먹겠지, 내 뇌는 암흑 속에 잠기겠지. 개가 내 뇌를 한 조각 남겨 둔다면, 나는 눈을 뜨자마자 저쪽에 만들어지고 있는 거대한 언데드 경사로에 합류하려 할 테고, 지금까지 본 중에 가장 거친 화염 방사기의 불꽃에 구워지기 위해 경사로를 기어오르겠지.

턱밑에 개의 젖은 주둥이가 느껴지다가 바로 다음 순간 시끄러운 깨갱거림이 들려왔다. 그 야수는 GARMR의 공격에 의해 몇 미터 떨어진 곳에 내던져졌다. 갈비뼈 부러지는 소리가 들린다 싶을 정도로 짐승을 세게 들이받은 후, GARMR은 들개와 나 사이에서 방어 자세를 취했다. 녀석은 늘 그렇듯 고개를 옆으로 갸우뚱했고, 개도 마찬가지로 행동했다. 개는 상대를 가늠해 보고는 승산이 없다고 여겼는지 무성한 풀숲으로 도망쳐 버렸다.

송곳니에 팔뚝이 찔렸는지도 모른다 생각했지만 발톱에 피부가 긁혔을 뿐, 지금으로서는 괜찮은 것 같았다. 개가 입에 거품을 물고 있었다는 걸 모르지 않았지만, 사실 어차피 광견병 주사를 맞을 수 있는 가장 가까운 곳도 수천 킬로미터는 떨어져 있었다. 그저 지금 상황을 헤쳐 나가는 수밖에 없었다.

GARMR의 머리를 쓰다듬으며 녀석의 성능에 소리 높여 고마워했다. 녀석이 알아들을까? 그건 잘 모르겠지만, 이렇게 하는 게 맞는 일 같았다. 세상이 망하기 전 아프가니스탄에서 활동하던 어느 기동팀이 이런 로봇 하나를 가졌다면 좋았을 텐데, 그랬다면 매우 귀히 여겼을 텐데.

기계 위 새들백을 확인해 보니 여분의 5.56밀리미터 탄창이 여전히 안에 들어 있었다. 그걸 꺼내 카고 포켓에 넣은 다음, 배낭과 M4를 대충 메고 자리를 잡을 만한 고지대를 찾았다.

나무들 위로 해가 뜰 전조가 아주 조금 비치기 시작했다. 이제 서둘러야 했다. 은신처도 없는 데다, 발각되면 탈출이 불가능할 만큼 언데드에 둘러싸인 상태였다. 게다가 지금 가지고 있는 총은 소음기가 있든 없든 아주 시끄러웠다.

얼마간 나뭇잎을 헤치며 나아가다 숲속 빈터에 도착했다. 바로 앞에 요새와 미끄럼틀이 있는 큰 놀이터가 보였다. 주변 경계를 늦추지 않고 살금살금 그쪽으로 다가갔다. 거대한 요새에 오르는 방법은 두 가지였다. 터널 미끄럼틀을 타고 거꾸로 올라가는 것까지 포함한다면 세 가지.

사다리로 갈까, 계단으로 갈까?

요새로 올라가 지붕 위에 서니, 가까운 놀이터 구역은 물론 건물 꼭대기 층까지 시야가 확보되었다. GARMR은 첫 계단을 성공적으로 넘고, 내가 올라간 미끄럼틀 꼭대기에서 3미터 떨어진 자리에서 대기모드에 들어갔다. 나는 지상에서 5미터 정도 떨어져 있었고, 너무 많은 괴물이 나타나 구석에 몰리면 내려갈 방법도 여러 가지였다.

배낭을 내려놓고 작은 휴대용 무전기를 꺼냈다. 모스부호 주파수에 주파수를 맞춰 보았으나 아무것도 없었다. 음성이 녹음되어 있던 주파수에서도 역시 아무것도 건질 수 없었다. 주파수를 극초단파 주파수대로 바꾸고 통신처럼 들리는 소음을 찾기 시작했다.

아무것도 찾지 못하자, 노트에 적어 두었던 모토로라의 양방향 공용 주파수를 가지고 맹목적으로 무전을 시작했다. 얼마나 많은 생존자가 모토로라 소형 무전기를 갖고 있는지 안다면 누구라도 놀랄 것이다.

"와코비아 타워, 조난 신호를 들었습니다. 거기 누구 있습니까?"

버튼을 눌러 내 목소리를 빛의 속도로 내보냈다. 썩은 냄새 가득한 바람을 맞고 있을 그 누군가에게.

27일 차

해가 지평선 위로 고개를 살짝 내밀며 건물 벽에 차곡차곡 쌓여 개미처럼 꿈틀거리는 시체 더미를 드러냈다. 시계가 6시 정각을 알리자마자, 또 한 번 화염의 불꽃 줄기가 지붕에서 시체 더미 위로 쏘아졌다. 이제 지붕까지 얼마 남지 않았다. 그때 무전기가 치직 소리를 냈다.

"와코비아 타워를 호출한 기지, 응답 바랍니다."

녹음에서 들은 그 목소리였다.

무전기를 꺼내 들고 내 이름과 계급, 소속으로 신원을 밝혔다.

"중령님? 모래시계 팀이라고요?"

무전기에서 목소리가 흘러나왔다.

내가 긍정의 의미로 "로저."라고 대답하자, 수백 미터 떨어진 건물 꼭대기에서 환호성이 들렸다.

"몇 분이 오셨습니까, 중령님?"

남자가 물었다.

"유감이지만 저 혼자입니다."

내가 대답했다.

한참 동안 침묵이 이어지다가 좌절감에 휩싸인 목소리가 말을 이었다.

"중령님, 귀환하시는 편이 낫겠습니다. 보이는지 모르겠는데, 현재 사방이 포위된 상태입니다. 어쩌면 죽은 자들이 10만은 될 듯싶고요. 건물 하층부 절반은 놈들이 벌써 차지했습니다. 할 수 있는 건 뭐든 다 했지만, 그것들이 끊임없이 몰려와 쌓이고 겹겹이 포개지면서 한 층 한 층 돌파했습니다."

"이런 제기랄, 치료제 얘기는 뭡니까?"

빠져나갈 기회를 단념해 버린 그들의 모습에 나는 속이 상했다.

"치료제가 있습니다. 그런데 화학 냉각제에 담긴 용기 두 개가 전부입니다. 일주일 전에 발전기 전력이 끊겼고 화학 냉각제가 떨어지면 고주파 차폐 용기를 바로 110볼트 전원에 연결해야만 치료 효과를 유지할 수 있습니다."

"지금 말씀하시는 분은 누굽니까?"

잠시 정적이 흐르다가 무전기에서 대답이 흘러나왔다.

"피닉스 팀의 닥입니다."

"당신 목소리를 듣게 되다니 감개무량입니다, 닥. 건물에서 수송용 컨테이너를 밖으로 던질 수 있습니까?"

"아뇨, 공학자들이 냉각 장치는 충돌을 견디지 못할 거라고 했습니다. 사실 호텔23의 낙하산 세 개를 가지고 있어서, 베이스 점프로 지붕에서 뛰어내려 바람에 운을 걸어 볼까 싶었지만 저 아래 빌어먹을 좀비들이 너무나 많거든요. 그랬다가는 놈들 머리 위에 착륙하게 되겠죠, 중령님."

"일단은, 킬이라고 부르십시오. 우리 둘 다 2년 동안 급여도 못 받았는데, 계급 따윈 내다 버립시다. 탄약은 얼마나 남았습니까?"

"고갈 상태입니다. 무기는 손으로 만든 화염 방사기뿐이고요. 아직 M4가 있긴 하지만, 탄약이 없으니 노리쇠가 후퇴 고정된 상태로 말라붙어 버렸죠."

"로저."

내가 두말없이 대답했다.

"줄행랑친다고 해도 저와 빌리는 원망하지 않습니다. 저희 모르게 헬기라도 타고 오신 게 아니라면 여길 벗어날 방법은 없으니까요."

"당신들을 버려두고 떠나지는 않을 겁니다. 건물에는 몇 사람이나 같이 있습니까?"

"두 층 아래까지 그것들이 들끓고 있습니다. 저 밑바닥부터요. 그것들이 창문으로 들어와서 우리 중 대다수를 데려가 버렸죠. 저와 빌리 보이, CDC 연구원 셋이 남았는데, 어제 16층을 뺏기면서 연구원이 물렸습니다. 그 사람은 자기가 이겨 낼 수 없다는 것을 알고 있죠."

"치료제를 갖고 계신 줄 알았는데요."

"그런 식으로 쓸 수 있는 게 아니라고 하더군요."

내 질문에 난감해하며 그가 대답했다.

"그것들이 지붕까지 쌓이려면 얼마나 더 걸리겠습니까?"

"킬, 저도 모르겠습니다. 오늘 밤일까요? 어쩌면 내일일지도 모르죠. 화염 방사기에 쓸 수 있는 연료도 이제 한 통밖에 남지 않았습니다. 놈들이 이곳을 향해 계속 덤벼들고 있으니, 조만간 놈들과 같은 눈높이에서 주먹다짐을 벌이게 될 듯합니다."

"거기서 딱 버티고 계십시오. 곧 갑니다."

"당신 제대로 미쳤군요."

신성

주머니에 5.56밀리미터 탄창을 꽉 채우고 가슴에는 M4 코만도를 가로질러 걸쳤다. 그리고 강력 접착테이프로 총검을 소음기에 대충 붙여 총구 앞으로 튀어나오게 했다. 바지 뒷주머니에 GARMR 태블릿을 끼우고 나선형 미끄럼틀 아래 배낭을 숨겨 두었다. 요새에서 나와 파쇄 타이어 매트가 깔린 땅으로 내려서는 나를 GARMR이 신기하다는 듯 바라보았다. 나는 필수적인 것들만 최소한으로 챙긴 다음, 건물을 향해 걸음을 서둘렀다.

오늘 그 빌어먹을 건물의 옥상에서 치료제가 내려올 것이다.

천천히 무성한 초목을 헤치고 나와 와코비아 타워의 남쪽 주차장 코앞에서 멈췄다. 거대한 시체 더미가 쌓인 곳은 건물 서쪽이었고, 남쪽에는 3미터 높이밖에 안 되는 '소소한' 시체 더미와 나를 향해 다가오는 백여 마리 무리뿐이었다.

무전기를 켰다.

"닥, 킬입니다."

"지금 현재 닥은 전화를 받을 수 없습니다. 타히티로 휴가 갔거든요."

응답이 왔다.

"깜찍한 답변이네요. 남쪽 중앙으로 줄을 던지십시오."

"아이아이."

닥이 대답했다.

몇 분 후, 녹색 밧줄이 시체 더미로 떨어지더니 바닥에서 헤매는 언데드들의 발치로 풀렸다. 놈들은 거기에 흥미를 두지 않았다. 온기도, 고기 같은 냄새도 없었으므로.

"*그라시아스*, 저를 끌어 올릴 수 있을까요? 장비까지 해서 90킬로그램 정도 될 듯합니다."

내가 말했다.

"그럼요. 알겠습니다, 뚱보 씨."

닥의 대답과 함께 건물 위에서 웃음소리가 퍼지며 내 앞에 있는 굶주린 시체들의 약을 올렸다.

숨이 넘어갈 상황에 농담이라니.

나는 GARMR에 다가가 녀석의 머리를 쓰다듬었다.

"옳지, 착하다."

나도 모르게 입에서 툭 튀어나온 말이다.

태블릿을 이용해 기동성을 줄 수 있을 만큼 시체 떼에서 충분히 먼 남쪽으로 GARMR을 보냈다.

나는 손목에 있는 사이먼 게임의 축소판 모형을 쳐다보고 안전

장치가 된 빨간색 버튼에 집게손가락을 밀어 넣었다.

GARMR이 고막을 찢을 듯한 경적을 요란하게 울리며 언데드 사이사이로 가시적인 충격파를 내보냈다. 새로운 자극이 군단을 새로운 방향으로 분열시키며 그것들로 하여금 체커스를 쫓게 했다. 남쪽 주차장이 비워지기 시작하자, 나는 태블릿을 사용해 GARMR을 서쪽으로 0.8킬로미터 떨어진 곳으로 보내 괴물들을 끌어냈다. 그런 다음 태블릿을 카고 바지 뒷주머니에 쑤셔 넣고 건물로 힘껏 달렸다. 건물 100미터 전, 앞으로 나오는 괴물 하나를 보고 총검을 들었다. 발목에 통증이 느껴지기 시작했으나, 미치의 스케줄에 따르면 아직 다음 약을 복용할 시간이 아니었다.

3미터 높이의 시체 더미만 남았다. 지옥의 트위스터 게임[25]을 하며 조심스레 올라갔다. 걸음을 옮길 때마다 내게 눈을 번득이는 것 같은 쩍 벌어진 아가리에 잡히지 않도록 신중에 신중을 더하며 두개골마다 방아쇠를 당겼다. 왼손에 밧줄이 닿자마자 재빠르게 작업용 벨트에 묶었다.

"준비됐습니다."

내가 무전기에 대고 말했다.

밧줄이 느슨해졌다가 내 바지춤을 위로 당기기 시작하며, 바지 뒷주머니에 든 태블릿이 내 등허리를 눌렀다. 밧줄이 여러 차례 당겨졌지만, 바짓가랑이가 무언가에 걸렸다. 발을 앞뒤로 흔들어 봐도 바지를 빼내질 못하다가, 뼈가 다 드러난 손이 나를 보내지 않으려고 붙들고 있다는 것을 알아차렸다. 손을 제외한 부분은

25) 플라스틱 매트에 색색의 원이 그려져 있고, 룰렛을 돌려 나온 결과에 따라 특정 색의 원에 손 또는 발을 올려놓는 게임. 게임이 진행될수록 팔다리가 따로 놀며 뒤엉키게 된다.

아래 어딘가에 파묻힌 상태였다.

"제대로 잡혔네요. 잠시 내려 주십시오!"

나는 칼을 뽑아 들고 바짓단을 잘라서 더미에 파묻힌 괴물의 나를 향한 끈질긴 집착에서 벗어났다.

"좋습니다. 이제 가죠."

사람들이 끌어야 할 무게를 어느 정도 줄여 주려고 건물 측면을 천천히 디디며 올라갔다. 반쯤 올랐을까, 다시금 무언가가 나를 잡았고, 이번에는 오른쪽 다리였다. 왼발로 벽을 차고 건물 옆으로 그네 타듯 홱 몸을 날려 내 다리를 잡은 깡마른 시체를 허공으로 끌어냈다. 그래도 놈은 포기하지 않았다. 별 다른 방도가 없어 눈앞에서 놈을 코만도로 쏘았다. 총성이 빌딩을 타고 크게 울려 퍼졌다.

GARMR의 경적 소리가 더는 들리지 않았다. 너무 멀어졌거나, 언데드 천 마리가 녀석 위로 켜켜이 쌓였거나 둘 중 하나겠지. 경적이 사라진 공간에서 가장 시끄러운 소리는 코만도의 총성이었다. 이미 돌이킬 수 없는 일이었다. 와코비아 타워의 사악한 세입자들이 새로 각성하여 주변에 무언가 살아 있는 것의 존재를 뚜렷이 인지하고 있었다. 소음기가 달린 내 소총의 140데시벨 소음이 그들에게 확신을 주었다. 나는 고막이 울리지는 않았으나, 그렇다고 편안한 상태도 아니었다. 어쩔 수 없이 두 번째 방아쇠를 당겼을 때는 단총열 소총의 총구가 뿜은 5.56밀리미터 탄환에 의한 충격파가 내 얼굴을 때렸다. 놈은 잡았던 손아귀를 풀고 데굴데굴 굴러떨어져 머리에 총을 맞은 아래쪽 시체 더미와 합류했다.

"와, 이런 젠장. 해내셨군요."

닥의 목소리가 무전기를 통해 흘러나왔다.

밧줄이 더 빠르게 솟구치는 게 느껴졌다. 위에 있는 사람들의 부담을 줄여 주기 위해 다리를 쓰려고 노력하며, 손에 잡히는 모든 것을 움켜쥐려는 시체 십여 구가 깨진 창문마다 튀어나오기 전에 속도를 냈다. 다른 선택권은 없었다. 세게 발길질을 하고 이쪽저쪽으로 몸을 흔들며 안전을 위협하는 괴물들에게 방아쇠를 당겼다.

눈 깜짝할 사이에 열 개의 탄환이 총열을 떠나 괴물들을 죽이고 부서진 유리창에 놈들의 몸뚱이를 걸쳐 놓았다.

"당겨요!"

옥상을 향해 소리쳤다.

밧줄은 2초 만에 1.5미터를 솟구쳐 올랐고, 그와 동시에 언데드 수십 마리가 따뜻한 살점을 움켜쥐려고 건물 밖으로 손을 내밀었다. 다시 발길질을 하며 건물에서 멀어졌지만, 이제는 꼭대기에 너무 가까워져서 체공 시간이 짧았다. 그래도 간신히 선두의 몇 놈을 쏘는 데 성공했고, 덕분에 놈들을 딛고 1.5미터를 더 도약할 수 있었다. 건물을 타고 오르면서 벌인 총격전으로 숨이 차고 몸은 부들부들 떨리는 사이, 드디어 장갑을 낀 손이 건물 외벽 꼭대기에 닿았다. 제대로 짚으려고 손을 뻗는데, 거대하고 힘센 손이 아래로 내려와 내 팔뚝을 꽉 붙잡았다. 마치 무중력 상태에 들어선 것처럼 내 몸이 붕 떠서 지붕 위로 올라갔다. 잠시 누워 호흡을 고르고서야 화염 방사기의 극심한 열기와 특이하게 생긴 분출구 옆에서 정신을 차렸다.

호흡이 진정된 후, 마침내 닥과 빌리와 처음으로 악수를 했다.

닥은 약 175센티미터의 키에, 체중이 100킬로그램이 좀 넘을 것 같은 다부진 체구의 소유자였다. 턱수염은 화염 방사기에 그슬린 듯했다. 금발의 빌리는 닥보다 30센티미터 정도 더 큰 것 같았고 대학 농구선수처럼 마른 체격이었다. 닥이 호주머니를 뒤져 벗겨지고 긁힌 신분증을 꺼내 내게 건넸다. 나는 더 젊고 깨끗이 면도한 내 얼굴을 들여다보았다. 향수가 밀려들었다.

"감사합니다."

사진에서 시선을 떼지 못한 채 인사했다.

"아닙니다. 그럼 이제 왜 여기까지 오신 건지 말씀해 주시겠습니까?"

닥이 물었다.

"이걸 드리려고요."

내가 카고 포켓에서 5.56밀리미터 탄환이 꽉 찬 탄창들을 꺼냈다.

"젠장, 기분 째지네요."

빌리는 내 손에서 탄창 두 개를 와락 낚아채서 얼른 자신의 M4 탄창 삽입구에 먹였다. 탁 하고 노리쇠가 제자리를 찾는 소리가 나자, 빌리는 미소가 귀까지 걸렸다.

"내려가기는 힘들 듯합니다. 밧줄은 한 번에 한 명 이상 매달릴 수도 없고 너무 오래 걸리죠."

내가 말했다.

"동감입니다. 대체 아까 그건 무슨 소리였습니까?"

닥이 대답했다.

"제 개예요. 말하자면 깁니다. 여기서 몇 킬로미터 떨어진 곳에 대형 트럭을 세워 뒀습니다. 치료제를 가지고 낙하산으로 이 빌딩을 벗어납시다."

지금 하는 말이 허황된 이야기로 들리지 않도록 최대한 진지하게 말했다.

"좋은 계획이긴 한데, 수송용 용기의 냉각제가 곧 끝날 겁니다. 마지막 여분은 두 층 아래에 있고요. 문제는 두 가지입니다. 하나는 당신의 총성 덕택에 저 아래쪽에 다시 언데드가 바글댄다는 것이고, 두 번째는 혹여 우리가 살아서 건물에서 빠져나간다 해도 다른 냉각 용기나 전기 콘센트를 찾지 못한다면 내일 치료제가 소멸된다는 점입니다."

딕이 회의적인 반응을 보이자, 옥상 입구에서 실험실 가운을 입은 사람이 나섰다.

"제가 내려갈게요. 냉각제가 어디 있는지 확실히 아는 사람은 저뿐이니까요."

"열 걸음도 못 떼고 가리가리 찢길 거요."

빌리가 남자에게 말했다.

"그럴지도 모르지만, 난 이미 죽은 목숨이에요. 화염 방사기를 제게 주세요. 전 정말 이 일을 끝내고 싶어요. 우리가 이걸 해내지 못하면 무슨 의미겠어요?"

빌리는 이미 죽은 목숨인 그 남자를 '필굿'이라 부르더니 몇 마디를 건네고는 화염 방사기를 남자의 등에 묶고 허리에 단단히 매어 주었다. 연구원이 등에 멘 묵직한 탱크에는 큰 돼지가 불을 내뿜는 그림이 그려져 있었다. 닥과 빌리가 남자에게 확신하는지 묻자, 그는 고개를 끄덕이고 화염 방사기에 점화용 불씨를 붙인 다음 비상계단으로 사라졌다.

"내가 같이 문으로 갈게. 누군가는 뒤에 붙어 줘야지."

빌리가 닥에게 말했다.

닥이 고개를 끄덕이자, 빌리가 실험실 가운 입은 남자를 따라 아래로 사라졌다. 우리는 이후 몇 분 동안 문제가 생기지 않는지 귀를 기울이고 낙하산을 확인하며 시간을 보냈다. 시체 더미의 반대편인 동쪽에서 점프하는 것이 최선이었다. 나는 호기심에 건물 서쪽을 살짝 훔쳐보려고 갔다가 가장자리 바로 아래에서 이를 드러내고 있는 시체의 환대를 받았다. 놈의 손가락이 옥상 끄트머리에 닿기 직전이었다. 더 많은 시체들이 올라오고 있고 곧 꼭대기에 다다를 것이었다. 최후의 화염 방사기는 두 층 아래 있었고, 여기서 총을 쏜다면 언데드의 진군 속도만 재촉하는 꼴이었다.

총검을 확인하다가 소음기에 칼을 붙이면서 감았던 강력 접착 테이프가 녹고 기포가 생긴 것을 알게 됐다. 총검이 고정된 것을 확인한 나는 아래로 쿡 찔러서 놈을 죽이고 다시 더미로 돌려보내 다른 언데드가 오를 수 있는 또 하나의 계단을 만들어 주었다.

건물 서쪽의 현장 학습은 건물 내부에서 울린 세 발의 총성 때문에 중단되었다. 계단과 깨진 창문으로 비명이 메아리쳤다. 그 소리에 더 많은 언데드가 건물 주변으로 몰려들었다. 닥과 나는 낙하산을 착용하고 옥상 출입구 앞에서 방어 자세를 취했다. 나는 코만도를 다시 써야 하나 걱정하고 있는데, 아래에서 전해지는 더 많은 총성과 화염 방사기의 분사 소리는 그때가 다가옴을 내게 알리고 있었다.

동공이 크게 확장된 빌리가 옥상 출입구에서 튀어나왔다. 피를 뒤집어쓰고 있었고, 왼손의 살점이 뭉텅 떨어져 나가 물렸다는 걸

한눈에 알아볼 수 있었다. 총열 덮개에도 피가 흥건했지만, 그는 전혀 신경 쓰지 않고 몸을 돌려 우리와 나란히 입구 쪽을 바라보았다. 몸에 불이 붙은 연구원이 면도 크림 통처럼 생긴 것을 손에 들고 이쪽으로 쓰러졌다. 그가 얼굴부터 넘어지면서 통을 떨어뜨렸다. 그리고 그 통은 앞으로 굴러와 닥의 발치에 멈췄다. 닥은 그것을 신속하게 붙잡아서 자신의 카고 포켓에 넣었다.

불타는 남자가 다가오며 극도의 고통 속에 절규하기 시작했다.

"그것들이 와요! 그것들이 몰려온다고요!"

빌리가 새까맣게 타 버린 채 비명을 지르는 전우를 떠나보내며 손으로 불을 껐다.

놈들이 지붕으로 올라오며 맹공을 시작했고, 빌리의 총은 쾅쾅 울리며 그 흐름을 저지했다. 이제 건물은 그것들에게 장악되었다. 놈들 중 일부는 까맣게 타 버린 남자를 물기 위해 걸음을 멈추었다. 빌리는 피할 수 없는 것에 신경 쓰지 않고 신중하게 발포하며 우리에게 몇 초의 준비 시간을 벌어 주었다. 나는 바지에서 태블릿을 꺼내서 손끝으로 GARMR을 불러 보았다. 카메라를 누르자, 녀석이 시체들의 다리와 허벅지의 바다를 헤쳐 나가는 것이 보였다. 시체들 사이로 우리가 있는 건물 옥상과 빌리의 카빈총 총구에서 뿜어져 나오는 섬광이 보였다. 총성에 대한 반응으로 언데드의 신음 소리도 커지고 있었고, 수 킬로미터 내의 모든 언데드가 우리에게 모여드는 듯했다.

손목의 빨간색 버튼을 눌러 체커스의 경적을 다시 작동시켰으나, 아무 일도 일어나지 않았다. 기계가 너무 멀리 떨어져 있어서라고 생각했지만, GARMR의 영상이 확인되는데도 요란한 경적 소리가 들리지 않아 무언가 잘못되었음을 깨달았다.

서쪽에 시선을 힐끗 던진 순간, 쭉 뻗은 손이 지붕 가장자리 너머로 보였다. 출입구 계단으로 언데드가 쏟아져 나왔지만, 빌리의 카빈총이 계속 그것들을 저지하고 있었다. 얼마 지나지 않아 탄환이 다 떨어진 빌리가 총을 떨어뜨렸다. 내가 빌리에게 탄창을 건네려는 찰나, 그는 허리춤에 손을 뻗더니 도끼를 뽑아 들었다. 토마호크인 것 같았다. 빌리는 정확히 겨냥된 난도질로 죽은 자들을 베어 계단 아래 있는 뒤쪽 시체 무리에 돌려보냈다.

"여기 있어도 죽고, 점프해도 죽어요!"

아래에서 귀에 거슬리는 소리를 지르는 시체 군단의 소음 너머로 닥이 소리쳤다.

선택의 여지가 없었으므로, 나는 결정을 내려야 했다. 최대한의 효율을 거둘 것으로 생각되는 위치에 GARMR을 배치하고 두개골과 대퇴골 두 개가 교차된 문양의 메뉴를 통해 기계의 원자력 전지 자기파괴 프로토콜로 접속했다. 세 차례에 걸친 경고 메뉴를 무시하고, 지문을 입력해 작동 시간을 30초 후로 설정했다.

"자세를 낮춰요!"

내가 소리쳤다.

빌리는 내 말을 못 들은 체하고 계단을 오르는 언데드를 계속 베었다.

닥과 나는 시체들의 합창 너머로 빌리의 토마호크가 두개골을 퍽퍽 깨는 소리를 들으며 가까이 웅크려 앉았다.

나는 우리에게 다가오려는 시체들을 빌리가 막아 줄 것을 믿으며 눈을 감고서, 나의 로봇 친구가 공공의 이익을 위해 자신을 희생하기를 기다렸다.

그때 눈부신 섬광이 보이더니, 사악한 것들이 무너지는 소리가 우레 소리처럼 어마어마하게 이어졌다. 눈을 감고 있는데도 그 섬광은 눈꺼풀을 통해 일시적으로 눈을 멀게 했다. 그리고 그 순간 폭발파가 건물을 강타하며 단 몇 초 만에 건물의 절반이 붕괴되었다. 주변을 살피다가 치료제가 든 보관 용기가 닥의 하네스 가슴 부위에 안전하게 걸려 있는 것을 보았다. 폭발의 파편이 대기를 가득 채우고, 나는 셰마그로 눈물 젖은 얼굴과 코를 가리며 숨을 참으려 애썼다.

건물이 무너지고 있었다.

와코비아 타워 지붕에서 내가 마지막으로 본 장면은 건물이 기울고 걷잡을 수 없이 뒤틀리는 동안에도 빌리가 여전히 언데드를 베고 있는 모습이었다.

"뛰어요!"

내가 크게 소리치고, 우리는 정면의 허공에 낙하산을 던졌다.

다음 순간 발밑의 빌딩이 무너져 내리고 자욱한 먼지와 파편의 돌풍이 낙하산 속으로 밀어닥치면서, 우리는 낙하산 줄에 매달려 하늘에 떠 있었다.

"총 준비하세요!"

붕괴되는 건물의 철골이 비틀리고 콘크리트가 부서지는 소음 밖으로 닥이 고함을 질렀다.

닥은 미처 그을린 땅에 발을 딛기도 전에, 총구에서 불을 뿜으며 시체들을 터뜨렸다.

나도 고대의 유물인 코만도 카빈총의 철제 조준기로 표적들을 골라내면서 뒤를 따랐다. 먼지 폭풍 속에서 땅에 첫발이 닿았지만 전방 1.5미터의 시야도 확보가 되지 않았다. 손목의 나침반을 따라 미리 계획해 둔 재집결지까지 앞이 안 보이는 채로 그냥 달리면서 몰골이 엉망인 것들을 모조리 닥치는 대로 쏘았다. 허물어지는 빌딩 중간쯤 어딘가에서 2차 폭발이 일어나고 돌과 먼지가 비 오듯 쏟아지면서, 등 뒤에서 닥의 목소리가 들렸다.

"눈이 안 보여요. 대체 저건 뭐였죠?"

닥이 내 오른쪽 어깨 너머 어딘가에서 물었다.

"작은 핵무기요!"

주변의 소음 너머로 내가 외쳤다.

"작다니, 완전 개소리네요!"

닥에게 치료제와 냉각제가 있었다. 이제 우리가 할 일이라고는 골리앗까지, 그리고 종국에는 바다 위 고독호에 안전하게 물건을 실을 때까지 남쪽을 향해 분투하며 나아가는 것뿐이었다.

나는 오늘의 어마어마한 손실과 기념비적인 이득을 마주하며 울 수도 웃을 수도 없었다. 우리는 낙하산을 자르고 나무숲 속으로 몸을 숨긴 채 영원히 애틀랜타를 떠났다.

고독호

35일 차

바다는 관대하지 않지만 일시적이나마 죽은 자들의 땅에서 벗어나게 해 주는 반가운 구원자이다. 애틀랜타에서 고독호까지 가는 길에 대화가 많지는 않았다. 닥은 빌리의 이름을 입에 올리지 않았다. 간간이 죽은 자들과 전투가 벌어지면 침묵은 잠깐의 총성으로 깨어졌고, 그 밖의 시간에 우리는 골리앗의 인버터에 꽂아 둔 치료제 용기를 최대한 빨리 남쪽으로 가져가는 데만 집중했다. 닥은 해군 기초 수중폭파 훈련과 지옥 주간, 항구적 자유 작전, 아프가니스탄 파병, 그리고 세상이 망했을 때 파키스탄에서 기적적으로 탈출했던 일을 이야기해 주었다. 단지 친구를 잃은 비극적 상황에 대처하기 위한 방법을 찾으려던 게 아닐까. 나는 닥이 감정을 주체하지 못하고 허물어지는 것을 본 적은 없지만, 그가 갑판 위로 혼자 올라갈 때 따라 올라간 적도 없었다. 내가 체커스와 지낸 날도 겨우 한 달에 불과했지만 그 충직한 기계가 그리웠고, 빌리와 함께 그 녀석을 고독호에 태우지 못하는 현실이 가슴 아팠다.

이틀 후면 키스에 발을 디딜 수 있을 것이다. 나는 빌리를 직접 알지는 못했지만, 옥상에서 그의 희생은 정말 영웅적이었다. 우리를 지키고, 빌딩에서 벗어나게 해 준 빌리의 헌신에 나는 극심한 죄책감을 느낀다. 빌리와 체커스를 잃고 마음이 어지러운 와중에도, 옥상에 다녀온 이후로 더 이상 약을 갈망하지 않는다. 당신 덕분입니다, 미치.

타라와 벅에게는 이미 연락했다. 얼마나 골이 나 있던지! 돌아가면 일주일간 고독호 선실에서 자는 신세가 될 수도 있겠지만, 우리가 싣고 가는 화물에 대한 소식이 그 폭풍을 누그러뜨려 줄지도 모른다. 존의 말에 따르면, 소식을 접한 키스의 흥분이 몸으로 느껴질 정도이고 이미 축하 행사가 계획되고 있단다. 키스에 사는 아이들은 모두 퍼레이드를 위해 달러화 지폐를 잘라 색종이 테이프를 만드는 중이다.

피닉스 팀과 모래시계 팀이 집으로 귀환하고 있다.

55일 차

키웨스트 전신국 #001

발신인: 미치

수신인: 킬

오늘 당신 친구가 출입문에 나타났습니다.

다리 네 개에 금속 재질이죠.

이리 와서 개를 데려가세요.

행운을 빌며, 미치가.

감사의 글

『고스트 런』은 이제 당신의 것이다. 이 모험담이 계속되기를 바랐던 모두에게 고마움을 표하고 싶다. 이 책은 현역으로 복무 중에 쓰는 『하루하루가 세상의 종말』 시리즈의 마지막 권이다. 이제 22년의 군 생활을 마치고 다음 걸음을 딛는다.

나와 함께 가겠는가?

옮긴이 | 송민경

러시아 이르쿠츠크 국립 언어대학교에서 러시아어를 전공했다. 글밥 아카데미를 수료한 후, 현재 바른번역 소속 번역가로 활동 중이다. 원작자의 글을 온전히 독자에게 전달하기 위해 노력하고 있다. 역서로는 『사는 게 불안한 사람들을 위한 철학 수업』, 『코바늘 다육이』, 『CAT TAROT 공식 한국판』등이 있다.

하루하루가 세상의 종말 4 :
고스트 런

1판 1쇄 찍음 2022년 1월 14일
1판 1쇄 펴냄 2022년 1월 21일

지은이 | J. L. 본
옮긴이 | 송민경
발행인 | 박근섭
편집인 | 김준혁
펴낸곳 | 황금가지

출판등록 | 2009. 10. 8 (제2009-000273호)
주소 | 06027 서울 강남구 도산대로 1길 62 강남출판문화센터 5층
전화 | **영업부** 515-2000 **편집부** 3446-8774 **팩시밀리** 515-2007
홈페이지 | www.goldenbough.co.kr

도서 파본 등의 이유로 반송이 필요할 경우에는 구매처에서 교환하시고
출판사 교환이 필요할 경우에는 아래 주소로 반송 사유를 적어 도서와 함께 보내주세요.
06027 서울 강남구 도산대로 1길 62 강남출판문화센터 6층 민음인 마케팅부

ISBN 979-11-7052-081-8 04840
ISBN 979-11-7052-082-5 (set)

㈜민음인은 민음사 출판 그룹의 자회사입니다.
황금가지는 ㈜민음인의 픽션 전문 출간 브랜드입니다.